Frank Posiadly

Die Stille
nach dem Tod

Kriminalroman

LEDA

1.

Die Tür geht ganz leicht und leise auf. Kein Geräusch, außer dem seines Herzens, das schnell schlägt. Aber das kann nur er hören. Er hält inne und horcht in die Stille. In der Küche läuft ein Wasserhahn. Wahrscheinlich füllt sie einen Topf. Vielleicht, um Nudeln oder Kartoffeln aufzusetzen. Er schließt die Tür ganz langsam wieder. Es ist ein aufregendes Gefühl, in der Wohnung zu sein und zu wissen, dass sie es nicht weiß. Er könnte jeden Moment die Küche betreten. Dann würde sie ihn sehen. Aber das will er nicht.

Er sieht sich im Flur um. An der Garderobe hängen noch die Winterjacken, obwohl es nicht mehr lang bis Ostern ist. Kein Wunder, denn es ist für die Jahreszeit noch viel zu kalt. Vergangene Woche hat es sogar noch einmal Schnee gegeben. Dicke, schwere Flocken, die geschmolzen sind, sobald sie zu Boden gefallen waren. Da hat er mit ihr an der Bushaltestelle gestanden. Direkt neben ihr. Er hätte seinen Arm nur ein wenig ausstrecken müssen, um sie zu berühren. Im Bus hat er sich dann hinter sie gesetzt. Er muss lächeln. Sie beide sehen die Welt mit so unterschiedlichen Augen.

Mit einem Papiertuch wischt er die Türklinke ab, zieht sich die Schuhe aus und stellt sie zu den anderen in die Ablage. Sie sind nass, und er will keinen Dreck in die Wohnung tragen. Das gehört sich nicht. Während er sich die dünnen Latexhandschuhe überstreift, schaut er sich aufmerksam um. Der Flur wirkt unaufgeräumt. Aber es ist auch schwer, in einer so kleinen Wohnung Ordnung zu halten.

Als er in der Morgendämmerung ihrem Kleintransporter zum Blumenmarkt gefolgt ist, war er immer noch nicht ganz entschieden. Er hat mit dem Gedanken gespielt, abzubrechen und es sich für einen anderen Tag aufzusparen. Das hat er schon häufiger gemacht. Müsste er den Moment benennen, in dem die Entscheidung gefallen ist, die Grenze zu überschreiten – er könnte es nicht. Vielleicht gibt es auch gar keinen Entschluss, sondern nur eine sich selbst fortsetzende Folge von Handlungen. Wie etwa den Strauß gelber Tulpen bei ihr zu kaufen. Das hat er nicht wegen der Blumen getan, aus denen er sich nicht viel macht. Es ging ihm um den Klang der altmodischen Türklingel und ihre Stimme, die voll und ein wenig rau ist. Er hört es gerne, wenn sie spricht. Vielleicht war es dieser besondere Klang ihrer Stimme, der ihn dazu bewogen hat, den nächsten Schritt zu tun.

Die Geräusche in der Küche verstummen. Er erstarrt. Es wäre ganz leicht, die Schuhe zu nehmen und wieder zu verschwinden. Dann wäre alles genau wie vorher. Nichts wäre geschehen, und sie würde nie erfahren, dass er hier gewesen ist. Aber nun, nachdem er die Türschwelle überschritten hat, will er nicht mehr zurück.

Er hat sich so häufig ausgemalt, wie es sein würde. Und nun ist alles ganz anders. Obwohl er sie nicht sehen kann, spürt er ihre Nähe. Jeden Moment könnte sie in den Flur kommen und ihn entdecken. Die Ungewissheit versetzt ihn in Aufruhr.

Als er die Kühlschranktür und anschließend das Klopfen eines Messers auf einem Holzbrett hört, ist er fast ein wenig enttäuscht. Es reicht ihm nicht mehr, im Flur herumzustehen. Er geht an der offenen Badezimmertür vorüber und bleibt vor der Küchentür stehen. Sie ist angelehnt. Er schaut durch den Spalt und sieht einen Küchentisch aus hellem Holz mit einem Stuhl davor. Sie selbst kann er nicht sehen, nur hören. Als sie anfängt, ein Lied zu summen, kann er sein Glück nicht fassen. Er hat sich alles Mögliche vorgestellt, aber nicht, dass sie für ihn singen würde. Eine einfache Melodie, die sie wiederholt, dabei ein wenig variiert, um dann ohne Übergang zu einem anderen Lied zu wechseln. Er hofft inständig, dass sie weitermacht. Jetzt weiß er, dass er sich ganz von seinem Gefühl leiten lassen kann.

Er öffnet die Tür und lässt die Szene auf sich wirken. Sie steht mit dem Rücken zu ihm. Er mag ihr Haar. Das hat ihm gleich gefallen. Es ist lang und dunkel und ganz glatt. Sie hat runde Schultern, die kräftig wirken, und eher kurze Beine, was ihn keinesfalls stört. In ihren Bewegungen liegt eine gewisse Unbeholfenheit.

Eine Weile bleibt er noch stehen und genießt ihre Ahnungslosigkeit. Dann tritt er hinter sie. Sie hat ihn noch immer nicht bemerkt. Er hört auf zu denken und spürt die unermessliche Bedeutsamkeit dieses Augenblicks. Einem Impuls folgend, greift er nach dem schmalen, hohen Spaghettiglas auf dem Tisch. Vielleicht hat sie die Bewegung aus dem Augenwinkel wahrgenommen, denn nun dreht sie sich um. In ihren braunen Augen sieht er ungläubige Überraschung.

2.

Jemand hatte ihr einmal erzählt, dass es so etwas wie ein Zellgedächtnis geben solle. Polizeimeisterin Nele Hagen wusste nicht, was sie davon halten sollte. Es kam ihr unwahrscheinlich vor, dass Zellen sich erinnern können. Als sie aber jetzt so schnell sie konnte die zwei Treppen hinauf rannte, dem weinenden Jungen in die Küche folgte und atemlos vor der Frau stand, war auf einmal wie aus dem Nichts dieses Gefühl fassungslosen Erstaunens von damals wieder da. Es war so greifbar lebendig, dass sie den Impuls verspürte, an sich herabzuschauen, ob Blut aus ihrer Uniformjacke hervortreten würde.

Sie beugte sich zu der Frau hinunter, um mit sanftem Druck Mittel- und Ringfinger an ihren Hals zu legen. Sie hielt den Atem an und spürte ein schwaches Pochen unter ihren Fingerspitzen. Ihr eigenes Herz raste.

»Können Sie mich hören?«

Keine Reaktion. Von der Straße her drang das Geräusch einer Sirene herauf.

»Hast du einen Krankenwagen gerufen?«

Der Junge nickte. Er war acht oder neun Jahre alt. Da sie selbst keine Kinder hatte, fühlte sie sich beim Einschätzen des Alters unsicher.

»Ist das deine Mutter?«

»Ja.«

Unten wurde die Haustür aufgedrückt. Schritte ertönten aus dem Treppenhaus.

»Hier oben, zweiter Stock!«, schrie sie.

Der Junge stand immer noch neben ihr. Er schwankte leicht. Sie schaute wieder auf die Frau hinunter, die auf dem Boden lag. Die Frau hatte eine Platzwunde auf der Stirn. Ihr dunkles Haar war zu einem Fächer ausgebreitet, der auf einem See aus Blut schwamm, das aus einer zweiten Wunde austrat, die wohl am Hinterkopf lag.

»Gehst du bitte in dein Zimmer?«

Der Junge schüttelte den Kopf. Vom Flur her drang Poltern.

»Schnell, hier in der Küche!«

Ein Notarzt und zwei Rettungssanitäter stürmten den kleinen Raum.

»Nicht ansprechbare Person mit stark blutender Kopfverletzung.«

»Verstanden. Wir übernehmen!«

Sie stand rasch auf, um dem Notarzt Platz zu machen. Das Kind starrte mit bleichem Gesicht seine Mutter an. Nele zog den Jungen zu sich und drückte ihn an ihren Körper. »Es wird alles wieder gut!«

Der Junge presste sein Gesicht an ihren Bauch.

Sie nahm seinen Kopf sanft zwischen ihre Hände und sah ihm in die Augen. »Wir gehen jetzt in dein Zimmer, damit die Männer deiner Mutter helfen können. Zeigst du mir den Weg?«

Der Junge nickte.

»Wie heißt du?«

»Tom.«

»Ich bin Nele.« Sie nahm den Jungen an die Hand und ging mit ihm in den Flur. Hinter einer halb geöffneten Tür wurde Kinderspielzeug sichtbar. Nele Hagen schob die Tür auf, doch als sie ihn in sein Zimmer bugsieren wollte, versteifte er sich. Sofort war sie wütend. Sie wollte den Jungen doch nur von dem Geschehen fernhalten, ihn in eine sichere Umgebung schaffen, und sie hatte nicht alle Zeit der Welt, um das zu tun! Doch dann sah sie die Angst in seinem Gesicht.

»Ist da jemand drin in deinem Zimmer?« Sie sprach sehr leise.

Tom schaute sie mit schreckgeweiteten Augen an.

Nele legte einen Finger auf die Lippen, griff mit der linken Hand an ihre Hüfte und knöpfte das Lederholster an ihrem Gürtel auf. Dann machte sie dem Kind ein Zeichen, von der Tür zurückzutreten. Ihr Puls beschleunigte sich, und ihr Atem wurde schneller. Von drüben hörte sie die Anweisungen des Arztes und die Entgegnungen der Rettungsassistenten.

Keine Geräusche aus dem Kinderzimmer, soweit sie das beurteilen konnte. Sie holte tief Luft, trat, die Hand auf dem kühlen Metall der Waffe ruhend, zwei rasche Schritte in das Zimmer.

Da war niemand, doch hinter der Tür gab es einen toten Winkel. Vorsichtig beugte sie sich so weit nach vorn, dass sie ihn einsehen konnte.

Die Spannung wich aus ihrem Körper. Sie blieb einen Moment stehen, bis sich ihr Atem beruhigte, knöpfte das Holster wieder zu und trat dann in den Flur hinaus. »Kannst du mir sagen, was hier passiert ist, Tom?«

Der Junge schüttelte den Kopf. Dabei starrte er auf ihre Hände.

Sie folgte seinem Blick und drehte ihre Handflächen nach oben. Im Daumenballen ihrer linken Hand steckte eine Scherbe. Blut tropfte auf ihren Schuh und auf die Holzdielen. Den Schnitt musste sie sich zugezogen haben, als sie bei der Frau gekniet hatte. Dort in der Küche war ein schweres Spaghettiglas zu Bruch gegangen. »Wartest du hier kurz, Tom?«

»Ja.«

Sie ging in die Küche, wo die Sanitäter die Verletzte auf eine Trage hievten. Der Arzt hatte ihr eine Sauerstoffmaske über Mund und Nase gelegt und hielt die Infusionsflasche hoch, während seine Helfer gemeinsam die Trage anhoben. Mit der anderen Hand griff der Mediziner, ein kräftiger Mann mit kurzen, dunklen Locken, der nicht viel älter als dreißig sein konnte, nach dem Notfallrucksack.

»Wird sie es schaffen?«

»Fragen Sie in zwei Stunden noch mal.« Der Arzt zwängte sich mit den Sanitätern und der Trage durch die Tür nach draußen. »Und lassen Sie sich Ihre Hand verarzten!«

Sie hörte, wie sich die Schritte entfernten. Plötzlich war es ganz still in der Wohnung. Der süßliche Geruch von Blut lag in der Luft und vermischte sich mit dem Duft der Tomatensauce, die auf dem Herd blubberte. Sie nahm die Pfanne von der Flamme und stellte den Herd aus. In der Blutlache auf dem

Boden lagen die Glasscherben. Die darin verteilten Spaghetti sahen aus, als hätte ein Kind dort Mikado spielen wollen. Sie zog sich den Splitter mit einem beherzten Ruck aus ihrer Hand, spülte sich das Blut, von dem sie nicht wusste, ob es ausschließlich von ihr oder auch von der Frau stammte, von der Haut, riss ein Haushaltstuch von der Rolle über dem Herd und drückte es auf die Wunde.

»Spinnst du?«

Sie drehte sich um. In der Tür stand Rüdiger Fleischmann. Er ging auf die fünfzig zu und hatte vor mindestens fünfzehn Jahren aufgehört, sich fit zu halten.

»Was hätte ich denn tun sollen?«

»Auf mich warten!«

»Hier lag eine Schwerverletzte!«

»Für die der RTW zuständig ist.«

»Der war aber noch nicht da.«

»Wenn wir einen Einsatz bekommen, bleiben wir zusammen. Niemand geht allein in so eine Wohnung!« Fleischmann sah sich um. »Was war hier überhaupt los?«

»Eine Frau, bewusstlos, mit stark blutender Kopfverletzung.«

»Und wenn hier noch jemand gewesen wäre, hättest du jetzt daneben liegen können.«

Sie sagte nichts.

»Gerade du solltest das wissen.«

Tom betrat die Küche. Fleischmann ging zu ihm. »Hast du jemanden, der auf dich aufpassen kann?«

Der Junge sah hilfesuchend zu ihr.

»Oma oder Opa? Eine Tante?«, fragte Fleischmann ungerührt.

Tom schaute den Polizisten an und schüttelte den Kopf.

»Worauf wartest du dann noch?«, blaffte Fleischmann sie an. »Ruf den Kindernotdienst!«

Tom traten die Tränen in die Augen.

Sie legte ihm die Hand auf die Schulter. »Keine Angst. Das sind ganz nette Leute. Die sorgen dafür, dass sich jemand um dich kümmert, solange deine Mama im Krankenhaus ist.«

»Ich kann alleine hier bleiben und selbst auf mich aufpassen.«

»Ich glaube nicht, dass das geht.« Sie sah ihn mitfühlend an.

Tom konnte seinen Blick nicht von der Blutlache lösen.

»Warst du hier, als das passiert ist?«, fragte sie.

Ein kurzes Zögern. »Nein.«

»Nicht?«

»Ich war in der Schule, und als ich wiedergekommen bin, lag Mama da.«

»Dann wollte sie wohl gerade Mittag kochen.«

»Ja.«

»Weißt du was? Wir gehen am besten mal in dein Zimmer und packen eine Tasche für dich.« Weil Tom nicht reagierte, schob sie ihn mit sachtem Druck zur Tür.

Tom verließ die Küche. Es wirkte, als ob er dabei nicht seinem Willen, sondern einem physikalischen Gesetz gehorchen würde.

Sie folgte ihm.

»Beeilt euch, ja?«, rief Fleischmann ihr hinterher. »Wir wollen hier zügig wieder abziehen.«

Sie ging zu ihm zurück. »Moment mal – geht das nicht an die Kripo?«

»Quatsch! Die Frau hat das Spaghettiglas vom Schrank geholt. Dabei ist es ihr auf den Kopf gefallen. Ein Haushaltsunfall.«

»Wie willst du das wissen?«

»Da sind die Scherben, da der Topf mit dem Nudelwasser.« Er stieg auf einen Stuhl und fuhr mit dem Finger über den Oberschrank. »Staub. Aber nicht da, wo das Glas stand.«

Sie zögerte.

»Oder meinst du, der Junge hat es sich geschnappt und ihr an den Kopf geworfen?«

»Sehr lustig.«

»Humor hilft. Solltest du auch mal probieren.« Fleischmann stieg ungelenk vom Stuhl und schaute ungeduldig auf die Uhr. Den Bericht würden sie vor Schichtende nicht mehr fertigkriegen. Er ging in den Flur. »Da war keiner dran. Aber vielleicht bin ich auch nur blind oder ein Anfänger«, rief er zu ihr herüber.

Sie ging ihm hinterher. Fleischmann stand an der Haustür und zeigte vorwurfsvoll auf das Schloss. Nele bückte sich und sah es sich an. Die Tür wies keine offensichtlichen Schäden auf.

Tom kam aus seinem Zimmer und beobachtete die beiden. Fleischmann atmete geräuschvoll aus und ging wieder in die Küche.

Ihr Blick fiel auf das Schuhregal. Da standen Kinderschuhe. Neben dem Regal war eine Schuhabtropfschale, die mit einem vom Regenwasser feuchten Aufnehmer ausgelegt war. Sie hatte das Gefühl, dass da irgendetwas nicht stimmte, konnte aber nicht sagen, was.

»Hier!«, rief Fleischmann.

Sie ging zu ihm in die Küche. Tom folgte ihr wie ein Schatten.

Fleischmann knallte das Portemonnaie, das er aus der Handtasche geholt hatte, auf den Esstisch. »Da sind gut hundert Euro drin. Ein Dieb hätte die wohl kaum hier liegen gelassen.« Er wandte sich an Tom. »Lebt dein Papa auch hier?«

Tom schüttelte den Kopf.

»Kommt er manchmal zu Besuch?«

Abermaliges Kopfschütteln.

»Hat deine Mama einen Freund?«

»Nein.«

Fleischmann trat an Nele Hagen heran. Zu nah, wie sie fand. »Kein Einbruch, keine häusliche Gewalt. Noch Fragen, Miss Marple?«

Sie schwieg.

Plötzlich lief der Junge aus der Wohnung.

Fleischmann sah sie auffordernd an. »Der Kleine ist dein Zuständigkeitsbereich.«

»Seit wann?«

Der Kollege verzog das Gesicht. »Ist einfach nicht mein Ding.«

Sie fand Tom vor der Tür der Nachbarwohnung.

»Ich kann bei Dennis bleiben«, verkündete er, »er passt oft auf mich auf.« Tom klingelte. Als niemand öffnete, setzte er sich auf die Treppenstufen.

»Was hast du vor?«

»Ich warte hier auf ihn.«

»Das geht nicht. Wir wissen doch gar nicht, wann er wiederkommt.«

»Dann rufen wir an.« Tom sprang auf und rannte in die Wohnung.

Sie folgte ihm in die Küche, wo er wie gelähmt vor der roten Lache stehen blieb, unfähig, seinen Blick von dem Blut zu lösen. »Komm«, sagte sie und zog ihn zurück in den Flur.

»Wir brauchen die Nummer!«, protestierte er.

»Sag mir einfach, wo ich sie finde.«

»Am Kühlschrank.«

»Dann hole ich den Zettel und du gehst schon mal in dein Zimmer.«

Es wunderte Nele nicht im Geringsten, dass er blieb, wo er war. Sie nahm den Zettel mit der Nummer, der unter einem Kühlschrankmagneten in der Form einer Sonnenblume klemmte, und ging damit zurück in den Flur. »Du kannst nur hierbleiben, wenn er sofort kommt. Aber selbst dann muss ich mit dem Kindernotdienst telefonieren. Die entscheiden dann, wie es weitergeht.«

Sie wählte die Handynummer von Dennis Meinl und wurde von einer mechanisch klingenden Stimme darüber informiert, dass der Teilnehmer nicht erreichbar war. Als sie es auf dem Festnetz probierte, hörte sie es in der Nachbarwohnung klingeln. »Das wird nichts. Wir gehen jetzt in dein Zimmer und packen eine Tasche für dich. Weißt du schon, was du mitnehmen willst?«

Tom wusste es nicht und machte auch keine Anstalten, es sich zu überlegen. Also begann sie für ihn zu packen.

»Lass das!« Tom riss ihr die Tasche aus der Hand, kippte sie aus und schlich in einem Tempo durchs Zimmer, das ihre

Geduld auf eine harte Probe stellte. Spielfiguren, ein dicker Haufen Sammelkarten und ein seltsam unförmiges Stofftier landeten in der Tasche. Sie zeigte so lange auf die Wechselkleidung und den Schlafanzug, die sie für ihn zusammengesucht hatte, bis er sie schließlich ebenfalls hineinstopfte. Zuletzt kam noch ein Handy dazu. Kein ganz neues Modell, das er aber mit großer Sorgfalt obenauf legte. Ein zerbrechlicher Schatz, dem nichts passieren durfte.

Nele kam sich wie ein Monster vor, als sie ihn wenig später unter Geschrei aus der Wohnung zerrte.

Fleischmann redete den ganzen Weg bis zum Revier nicht mehr mit ihr. Er war schlecht gelaunt und gab sich keine Mühe, das zu verbergen. Er war ein alter, sturer Gaul. Einmal auf dem Weg zum Stall, ließ er sich durch nichts mehr vom Weg abbringen. Aber mehr noch als auf ihn war Nele auf sich selbst wütend. Sie hatte sich von ihm plattreden lassen, obwohl sie immer noch davon überzeugt war, dass sie die Kripo hätten einschalten müssen. Aber was sollte sie ihm auch entgegensetzen? Weibliche Intuition?

Manchmal mochte sie ihren Job nicht besonders.

3.

Das AK Barmbek war mit seinen sechzig Klinkerpavillons, dem eigenen Wasserturm und dem Heizkraftwerk wie eine Stadt in der Stadt gewesen, bevor man es durch den in Glasoptik gehaltenen Koloss ersetzt hatte. Nele Hagen trug die Tasche des Jungen, als sie auf den modernen Großbau zuschritten. Es war weiß Gott nicht ihre Idee gewesen, mit ihm hierher zu kommen. Aber er hatte einfach keine Ruhe gegeben. Immer wieder hatte er behauptet, dass sie ihn anlog, wenn sie ihm sagte, dass es seiner Mutter gut ginge. Und er hatte ja auch recht. Julia Siems ging es nicht gut. Aber sie lebte. Das war es, was sie ihm eigentlich sagen wollte. Doch selbst das glaubte er ihr nicht mehr. Dabei hatte er doch neben ihr gestanden, als sie mit der Ärztin telefoniert hatte.

Sie setzte Tom auf eines der schicken Sitzelemente, die sich in der lichtdurchfluteten Eingangshalle alle Mühe gaben, eine entspannte Lounge-Atmosphäre zu verbreiten. Aber Nele war alles andere als entspannt. Sie hätte es begrüßt, wenn sich jemand vom Kindernotdienst hätte blicken lassen. Immerhin hatte sie die Adresse einer Pflegefamilie bekommen, zu der sie Tom bringen konnte, wenn sie hier wieder raus waren. Sie würde froh sein, ihn in ihre Hände zu übergeben. Es waren vermutlich kompetentere als ihre. Nele wies ihn an, zu warten, und ging zum Pförtner, einem missmutigen Mann um die sechzig mit aufgeschwemmtem Gesicht. Während er mit matter Stimme ihren Besuch auf der Intensivstation ankündigte, blickte sie zu Tom hinüber. Der Junge saß da wie ein Vogel, der aus dem Nest gefallen war.

»Komm!«

Der Intensivbereich mit seinen drei Stationen lag im hinteren Teil der Halle. Akkurat beschnittene Bäumchen, die unter dem Glasdach gediehen, säumten ihren Weg. Aber dafür hatte sie kein Auge. Sie wollte das alles hier so schnell wie möglich hinter sich bringen. Tom musste laufen, um mit ihr Schritt zu halten.

Als sie zwei Ärzte miteinander sprechen hörte, blieb sie stehen und blickte nach oben. Die beiden überquerten eilig eine der Fußgängerbrücken, die in vier Lagen den Gebäudekern mit den angrenzenden Flügeln verband. Plötzlich schien alle Kraft aus ihr zu weichen. Nele atmete mehrmals kräftig aus, um das Gefühl von Schwäche abzuschütteln. Seit der Nacht damals hatte sie kein Krankenhaus mehr betreten. Privat hatte es dafür keinen Anlass mehr gegeben, und im Dienst hatte sie immer jemanden gefunden, der es ihr abgenommen hatte. Nur heute nicht. Und das nur wegen des Jungen.

Sie starrte auf den geschmackvoll gefliesten Steinfußboden und sah plötzlich Julia Siems vor sich, wie sie in der Blutlache auf dem Küchenboden gelegen hatte.

»Ist was mit dir?« Der Junge schaute sie an.

»Nein.« Sie riss sich aus der Erstarrung, steuerte mit entschiedenem Schritt das Schild mit der Aufschrift *Intensivstation* an und drückte die Klingel über dem Ziffernfeld, auf dem die Angestellten den Nummern-Code der Station eingeben konnten. Als eine Stimme sich meldete, nannte sie ihren Namen und sagte, dass sie zu Julia Siems wolle.

Eine Intensivpflegerin, die sich als Schwester Agnes vorstellte, öffnete ihr. »Sie haben ein Kind dabei?«

»Tom. Julia Siems ist seine Mutter. Er möchte zu ihr.«

Schwester Agnes blickte Tom freundlich an. Sie war etwa zwanzig. Unter der grünen Haube lugte ihr kurzes, blond gefärbtes Haar hervor. »Wie alt bist du, Tom?«

»Neun.«

Die Schwester beugte sich zu ihm herunter und machte ein trauriges Gesicht. »Das tut mir leid. Aber dann kannst du sie leider nicht besuchen.«

»Ich muss aber zu ihr!«

Schwester Agnes stand wieder auf. »Wussten Sie das denn nicht? Für Kinder unter zwölf Jahren besteht ein Besuchsverbot auf der Intensivstation.«

»Nein, das wusste ich nicht«, antwortete Nele, »und ich verstehe auch nicht, warum das so ist.«

»Die Erfahrung hat gezeigt, dass Kinder ein bestimmtes Alter brauchen, um die Eindrücke, die sie auf einer Intensivstation sammeln, verarbeiten zu können.«

»Eindrücke«, wiederholte Nele.

»Die Schläuche und Maschinen, der Zustand, in dem sich unsere Patienten befinden. Das überfordert Kinder.«

»Das mag ja in vielen Fällen so sein. Aber ich glaube, dieser Fall hier liegt ein wenig anders.«

»Es tut mir leid.«

»Wissen Sie, was den Jungen hier wirklich überfordert? Dass er seine Mutter bewusstlos und blutend in der Küche gefunden hat und eine Höllenangst hat, dass sie tot ist. Dass er weder mir noch Ihnen glaubt, dass sie noch lebt, weil er es einfach sehen muss.«

Schwester Agnes zögerte.

»Ich würde gerne mit der Ärztin sprechen.«

Die Pflegerin schaute zu Tom, der ins Leere starrte. Sie öffnete die Tür und führte Nele und den Jungen durch einen kleinen Vorraum mit zwei Plastikcontainern für gebrauchte Arbeitskleidung in die Intensivschleuse. »Warten Sie bitte hier. Doktor Sahin kommt gleich zu Ihnen.«

»Danke.«

»Ich kann aber nichts versprechen.« Schwester Agnes ging. Sie schloss leise die Tür hinter sich.

Nele legte ihre Uniformjacke ab, nahm einen grünen Kittel aus dem Regal, schlüpfte hinein, tauschte ihre Uniformmütze gegen eine Stoffhaube und zog die blauen Plastiksäckchen über ihre Schuhe, die in einer Pappschachtel bereitlagen. Dann half sie Tom in den Kittel und krempelte die viel zu langen Ärmel hoch. »Warte hier auf mich. Ich guck mal nach der Ärztin.« Sie sah Tom ernst an. »Geh auf keinen Fall raus. Weder durch die eine noch durch die andere Tür.«

Tom nickte.

Als sie den Überwachungsraum betrat, ging ihr durch den Kopf, dass sie sich ebenso in der Verkehrsleitzentrale befinden könnte. Hier war zwar alles kleiner, und die Bilder auf den

Monitoren waren andere. Doch die von der Überwachungstechnik ausgehende Atmosphäre war die Gleiche.

Angrenzend an den Vorraum gab es eine Teeküche und ein Besprechungszimmer, aus dem Stimmen herüberdrangen. Die Patientenzimmer befanden sich jenseits des Monitortisches. Große Glastüren ermöglichten dem Personal einen ständigen Blickkontakt mit ihnen. In einem Zimmer entdeckte Nele einen Mann, der sich über eines der Betten beugte. Sie ging zu der Tür, öffnete sie leise und trat ein. Jetzt sah sie, dass der Mann die Hand der Patientin hielt und dass die Frau im dem Bett Julia Siems war. Sie räusperte sich. Der Mann fuhr herum. Ein blasses, schmales Gesicht mit verstört wirkendem Blick hinter dicken Brillengläsern.

»Entschuldigung, ich wollte Sie nicht erschrecken.«

»Kein Problem. Das haben Sie nicht.«

»Wie geht es ihr?«

Ein Zögern.

»Polizeimeisterin Hagen vom PK 11. Ich habe Frau Siems in ihrer Wohnung aufgefunden. Ich bin mit ihrem Sohn hier.«

»Tut mir leid, aber ich bin nicht befugt, Ihnen Auskunft zu geben.«

Sie dachte, dass ›Tut mir leid‹ offenbar der Leitsatz des AK Barmbek war.

Der Mann ging hastig zur Tür.

»Und an wen wende ich mich?«

»Ich muss jetzt wirklich.«

Sie blickte ihm irritiert nach. Ihr fiel auf, dass er sich ihr gar nicht vorgestellt hatte. Und er war auch nicht auf dem Weg ins Besprechungszimmer, um seine Kollegen von ihrem Erscheinen zu unterrichten. Außerdem trug er kein hellgrünes Hemd wie die Krankenschwester, sondern ein weißes. Er ging auf eine breite Doppeltür zu, die sich öffnete, als er den Schalter an der Wand betätigte. Die Bettenschleuse. Nele folgte ihm.

»Frau Hagen?«

Sie blieb stehen und wandte sich nach der resolut klingenden Frauenstimme um.

»Warum haben Sie nicht auf mich gewartet?«

Die Tür schloss sich. Der Mann war weg.

»Dieser Mann da eben – wer war das?«

»Welcher Mann?«

»So ein hagerer mit kurzen Haaren. Gehört der zu Ihrem Team?«

»Nein. Wir arbeiten heute in einer reinen Frauenbesetzung.«

Nele durchschritt eilig die Bettenschleuse und betrat die Halle. Ihr Blick blieb an einem Mann in weißer Krankenhauskleidung hängen, der sich durch eine Besuchergruppe drängte. Die gleichen dunklen Haare mit grauen Einsprengseln.

»Warten Sie!« Alle drehten sich nach ihr um, nur der Mann in dem Kittel nicht. Der setzte seinen Weg unbeirrt fort. Sie lief los. Die Leute wichen hastig zur Seite, um ihr Platz zu machen. Als sie dicht hinter ihm war, wiederholte sie ihre Aufforderung.

Der Mann blieb stehen und drehte sich um. »Meinen Sie mich?«

Fehlgriff. Braungebrannte Haut und ein dichter Vollbart.

»Entschuldigen Sie, ich habe Sie verwechselt.« Ärgerlich, dass sie den Mann aus Julia Siems' Zimmer verloren hatte, ging sie zurück zur Intensivstation.

Dort wurde sie bereits von der Frau mit der resoluten Stimme erwartet. »Was soll das Theater? Wollen Sie nun mit dem Kind zu Frau Siems oder nicht?«

»Dieser Mann eben – wenn er nicht auf der Station arbeitet, was hat er dann hier gemacht?«

»Das weiß ich nicht. Warum ist das wichtig?«

»Erst dachte ich, dass er hier arbeitet. Aber dann habe ich gesehen, wie er ihre Hand gehalten hat«, überlegte Nele laut. »Hat Frau Siems Besuch gehabt?«

»Kommen Sie. Ich bin übrigens Doktor Sahin.«

Nele gab der Ärztin die Hand. Sie war Ende vierzig, hatte tiefschwarzes Haar und trug eine Brille. Sie sah erschöpft aus, doch ihre Stimme klang fest und entschlossen. Sie führte Nele zurück in den Überwachungsraum.

»Agnes?«

»Ja?« Die Krankenschwester, die Tom und Nele hereingelassen hatte, kam zu ihnen.

»Hatte Frau Siems heute Besuch?«, fragte die Ärztin.

»Nur die Polizistin.«

»Und einer der anderen Patienten?«, hakte Nele nach.

Schwester Agnes blickte die Ärztin fragend an und antwortete erst, als sie ein zustimmendes Nicken von ihr bekam. »Nicht in der letzten halben Stunde.«

»Hat sich jemand nach ihr erkundigt?«

»Nein.«

»Aber Sie haben gesehen, wie dieser Mann hereingekommen ist.«

»Nein. Wahrscheinlich ist er durch die Bettenschleuse gekommen.«

»Wozu die Tür mit dem Nummern-Code, wenn hier jeder durch die Bettenschleuse reinspazieren kann? Das ist doch bescheuert!«, entfuhr es Nele.

»Hören Sie, das hier ist ein Krankenhaus, kein Hochsicherheitstrakt!«, mischte sich Doktor Sahin ein.

Ein betretenes Schweigen entstand.

»Hast du Zeit, den Jungen auf seine Mutter vorzubereiten?«, fragte Doktor Sahin die Krankenschwester.

»Ja.«

»Danke.«

Während Schwester Agnes zu Tom in die Intensivschleuse ging, blieb Nele mit der Ärztin im Überwachungsraum. »Wie geht es Julia Siems?«

»Sie hat ein Schädel-Hirn-Trauma. Wir haben sie in ein künstliches Koma versetzt, um sie zu stabilisieren.«

»Wacht sie wieder auf?«

Doktor Sahin sah sie an. »Das ist zumindest nicht ausgeschlossen.«

Es waren nicht die Worte, sondern es war der ernste Ton der Ärtzin, der Nele auf den Magen schlug. Obwohl sie sich lieber hingesetzt hätte, blieb sie stehen. Sie dachte, dass sie sich als Polizistin von Nachrichten dieser Art nicht den Boden unter den Füßen wegziehen lassen dürfe.

»Frau Siems geht es leider nicht so gut, wie wir uns das gewünscht hätten«, sagte Doktor Sahin. »Sie bringen ihren Sohn zu einer Pflegefamilie?«

»Ja. Es gibt keine weiteren Verwandten in Deutschland. Die Großeltern leben in Italien. Wir bemühen uns, sie zu erreichen.« Das Sprechen half Nele, ihre Fassung zurückzugewinnen. Jetzt konnte sie die Sicherheit, die die Uniform ihr verlieh, wieder spüren.

»Siems – das klingt nicht sehr italienisch.«

»Ihre Mutter hat einen Deutschen geheiratet. Julia Siems selbst ist in Hamburg aufgewachsen. Die Eltern sind wohl nach Italien zurückgegangen.« Sie sah zu dem Patientenzimmer herüber. »Darf ich zu ihr?«

»Ja.«

Als sie das Zimmer betraten, störte nur das regelmäßige Zischen des Beatmungsgerätes die bedrückende Stille. Das Leben von Julia Siems hing von einem elektrischen Blasebalg ab, der Luft in ihre Lungen pumpte. Ob sie etwas von dem fühlte, was mit ihr vorging? Nele betrachtete die schlaffen Finger und den blässlichen Handrücken, in dem eine Kanüle steckte, und spürte den Impuls, die Hand zu nehmen, um die Frau zu trösten.

Die Tür wurde geöffnet. Schwester Agnes kam mit Tom an der Hand hinein. Er verschwand förmlich in dem Kittel. Hinter dem Mundschutz aus hellgrünem Vlies war kaum etwas von seinem Gesicht zu sehen. Doktor Jasamin Sahin ging zu ihm, beugte sich zu ihm hinunter und sagte ihm, dass er leise sein müsse, weil seine Mutter schlafe. Dann zeigte sie auf die Geräte und erklärte ihre Funktion. Tom nickte. Seine Haube rutschte ihm ins Gesicht. Die Ärztin richtete sie wieder und fuhr mit ihren Erläuterungen fort. Nach einer Weile nahm sie Tom an die Hand und verließ das Zimmer mit ihm. Sie kündigte an, dass sie sich noch etwas mit ihm unterhalten würde, und bat Nele, so lange in der Teeküche zu warten.

Als die Ärztin mit ihm zurückkam, sah der Junge blass aus. Mit der Bitte, sie anzurufen, wenn sich der Zustand von Julia Siems ändern sollte, überreichte Nele Doktor Sahin eine Visitenkarte. Sie sagte ihr, sie werde Tom zu seiner Pflegefamilie bringen und dort die Nummer der Station hinterlegen.

4.

»Hast du schon mal einen Toten gesehen?«, fragte Tom.

Sie hielt an einer Ampel, die auf Rot schaltete, und drehte sich zu dem Jungen um, der auf der Rückbank des Streifenwagens saß und die ganze Zeit kein Wort geredet hatte. »Ja. Wenn man bei der Polizei ist, passiert das manchmal.«

»Ist das nicht gruselig?«

»Das kommt darauf an.«

»Worauf?«

»Auf die Situation. Als meine Oma gestorben ist, das war eigentlich nicht gruselig.«

»Wann war das?«

»Da bin ich noch zur Schule gegangen.«

»Also warst du noch ein Kind.«

»Nein, eine Jugendliche. Ich war fast fertig mit der Schule.« Die Ampel schaltete wieder auf Grün. Sie fuhr an.

»War deine Oma krank?«

»Ja.«

»Dann war sie im Krankenhaus?«

»Nein. Sie ist zu Hause in ihrem Bett gestorben.«

»Warum haben die Ärzte sie nicht gesund gemacht?«

»Dafür war sie zu krank.«

Tom sagte eine Weile nichts. Das Gesicht der Stadt änderte sich. Die Wohnviertel wichen den hafennahen Industriebrachen. Breite Straßen, die über lange Strecken von unzähligen abgestellten Lkws gesäumt waren. Dahinter von hohen Eisenzäunen geschützte Speditionen, schlecht befestigte Fußgängerwege und in regelmäßigen Abständen Bushaltestellen, an denen sie noch niemals jemanden hatte warten sehen.

»Meine Mama ist auch sehr krank. Vielleicht stirbt sie.«

»Hat das die Ärztin gesagt?«

»Ja.«

Nele schwieg. Die Stille legte sich ihr aufs Gemüt.

»Aber das glaube ich nicht.«

Sie sagte nichts.

»Die Ärztin kennt Mama gar nicht. Sie hatte mal einen Autounfall, und das war viel schlimmer. Da wäre sie fast gestorben. Das hat sie mir erzählt. Jetzt hat sie nur ein Loch im Kopf.«

»Und das ist nicht so gefährlich?«

»Ich hatte auch schon einmal ein Loch im Kopf. Das musste nur genäht werden.«

»Was genau hat die Ärztin zu dir gesagt?«

»Sie hat gesagt, dass die Patienten auf der Intensivstation sehr krank sind und manchmal sterben.«

»Und über deine Mutter?«

»Was ich eben gesagt habe.« Tom beugte sich nach vorn zwischen die Sitze und sah sie an. »Meinst du, sie hat gar nicht meine Mutter gemeint?«

»Das weiß ich nicht.«

Sie ließen Billbrook hinter sich und erreichten das Marschland zwischen Dove-Elbe und Süder-Elbe. Die Bewölkung hatte sich gelockert und das Licht der Sonne ließ das satte Grün der Wiesen aufleuchten. An der schmalen Straße gab es nur wenige einzeln stehende Häuser. Nele Hagen verlor das Gefühl, sich überhaupt noch in Hamburg zu befinden.

Gegenüber des Schuppens der Freiwilligen Feuerwehr hatte Familie Renken ihr Zuhause. Auf dem Rasen lag ein großer Hund vor einem Kaninchenstall. In einem kleinen Gehege pickte eine Handvoll Hühner nach Körnern. Sie lächelte. Das war ziemlich viel Idylle auf einmal für einen Hamburger Jungen. Nele erinnerte sich daran, dass sie als Kind immer davon geträumt hatte, auf einem Bauernhof zu leben.

»Wir sind da.« Sie half Tom aus dem Wagen. Als sie das hüfthohe Gartentor öffnete, blickte der Hund nur müde auf.

»Kann man den streicheln?«

»Ich weiß es nicht. Vielleicht wartest du lieber.« Sie ging auf dem schmalen, moosdurchsetzten Plattenweg zur Tür und klingelte. Ein etwa fünfzigjähriger Mann öffnete ihr. Er war groß, durchtrainiert und trug ein Nasenpiercing. Obwohl sie nicht auf Piercings stand, fand sie ihn auf Anhieb sympathisch.

»Ulf Renken.«

»Nele Hagen, wir haben vorhin telefoniert.«

Renken gab ihr die Hand. Er hatte einen festen Händedruck, der sie an ihren Handballtrainer aus der Schulzeit erinnerte.

Tom blickte auf. »Kann man den streicheln?«

»Ja. Er heißt Bobby.« Ulf Renken ging zu Tom, der sich zu dem Hund ins Gras gesetzt hatte und ihm vorsichtig mit der Hand über den Rücken strich. »Ich bin Ulf.« Der Mann hockte sich zu Tom und kraulte dem trägen Tier den Kopf.

»Was ist das für ein Hund?«

»Ein Mischling.«

»Passt er aufs Haus auf?«

»Na ja, nicht so richtig. Er ist schon alt.«

Tom wurde etwas mutiger und kraulte dem Hund nun auch den Kopf. Das Tier schloss seine Augen und genoss die Zuwendung.

»Willst du noch etwas bei Bobby bleiben?«

»Ja.«

Ulf Renken bot Nele einen Kaffee an, den sie ablehnte. Dann sagte er Tom, dass er wieder ins Haus gehen würde und die Tür offen stehe. Er sei gerade beim Kochen und würde in der Küche auf ihn warten.

Als Nele wieder mit Tom allein war, wusste sie nicht recht, wie sie sich von ihm verabschieden sollte. Sie hockte sich zu ihm. »Ich muss jetzt fahren. Ich hab noch Dienst.«

Tom streichelte weiter den Hund. Er schien sie gar nicht gehört zu haben. Sie legte ihm die Hand auf die Schulter und sagte »Tschüss«. Dann stand sie auf und ging zum Wagen. Als sie die Tür öffnete, schaute Tom sie an. Etwas in seinem Blick ließ sie zögern. »Alles in Ordnung?«

Als er nichts sagte, ging sie zurück zu ihm. »Was ist los?«

Sie wartete vergeblich auf eine Antwort. Aber gerade als sie wieder zurück zum Wagen wollte, begann Tom zu reden.

»Ich wollte Mama noch etwas sagen. Aber das konnte ich nicht, weil sie geschlafen hat.« Beim Reden schaute er nicht sie, sondern den Hund an.

»Was wolltest du ihr erzählen?«
»Das kann ich nur ihr sagen.«
»Um was geht es denn?«
Schweigen.
»Du kannst mir alles erzählen. Wirklich.« Sie lächelte ihn an.
Er sah sie an und schüttelte den Kopf.

5.

Eigentlich sollte sie jetzt zu Hause sein, ihren Abwasch machen, staubsaugen, sich einen Salat machen und sich damit gemütlich vor den Fernseher setzen.

Stattdessen stand Nele Hagen vor dem Multiplexkino gegenüber vom Dammtorbahnhof und wartete. Sie hatte schon den Hörer in der Hand gehabt, um Tobi abzusagen, es dann aber doch gelassen.

Tobi sah ganz passabel aus. Bestimmt trainierte er regelmäßig. Schlaflose Nächte bescherte er ihr allerdings nicht. Möglicherweise war er ja deshalb genau der Richtige für diesen Abend. Ein Freund oder Bekannter – das musste sich noch herausstellen –, der ihr keinen Kummer bereiten konnte. Vielleicht musste sie aber auch nur austesten, ob es noch Menschen gab, die es länger als zehn Minuten mit ihr aushielten, ohne dass es Nervereien gab. Im Kino standen die Chancen dafür ziemlich gut.

»Wow, du siehst gut aus!«

»Quatsch.«

»Du hast ja keine Ahnung.« Tobi nahm Nele zur Begrüßung in den Arm. Er trug ein Kapuzenshirt und eine Jeansjacke. Ohne Uniform wirkte er viel selbstbewusster, was ungewöhnlich war, weil es ihr bei den meisten Kollegen so vorkam, als sei das eher umgekehrt. Für sie selbst galt das wohl auch.

»Wollen wir schon reingehen?«

»Klar.«

Während sie an einem der Stehtische in der Lobby wartete, besorgte Tobi zwei Bier und Nachos. Zwischendurch schaute er von der Warteschlange zu ihr herüber, wie um sich zu versichern, dass sie noch da war. Nele fand das rührend.

Sie schaute auf die Uhr und fragte sich, was sie in der verbleibenden Zeit bis zum Vorstellungsbeginn mit ihm reden sollte. Wenn sie sich auf der Wache sahen, waren immer andere dabei. Ihr wurde auf einmal klar, dass sie sich noch nie richtig mit ihm unterhalten hatte und sie nicht viel mehr über ihn wusste, als dass er aus Schleswig-Holstein kam.

Als sie den Kinosaal betraten, stellte sie erleichtert fest, dass Tobi jemand war, dem das Reden leichtfiel. Das war gut, denn sie konnte mit Männern, die mit unbewegter Miene dasaßen und sich vorstellten, dass das tiefgründig wirken könnte, wenig anfangen. Als sie sich in die roten Samtsessel drückten, kam es ihr allerdings etwas seltsam vor, ihm so nahe zu sein. Sie war froh, als das Licht ausging und die Werbung begann.

Der große Saal war ziemlich voll. Nur in den vordersten Reihen gab es noch freie Plätze. Um sie herum unterhielten sich die Leute. Tobi erzählte ihr, wie verdammt schwer es gewesen war, eine Wohnung in Hamburg zu finden, und dass er immer noch nicht fassen könne, dass er praktisch die Hälfte seines Gehalts für die Miete ausgab. Er schien nicht zu merken, dass etwas nicht mit ihr stimmte, und sie erwischte sich bei dem Gedanken, dass Matthias das sofort registriert hätte. Aber sie saß hier nicht mit ihrem Ex, sondern mit Tobi.

Er redete weiter, doch seine Stimme schien von weit her zu kommen. Eine Wand aus Watte schob sich zwischen sie und ihre Umwelt. Nele gab dem Bier die Schuld, das sie auf nüchternen Magen trank, und hielt sich an die Nachos. Doch die machten es nicht besser. Die Wand wurde immer undurchdringlicher, schnitt sie von der Welt draußen ab.

Die Werbung endete. Es wurde dunkel im Saal. Die Gespräche verstummten. Und dann war alles auf einmal wieder zum Greifen nahe. Das Rumpeln, mit dem sie benebelt von den starken Schmerzmitteln auf der Trage zum Krankenwagen geschoben worden war, und die Kälte, die sich von ihrem Bauch aus verbreitet und ihren ganzen Körper hatte zittern lassen. Das Blaulicht hatte der Nacht eine unwirkliche Farbe verliehen. Alles hatte gewirkt wie in Bewegung durch den wandernden Lichtkegel. Dabei war im Gegenteil die Welt zum Stillstand gekommen. Warum konnte sie sein Gesicht nicht sehen? Sie hatte nach seiner Hand gegriffen, die sich rau und kräftig anfühlte und zu der Stimme passte, die ihr die Worte zugeflüstert hatte. »Sie schaffen das!« Sie hatte die Hand gedrückt, bis sie das Bewusstsein verlor. Die Stimme und die Hand hatten ihr geholfen, loszulassen, als alles um sie herum in Finsternis versank.

Ihr dröhnender Herzschlag und das Rauschen ihrer flachen Atemzüge übertönten den Film. Sie stand auf und löste schlecht gelauntes Raunen aus, als die halbe Reihe aufstehen musste, um sie rauszulassen. Sie bekam davon nicht allzu viel mit, weil sie vollends damit beschäftigt war, nicht ohnmächtig zu werden oder loszuschreien. Bis sie den Ausgang erreichte, verging eine Ewigkeit. Schlimm war, dass es draußen nicht besser wurde. Mittlerweile hatte sie das Gefühl, kaum noch Luft zu bekommen. Ihre Stirn und ihr Rücken waren schweißnass.

»Nele!«

Sie sah sich nicht um, sondern strebte der Treppe entgegen, stolperte mehr als dass sie die vier Stufen ging, lief vorbei an den Kassen, drückte die Tür auf und war endlich draußen.

»Alles in Ordnung mit dir? Du bist ja leichenblass!«

Sie konzentrierte sich darauf, ruhig auszuatmen.

»Nele?«

Sie schaute ihn an und wusste nicht, was sie sagen sollte.

»Soll ich dich nach Hause bringen?«

Sie nickte und spürte, wie Tobias sie unterhakte. Zu guter Letzt hatte er doch noch gemerkt, dass etwas mit ihr nicht stimmte. War aber ja auch nicht sonderlich schwer gewesen.

Der Himmel über ihnen war sternenklar. In der Luft hing eine zarte Ahnung von Frühling. Sie gingen ein Stück die Esplanade hinauf, wo Tobi seinen Wagen stehen hatte, einen Audi A 1 neueren Baujahrs. Er öffnete die Tür, half ihr beim Einsteigen und startete den Motor. »Stört dich Musik?«

Sie schüttelte den Kopf. Er schloss seinen MP3-Player an und wählte eine Playlist. Eine melancholische Männerstimme sang zu ruhigen Gitarrenklängen. Der Wagen setzte sich sanft in Bewegung.

Nele begann, sich zu entspannen. Sie schaute aus dem

Fenster und sah die Binnenalster vorüberziehen. Der Mond warf sein Licht aufs Wasser. Ein Paddler, der sich weder um Kälte noch Dunkelheit scherte, steuerte sein Kajak mit gleichmäßigen Paddelschlägen auf die Lombardsbrücke zu. Hinterm Hauptbahnhof bog Tobias zweimal links ab. Sie kamen am Revier vorbei, wo sie Nuri zu erkennen glaubte, der draußen eine rauchte. Tobias sagte die ganze Fahrt über kein Wort, und sie war froh darüber. Seltsamerweise fragte er noch nicht einmal nach der Richtung, die er einschlagen musste. Als ob es das Selbstverständlichste der Welt sei, lenkte er den Wagen durch Hohenfelde in die Eilenau.

»Welche Nummer?«

»Woher weißt du eigentlich, wo ich wohne?«

»Weiß ich doch gar nicht.« Er lachte.

Sie sagte ihm die Nummer.

Er hielt vor dem Haus. »Schön hier. Toller Blick auf den Kanal.«

»Ja, finde ich auch.« Sie löste ihren Sicherheitsgurt und stieg aus.

Ein leichter Wind strich von der Straße zum Kanal herüber und kräuselte das Wasser. Tobi kam zu ihr. »Soll ich noch mit hochkommen?«

»Besser nicht.«

»So meinte ich das nicht.«

Sie schaute ihn an. »Das ist ja nicht gerade ein Kompliment.«

Für einen Moment schlich sich Unsicherheit in seinen Blick. Dann lachten sie beide.

»Tut mir leid, dass ich dir den Abend versaut habe.«

»Hast du nicht«, beteuerte Tobi.

»Nett von dir, das zu sagen.«

Er sah sie an. »Ich weiß nicht, wie ich das sagen soll.« Tobi zögerte. »Muss ziemlich schlimm sein, wenn so etwas im Dienst passiert.«

Sie sagte nichts.

»Ich weiß das schon so lange und hab dich nie darauf angesprochen. Wie kommst du damit klar? Ich meine …«

Nele setzte ein unverbindliches Lächeln auf. »Ich geh jetzt mal hoch. Wird ein bisschen kalt hier.«

»Entschuldigung. Ich wollte nicht neugierig sein oder so.«

»Ich will einfach nicht drüber reden.«

»Ist in Ordnung.«

»Danke für die Einladung.«

»Gern. Vielleicht können wir das ja demnächst noch einmal wiederholen.«

»Vielleicht.« Sie winkte ihm kurz zu und ging zur Tür. Als sie aufschloss und sich beim Hineingehen noch einmal umwandte, stand er immer noch da und winkte zurück.

Beim Betreten des ockerfarben gefliesten Hausflurs hörte sie das Zuschlagen der Autotür und den startenden Motor. Sie blieb stehen, bis das Geräusch des davonfahrenden Wagens außer Hörweite war. Dann ging sie die Stiegen hinauf.

Da sie das Kino kurz nach Vorstellungsbeginn verlassen hatten, war es noch ziemlich früh. Trotzdem wirkte das Haus wie ausgestorben. Die Stille wurde nur von Frau Kapinskis Fernseher gestört, die den Apparat immer so laut stellte, dass man das Programm auch im Treppenhaus verfolgen konnte – sofern man der polnischen Sprache mächtig war. Die anderen Mieter störte das nicht, weil sie im Schnitt nicht besser hörten als Frau Kapinski. Immerhin ging die alte Dame früh ins Bett und beschwerte sich ihrerseits nicht, wenn Nele selbst mal die Anlage aufdrehte.

An diesem Abend konnte sie Frau Kapinskis Fernseher nur schlecht ertragen. Er gab ihr das Gefühl, dass ihre Wohnung nicht mehr ihr Zuhause war, und plötzlich kam sie sich in ihrem eigenen Leben fremd vor.

Nele zog ihre Schuhe aus. Für einen Moment blitzte so ein Gefühl auf, als ob Matthias da sei. Gleich würde sie seinen vertrauten Schritt auf den Treppen hören. Er würde den Schlüssel ins Schloss stecken, die Tür öffnen und seine Schuhe neben ihre stellen. Sie schob die halbhohen Stiefel, die sie zu der Strumpfhose und dem kurzen Rock getragen hatte, mit dem Fuß an die Wand und riss ihren Blick von der leeren Stelle los, an der Matthias' Sneakers immer gestanden hatten.

Als Nächstes machte sie Musik an. Akustische Inbesitznahme ihres Wohnraums. Sie lief ungefähr zwanzigmal hin und her, um ihre Ausgehklamotten gegen eine Jogginghose zu tauschen, einen Rotwein zu öffnen und sich mit einem Glas auf das Schlafsofa im Wohnzimmer zu begeben. Das Möbelstück war sauteuer gewesen, und sie hatten es für den Fall angeschafft, dass Gäste kommen würden. Angesichts von Matthias' großer Familie und seines weit verzweigten Freundeskreises war ihr das sehr vernünftig erschienen. Sie hatte gedacht, dass sie notfalls auch wechselseitig darauf ausweichen konnten, wenn das Kind nachts schrie. Aber sie hatten ja nun kein Kind bekommen. Und zusammen waren sie auch nicht mehr.

Mittlerweile verfluchte sie sich dafür, dass sie im Kino nicht durchgehalten hatte. Sie war müde und fühlte sich leer, aber es war viel zu früh, um ins Bett zu gehen. Sie hätte Tobis Angebot annehmen sollen. Er war so fürsorglich gewesen. Wahrscheinlich hatte sie gerade das abgeschreckt. Weil sie sich dann so fühlte, als ob sie jemanden brauchte, der sich um sie kümmerte. Wenn er versucht hätte, sie rumzukriegen, wäre es dagegen ganz leicht gewesen, ihn ohne weitere Erklärungen rauszuschmeißen. Möglicherweise hätte sie es ja sogar darauf ankommen lassen, dass er blieb.

6.

Es ist ein Risiko, das ist ihm klar. Doch es muss sein. Es ist vielleicht noch wichtiger als die Sache in der Wohnung. Was dort geschehen ist, hat ihn zu einem anderen Menschen gemacht. Es ist zwar schon vorher da gewesen, hat ihn immer von den anderen getrennt. Ihn anders gemacht, als sie es sind. Deshalb gehört er nicht zu ihnen. Hat noch nie zu ihnen gehört. So viele Tage, an denen er ganz alleine damit gewesen ist. Aber jetzt endlich hat alles einen Sinn bekommen.

Sein Herz klopft. Die letzten zwölf Stunden sind wie im Rausch vergangen. Es macht ihn lebendig, lebendiger als er jemals zuvor gewesen ist. Keiner von denen hat auch nur eine Ahnung. Sie schauen ihn an und sehen nur den, der er einmal war. Sie können nicht erkennen, wie ihm sein neues Leben kochend durch die Adern fließt. Es gibt nur einen Menschen, der es hätte sehen können.

Die Tür öffnet sich mit leisem Surren. Der Gang ist leer. Er horcht in die Stille hinein. Keine Schritte. Keine Stimmen. Eine schlafende Station. Er spürt die Kanten des Gerätes im Rücken. Er hat es sich mit stabilem Tape auf die Haut geklebt. Es ist so flach, dass es unter seinem Krankenhauskittel nicht auffällt. Wenn man genau hinsieht, sieht man allenfalls, dass er sich beim Gehen ungewöhnlich gerade hält. Er könnte genauso gut Rückenschmerzen haben. Niemand wird darauf achten.

Er setzt sich in Bewegung, drückt den Türöffner mit dem Ellbogen. Die Glasflügel schwingen auf. Er schreitet ohne Zögern durch das Tor. Dies ist sein Ruf. Ein Weckruf, den niemand wird überhören können.

Er geht zur Bettenschleuse. Es ist ganz leicht, sich Zugang zu verschaffen, wenn man sich ein wenig auskennt. Dazu gehört nur ein bisschen gesunder Menschenverstand. Schließlich müssen die Patienten irgendwie auf die Station gelangen. Und wenn es schnell gehen muss, kann man nicht warten, bis sich jemand an der Gegensprechanlage meldet.

An der Ecke bleibt er stehen und lauscht. Er weiß: Wenn er keine Bewegung hört, ist vermutlich auch keiner im Überwachungsraum oder an den Betten. Es ist zwei Uhr morgens. Um diese Zeit studiert niemand stundenlang Kurven. Da sitzt man mit den Kollegen im Aufenthaltsraum oder in der Teeküche zusammen. Der Drang, sofort hineinzugehen, ist stark. Doch um sicherzugehen, muss er noch etwas warten.

Er denkt daran, wie gering die Wahrscheinlichkeit war, dass es ausgerechnet diese Polizistin sein würde, die nach der Sache in der Küche zum Einsatz in die Wohnung gerufen wurde. Gerade sie! Er hatte mit stockendem Atem draußen gestanden und beobachtet, wie sie von der Straße ins Haus gelaufen war. Und dann war es ihm klar geworden: Das war gar kein Zufall. Es war das Schicksal, das ihm den Weg aufzeigte, auf dem sich alles fügen würde.

Immer noch kein Geräusch. Ein letzter Blick um die Ecke. Dann streift er seine Latexhandschuhe über, betritt mit einer fließenden Bewegung den Überwachungsraum, geht rasch die Patientenzimmer ab und verschwindet lautlos in dem Zimmer, in dem Julia Siems liegt.

Von nun an ist es ihm egal, ob ihn jemand sieht oder nicht. Wenn jemand kommt, wird er reagieren. Er wird tun, was nötig ist. Er hat keine Angst, denn er weiß, dass er stärker ist. In diesem Moment kann es niemand mit ihm aufnehmen. Also erledigt er das Notwendige Schritt für Schritt. Er zieht den Kittel aus, reißt sich das Tape von der Haut, ohne den Schmerz zu spüren, und stellt das Gerät auf. An der Wand ist eine Steckdosenleiste, die er benutzt, um den Apparat an das Stromnetz anzuschließen. Als er fertig ist, besieht er sich sein Werk. Julia Siems liegt in ihrem Bett. Sie kommt ihm ganz vertraut vor.

Er schlägt ihre Bettdecke zurück. Sie trägt ein dünnes Klinikhemd. Er greift einen Zipfel des Hemdes und zieht den schwarz gepunkteten Stoff langsam hoch. Sie hat kleine Füße und rundliche Knie. Man hat ihr einen Katheter gelegt, dessen Schlauch zwischen ihren Beinen verschwindet. Ihr Bauch ist flach und ihre Brüste sehen weich aus. Es wäre schön, ihr Gesicht dabei sehen zu können. Doch das ist nicht möglich. Er streicht ihr über das Gesicht und die linke Brust. Dann stopft er sich das gebrauchte Klebeband in die Kitteltaschen und programmiert den Timer.

7.

Nele Hagen lag wach, als das Telefon klingelte. Es war, als hätte sie die ganze Nacht nur auf diesen Moment gewartet. Sie war immer wieder aus ihrem unruhigen Schlaf hochgeschreckt und hatte mit offenen Augen in ihrem Bett gelegen. Sie wusch sich, zog sich an, setzte etwas Wasser auf und verbrannte sich die Lippen an dem heißen Kaffee.

Als sie auf die dunkle Straße hinaustrat, fröstelte sie. Obwohl sie genau genommen nicht im Dienst war – ihre Schicht begann erst in vier Stunden –, trug sie Uniform. Die Straßenlaternen beschienen die noch kahlen Bäume, durch die der kalte Wind fegte. Der Kanal dahinter plätscherte dunkel und träge vor sich hin. Sie wusste nicht genau, was passiert war, nur, dass es um Julia Siems ging.

In der Eingangshalle trieb ihr die trockene Heizungsluft den Schweiß auf die Stirn. Ihr Kreislauf bereitete ihr Probleme, und sie bereute, dass sie nicht zumindest eine Scheibe Toast vor dem Wegfahren gegessen hatte. Als sie die Intensivstation betrat, spürte sie sofort, dass etwas nicht stimmte. Als Erstes fiel ihr das Fehlen der sachlichen Geschäftigkeit auf, die so typisch für ein Krankenhaus war. Die Ärzte und Schwestern schienen wie betäubt. Und Doktor Sahin wirkte vollkommen überrascht über ihre Ankunft.

»Was machen Sie hier?«

Sie blickte die Ärztin irritiert an. »Ich bin so schnell wie möglich gekommen.«

»Woher wissen Sie …«

»Sie haben mich doch angerufen!«

»Nein. Ich weiß, ich hätte Sie anrufen sollen, aber wir hatten bis eben alle Hände voll zu tun. Sie können sich nicht vorstellen, was hier los war. Ich habe so etwas noch nie erlebt.«

»Aber ich habe einen Anruf bekommen. Von einem Mann. Einem Mitarbeiter der Intensivstation.«

»Hast du Frau Hagen angerufen?«

Ein junger Mann, der sich leise mit einer Krankenschwester unterhielt, blickte zu ihnen herüber und schüttelte den Kopf.

»Dann war es niemand von uns.«

»Aber wer war es dann?«

»Kommen Sie!«

Sie wurde von der Ärztin in den Besprechungsraum geführt. Dort saß eine Frau, Ende zwanzig mit ausladenden Hüften, die Doktor Sahin ihr als Schwester Dana vorstellte. Sie wirkte bedrückt und hatte gerötete Augen.

»Setzen Sie sich«, forderte die Ärztin Nele auf.

»Was ist passiert?« Nele blieb stehen. Ihr fehlte die Ruhe zum Sitzen.

Doktor Sahin ließ die Frage unbeantwortet. »Ist noch Kaffee für Frau Hagen da?«

Schwester Dana nickte. »Möchten Sie Milch und Zucker?« Sie sprach leise, mit einem leichten osteuropäischen Akzent, und schaute mit unsicherem Blick zu der Ärztin.

»Sie sollten sich wirklich setzen«, wiederholte Doktor Sahin ihre Aufforderung. Nele rückte einen Stuhl vom Tisch ab und nahm darauf Platz.

Doktor Sahin wartete, bis sie saß. »Frau Siems lebt nicht mehr.«

Nele fühlte einen starken Druck in der Magengegend.

»Sie hatte eine massive Krise. Die Kollegen haben reanimiert, jedoch erfolglos. Mit so etwas mussten wir rechnen.«

Die Ärztin ließ Nele einen Moment Zeit, um die Nachricht zu verdauen. »Da ist allerdings noch etwas. Etwas, das mich sehr unsicher macht. Und deshalb ist es gut, dass Sie da sind.« Jasamin Sahin blickte zu Schwester Dana herüber, die sich einen Kaffee eingoss. »Dana, erzähle bitte Frau Hagen, was passiert ist.«

Dana Perkovic nickte. Sie stellte ihren Kaffeebecher mit einer vorsichtigen Bewegung auf den Tisch und schloss die Augen, um sich zu sammeln. Ihre Hände zitterten. Als sie zu sprechen begann, musste Nele sich beim Zuhören anstrengen, weil ihre Stimme so leise war.

»Ich hab um zehn angefangen. Bei der Übergabe war noch alles in Ordnung. Die ganze Nacht war sehr ruhig. Bis um halb zwei.« Die Krankenschwester blickte Nele an, als ob sie eine Bestätigung für das Gesagte erwartete. »Und dann kam diese Musik. Wir wussten nicht, woher das kam. Deshalb bin ich aufgestanden und habe nachgeschaut. Die beiden anderen haben sich weiter unterhalten.«

»Die beiden anderen?« Neles Unwohlsein verstärkte sich.

»Marina und Ingo.«

»Schwester Marina und Ingo, der diensthabende Arzt«, erklärte Doktor Sahin.

Dana Perkovics Blick heftete sich auf die Tischplatte. »Sie lag nackt da. Und dann lief diese furchtbare Musik. Das hämmerte so.«

Nele kam es vor, als fiele das Gesicht der Krankenschwester in sich zusammen. »Musik?«

»Jemand muss hier reingekommen sein. Aber wir haben niemanden gesehen.« Dana Perkovic wischte sich die Tränen, die ihr über die Wange liefen, aus dem Gesicht. »Ich wollte das ausmachen. Aber ich habe nicht den richtigen Knopf gefunden. Da habe ich aus Versehen noch lauter gemacht. Die Herzfrequenz war vorher schon sehr hoch gewesen und stieg noch weiter. Und dann ging der Gerätealarm los. Ich rufe die anderen und finde immer noch nicht den blöden Ausschaltknopf. Als Marina und Ingo gekommen sind, hatte Frau Siems schon Kammerflimmern.« Dana Perkovic schaute sie hilflos an. »Ich glaube, das war die Musik. Diese schlimme Musik. Die hat sie umgebracht.«

»Aber wie konnte da Musik laufen?« Nele wurde leicht schwindelig. Sie brauchte unbedingt etwas im Magen. Aber ihr wurde bei dem Gedanken schlecht, sich an den Keksen zu bedienen, die auf dem Tisch lagen.

Doktor Sahin beugte sich vor und reichte an das Tischende heran, auf dem eine Musikanlage stand. Sie war flach und hatte in etwa ein A3-Zeichenblockformat. Auf der schwarzen, glatten Oberfläche waren keine Knöpfe oder Regler zu sehen.

Jasamin Sahin steckte den Netzstecker in eine Dose. Nach einem Moment schaltete sich das Gerät ein. Tiefe, jagende Bässe wummerten aus den Boxen. Darüber lag ein hoher, kreischender Ton, der sich nicht in der Höhe, sondern nur in der Klangfarbe änderte. Dazwischen Klänge, die Nele keinem Instrument zuordnen konnte.

Schwester Dana entfuhr ein Schrei.

Nele streckte den Arm aus, suchte hektisch die Vorderseite des Gerätes ab, fand das Bedienfeld und regelte die Lautstärke herunter. Eine solche Musik hatte sie noch nie gehört. Ein brodelnder, schrillender, gellender Klangteppich, unterlegt von einem treibenden Rhythmus. Irgendetwas stimmte nicht mit dieser Musik. Die Klänge krochen in ihren Kopf. Sie lösten Bilder aus, die jedoch zu verschwommen waren, um etwas erkennen zu können. Gedankenfetzen tauchten auf, um gleich wieder zu verschwinden.

»Frau Hagen, sagen Sie mir, was ich tun soll.« Jasamin Sahin sah sie an.

»Wo ist Julia Siems jetzt?«

»Sie liegt noch in ihrem Zimmer.«

»Und Sie sind sicher, dass es keiner von Ihren Leuten war, der mich angerufen hat.«

»Ja.«

8.

»Sie sind die Kollegin, die uns gerufen hat?«

»Ja. Nele Hagen. PK 11.«

»Jan Niehus. Ich leite die Ermittlungen.« Niehus trug die grüne Einheitskleidung der Intensivstation, wie die anderen auch, die nach und nach eingetroffen waren. Aber bei ihm sah das im Gegensatz zu seinen Kollegen nicht nach Sektionsgehilfe in der Pathologie, sondern nach Herzchirurg aus.

Er bat sie, mit ihm in die Teeküche zu gehen. »Sie waren es, die Frau Siems in ihrer Wohnung gefunden hat?«

»Ja.«

»Ich habe mir den Bericht zusenden lassen. Der stammt aber nicht von Ihnen.«

»Nein, den hat Polizeiobermeister Fleischmann geschrieben. Wir hatten gemeinsam Dienst.«

»In dem Bericht steht, dass Frau Siems einen Haushaltsunfall hatte.«

»Ja.«

»Sind Sie auch dieser Meinung?«

»Nein. Jedenfalls nicht mehr.«

»Waren Sie es denn?«

»Ich war mir nicht sicher.«

»Sie haben die Wohnung zusammen mit Ihrem Kollegen betreten?«

»Nicht ganz. Rüdiger ist erst gekommen, als die Notärzte Frau Siems rausgebracht haben.«

»Das liest sich in dem Bericht etwas anders.«

Sie schwieg.

»Warum haben nicht Sie den Bericht geschrieben?«

»Ich war damit beschäftigt, den Sohn von Frau Siems zu einer Pflegefamilie zu bringen.«

»Ja, richtig. Sie waren vorher mit ihm hier.«

Aus dem Überwachungsbereich mit den Monitoren kam ein untersetzter Mann in die Teeküche, der eben noch aufgeregt mit Doktor Sahin diskutiert hatte. Nele dachte, dass er wirkte, als ob er etwas verloren hätte und es dringend suchen musste, ohne zu wissen wo.

»Sie will die Spusi nicht reinlassen, Chef!«, beschwerte sich der Mann lautstark bei Niehus.

»Was ist das Problem?«

»Frau Doktor steht auf dem Standpunkt, dass wir nicht steril sind, ich meine, dass die Ausrüstung von der Spusi nicht steril ist. Außerdem sind die Betten alle belegt, und solange das so ist, will sie keine weiteren Leute hier haben. Deshalb stehen alle rum und machen mir die Hölle heiß, weil sie mitten in der Nacht rausgerufen werden und jetzt nicht arbeiten können.«

»Dann schick mir die Frau doch mal rein«, schlug Niehus mit ruhiger Stimme vor.

Als Doktor Sahin in die Teeküche kam, wollte Nele gehen. Ihre Revierstreitigkeiten konnten Niehus und die Ärztin schließlich auch ohne sie austragen. Doch Niehus bedeutete ihr, zu bleiben.

»Warum können meine Leute hier nicht arbeiten?«

»Sind das Ihre Leute? Ich dachte, die gehören zu dem Spezi, der mit seinem Leberwurstbrot durch meine Station tobt.«

Nele konnte sich ein Grinsen nicht verkneifen. Die Ärztin hatte Humor und ließ sich die Butter nicht vom Brot nehmen. Das gefiel ihr.

»Tja«, meinte Niehus, der zu Neles Erstaunen ebensfalls grinste, »Müller Eins ist wirklich ein großer Leberwurstfan. Und nachts hat er manchmal ein Problem mit seinem Blutzucker. Aber er ist hier nicht der Häuptling.«

»Weiß er das auch?«

»Aber ja. Er ist eigentlich ganz friedlich.«

»Hören Sie: Auf meiner Station geht's im Moment wie beim Sommerschlussverkauf zu. Ich möchte, dass das aufhört. Wir haben hier heute Nacht schon mehr als genug Aufruhr gehabt. Den Menschen, die hier liegen, geht es nicht gut. Sonst wären sie nicht hier. Mein Job ist es, dafür zu sorgen, dass es ihnen besser geht. Und das kann ich unter diesen Umständen nicht. Das verstehen Sie doch?«

Nele war froh, dass sie jetzt nicht mit Fleischmann hier stand. Der würde ausrasten und dadurch alles nur noch komplizierter machen. Aber Niehus war da offenbar anders. Der ließ sich nicht aus der Ruhe bringen.

»Wären Sie damit einverstanden, einen Mann von der Spurensicherung reinzulassen? Er ist darin ausgebildet, keinen Dreck zu machen.« Er schenkte der Ärztin ein zahnpastareklamereifes Lächeln.

»Die anderen schicken Sie weg?«

»Die sind Sie dann los.«

»Inklusive dem Leberwurstmann?« Jasamin Sahin lächelte zurück.

»Inklusive dem.«

»Ihr Mann wird nicht viel finden. Wie gesagt: Das ist hier eine Intensivstation, kein Kaufhaus.«

Kaum war die Ärztin weg, konnte Nele förmlich sehen, wie Niehus umschaltete. Die ganze Freundlichkeit verschwand von einem Moment zum nächsten und machte einer einschüchternden Direktheit Platz.

»Dass Frau Siems einen Haushaltsunfall hatte, erscheint bei der jetzigen Lage ziemlich unwahrscheinlich«, legte Niehus ihr dar.

»Ja«, stimmte sie ihm kleinlaut zu.

»Man hätte die Möglichkeit, dass es anders war, auch schon früher in Betracht ziehen können.«

Sie fühlte sich wie ein gescholtenes Schulkind.

»Wussten Sie, dass die Nachbarin, die über Frau Siems wohnt, einen Schlüssel zu der Wohnung hat?«

»Nein.«

»Sie hat mitbekommen, was passiert ist, und ist später runtergekommen, um sauberzumachen.«

»Scheiße«, entfuhr es ihr. Sie hätte sich einfach nicht von Fleischmann plattreden lassen dürfen!

»Das kann man wohl sagen. So wie es aussieht, sind Sie

abgesehen von den Sanitätern und dem Sohn der Toten die Einzige, die den Tatort in der Wohnung im ursprünglichen Zustand gesehen hat. Wir werden Sie deshalb heute noch brauchen.«

Sie sah auf die Uhr. »Meine Schicht fängt in zwei Stunden an.«

»Ich habe mit Ihrer Dienststelle gesprochen. Sie sind freigestellt, um uns bei unserer Arbeit zu unterstützen.«

»Freigestellt? Geht das so einfach?«, fragte sie verunsichert.

»Machen Sie sich darüber keine Gedanken. Was ist mit dem Anruf, den Sie bekommen haben? Haben Sie eine Idee, wer das gewesen sein könnte?«

»Nein.«

»Sie sind hier heute Nachmittag auf einen Mann getroffen, der offenbar nicht zum Personal der Intensivstation gehört. Könnte es seine Stimme gewesen sein?«

»Das habe ich auch schon gedacht. Aber ich bin mir nicht sicher.«

»Würden Sie die Stimme wiedererkennen?«

»Das ist schwierig. Sie klang verzerrt.«

»Wie bei einer schlechten Verbindung?«

»Nein. Sie hatte einen seltsam elektronischen Klang.«

»Wir werden Ihre Verbindungsdaten prüfen.«

Sie nickte.

Niehus winkte eine junge Frau mit kurzen, schwarz gefärbten Haaren herbei und stellte sie Nele als Mia Tesla vor. Nele sollte mit ihr die Bilder der Überwachungskameras im Eingangsbereich und der Notaufnahme sichten. Vielleicht würde sie den Mann wiedererkennen.

Die beiden Frauen verließen die Intensivstation, durchquerten die menschenleere Eingangshalle und hielten auf die Pförtnerloge zu. Der schlecht gelaunte Mann hinter der Scheibe verteidigte sein Terrain mit der Entschlossenheit eines Pitbulls. Doch Mia gelang es, ihn mit wenigen Worten davon zu überzeugen, dass die höchste Form der Pflichterfüllung jetzt genau darin bestünde, sie bei ihrer Arbeit zu unterstützen. Der

Pitbull verwandelte sich in pure Diensteifrigkeit, führte sie in den fensterlosen Raum hinter der Loge und erläuterte ihnen mit heiligem Ernst die Funktionsweise des Abspielgerätes.

Als der Pförtner den Raum verließ und die Tür hinter sich schloss, entspannte Nele sich endlich etwas. Von Niehus in die Zange genommen zu werden, hatte sie erheblich gestresst. Sie beobachtete die Frau von der Kripo beim Bedienen des Gerätes. Mia Tesla nahm die Arbeit mit gleichmütiger Routine in Angriff.

»Hast du diese Musik gehört?«, fragte Nele.

»Ja.«

»Meinst du, dass er wollte, dass sie stirbt?«

»Wir wissen nicht, ob es sich um einen Mann oder eine Frau handelt«, sagte Mia, »allerdings würde ich auch von einem Mann ausgehen.« Sie ließ den Film der Kamera am Haupteingang ablaufen. Da die meiste Zeit keine Menschen auf den Bildern zu sehen waren, schaltete sie auf schnellen Vorlauf. »Wenn es ihm darum gegangen wäre, Julia Siems zu töten, wären andere Methoden sicherer gewesen. Die Beatmung abstellen, eine Überdosis Schlafmittel in die Infusion mischen, sie mit einem Kissen ersticken. Die Frau war ja schon so gut wie tot.«

Auf dem Film betrat ein Mann das Krankenhaus. Mia spulte zurück. Das Gesicht war nur im Profil sichtbar, doch Nele war sicher, dass es nicht der richtige war. Sie schüttelte den Kopf. Mia spulte weiter.

»Aber was wollte er dann?«

»Keine Ahnung. Ich habe ja schon mal gehört, dass man Leuten, die im Koma liegen, Musik vorspielt. Aber wohl kaum so eine«, spekulierte Mia.

Ein Grüppchen verließ die Klinik. Aber auch dieses Mal war der Gesuchte nicht dabei.

»Vielleicht war es eine Art von Geschenk«, schlug Nele vor.

Mia sah sie überrascht an. »Ja, das macht Sinn. So wie man jemandem sein Lieblingslied schickt. Nur dass wohl niemand so etwas als Lieblingslied hat.«

»Nein. Er wollte ihr keine Freude machen.«
»Sondern?«
»Ich weiß nicht. Sie erschrecken oder ihr Angst einjagen.«
»Das ist ihm mehr als gelungen.«
»Warum hat er mich angerufen?«
»Wir wissen nicht, ob es sich um dieselbe Person handelt.«
»Nein, das wissen wir nicht.«

Die verbrauchte Luft und das künstliche Licht machten Nele schläfrig. Sie waren mittlerweile zu den Bildern von der Notaufnahme übergegangen. Bei einem Gesicht stutzte sie. Als Mia das Bild vergrößerte, war Nele sofort klar, dass es sich nicht um den Mann handelte, mit dem sie auf der Intensivstation gesprochen hatte. Und doch rüttelten die Züge des Sanitäters, der mit einer Ärztin und einem zweiten Assistenten einen Patienten einlieferte, etwas bei ihr wach. War das der Mann, dessen Hand sie gehalten hatte, als sie mit der tiefen Stichwunde im Bauch auf dem Boden der kleinen, dunklen Wohnung gelegen hatte?

»Ist das unser Mann?«, fragte Mia Tesla.

»Nein. Aber können wir eine kurze Pause machen? Ich brauche dringend frische Luft.«

9.

Nachdem die Sichtung der Bilder auch nach der Pause ergebnislos geblieben war, nahm Niehus sie in seinem uralten BMW mit. Auf dem Weg zur Wohnung von Julia Siems fragte Nele sich, was ihn wohl dazu trieb, so eine klapprige Kiste zu fahren. Bei seiner Gehaltsstufe wäre garantiert etwas Komfortableres drin. Aber vielleicht hatte er ja sonst keine Freunde. Nur dieses Gefährt, das sein treuer Gefährte war. Bestimmt ließ es ihn nie im Stich. Und wenn doch, kam es in die Werkstatt oder er bastelte selbst daran herum. Sie wusste nicht genau, warum ihr solche Gedanken kamen. Wahrscheinlich, weil Niehus nicht gerade gesellig wirkte. Einer, der wenig Anknüpfungspunkte bot. Sie fragte sich, was er wohl machte, wenn er nicht arbeitete. Vielleicht gab es das auch gar nicht bei ihm. Aber war das bei ihr so anders? Was machte sie schon großartig, wenn sie nicht arbeitete?

Die Wohnung von Julia Siems war jetzt offiziell ein Tatort, in der sich die Leute von der Spurensicherung tummelten. Es herrschte konzentrierte Geschäftigkeit. In der winzigen Küche entstand ein Gefühl von Enge.

Sie trug den gleichen weißen Overall wie alle anderen und schaute sich unsicher um. Als sie zum ersten Mal hier gewesen war, hatte sich ihr ein vollkommen anderes Bild geboten. Von dem Blut und den Scherben war nichts mehr zu sehen. Überall klebten Tesastreifen, die nummeriert und nacheinander wieder abgenommen wurden. »Hier lag sie.«

»Können Sie mir das mal vormachen?«

Sie nickte und legte sich auf den Küchenboden. Ein Mann von der Spusi stieg über sie hinweg. Niehus sah sie still und mit undurchdringlichem Gesicht an. Er ging um sie herum, hockte sich hin, ging ein paar Schritte zurück, begutachtete sie aus allen Perspektiven. Sie fühlte sich unter seinem Blick wie eine Sache. Das war ihr unangenehm. »Kann ich wieder aufstehen?«

»Einen Moment noch, bitte. Liegen Sie genau in der Position von Frau Siems?«

»Ich glaube ja.« Die Küchenfliesen unter ihr waren kalt und hart. Sie stellte sich vor, wie Julia Siems gestürzt und mit dem Kopf auf den Boden geknallt war. Ein kurzes Ziehen ging durch ihren Magen.

»Boris, kommst du mal rüber?«

Ein Fotograf betrat das Zimmer.

»Halte das doch bitte mal fest.«

»Mit der Kollegin im Bild?«

»Ja. Hinterher machst du Aufnahmen ohne sie.«

»Na, dann bitte recht freundlich.« Der Fotograf machte sich an die Arbeit. Er war in ihrem Alter und trug eine schwarze Brille mit dickem Rahmen, die ihn ein wenig wie einen Künstler aussehen ließ.

Sie schloss die Augen, um nicht in die Kamera sehen zu müssen.

»Schön, mal was Lebendiges vors Objektiv zu bekommen.«

Sie musste lächeln.

»Na siehste, geht doch! Schicker Overall. Steht dir.«

»Sehr witzig.« Sie entspannte sich. Der dünne Kapuzenstoff raschelte an ihren Ohren. Durch die geschlossenen Augen nahm sie den hellen Schein des Blitzlichtes wahr. Die Gedanken in ihrem Kopf begannen durcheinanderzupurzeln. Als eine Hand sie an der Schulter berührte, zuckte sie zusammen.

»Nicht erschrecken. War wohl eine kurze Nacht, was?«

»Ja. Kann man wohl sagen.« Sie griff nach der Hand, die Boris ihr hinhielt, und ließ sich von ihm hochziehen. »Danke.«

In der Zwischenzeit hatte jemand einen Kreideumriss von ihr auf den Boden gezogen. Davon hatte sie nichts mitbekommen, wie sie verschämt feststellte. »Habe ich geschnarcht?«

»Nur ganz wenig. Ein geradezu süßes Schnarchen.« Boris brachte die Kamera in Position. Es klackte, als sie mit dem Brillenrahmen in Berührung kam.

»Stört die Brille nicht beim Fotografieren?«

»Minimal.«

Jan Niehus betrat die Küche, an seiner Seite ein Mann mit einer tragbaren Neonröhre. »Achtung, wir verdunkeln.«

Der Mann verhängte routiniert die Fenster, schloss die Tür und löschte das Licht. Dann schaltete er die Lampe ein, die das Zimmer in blaues Licht tauchte. Auf dem Boden erschien ein großer dunkler Fleck dort, wo die Kopfumrisse mit Kreide aufgezeichnet waren. An dieser Stelle hatte sich der Blutsee ausgebreitet.

»Immerhin«, brummte Niehus, »das passt ja einigermaßen.« Sein Blick fiel auf die Blutspuren im Waschbecken. »Und wie kommen die dahin?«

»Die stammen wahrscheinlich von mir. Ich hab mich an den Scherben auf dem Boden geschnitten und das Blut im Becken abgespült.«

»Na, wunderbar. Dann haben wir das schon mal geklärt. Ihr macht hier bitte weiter.« Niehus schaltete das Licht an und verließ die Küche.

Sie folgte ihm in den Flur. Zwei Männer in weißen Overalls waren dabei, die Tür mit durchsichtigen Klebestreifen zu belegen.

»Das Problem ist, dass fast ein ganzer Tag vergangen ist und das Rettungsteam alles mit Spuren verseucht hat«, klagte Niehus. »Aber das ist nichts gegen die Katastrophe, die die Nachbarin hier mit ihrem Putzfimmel angerichtet hat. Die könnte sofort als Tatortreinigerin anheuern.«

»Hätte ich geahnt, dass …«

»Dazu ist es jetzt zu spät. Gab es irgendetwas, das auf die Möglichkeit einer Fremdeinwirkung hätte hinweisen können?«

»Wir haben nach Einbruchspuren gesucht«, verteidigte Nele sich, »aber die Tür war unversehrt, und auf dem Tisch lag ein Portemonnaie mit Geld. Ein Beziehungsstreit schien es auch nicht gewesen zu sein, denn von dem Jungen wussten wir, dass Frau Siems derzeit keinen Partner hat. Und dann standen ja das Nudelwasser und die Sauce auf dem Herd.«

»Keine Zweifel, ein komisches Gefühl oder so etwas?« Niehus sah sie an.

Sie fühlte sich, als wäre sie beim Abschreiben erwischt worden.

»Sie haben eine Fehlentscheidung getroffen, die uns die Arbeit hier nicht gerade erleichtert«, fuhr Niehus tonlos fort, »aber das vergessen wir mal für einen Moment. Ich möchte von Ihnen jetzt das hören, was nicht im Bericht steht, weil es zu vage, nicht greifbar oder widersprüchlich scheint. Dinge, die sich einer einfachen Erklärung entziehen.«

Sie dachte angestrengt nach und versuchte dabei, nicht in Niehus' Gesicht zu schauen, dessen Undurchdringlichkeit sie verunsicherte. »Der Junge«, sagte sie schließlich zögernd, »er war sehr ängstlich. Er sollte in sein Zimmer, aber er wollte nicht. So als ob er gefürchtet hätte, dass da jemand war. Aber da war niemand.«

»Wie ist er in die Wohnung gekommen? Hatte der Junge einen Schlüssel?«

»Das weiß ich nicht. Wahrscheinlich ja.« Plötzlich erinnerte sie sich wieder an etwas. Sie ging in den Flur. »Eins war mir aufgefallen.«

»Und zwar?« Jan Niehus folgte ihr.

»Seine Schuhe. Sie standen in der Schuhablage und waren ganz trocken, obwohl es draußen heftig geregnet hatte.«

»Vielleicht steht ein zweites Paar draußen vor der Tür.«

Sie gingen ins Treppenhaus. Dort standen keine Schuhe.

»Wo waren sein Ranzen und seine Jacke?«, wollte Niehus wissen.

Sie blickte um sich und ging zurück in Toms Zimmer. »Ich kann mich nicht mehr erinnern.«

»Sie lagen nicht im Flur herum oder hier auf dem Boden?«

»Nein.«

»Die meisten Kinder lassen ihre Sachen irgendwo fallen, wenn sie nach Hause kommen. Aber vielleicht ist das ja bei diesem Jungen anders.«

Ein Gedanke nahm in ihrem Kopf Gestalt an. »Vielleicht war er ja gar nicht in der Schule.«

»Sondern hier in der Wohnung und hat alles mitgekriegt?«

»Ja.«

»Warum sollte er Sie angelogen haben?«

»Das weiß ich nicht. Aber wenn ich es mir jetzt überlege, dann wirkte er die ganze Zeit seltsam.«

»Das ist doch klar bei dem Zustand, in dem er seine Mutter gefunden hat. Dafür muss er nicht hier gewesen sein, als es passiert ist.«

»Ja, schon. Aber da war neben dem Schreck und dem Schock noch etwas anderes.«

»Was?«

»Keine Ahnung. Er wirkte irgendwie zerknirscht.«

»Oder eben doch nur verstört?«

»Jetzt fällt mir es ein: Als ich ihn zu der Pflegefamilie gebracht habe, hat er mir beim Abschied erzählt, dass er seiner Mutter etwas im Krankenhaus sagen wollte. Ich habe ihn gefragt, worum es dabei ging, aber das wollte er mir nicht verraten. Er konnte mir während dieses Gesprächs nicht in die Augen sehen, obwohl er vorher schon ein wenig Vertrauen zu mir gefasst hatte.«

»Okay. Vielleicht bringt uns das etwas weiter. Wir fahren gleich mal bei dem Jungen vorbei.«

»Tom«, sagte Nele.

»Wie?«

»Der Junge heißt Tom.«

10.

»Möchten Sie es ihm selbst sagen oder soll ich das übernehmen?« Ulf Renken hatte nachgefragt, was genau passiert war, und ihnen aufmerksam zugehört. Dabei wirkte er auf eine gewisse Weise unberührt, jedoch nicht kalt.

Nele fragte sich, ob Männer über eine spezielle Art der Datenverarbeitung verfügten, die ihnen diese Art der distanzierten Zuwendung ermöglichte. Allerdings hatten Niehus und sie Renken auch nichts von der Musik erzählt.

»Frau Hagen und ich würden es ihm gerne selbst sagen. Ist Tom hier?«, wollte Niehus wissen.

»Ja. Ich habe ihn heute hier gelassen. Die Schule kann noch bis nächste Woche warten.« Ulf Renken hatte Kaffee gemacht und sich mit ihnen an den großen Holztisch gesetzt, in dessen Mitte eine Schale mit Äpfeln und Bananen stand. An den Wänden hingen Kinderbilder und Fotos, die Ulf Renken mit einer Frau und Kindern im Alter zwischen vier und zwanzig Jahren zeigten.

Nele stand auf und sah sich die Bilder an.

Ulf Renken kam zu ihr. »Das sind Michelle, Mirko und Leonie. Michelle ist mit zwei Jahren zu uns gekommen. Da konnte sie weder laufen noch krabbeln. Wir vermuten, dass sie die meiste Zeit in ihrem Bett liegen gelassen wurde. Sie ist jetzt in Toms Alter. Heute Nacht hat sie bei ihm geschlafen, weil Tom einen Alptraum hatte. Sie ist aufgewacht, weil er wohl geschrien hat.«

»Und die anderen?«

»Mirko ist zwölf. Er wird demnächst wieder bei seiner Familie leben. Leonie ist drei Jahre älter und hat schon einige Pflegefamilien hinter sich. Momentan hat sie eine gute Phase und wir hoffen, dass das so bleibt. Die beiden Großen sind von Verena und mir.« Er wandte sich Niehus zu. »Ich habe noch nicht ganz verstanden, warum Sie Frau Hagen hierher begleitet haben. Sie sind doch von der Kriminalpolizei, oder?«

»Reine Routine. Es sind hinsichtlich des Unfalls von Frau Siems noch einige offene Fragen zu klären.«

»Und das ist Sache der Kripo?«

»In diesem Fall ja.«

»Was werden Sie Tom sagen?«

»Dasselbe wie Ihnen. Dass seine Mutter einen tragischen Unfall hatte und ihren Verletzungen erlegen ist.«

Keiner der drei hatte Tom die Treppe herunterkommen hören. Als er jetzt die Tür, die angelehnt gewesen war, aufzog und sie aus weit offenen Augen anstarrte, erstarb das Gespräch augenblicklich. Tom verharrte einen Moment. Dann warf er die Tür zu und rannte die Treppe hinauf.

Nele war die Erste, die reagierte. »Ich gehe zu ihm.«

»Nein, das mache besser ich«, sagte Jan Niehus.

»Tom kennt Frau Hagen schon«, wandte Ulf Renken ein, »er hat beim Frühstück noch von ihr gesprochen.«

Sie sah Niehus an und wartete auf seine Entscheidung.

»Haben Sie das schon einmal gemacht?«, wollte er wissen.

»Ich schaffe das schon.«

Ulf Renken stand auf. »Ich werde Sie ankündigen. Sprechen werden Sie alleine mit ihm. Wenn wir zu zweit auf ihn einreden, macht es das nicht besser.«

Sie ging mit Ulf Renken die Treppe hinauf. Die Türen der ersten beiden Zimmer standen weit offen. Im ersten prangte ein Graffiti an der Wand, im nächsten hingen Fußballposter über dem Bett. Die dritte Tür war geschlossen.

Ulf Renken klopfte an die Tür und wartete.

»Ich bin's, Ulf. Darf ich reinkommen?«

Als keine Antwort kam, ging er hinein. Nele hörte, wie er Tom fragte, ob er sie zu ihm schicken dürfe. Renken kam wieder heraus und nickte ihr zu.

Sie betrat das Zimmer. Es sah bewohnt aus, jedoch nicht wie Toms Zuhause. Vielleicht stammten die Bücher in den Regalen und die Bilder an den Wänden von Renkens Sohn. Tom lag auf dem Bett, das Gesicht ins Kissen gedrückt. Sie stand da und wusste nicht, was sie tun sollte. Was sagte man einem Kind in solch einer Situation? Sie setzte sich aufs Bett und schwieg. Als sie ein Schluchzen hörte, legte sie ihm die Hand auf die Schulter. Tom drehte sich um. Seine Wangen glänzten feucht. Sie merkte, wie ihr die Tränen kamen, ohne dass sie etwas dagegen tun konnte. Tom setzte sich auf und schmiegte seinen Kopf zwischen ihre Brüste. Sie legte die Arme um ihn, drückte ihn an sich und spürte, wie das Weinen seinen Körper schüttelte.

Nach einer Weile begann er, ohne sich aus der Umarmung zu lösen, zu erzählen. Von dem Jungen, der ihm immer auf dem Schulhof auflauerte und dass er seiner Mutter nichts davon sagen konnte, weil sie doch schon genug Sorgen mit dem Blumenladen hatte. Wie er morgens, nachdem sie zum Großmarkt gefahren war, zu Hause geblieben war und sich versteckt hatte, als sie unerwartet früh zurückgekehrt war, um Mittagessen zu kochen. In seinem Zimmer stand ein Kasperletheater. Tom hatte hinter dem geschlossenen Vorhang gehockt, als sie in sein Zimmer gekommen war, das Bett gemacht und ein paar Spielsachen beiseitegeräumt hatte. Dann hatte sie angefangen zu kochen. Tom war in seinem Versteck geblieben und hatte nicht gewusst, was er tun sollte. Schließlich hatte er seiner Mutter doch hoch und heilig versprochen gehabt, nicht mehr zu schwänzen.

Er hatte gerade zu ihr gehen wollen, als er die Tür gehört hatte. Das Geräusch war so leise gewesen, dass er es fast nicht bemerkt hätte. Sofort hatte er sich wieder in seinem Versteck verkrochen. Hatte seine Mutter etwa doch heimlich einen Freund? Bennie hatte ihn neulich erst wieder damit geärgert. Danach hatte Tom seine Mutter gefragt, und die hatte ihm versichert, dass es nicht so war. Sie würde ihn nicht anlügen. Anders als er. Er hatte ihr versprochen, dass er nicht mehr schwänzen würde.

Je mehr Tom Nele erzählte, desto unruhiger wurde sie. Nachdem er sich von ihr gelöst hatte, hielt Tom den Blick gesenkt, schaute aus dem Fenster oder auf das Stofftier, das er fest umklammert hielt.

Nun hob er den Kopf und sah sie an. »Hat der Mann das gemacht?«

»Hast du ihn gesehen?«

»Nein.«

»Könnte nicht auch eine Frau in der Wohnung gewesen sein? Oder jemand von den Nachbarn mit einem Schlüssel?« Sie hatte Mühe, ruhig zu klingen.

»Der hätte doch ›Hallo‹ gesagt zu Mama.«

»Vielleicht ist der Besuch zusammen mit ihr gekommen.«

»Nein.«

»Warum nicht?«

»Mama hat gesungen beim Kochen. Das macht sie nur, wenn sie alleine ist oder bei ihrem Kirchenchor.«

»Was ist dann passiert?«

»Ich habe gehört, wie er die Schuhe auf die Ablage gestellt hat. Aber nicht seine Schritte. Er war ganz leise.«

»War das, bevor das Glas auf den Boden gefallen ist?«

»Ja. Aber erst hat sie geschrien. Wie wenn sie erschrickt. Ich hatte solche Angst.«

»Aber du hattest ein gutes Versteck, oder?«

»Als ich wusste, dass er weg ist, bin ich sofort zu ihr gelaufen und dann nach oben zu Frau Schröder.«

»Das hast du sehr gut gemacht, Tom.«

»Da war so viel Blut.«

»Ja.«

»Wo ist Mama jetzt?«

»Was glaubst du?«

»Ich glaube, sie ist im Himmel. Da blutet sie nicht mehr und braucht keinen Schlauch mehr im Mund.«

»Ja.«

»Muss ich jetzt für immer hier bleiben?«

»Möchtest du?«

»Ich will zu Oma und Opa nach Italien.«

»Dann versuchen wir, das hinzukriegen.«

»Was ist, wenn der Mann hierher kommt?« Tom sah sie an.

»Das kann er nicht. Er weiß ja gar nicht, wo du bist.«

»Aber ich habe Angst.«
»Das brauchst du nicht.«
»Wo ist er jetzt?«
»Wir suchen ihn.«
»Und dann wird er eingesperrt?«
»Ja.«

11.

Sie waren unterwegs zum Präsidium. Niehus quittierte ihren Bericht mit einem Kopfnicken und bat sie um eine schriftliche Zusammenfassung.

»Was geschieht jetzt?«, wollte sie wissen.

Er hielt den Blick auf der Straße und überholte einen Wagen. »Wir werden alle Informationen zusammentragen und auf der Basis unseres bisherigen Wissensstandes die weiteren Ermittlungsschritte bestimmen.«

»Und Tom?«

»Wir lassen ihn etwas zur Ruhe kommen und befragen ihn dann noch einmal. Eine Kinderpsychologin, die darauf spezialisiert ist, wird uns dabei unterstützen.«

»Er hat Angst vor diesem Mann.«

»Das habe ich verstanden.« Niehus schien davon auszugehen, dass das Gespräch damit beendet war.

Die Unverbindlichkeit, mit der er auf sie reagierte, machte sie wütend. »Schön. Aber was wollen Sie jetzt machen?«

»Wie ich schon sagte: Das werden wir aufgrund der vorhandenen Informationen entscheiden.« Er schaute sie an. »Sie müssen sich keine Sorgen um ihn machen.«

»Ach, ja? Und wenn ich mir trotzdem Sorgen mache?«

»Fahren Sie nach Hause, nehmen Sie sich einen freien Tag. Wenn es deswegen Probleme gibt, melden Sie sich. Ich rede mit Ihrem Chef.«

»Ich brauche keinen freien Tag. Ich will verstehen, was da vor sich geht. Warum habe ich diesen Anruf gekriegt?«

»Das lässt sich momentan noch nicht klären.« Niehus setzte den Blinker und bog ab. Er war die Ruhe selbst. »Sie können uns am besten unterstützen, indem Sie uns alle Informationen zur Verfügung stellen, die im Zusammenhang mit dieser Ermittlung stehen.«

»Das reicht mir aber nicht!«

Niehus fuhr rechts ran und hielt. »Was genau wollen Sie von mir, Frau Hagen?«

Sie fühlte das Pochen ihrer Halsschlagader. »Ich möchte, dass Sie mich in die Ermittlungen einbeziehen.«

»Was verleitet Sie zu der Annahme, dass das nötig sein könnte?«

»Was soll das? Ich war doch schon dabei. Warum schicken Sie mich jetzt auf einmal nach Hause?«

»Da haben Sie etwas falsch verstanden.« Niehus startete den Motor und legte den Gang ein. »Die Ermittlungen führt die Mordbereitschaft durch. Sie sind Zeugin in diesem Fall. Das ist ein sehr großer Unterschied.«

»Und eben bei Tom – war ich da etwa auch als Zeugin dabei?«

»Da haben Sie eine Todesnachricht übermittelt. Und ich denke, es war ein Fehler, Ihnen das aufzubürden. Dafür entschuldige ich mich.« Niehus fädelte sich in den Verkehr ein und bat um Verständnis dafür, dass er sie nicht zum AK Barmbek bringen könne, wo ihr Wagen stand. Sie hätten jetzt viel zu tun. Die ersten vierundzwanzig Stunden seien in einer solchen Ermittlung die wichtigsten.

Nele ließ sich am Hauptbahnhof absetzen, trank dort einen Kaffee und rief im PK an. Sie hatte nicht vor, Niehus' Ratschläge zu befolgen. Glaubte er wirklich, sie könne sich jetzt zu Hause aufs Sofa setzen, den Fernseher einschalten, die Wohnung putzen oder ein gutes Buch lesen? Sie war Polizistin, und es gab keinen Grund dafür, jetzt die Uniform auszuziehen und sich in ihre Wohnung zu verkrümeln. Niehus war nicht ihr Chef und konnte ihr keine Vorschriften machen.

Als sie das PK 11 am Steindamm erreichte, kam ihr Fleischmann entgegen. Normalerweise ging er mit ihr raus. Aber nun hatte er Heike dabei. Die Teams wurden gerne gemischt zusammengestellt, weil Frauen als deeskalativ galten.

»Was willst du hier?«, fragte Fleischmann bissig. »Du bist doch jetzt in geheimer Mission unterwegs.«

»So ein Quatsch.«

»Jedenfalls bist du hier für heute nicht mehr eingeteilt.« Fleischmann gab Heike das Zeichen zum Abmarsch.

Nele sah den beiden hinterher. Sie fühlte sich keineswegs deeskalativ, als sie die Wache betrat und schnurstracks auf Tammo Griesing zuging, der am Funk saß und als Schichtführer die Teams einteilte. Er hatte seinen Platz im Eingangsbereich. Nicht am Tresen, wo heute Helen und Silvio Dienst hatten, die angeblich seit ein paar Wochen etwas miteinander am Laufen hatten, sondern etwas zurückgesetzt. Von seinem Platz aus hatte Tammo das Pärchen gut im Blick, und er war es vermutlich auch, der das Gerücht auf Basis seiner eingehenden Verhaltensbeobachtungen in die Welt gesetzt hatte. Tammo stand kurz vor der Pension. Wahrscheinlich war das seine Art, dem Alltag ein wenig Abwechslung abzutrotzen.

»Warum bin ich nicht eingeteilt?!«

»Was machst du denn hier?«

»Ich habe doch angerufen, dass ich komme.«

»Ist nicht bei mir angekommen.«

»Hat Fleischmann dir nichts gesagt?«

»Nö. Ich hab nur gehört, dass du jetzt bei der Konkurrenz bist.«

»Der Arsch.«

»Nun entspann dich mal. Das ist doch alles abgeklärt. Der Chef und dieser Niehus kennen sich von früher.«

»Und mich muss wohl keiner fragen, was?«

»Mensch, Nele! Du bist freigestellt und kannst hautnah bei einer Mordermittlung dabei sein. Das ist doch mal eine interessante Erfahrung. Wenn sich mir in deinem Alter so eine Gelegenheit geboten hätte – da hätte ich doch sofort zugegriffen.«

»Wie schön für dich. Ist der Chef da?«

»Revierleitertreffen. Uwe kommt nicht vor drei rein.«

»Toll. Ich melde mich jetzt jedenfalls zum Dienst.«

»Dann geh mal rein, und freu dich, dass du Zeit für deinen Schreibtisch hast.«

»Ich kann mich kaum noch halten.«

Sie betrat den Wachraum, leerte ihren Eingangskorb und verzog sich damit an ihren Schreibtisch. Sie spürte die Blicke der anderen und fragte sich, was Fleischmann wohl über sie verbreitet hatte. Der Einzige, der sie einfach nur freundlich anlächelte, war Tobi.

Nele blätterte lustlos die Papiere durch. Nichts davon kam ihr besonders wichtig vor. Rundschreiben, Infoblätter, Memos. Vieles davon hatte sich bereits von allein erledigt. Ein Argument dafür, sich gar nicht erst damit zu befassen. Sie stand auf, warf den ganzen Papierstapel in den Müll und ging an Tobis Platz. »Sag mal, mit wem bist du heute eingeteilt?«

Tobi blickte von seiner Tastatur auf und sah sie an. »Mit Grit. Wieso?«

»Gut.« Sie ging zu Grit, die, den Kopf auf die Hände gestützt, auf ihren Monitor starrte. Früher waren sie nach der Früh- oder Nachtschicht oft zusammen zu dem kleinen Portugiesen gegenüber der St.-Georgs-Kirche oder in eine Bäckerei auf der Lange Reihe gegangen, um sich den Frust von der Seele zu reden. Aber das war vor der Sache mit dem Messer gewesen. Seitdem trafen sie sich kaum noch außerhalb des Dienstes. Wenn doch, dann war Grit es, die sich den Frust von der Seele redete, und Nele beschränkte sich auf den Part des Zuhörens.

»Viel zu tun?«, fragte Nele.

»Hat sich einiges angesammelt.«

»Dann habe ich ein Angebot für dich.«

Grit schob die Tastatur weg und lehnte sich zurück. »Willst du etwa meine Berichte schreiben?«

»Tammo hat mich heute nicht eingeteilt, und ich habe nichts auf dem Zettel. Ich könnte mit Tobi rausgehen, dann hättest du Zeit für deinen Schreibkram.«

»Sieh an. Mit Tobi. Dann haben wir ja beide etwas davon, wenn ich dein Angebot annehme.«

»Was grinst du so?«

Grit zuckte mit den Schultern. »Nur so. Ich freue mich auf meine Berichte.«

»Klar.«

Als sie mit Tobi hinausging, protestierte Tammo gegen den Tausch. Nele bestach ihn mit dem Versprechen, ihm auf dem Rückweg ein Stück Kuchen und einen Milchkaffee mitzubringen.

»Hast du Grit etwa von gestern Abend erzählt?«, wollte Nele wissen, als sie draußen waren.

Tobi schaute sie unsicher an. »Ich wusste nicht, dass das ein Geheimnis ist. Sie hat mich gefragt, was ich gestern Abend gemacht habe.«

»Du weißt doch, wie es ist. Da geht sofort der Tratsch los. Wie bei Helen und Silvio.«

»Was ist denn mit Helen und Silvio?«

»Hast du das etwa nicht mitgekriegt?«

»Nö.«

»Ist ja auch egal.«

Tobi zögerte. »Ich bin heute Abend im *Übel und Gefährlich*.«

»Und?«

»Hast du auch Lust?«

»Ich glaube nicht.«

Tobi blieb stehen und schaute sie an. »Habe ich es gestern versaut?«

»Nein.«

»Ich hätte dich wohl nicht nach deinem Unfall fragen sollen.«

»So nennst du das.« Sie lächelte ihn an. »Nein, das war es nicht. Von Grit abgesehen, bist du der Erste, der mich danach gefragt hat.«

»Ehrlich?«

»Nicht ganz. Tammo hat es auch mal getan, aber ich habe nichts erzählt. Wahrscheinlich war das eher abschreckend, wie ich reagiert habe. Er hat es jedenfalls nicht noch einmal versucht.« Sie passte eine Lücke im Verkehr ab und überquerte unter Missachtung der Fußgängerampelpflicht den vierspurigen Steindamm.

Tobi folgte ihr in die Danziger Straße, einer Einbahnstraße, die den Steindamm mit der Langen Reihe verband, dem gefühlten Mittelpunkt St. Georgs. Während der Steindamm mit seinen Billigläden, Spielhallen, türkischen und arabischen Imbissen und Sexshops immer noch sein schmuddeliges Bahnhofsviertel-Flair verbreitete, wurde die Lange Reihe schicker und schicker. Fleischerei, Fischladen und Gemüsehöker waren schon vor Jahren der ansteigenden Flut an Bars und Boutiquen gewichen. Ladenmieten und Immobilienpreise waren explodiert, Straßenstrich und Junkies aus dem Straßenbild verschwunden. Die Szene war in die kleinen Nebenstraßen und Brachen jenseits des Steindamms abgewandert.

»Ich habe hier noch etwas zu erledigen.«

»Was hast du vor?«, fragte Tobi.

»Keine Sorge. Es ist nichts Ungesetzliches.«

»Hat es was mit dieser Sache von gestern zu tun?«

»Ja.«

»Die Frau ist heute Nacht im Krankenhaus gestorben, oder?«

»Ja. Sie hatte hier einen Blumenladen. Ich will mit ihrer Freundin sprechen.«

»Warum? Hatte sie nicht einen Haushaltsunfall?«

»Nein. Jemand hat sie niedergeschlagen.«

»Dann solltest du das der Kripo überlassen.«

»Ich will mich nur ein wenig mit ihr unterhalten. Mehr nicht.«

Der Laden war nicht weit vom Dom entfernt. Es war ein kleines Geschäft, das kaum auf Laufkundschaft hoffen konnte. Man musste es schon kennen, um es zu finden. Schräg gegenüber war ein Spielplatz. Früher hatten die Eltern den Sand nach Spritzen untersucht, bevor sie ihre Kinder dort spielen ließen. Heute konnten sie dort in Ruhe ihren Latte to go genießen.

Hinter dem Spielplatz lag der Hansaplatz mit seinem gründerzeitlichen Brunnen. Hier versammelten sich auch bei übelstem Wetter noch diejenigen, für die der gemeinschaftliche Alkoholgenuss nur unter freiem Himmel erschwinglich war.

Vor dem Blumenladen blieb Nele stehen und bat Tobi, draußen auf sie zu warten. Als sie die Tür des kleinen Geschäftes aufdrückte, zuckte sie zusammen. Es war die Türglocke. Das

Geräusch erwischte sie kalt. Sie dachte sofort, dass sie sich täuschen müsste. Aber sie hätte schwören können, dass sie diesen hellen, metallischen Klang kannte. Er war Teil des Musikstückes gewesen, das sie im Krankenhaus gehört hatte. Aber wie war das möglich? Wie sollte die Türglocke in die Musik kommen?

Beim Betreten des Ladens hatte sie noch keine genaue Vorstellung davon gehabt, was sie von Julia Siems' Freundin eigentlich erfahren wollte. Doch nun war es ihr schlagartig klar geworden. Alles drehte sich um diese Musik und die Gründe, aus denen der Täter sie Julia Siems vorgespielt hatte.

»Kann ich Ihnen helfen?«

»Frau Driebold?« Sie stellte sich vor und zeigte der Verkäuferin ihren Dienstausweis.

Sandra Driebold nahm ihr das Dokument aus der Hand, studierte es aufmerksam und gab es ihr zurück. Die etwa dreißigjährige Frau war etwas kleiner als sie, hatte freundliche braune Augen und dunkelbraune Haare. Auf Nele wirkte sie wie jemand, der sich in die Stadt verirrt hatte, aber nicht hierher gehörte. Vielleicht wegen der grünen Schürze, die sie trug. Sie stand am Tresen und schnitt Blattgrün für einen üppigen Strauß zu.

»Ich komme vom PK 11. Es geht um Frau Siems.«

Sandra Driebold legte die Gartenschere aus der Hand. Die Behaglichkeit, die sie eben noch ausgestrahlt hatte, war verschwunden. Bestürzung legte ihr Lächeln in Trümmer. »Was ist mit Julia? Ich habe versucht, sie anzurufen, aber ich kann sie nicht erreichen!«

»Wollen Sie sich nicht setzen?«

Sandra Driebold ließ sich auf den Tresenhocker sinken, der hinter der Kasse stand.

»Sie hatte einen Unfall in ihrer Wohnung.«

»Wo ist sie jetzt?«

»Ich muss Ihnen leider mitteilen, dass Frau Siems nicht mehr lebt. Sie ist an den Folgen ihrer Verletzungen gestorben. Es tut mir leid.«

»Von was für einem Unfall reden Sie?«

»Sie ist gestürzt und hat eine Schädelverletzung davongetragen. Ihr Sohn hat die Nachbarin verständigt. Ich habe Frau Siems bewusstlos in ihrer Küche aufgefunden. Sie ist in der Nacht im Krankenhaus gestorben.«

»Was ist denn jetzt mit Tom?«

»Er ist in einer Pflegefamilie untergebracht.«

»Aber warum eine Pflegefamilie? Er hat doch seine Großeltern!«

»Er bleibt dort zunächst einmal, bis die Familie benachrichtigt und alles geregelt ist.«

Sandra Driebold nahm die Gartenschere wieder in die Hand. Doch es wirkte, als ob sie plötzlich nichts mehr damit anzufangen wusste. Trotzdem hielt sie die Schere fest. Auf Nele wirkte es, als wäre ein Teil der Frau gerade aus dem Raum gegangen und hätte nur eine Verkäuferin zurückgelassen, die zufälligerweise mit Julia Siems bekannt war. »Darf ich Ihnen ein paar Fragen stellen?«

Sandra Driebold nickte.

»Sie sind befreundet?«

»Ja.«

»Seit wann kennen Sie sich?«

»Seit der Grundschule.«

»So lange?«

»Mit sechs Jahren Pause dazwischen.«

»Wann war das mit der Pause?«

»Die Zeit nach der Schule.«

»Wer hat den Kontakt wieder aufgenommen?«

»Julia. Sie war es auch, die mit dieser verrückten Idee gekommen ist.« Sandra Driebold machte eine Geste in den Laden hinein.

»Wieso verrückt?«

»Weil wir beide kein Geld und nicht die geringste Ahnung hatten, wie man so was macht.«

»Und dann?«

»Julia hat sich schlaugemacht. Und als ich etwas von meinem Vater geerbt habe, hat uns die Bank einen Kredit gegeben.«

»Seit wann haben Sie den Laden?«

»Seit zwei Jahren.«

»Und wie läuft es?«

»Na ja. Wir können davon leben. So gerade.«

»Was können Sie mir über Julia Siems sagen?«

»Dass sie ein toller Mensch ist. Das mit dem Laden hätte ich alleine nie gewuppt. Sie ist ganz anders als ich. Sie kann Leute für sich gewinnen. Konnte.«

Nele sah sich in dem Geschäft um. Das Sortiment bot fast ausschließlich Schnittblumen, so gut wie keine Dekoarktikel. Wer »Schöner Wohnen« kaufen wollte, ging auf die Lange Reihe. »Kennen Sie eigentlich Toms Vater?«

»Ist der etwa wieder hier?«

»Dann kennen Sie ihn?«

Sandra Driebold nickte.

»Wie heißt er?«

»Ich habe Julia versprochen, das für mich zu behalten. Nicht mal Tom kennt ihn. Und ihre Eltern auch nicht.«

Nele schwieg.

»Ich habe ihr immer gesagt, dass sie damit aufhören muss. Denn ich finde, dass Tom ein Recht darauf hat, ihn kennenzulernen.«

Nele sagte immer noch nichts.

»Und ich glaube, dass Patrick ein Recht darauf hat, von seinem Sohn zu erfahren. Jetzt erst recht.«

»Patrick.«

»Patrick Thiess.«

»Sie hat ihm nie von dem Kind erzählt?«

»Nein. Sie hat Schluss gemacht mit ihm, weil sie meinte, dass er etwas mit einer anderen hatte. Dabei war da gar nichts gewesen.«

»War das zufälligerweise die Zeit, in der Ihre Freundschaft zu Julia auseinanderging?«

Sandra Driebold sagte nichts.

Nele glaubte, dass Sandra Driebold diese Andere gewesen war. »Wie konnte es sein, dass Patrick Thiess nichts von der Schwangerschaft mitbekommen hat?«

»Er ist nach der Trennung weg von Hamburg. Auf Montage ins Ausland. Er ist Gerüstbauer.«

»Wo hält Herr Thiess sich jetzt auf?«

»Keine Ahnung. Slowenien, Kroatien. Da war er zumindest mal.«

Nele machte sich Notizen. »War Julia Siems aktuell mit jemandem zusammen?«

»Nein.«

»Aber wenn sie eine feste Beziehung gehabt hätte, wüssten Sie es?«

»Ich denke, ja.« Sandra Driebold band die Blumen vor ihr mit einer mechanischen Bewegung zu einem Bund zusammen und stellte den Strauß in ein großes wassergefülltes Gefäß.

»Und wenn Sie an die letzten Wochen oder Monate denken?« Sie schaute Sandra Driebold an, aber die wich ihrem Blick aus, als sie den Kopf schüttelte.

»Sind Sie sicher?«

Sandra Driebold griff nach dem Quittungsblock, der auf dem Tresen lag, und suchte zerstreut nach einem Stift. Als sie ihn entdeckte, kam Nele ihr zuvor und nahm den Schreiber an sich.

»Frau Driebold, das ist eine sehr wichtige Frage für uns. Wenn Sie etwas wissen oder vermuten, sollten Sie mir das sagen.«

»Da hat es wohl mal jemanden gegeben.«

»Können Sie mir einen Namen nennen?«

Sandra Driebold zuckte mit den Schultern.

Nele legte den Stift auf den Tresen und gab der Verkäuferin eine Karte. »Falls Ihnen der Name doch noch einfällt, melden Sie sich bitte.«

Sandra Driebold nickte.

»Es tut mir leid, dass ich Ihnen diese Nachricht überbringen musste.« Nele verließ den Laden. Wieder ließ der Klang der Türglocke sie zusammenzucken.

Als sie ging, kam ihr ein Mann entgegen. Er trug einen langen, dunklen Wollmantel. Er war höchstens vierzig, braungebrannt, mit einem markanten Gesicht und der Andeutung eines Dreitagebartes. Sie drehte sich unwillkürlich nach ihm um. Er schien direkt einer Rasierwasserwerbung entstiegen zu sein. Als er den Laden betrat, wickelte Sandra Driebold den großen Strauß in Papier ein. Der Mann bezahlte und ließ sich das üppige Gebinde geben. Kaum hielt er es in der Hand, riss er die Verpackung auf und überreichte ihr die Blumen mit einer großen Geste. Aus Sandra Driebold wurde ein kleines Mädchen, das soeben entdeckt hatte, dass es den Prinzen aus ihrem Lieblingsmärchen tatsächlich gibt und sie fortan mit ihm auf seinem Schloss leben wird.

12.

Tobi stand auf der anderen Straßenseite. Dort redeten zwei Jugendliche aufgebracht gestikulierend aufeinander ein. Vier weitere Jungs standen um sie herum. Die beiden Kontrahenten rückten einander auf die Pelle. Tobi stellte sich zwischen sie und schob sie auseinander.

Nele dachte nach. Was hatte sie über Julia Siems erfahren? Dass sie sich mit Toms Vater überworfen und möglicherweise eine frisch gescheiterte Beziehung hinter sich hatte. Ihr Verhältnis zu Männern war offenbar nicht einfach gewesen, jedenfalls war Sandra Driebold wohl dieser Meinung. Vielleicht spielte aber auch Eifersucht auf die Freundin eine Rolle. Ein schwieriges Verhältnis zu Männern zu haben, erschien Nele jedenfalls nicht gerade als etwas Außergewöhnliches. Es reichte eben nicht, mit jemandem zusammen zu sein. Das Ganze sollte darüber hinaus auch irgendwie mit Glück verbunden sein. Eigentlich fand sie nicht, dass das eine überzogene Erwartung war. Nichtsdestotrotz schien das mit dem Glück nicht so einfach zu sein.

Sie dachte an den Mann im AK Barmek, der die Hand von Julia Siems gehalten hatte und dann gegangen war. Er hatte es sehr eilig gehabt, aus dem Krankenzimmer zu kommen. War er derjenige, mit dem Julia Siems zuletzt ein Verhältnis hatte? Nele war sofort davon ausgegangen, dass er im Krankenhaus arbeitete. Und genau so, wie man es von einem Pfleger oder Arzt erwartete, hatte er ja auch auf ihre Frage nach Julia Siems reagiert. Aber da war auch etwas anderes gewesen. Eine Vertrautheit, die aus seiner Berührung ihrer Hand gesprochen hatte, sowie auch eine Heimlichkeit, bei der er sich ertappt gefühlt hatte. So kam es ihr jedenfalls im Nachhinein vor. Vielleicht war es ja beides: Er kannte sie, und gleichzeitig arbeitete er auch im Krankenhaus, nur auf einer anderen Station. Das wäre eine logische Erklärung. Hatte dieser Mann sie etwa angerufen, als Julia Siems gestorben war? Und was könnte der Grund dafür gewesen sein?

Auf der anderen Straßenseite zerstreute sich die Gruppe Jugendlicher, und Tobi kam auf sie zu.

Nele eilte ihm entgegen. »Ich muss ins AK Barmbek. Die brauchen mich da noch mal als Zeugin.«

»Jetzt sofort?« Tobi sah sie skeptisch an.

»Ja«, behauptete sie, »kannst du mich bei Tammo abmelden?«

»Du weißt, dass du ihm Kaffee und Kuchen versprochen hast?«

»Sag ihm, dass es dringend ist und dass er seinen Kuchen später kriegt.«

»Du musst wissen, was du tust«, bemerkte Tobi kühl.

»Warum sagst du das?«

»Weil ich das Gefühl habe, dass du mich verarschst.«

»Tut mir leid, wenn das so ist. Es ist alles etwas kompliziert, was diese Sache angeht.«

»Was kann daran kompliziert sein?«

»Ich erzähle es dir irgendwann. Versprochen.«

»Versprochen wie Kaffee und Kuchen für Tammo?«

»Ich mach's wirklich.«

»Okay.«

Sie stieg in die U-Bahn Richtung Barmbek. Am einfachsten wäre es, die Personalakten durchzugehen. Auf dem Foto würde sie den Mann wiedererkennen. Sollte sie Doktor Sahin um Hilfe bitten? Nein. Die Ärztin hatte wahrscheinlich gar keinen Zugang zu den Akten. An die Personalabteilung konnte Nele sich jedoch auch nicht halten. Die würde – wenn überhaupt – nur Niehus' Team Einsicht gewähren. Sollte sie es also seinen Leuten überlassen? Sie wusste, wie das enden würde: Niehus würde sie auf ein Bild zeigen lassen und sie wieder nach Hause schicken. Und dann würde sie gar nichts mehr erfahren. Doch was konnte sie stattdessen tun?

Als sie aus der Bahn stieg, wurde ihr bewusst, dass sie den ganzen Tag noch nicht richtig gegessen hatte. Sie musste unbedingt etwas in den Magen bekommen. Auf dem Weg zum Krankenhaus entdeckte sie einen Italiener. Ein überschaubarer Laden mit angenehmer Atmosphäre, der einen günstigen Mittagstisch anbot.

Während sie auf das Essen wartete, dachte sie an den Sanitäter, der sie nach der Messerattacke versorgt hatte. Seit sie Julia Siems blutend in ihrer Wohnung gefunden hatte, waren die Ereignisse von vor zwei Jahren plötzlich wieder beängstigend nahe an sie herangerückt. Dabei hatte sie die Erinnerungen so lange ausgeblendet.

Vielleicht lag es daran, dass sie in den letzten beiden Tagen so viel Zeit im Krankenhaus verbracht hatte. Jedenfalls waren die Eindrücke ständig präsent – der Druck seiner Hand, die die ihre gehalten hatte und die Worte, die er zu ihr gesagt hatte: ›Sie schaffen das.‹

Von wegen. Gar nichts hatte sie geschafft. Sie war wieder aufgewacht in ihrem Krankenbett. Kollegen waren gekommen, um ihr gute Besserung zu wünschen. Matthias hatte mit ihr gesprochen, versucht, die richtigen Worte zu finden. Sie hatte den Messerstich überlebt. Aber die Nacht hatte trotzdem alles verändert. Daran hatte keines seiner Worte etwas ändern können.

Er hatte sie trösten wollen. Aber für sie war offensichtlich gewesen, dass er sich dabei Mühe geben musste, und das hatte ihr nur umso deutlicher gezeigt, wie weit ihre Welten auseinandergefallen waren.

Dabei hatte sie noch zwei Monate vorher überglücklich mit ihm im Behandlungszimmer der Frauenärztin gesessen. Die Medizinerin hatte sie nach der Ultraschalluntersuchung gefragt, ob sie wissen wollten, ob es ein Mädchen oder ein Junge sei. Matthias und sie hatten sich angeschaut und genau gleichzeitig den Kopf geschüttelt. Einer hatte die Gedanken des anderen lesen können.

Nur zwei Monate später war es gewesen, als hätte es dieses Gefühl vollkommener Harmonie nie gegeben. Eine Nacht hatte gereicht, es zu zerstören. Nach dieser Nacht war das Kind plötzlich nicht mehr ihr gemeinsames, sondern nur noch das ihre gewesen. Matthias war ins Krankenhaus gekommen und hatte mit ihr geredet. Aber er hatte über etwas gesprochen, das nicht ihnen beiden, sondern nur ihr zugestoßen war.

Nele konnte erkennen, dass es nicht gerecht war, ihm das vorzuwerfen. Und trotzdem konnte sie nicht mehr mit ihm zusammen sein. Alles, was ihr vorher so perfekt erschienen war, hatte auf einmal einen Schatten bekommen. Sie schafften es nicht, die Schatten zum Verschwinden zu bringen. Deshalb hatte sie sich von ihm trennen müssen.

Wochen später war sie noch einmal zu ihrer Gynäkologin gefahren, um mit ihr zu sprechen. Es war ihr schwergefallen, die Praxis wieder zu betreten. Doch sie hatte es unbedingt wissen müssen. Die Frage war ihr Tag und Nacht durch den Kopf gegangen. Aber die Ärztin hatte sie nur traurig angesehen und bedauernd den Kopf geschüttelt. Sie hatte sich das Geschlecht nicht notiert. Nele würde niemals erfahren, ob ihr Kind ein Junge oder ein Mädchen geworden wäre.

13.

Von der Garderobe aus hat er einen guten Blick auf sie. Sie sitzt am Fenster und schaut hinaus. Er ist froh, sie wiederzusehen, denn er hat wieder diese unerträgliche Leere gespürt. Das Vakuum saugt alles aus ihm heraus, bis nichts mehr von ihm übrig bleibt. Nur noch eine Hülle. Eine Hülle voll Schmerz. Manchmal gelingt es ihm, die entsetzliche Leere zu füllen. Mit Arbeit, Fernsehen oder wenn er im Netz unterwegs ist. Doch das ist nur ein unvollkommener Schutz. Das Gefühl der Leere kommt von einem Moment zum anderen. Er ist machtlos dagegen.

Aber er hat Glück gehabt. Er ist einer Ahnung gefolgt und hat den richtigen Moment erwischt. Dabei gibt er darauf acht, dass sie ihn nicht bemerkt. Das ist wichtig. Sie macht es ihm auch nicht besonders schwer, weil sie so arglos ist. Soll er sich darüber ärgern? Nein. Denn er ist davon überzeugt, dass sie um seine Anwesenheit weiß, jedoch auf eine ihr nicht zugängliche Art. Er lächelt. Die Kraft, die sie verbindet, bewirkt gleichzeitig, dass er unsichtbar für sie bleibt.

Sie studiert die Speisekarte und spielt dabei gedankenverloren mit ihrem Schlüsselbund. Als der Kellner kommt und ihre Bestellung aufnimmt, legt sie den Schlüssel beiseite. Eine lärmende Gruppe betritt das Restaurant, und einer der Gäste fragt sie, ob sie einen Stuhl entbehren könne. Sie bejaht und beobachtet die Leute dabei, wie sie zwei große Tische zusammenrücken und sich hinsetzen.

Er fühlt, wie das Leben ihn durchströmt. Jedes Geräusch, selbst die kleinste Veränderung in der Atmosphäre, findet ihren direkten Weg in sein Bewusstsein, wird dort vergrößert, geschärft, aufgehellt, so dass ihm nichts entgeht. Es sind genau diese Momente, die ihn die unerträglich langen Phasen überleben lassen, in denen die Leere ihn gepackt hält.

Wenn sie ihn dagegen einmal hat, ist es schwer, sich zu bewegen. Alles wird stumpf. Jede Verrichtung eine Mühsal.

Selbst das Atmen wird zur Anstrengung. Er weiß nicht, wie lange er das noch aushalten kann.

Nach dem Krankenhaus ist er noch stundenlang wie im Taumel gewesen. Doch dann ist das Gefühl abgeklungen, und er ist so tief abgestürzt wie schon lange nicht mehr. Er hat daran gedacht, die Tabletten zu nehmen, die in der Schublade liegen. Endlich Frieden zu finden. Für immer. Aber der Drang zu leben ist stärker. Wie ein Fluch, der auf ihm lastet. Wie gut es ist, dass er die Musik hat. Ohne sie hätte er längst aufgegeben. Sie verschafft ihm zusätzliche Lebenszeit. Sie ist wie eine Sauerstoffblase, die ihn vor dem Ertrinken rettet. Jedes Mal erneut.

Als sie zur Toilette geht, wendet er sich ab. Er will nicht riskieren, dass sich ihre Blicke treffen. Und dann macht er eine unverhoffte Entdeckung. Der Schlüssel liegt immer noch auf dem Tisch. Er ist halb verdeckt von der weißen Stoffserviette. Sie hat beim Aufstehen nicht mehr an ihn gedacht. Der Kellner ist damit beschäftigt, am Nebentisch eine Bestellung für die Gruppe aufzunehmen, die die Gaststätte polternd für sich in Beschlag genommen hat. Er muss sich beeilen, und er geht auch ein gewisses Risiko ein. Aber er weiß, dass er sich auf sein Geschick verlassen kann. Als sie wiederkommt, hat er das Restaurant bereits verlassen.

14.

Die Idee war ihr auf der Toilette gekommen. Die Schwester auf der Station hatte gesagt, dass sich niemand nach Julia Siems erkundigt hatte. Trotzdem hatte der Mann, den Nele suchte, gewusst, dass sie dort war. Wie hatte er davon erfahren? Wenn er tatsächlich im AK Barmbek angestellt war, musste er in der zentralen Notaufnahme arbeiten. Denn von dort aus wurden alle eingelieferten Patienten auf die anderen Abteilungen weiterverteilt.

Sie ließ die Hälfte ihres Essens stehen, nahm ihre Jacke vom Stuhl, griff nach Schlüssel und Portemonnaie, zahlte und ging eilig hinaus. Natürlich konnte sie sich irren. Aber es war immerhin eine Möglichkeit.

In der Notaufnahme herrschte Hochbetrieb. Sie hielt eine überforderte Schwesternschülerin fest, beschrieb ihr den Mann, der Julia Siems' Hand gehalten hatte, und sagte, dass sie ihn dringend sprechen müsse. Die kaum Zwanzigjährige erklärte ihr hektisch, dass Stefan Behrends keinen Dienst hätte und sie morgen wiederkommen müsse.

Draußen öffnete Nele den Browser ihres Smartphones, gab den Namen in verschiedenen Schreibweisen in die Suchmaschine ein und notierte die in Frage kommenden Adressen. Als sie in ihren Wagen stieg, hatte sie das Gefühl, dass Wochen vergangen wären, seit sie das Fahrzeug in der letzten Nacht am Krankenhaus abgestellt hatte. Drinnen war die Luft feucht und kalt. Sie schaltete die Lüftung auf die höchste Stufe, um den Muff zu verjagen.

Ein starker Regen hatte eingesetzt und Wasser floss den Rinnstein am Rande der schmalen Straße herunter. Die Häuser in der Wolliner Straße standen etwas zurück, in den Vorgärten ertranken die Rasenflächen. Die Fassaden waren gut in Schuss und die Autos in den Carports durchweg neueren Baujahres. Wer hier wohnte, war nicht reich, musste sich aber auch keine Sorgen ums Geld machen. Wenn ihr Leben anders verlaufen wäre, hätte sie jetzt auch in so einem Haus wohnen können. Mit einem Mann, der gut verdiente und einem Kind, das im Garten spielte. Wäre sie dann überhaupt noch Polizistin?

Sie öffnete das weiße, hüfthohe Lattenzauntor. Ihr Blick fiel auf die gepflegten Blumenbeete am Haus, in denen Krokusse zwischen zurückgeschnittenen Rosensträuchern blühten. Drei Stufen führten zum Eingang an der linken Hausseite. Neben der Treppe war ein Kinderfahrrad abgestellt. Eine grün gestrichene Holztür versperrte den Weg am Haus vorbei in den Garten. Dreimal Fehlanzeige – sie hoffte, dass dies endlich die richtige Adresse war.

Als sie den Klingelknopf drückte, erklang ein satter zweistimmiger Gong, der nicht so recht zu der vom Wetter mitgenommenen dunklen Holztür mit der gelb getönten Glaseinfassung passen wollte.

Sie erkannte ihn sofort wieder. Er trug Jeans und T-Shirt und war nicht rasiert. Seinem Haarverlust war er dadurch begegnet, dass er sich eine Glatze hatte scheren lassen, die seinem Kopf eine markante Note verlieh. Er trug eine hornfarbene Brille. Aus seinem T-Shirt staken sehnige Arme heraus.

»Ich bin Nele Hagen. Wir haben uns gestern im Krankenzimmer von Julia Siems getroffen. Ich würde mich gerne mit Ihnen unterhalten. Darf ich reinkommen?«

Behrends nahm die Brille ab und rieb sich die Augen. »Würde es auch später gehen? Ich hatte eine Doppelschicht und muss heute Abend wieder in die Klinik.«

»Es dauert nicht lang.«

Behrends stöhnte und setzte die Brille wieder auf.

Sie trat sich die Füße am Bodenrost ab und folgte ihm durch den engen, düster wirkenden Flur in die Küche.

»Ich brauche erst mal einen Kaffee zum Wachwerden. Trinken Sie auch welchen?«

Sie nahm das Angebot an. Behrends befüllte die Kaffeemaschine und ließ sich auf einen Stuhl sinken. War es seine Stimme am Telefon gewesen? Ihre Zweifel wuchsen.

»Wie kann ich Ihnen helfen?« Behrends sah sie aus müden Augen an.

»Ich bin wegen Julia Siems hier. Sie haben Frau Siems gestern auf der Intensivstation besucht. Was war der Grund?«

Behrends stockte. Die Müdigkeit verschwand mit einem Schlag aus seinem Gesicht. »Ich habe die Patientin nicht besucht. Ich habe die Unterlagen für die Überweisung auf die Intensiv nach oben gebracht, weil ich sie auf der Notaufnahme aufgenommen habe.«

»Gehen die Unterlagen normalerweise nicht direkt mit dem Patienten nach oben?«

»Ihre Unterlagen waren liegen geblieben. Deshalb war ich oben.«

In der Stille klang das Gluckern der Kaffeemaschine unnatürlich laut. Sie glaubte ihm nicht.

»Was ist mit Julia Siems passiert?«, fragte Behrends beunruhigt.

»Das wollte ich eigentlich von Ihnen erfahren.«

»Was ist mit ihr?«, wiederholte er mit lauter Stimme.

»Frau Siems ist in der vergangenen Nacht ihren Verletzungen erlegen. Wie gut kannten Sie sie?«

Stefan Behrends schwieg niedergeschmettert. Er stand auf, holte sich einen Becher, zog die Kanne aus der laufenden Maschine und goss sich Kaffee ein. Flüssigkeit tropfte zischend aus dem Heißwasserbereiter auf die Warmhalteplatte. »Was genau ist mit ihr geschehen?«

»Sie ist in ihrer Wohnung niedergeschlagen worden.«

»Von wem und warum?«

»Das wissen wir noch nicht.«

Behrends setzte sich wieder, stellte seinen Becher auf den Tisch und stützte die Stirn auf seine Hände. »Wer macht so was?«

»Wir dachten, dass Sie uns etwas darüber sagen könnten.«

»Wieso ich?«

»Hatten Sie nicht ein Verhältnis mit ihr?«

»Wie?«

»Eine Beziehung, von der Ihre Frau nichts wusste.«
»Wir sind nicht verheiratet.«
»Aber Sie und Ihre Lebenspartnerin haben ein gemeinsames Kind.«
»Ja.«
»Weiß sie von Ihrer Beziehung mit Julia Siems?«
»Ich hatte keine Beziehung zu ihr!« Behrends wurde laut.
Nele hatte den Eindruck, dass sie auf dem richtigen Weg war. Also machte sie weiter. »Wie wird Ihre Frau reagieren, wenn sie es erfährt?«
»Sie ...« Behrends unterbrach sich. »Tun Sie das nicht.«
»Was denn?« Sie sah ihm an, dass sie ihn hatte.
»Mit Sabine reden.« Behrends ließ den Kopf sinken. Er verharrte einen Moment, dann blickte er sie an. »Ich habe Julia in ihrem Blumenladen kennengelernt. Ein paar Tage später haben wir uns zufällig auf der Straße getroffen. Wir sind ins Gespräch miteinander gekommen. Ich weiß auch nicht warum, aber sie ging mir nicht mehr aus dem Kopf. Ich habe abgewartet, ob es wieder vorbeigeht. Aber das ging es nicht. Also habe ich sie angerufen und sie zu einem Essen eingeladen. Das war dann der Anfang.«
»Wann war das?«
»Im Februar.«
»Und seitdem haben Sie sich regelmäßig gesehen?«
»Ich habe Julia gesagt, dass das so nicht weitergehen kann!«
»Aber damit war Frau Siems nicht einverstanden.«
»Nein, das stimmt nicht. Wir wussten doch beide, dass es nicht richtig war.« Behrends sah sie zerknirscht an.
Sie hatte eine Idee. »Darf ich mal Ihre CD-Sammlung sehen?«
»Was?«
»Ihre CDs.«
»Wozu soll das gut sein?«
»Im Wohnzimmer?« Sie stand auf.
»Ja.« Behrends öffnete die Wohnzimmertür und ließ sie eintreten. Der Raum war mittels eines Durchbruchs zum

Nachbarzimmer vergrößert worden. Vor den Fenstern hingen Gardinen. Auf einer alten Holzkommode standen glänzende Metallbilderrahmen mit Familienfotos. Behrends Arm in Arm mit einer schlanken Frau. Dieselbe Frau mit einem Baby auf dem Schoß. Behrends mit einem dreijährigen Mädchen auf den Schultern, das sich lachend an seinen Ohren festhielt.

Dem großen Flachbildschirmfernseher gegenüber stand ein graues, stoffbespanntes Sofa. Die Einrichtung wirkte zusammengesucht, verströmte aber eine Atmosphäre von Gemütlichkeit. Die Musikanlage war in der weißen TV-Bank untergebracht. Daneben stand ein CD-Turm, auf den Nele zielstrebig zusteuerte.

Sie beugte sich vor und sah sich die Beschriftungen an. Eine Mischung gängiger Rock- und Popalben, die alle schon ein paar Jahre auf dem Buckel hatten. »Sind das Ihre oder die von Ihrer Partnerin?«

»Teils, teils.«

»Keine neueren Sachen dabei?«

»Nein. Aber was soll das überhaupt?«

»Waren Sie heute Nacht noch einmal im Zimmer von Frau Siems?«

Behrends zögerte. »Ja.«

»Wann war das?«

»Gegen zwölf. Ich wollte wissen, wie es ihr geht.«

»Wer hat Sie reingelassen?«

»Ich bin durch die Bettenschleuse gegangen.«

»Warum?«

»Ich wollte nicht gesehen werden.«

Sie sah Behrends fragend an.

»Damit keine Gerüchte aufkommen.«

»Wie lange waren Sie bei ihr?«

»Nicht lange. Vielleicht zehn Minuten. Ich hatte ja unten Dienst.«

»Ist Ihnen dabei irgendetwas aufgefallen?«

Behrends schüttelte den Kopf.

»Hatte Frau Siems Beziehungen zu anderen Männern?«

»Nein.« Behrends hatte ohne Zögern geantwortet.

»Sie scheinen sich da sehr sicher zu sein.«

»Davon hätte sie mir erzählt. Wir waren von Anfang an offen zueinander.«

»Ah ja«, sagte Nele kühl.

»Glauben Sie mir nicht?«

Sie schwieg.

»Ich habe Julia nie etwas vorgemacht!«, verteidigte Behrends sich. »Ich will meine Familie nicht verlieren. Das wusste sie von Anfang an.«

Sie mochte Stefan Behrends nicht und fragte sich, was Julia Siems wohl in ihm gesehen hatte. Dass er es gewesen war, der Nele in der Nacht angerufen hatte, hielt sie jedoch für unwahrscheinlich. Zwar hatte er am Anfang des Gespräches sein Verhältnis zu Julia Siems geleugnet, aber die Bestürzung über ihren Tod schien echt gewesen zu sein. Oder war er nur ein besonders geschickter Lügner und hatte bereits davon gewusst?

»Danke, dass Sie sich die Zeit genommen haben. Ein Kollege von mir wird sich noch einmal bei Ihnen melden. Sind Sie in den nächsten Tagen erreichbar?«

Stefan Behrends nickte.

Sie verabschiedete sich und verließ die Wohnung, ohne von dem Kaffee getrunken zu haben, den Behrends gekocht hatte. Sie stieg in ihren Wagen und wählte die Nummer von Jan Niehus. Besser, es sofort hinter sich zu bringen, dachte sie. »Ich weiß jetzt, wer der Mann ist, den ich im Krankenhaus getroffen habe.«

»Tatsächlich?«

»Er heißt Stefan Behrends und arbeitet als Krankenpfleger auf der Notaufnahme des AK Barmbek.«

Schweigen am anderen Ende der Leitung.

»Woher haben Sie den Namen?«

»Ich habe auf der ZNA nach ihm gefragt.«

»Das hätten Sie besser uns überlassen.«

»Ich war gerade bei ihm.«

»Das ist nicht Ihr Ernst.«

»Er hatte ein Verhältnis mit Julia Siems.«

»Sie wissen offenbar nicht, wo Ihre Grenzen sind. Morgen um neun sind Sie bei mir.« Niehus hatte aufgelegt, ehe sie noch etwas sagen konnte.

Sie hatte kein gutes Gefühl.

15.

Nele wusste nicht, wohin mit sich. Ein vertrauter Zustand. Normalerweise bekämpfte sie ihn mit Sport oder Fernsehen. Aber Laufen hatte nicht gewirkt. Und eine Tiefkühlpizza vor der Glotze würde auch nicht helfen.

Das ganze Team hatte Kopien von der Musikdatei bekommen und war aufgefordert, sich Gedanken dazu zu machen.

Niehus hatte sie ebenfalls aufgefordert. Aber nicht etwa als Ermittlerin. Auch nicht als Zeugin. Er hatte mit ihr geredet, wie er es vermutlich mit dem Opfer einer Straftat tun würde: Sie solle ihren gesamten Bekanntenkreis durchgehen. Wer könnte sie angerufen und gesagt haben, dass sie ins Krankenhaus zu Julia Siems kommen müsse? Kam ihr die Stimme bekannt vor? Konnte sie etwas mit der Musik verbinden? Sie sollte auch an Personen denken, mit denen sie als Polizistin zu tun hatte, und alle auflisten, die ihre private Nummer hatten.

All die Fragen hätte er nicht extra stellen müssen, denn sie konnte sowieso an nichts anderes denken als an den Anruf, den Tod von Julia Siems und die furchtbare Musik, die sie im Krankenhaus gehört hatte. Vor allem die Musik ging ihr nicht mehr aus dem Kopf. Die hatte sich in ihrem Gedächtnis eingenistet und ließ sich nicht mehr von dort vertreiben. So wie ein beißender Geruch, der einem in die Nase steigt und sich dort festsetzt. Die Klänge vermischten sich untrennbar mit den Bildern von Julia Siems in ihrem Krankenbett, als die Maschinen ausgestellt gewesen waren und in ihrem Körper kein Leben mehr gewesen war. Der Drang, das Stück immer wieder von neuem zu hören, war wie ein Jucken, das vom Kratzen nicht besser wurde. Dagegen verblasste die Aussicht auf eine Gardinenpredigt von Niehus erheblich. Niehus war ihr egal, Julia Siems nicht.

Sie wollte, dass das Jucken endlich aufhörte. In der Küche griff sie nach der angebrochenen Rotweinflasche, die neben dem Kühlschrank stand. Sie holte sich ein Glas aus dem Einbauschrank, der noch vom Vormieter stammte und den sie seitdem hatte loswerden wollen. Als sie soweit gewesen war, das Projekt endlich in Angriff zu nehmen, hatte Matthias eingewandt, dass die Wohnung mit Kindern zu klein werden würde. Das hatte sie überzeugend genug gefunden, um die Umbaupläne wieder in der Schublade verschwinden zu lassen.

Nele schenkte sich ein und stellte fest, dass der Wein über die Tage nicht gerade besser geworden war. Sie erwog, den Rest vor dem endgültigen Geschmacksverfall zu retten und sich danach für den selbstlosen Einsatz mit einer frisch geöffneten Flasche zu belohnen. Das würde das Jucken im Kopf bestimmt beenden. Allerdings war das nicht ganz ungefährlich. Wein hatte die Gabe, sie abgrundtief traurig zu machen. Außerdem wollte sie sich nicht abschießen. Sie musste nur aus ihrem Kopf herauskommen, um Platz zu schaffen für neue Gedanken.

Sie leerte das Glas und beschloss, es bei einem zu belassen. Sie brauchte nicht mehr Wein, sondern jemanden, mit dem sie sich austauschen konnte. Momentan fiel ihr dazu nur Tobi ein. Sollte sie ihn in ihre Wohnung einladen? Kannten sie sich überhaupt gut genug für ein spontanes Treffen? Beides nein.

Plötzlich konnte sie sich noch nicht einmal vorstellen, ihn überhaupt anzurufen. Ein Gefühl, als sei sie eine Sechzehnjährige. Sie sagte sich, dass sie kein kleines Mädchen mehr war und sich auch nicht so benehmen würde.

Zu einem Anruf konnte sie sich trotzdem nicht durchringen und schrieb stattdessen eine Textnachricht. Die Antwort kam schnell. Sie nahm den Anruf entgegen und meldete sich. Tobi schlug eine Kneipe in St. Georg vor, in der es hausgemachte Frikadellen und Bratkartoffeln in allen Variationen gab. Er würde in einer Stunde da sein.

Als sie sich ins Auto setzte, war es bereits dunkel. Die Luft war klar und kühl. Ein kräftiger Wind trieb Wolkenfetzen am Mond vorüber. Beim Ausparken streifte sie den Schalter für das Fernlicht. Der grelle Schein verwandelte das gegenüberliegende Kanalufer in eine unwirkliche Schwarzweißlandschaft, in deren kalten Kontrasten sie zwischen den Baumskeletten die Silhouette eines Mannes ausmachen konnte, der seine Hand schützend vor die Augen hielt. Sie schaltete das Fernlicht hastig wieder aus und verschwendete keinen weiteren Gedanken an den Mann, der ihr nachschaute, als sie ihren Kleinwagen auf die Fahrbahn lenkte.

Nele musste den Wagen ein Stück entfernt parken, doch der kleine Spaziergang bis zur Kneipe tat ihr gut. Die Luft machte den Kopf frei. Eigentlich wäre sie viel lieber an die Alster gegangen, hätte sich ganz allein auf eine Bank gesetzt, aufs dunkle Wasser geschaut und das friedliche Gefühl dabei genossen. Dass sie es nicht tat, lag vor allem daran, dass sie sich Tobias' Fragen ersparen wollte. Wie sollte sie ihm auch erklären, dass sie ihn hierher bestellt hatte, um ihn dann zu versetzen?

Als sie die Kneipentür öffnete, schlug ihr ein Schwall warmer, stickiger Luft entgegen. Tobias saß an einem voll besetzten Zehnertisch und winkte ihr zu. Sie ging zu ihm. Er stand auf, schob dabei fast seinen Sauerfleischteller vom Tisch, nahm sie etwas unbeholfen in den Arm und entschuldigte sich dafür, dass er schon bestellt hatte, weil er früher als gedacht da gewesen sei. Sie setzte sich auf den freien Platz neben ihm, versicherte, dass das kein Problem war und rief ihre Bestellung einer vorbeieilenden Kellnerin zu, die Mühe hatte, sie im Kneipenlärm zu verstehen.

»Was hat Tammo gesagt, als du ohne mich zurückgekommen bist?«, fragte sie.

»Er hat das ohne Probleme geschluckt.«

»Danke.«

»Da nicht für«, meinte Tobias und schnitt sich ein Stück aus dem Sauerfleisch.

Als Kind hatte sie den Glibber, in den die Fleischstücke eingeschlossen waren, gehasst. Auch heute noch überlief sie beim Anblick des mageren Schweinefleisches in der gelierten Brühe ein Schauer. Das Gelee hatte die Farbe eines Regentages und den Geschmack von Fleetwasser. Sie fand, dass jedes Land die Küche hatte, die es verdiente, und Norddeutschland war eben nicht die Provence.

»Erzählst du mir jetzt, was los ist?«

Sie berichtete ihm von dem Einsatz in Julia Siems' Wohnung und ihrem Gefühl, dass dort kein Haushaltsunfall geschehen war. Sie fuhr damit fort, dass sie Tom erst ins Krankenhaus zu seiner Mutter gebracht und ihn dann bei seiner Pflegefamilie abgegeben hatte.

Bis dahin hatte Tobi höflich zugehört und sich dabei weiter seiner norddeutschen Spezialität gewidmet. Als sie bei dem nächtlichen Anruf angekommen war und die Umstände schilderte, unter denen Julia Siems in ihrem Krankenbett gestorben war, legte er das Besteck zur Seite. »Weißt du, wer dich angerufen hat?«

»Nein.«

»Hast du die Stimme schon mal irgendwo gehört?«

»Das kann ich nicht mit Sicherheit sagen. Sie war verzerrt.«

»Würdest du sie wiedererkennen?«

»Wahrscheinlich nicht.«

»Aber vielleicht doch.«

»Ich glaube nicht.«

»Lass mich diese Musik hören.«

»Ich weiß nicht, ob das geht.«

»Hast du mich nicht genau deshalb angerufen?«

»Du hast mich angerufen.«

»Weil du mir geschrieben hast.«

Sie leerte ihr Weinglas. »Du hast dich nicht mehr gemeldet nach unserem Kinobesuch.«

»Ich wollte nicht aufdringlich sein.«

»Heißt das, dass ich aufdringlich bin?«

»Lass mich die Musik hören.«

»Okay«, sagte sie und stand auf, »aber häng das bloß nicht an die große Glocke.«

Sie fuhren getrennt. Tobi, der näher an der Kneipe geparkt hatte, wartete vor der Haustür auf sie, als sie aus ihrem Wagen stieg.

Sie war sich immer noch nicht sicher, ob es eine gute Idee war, Tobi mit nach oben zu nehmen. Nicht wegen der Musik.

Natürlich war das Teil der Ermittlungen und damit vertraulich. Aber sie hatte keine Bedenken, dass Tobi nicht verantwortungsvoll damit umgehen würde. Er war schließlich auch Polizist.

Sie stiegen schweigend die Treppen hinauf. Nele schloss auf und ließ ihn eintreten.

»Gemütlich hast du es hier.« Tobi ließ sich auf das Sofa fallen.

»Willst du was trinken?«

»Hast du ein Bier?«

»Nur Wein.«

»Dann Wein.«

Sie ging in die Küche, schüttete sich den Rest aus der alten Flasche ins Glas und öffnete eine neue für ihren Gast. Als sie mit den Gläsern und der Flasche ins Wohnzimmer zurückkehrte, dachte sie daran, dass schon länger kein Mann mehr auf ihrem Sofa gesessen hatte.

Sie prosteten sich zu und tranken.

»Was ist mit der Musik?«

Sie sah Tobi an. Plötzlich wurde ihr klar, dass sich mit dem Betreten der Wohnung etwas verändert hatte. »Ganz ehrlich?«

»Was denn?«

»Ich möchte das jetzt nicht hören.«

»Nicht?«

»Nein.«

Tobi sah sie an. »Heißt das, dass ich jetzt wieder gehen muss?«

»Nur, wenn du willst.«

»Dann bleib ich noch.«

Sie setzte sich auf den Sessel, der über Eck zum Sofa stand, und streckte die Beine aus. Tobi zog seine zurück, um ihr Platz zu machen.

»Erzähl mir was!«, forderte er sie auf.

»Ich hab heute Abend schon genug geredet.«

»Echt? Du bist ja nicht sehr mitteilsam.«

»Erzähl du doch mir was.«

»Nur, wenn du versprichst, mir ein Zeichen zu geben, sobald du dich langweilst.«

»Versprochen«, sagte sie.

Es stellte sich heraus, dass sie Tobi kein Zeichen geben musste. Denn die Zeit mit ihm floss wie ein Bach plätschernd dahin. Mal lebhaft und schnell, kleine Kiesel über den Grund rollend, dann wieder still und ruhig, schwere Findlinge umfließend, das Wasser mal klar und rein, mal undurchsichtig von Sedimenten eingetrübt.

Es war weit nach Mitternacht, als Tobi aufstand und erklärte, dass er morgen Frühdienst hätte. Für sie war es, als wäre sie im Urlaub gewesen. Eine Auszeit, die jäh endete, als sie am frühen Morgen, lange vor Sonnenaufgang, aufwachte und nicht mehr einschlafen konnte.

Sie wälzte sich eine Weile, um schließlich aufzugeben, einen Kaffee zu kochen und sich damit ans Fenster zu stellen. Die Vögel stimmten, irritiert durch das Licht der Straßenlaternen, ihren Gesang an. Ein Vorgeschmack auf den Frühling. Ein Motorrad donnerte unter ihrem Fenster vorüber und überdeckte die hellen Stimmen. Als das Dröhnen der Maschine leiser wurde, kam der Vogelgesang wieder zum Vorschein. Kaum wahrnehmbar zunächst, doch dann immer deutlicher, bis er überhaupt nicht mehr gestört wurde.

Plötzlich wusste sie es. Sie lief ins Wohnzimmer, verband ihr Laptop, auf dem eine Kopie der Musik aus dem Krankenhaus gespeichert war, mit ihrer Anlage und spielte das Stück so laut ab, dass selbst ihre schwerhörige Nachbarin es vermutlich hören konnte.

Und da war es: Hinter dem brutalen Gewummer der Beats und dem Sturm der darüber gelegten Klangteppiche lag etwas Zartes und Zerbrechliches. Etwas Menschliches, das dem Stück überhaupt erst seine schmerzhafte Wirkung verlieh. Es war kaum wahrzunehmen und lag nur wie eine Ahnung oder eine ferne Erinnerung hinter dem Getöse. Diese Stimme – da war sie sich sicher – war der Schlüssel, um zu verstehen, was es mit der Musik auf sich hatte.

16.

Nele erreichte den Bruno-Georges-Platz um Viertel vor neun. Das Polizeipräsidium erinnerte in seiner Form an eine von Kinderhand gemalte Sonne: ein Kreis, von dem zehn Strahlen abgingen. Vielleicht sollte der Anblick die Besucher versöhnlich stimmen, was jedoch sicher nicht der Fall war. Der Gebäudekomplex wollte nicht so recht in das umliegende Wohnviertel passen. Er sah aus, als ob ein Riese ihn dort abgestellt hatte, weil der Platz zufällig gerade frei gewesen war, und dann vergessen hatte, ihn wieder mitzunehmen.

Müller Zwei, ein großer, hagerer Mann, dessen Haut wie zerknittertes Brotpapier aussah, führte sie in das Besprechungszimmer der Mordkommission, bat sie, sich zu setzen, und verschwand dann wieder. Er erinnerte sie an Don Quijote: Ein freundlicher Mann, der ein wenig wirkte, als gehöre er nicht in diese Welt.

Der Raum verbreitete eine Atmosphäre trockener Sachlichkeit. Was an Sitzmobiliar vorhanden war – vier zusammengestellte Tische und rot gepolsterte Stühle mit grauen Metallgestellen – gehorchte ausschließlich den Anforderungen der Zweckmäßigkeit. Die Möbel waren ebenso austauschbar wie der Beamer, das Flipchart und die Pinnwände. Einzig die Ecke mit den Wandpokalen und dem Vereinswimpel des Handballteams fiel aus dem Standardeinrichtungsprogramm der hanseatischen Behörden heraus. Der Raum bot Platz für eine Gruppe von einem Dutzend Ermittlern. Die Fenster ließen ausreichend Licht herein, um bei Tag die Neonröhren nicht einschalten zu müssen. Dies galt jedoch nur bei einigermaßen schönem Wetter. An diesem Morgen konnte davon keine Rede sein. Ein kräftiger Wind trieb den feinen Nieselregen gegen das Fensterglas. Die Wolken hingen so tief, dass man meinen konnte, sie wollten die Stadt unter sich begraben.

Sie schaute auf die Uhr. Hatte Niehus sie etwa vergessen? Vielleicht wollte er ihr ja Zeit geben, über ihre Verfehlungen nachzudenken. Wenn das so war, hatte er sein Ziel erreicht. Das Warten hatte ihr ausreichend Gelegenheit gegeben, sich in düsteren Farben auszumalen, was auf sie zukam, nachdem sie gestern mit dem Krankenpfleger gesprochen hatte. Sie musste an den Ratschlag aus einer Frauenzeitschrift denken, keine weitreichenden Entscheidungen zu treffen, solange man sich in einer Krise befand. Leider hatte sie sich nicht daran gehalten und sich trotz Krise zu einigen Entscheidungen hinreißen lassen, die sie vielleicht besser nicht hätte treffen sollen.

Die Tür wurde geöffnet und Jan Niehus betrat den Raum mit sauertöpfischer Miene. Mia Tesla begleitete ihn.

»Tun Sie mir einen Gefallen und zügeln Sie Ihren Eifer!«, polterte er.

Nele ließ die Hand sinken, die sie ihm zur Begrüßung entgegengestreckt hatte.

»Müller Eins hat sich eben bei mir gemeldet. Er ist gerade bei Frau Driebold.«

»Der Blumenladen liegt in meinem Revier. Und jemand musste ihr die Todesnachricht überbringen«, verteidigte sie sich in dem Bewusstsein, nicht viel auf der Hand zu haben.

»Und liegt die Wohnung von Herrn Behrends auch in Ihrem Revier?«

Sie schwieg.

»Sie haben Ihre Kompetenzen in einem Ausmaß übertreten, das mich daran zweifeln lässt, ob Sie Ihre Aufgaben als Polizistin noch erfüllen können. Dass Sie hier noch sitzen, haben Sie Mia zu verdanken, die meint, dass Sie einen wichtigen Beitrag zu den Ermittlungen geleistet hätten. Ich neige eher zu der Ansicht, dass Sie unsere Arbeit durch Ihre Alleingänge behindern.«

Sie schluckte brav ihre Medizin. »Darf ich trotzdem etwas sagen?«

Niehus wirkte nicht, als ob er interessiert wäre.

»Mir ist etwas an der Musik aufgefallen«, erklärte sie und versuchte redlich, die Nervosität aus ihrer Stimme zu verbannen. »Ich glaube, es wäre sinnvoll, wenn Herr Töllner sich das anhören würde.«

Niehus schaute Mia an. »Töllner – wer soll das sein?«

Mia zuckte mit den Schultern.

»Er leitet den Chor, in dem Julia Siems gesungen hat«, sprang Nele ein. Den Namen hatte sie am Morgen auf der Internetseite der Kirchengemeinde gefunden.

»Ist etwas von dem, was ich eben von mir gegeben habe, bei Ihnen angekommen?«, blaffte Niehus.

»Ich habe meine Kompetenzen überschritten. Das war ein Fehler.«

»Es sieht für mich nicht so aus, als ob sie vorhätten, damit aufzuhören.«

Sie sagte nichts. Die Luft war mit jedem Wort von Niehus dünner für sie geworden.

Niehus ging zu Tür. Mia folgte ihm. Niehus hatte die Klinke schon heruntergedrückt, da drehte sie sich zu Nele um. »Was genau hast du in dem Musikstück gehört?«

»Ich glaube, dass die Stimme von Julia Siems auf der Aufnahme zu hören ist.«

Mia sah Niehus an. »Was denkst du, Jan?«

»Wir reden mit diesem Chorleiter. Sag mir Bescheid, wenn er hier ist.« Er fixierte Nele. »Sie warten. Kann sein, dass wir Sie noch brauchen.«

Niehus ging. Mia nickte ihr ermutigend zu, bevor sie ihm folgte.

Nele atmete durch. Einen Moment lang hatte sie fest damit gerechnet, dass Niehus sie rauswerfen und mit einem Disziplinarverfahren überziehen würde. Aber noch war nichts überstanden. Sie lauschte dem Ticken der Wanduhr und den Geräuschen, die aus dem Flur in den nüchternen Besprechungsraum herüberdrangen. Auf dem Tisch standen eine Thermoskanne und Tassen. Sie goss sich einen Kaffee ein, der nicht mehr dampfte und wohl vom Vortag stammte. Sie trank ihn trotzdem. Im Objektschutz hatte sie ganze Tage damit verbracht, sich die Beine in den Bauch zu stehen, ohne dass etwas passiert war. Aber da hatte sie zumindest gewusst, wann Pause war und wann die Ablösung kam.

Das Warten endete nach knapp zwei Stunden. Sie hatte sich einen weißhaarigen Mann mit versonnenem Blick vorgestellt. Doch der große, fast grobschlächtig wirkende Mann, der jetzt mit Niehus und Mia das Besprechungszimmer betrat und keine Anzeichen von Ergrauung zeigte, machte ganz und gar keinen versonnenen Eindruck. Auch das Gespräch verlief nicht so, wie sie es erwartet hatte. Sie hatte keinen Zweifel gehabt, dass er Julia Siems sofort heraushören würde. Doch als Niehus das Stück zum vierten Mal abspielte, wurde Töllner ungehalten. Er erklärte, eine Taufe zu haben, bei der er Orgel spielen müsse, und dass es ihm leid tue, keine Hilfe gewesen zu sein. Niehus ließ ihn gehen.

»Tja. Offenbar ist Frau Hagen die Einzige, die da Frau Siems' Stimme gehört hat«, konstatierte Niehus.

Sie schwieg. Fleischmann hätte seine Freude an dem Schauspiel gehabt.

Doch dann schaltete sich Mia ein. »Als wir Töllner über ihren Tod informiert haben, hat er sehr bestürzt reagiert. So als ob Julia Siems mehr als nur eine Sängerin in seinem Chor für ihn gewesen wäre.«

»Vielleicht konnte er es deshalb nicht hören«, sagte Nele hoffnungsvoll. »Sein Zustand, die Situation hier. Und dann ist die Stimme ja auch von dem Drumherum verdeckt.«

Niehus schüttelte ungeduldig den Kopf. »Bleiben wir doch bitte bei den Fakten. Jemand hat diese Musikanlage ins Krankenhaus gebracht und wollte dabei unentdeckt bleiben. Sonst hätte er den Timer nicht programmiert, sondern wäre wohl dageblieben. Er wäre auch nicht mitten in der Nacht gekommen und hätte sich zudem angemeldet. Die wichtigste Frage ist im Moment, was er mit seinem Besuch bezwecken wollte.«

»Sie lag nackt da. Das deutet auf ein Sexualdelikt hin«, schlug Mia vor.

»Es gibt aber keine frischen Hämatome oder Verletzungen,

die auf sexuelle Gewalt hinweisen würden«, sagte Niehus, der sich beim Reden ausschließlich an Mia wandte, so dass Nele das Gefühl hatte, für ihn schon gar nicht mehr zu existieren.

»Das heißt nicht, dass es nicht um Sex gehen würde«, erwiderte Mia.

»Wie sieht es mit den Fingerabdrücken auf der Anlage aus?«, wollte Niehus wissen.

»Da gibt es jede Menge. Aber die stammen alle von den Leuten aus dem Krankenhaus. Unser Mann hat vermutlich Handschuhe getragen.«

»Das bringt uns alles nicht weiter.«

Schweigen machte sich in dem Raum breit.

»Ich finde, wir sollten noch einmal zu Neles Gedanken zurückkehren«, sagte Mia plötzlich. »Wenn das nämlich tatsächlich die Stimme von Julia Siems in dem Stück sein sollte, muss sie jemand aufgenommen und hineingemischt haben.«

»Haben Sie Julia Siems mal singen hören?«, fragte Niehus Nele.

»Nein.«

»Warum zum Henker glauben Sie dann, dass es ihre Stimme ist?«

Die beiden sahen sie an. Natürlich hatte Niehus recht. Wie konnte sie behaupten, dass da Julia Siems zu hören war, wenn sie ihre Stimme nicht kannte? Trotzdem war sie sich sicher. »Die Türglocke. Ich glaube, das war es.«

»Das müssen Sie mir schon etwas genauer erklären.«

Nele beobachtete eine kleine Veränderung. Niehus roch Lunte. »In dem Blumenladen von Julia Siems und Sandra Driebold gibt es eine Türglocke und die kommt in dem Stück auch vor.«

»Ich muss die Musik noch einmal hören.« Als die Glocke ertönte, drückte Niehus die Stopptaste. »Das hier?«

»Ja.«

Er griff nach dem Telefon, das auf dem Tisch stand. »Ist Müller Eins schon wieder im Hause? Gut. Dann schick ihn bitte rüber zu uns.«

Niehus schaute stumm aus dem Fenster. Nele hob an, etwas zu sagen, aber Mia bedeutete ihr, zu schweigen. Als Müller Eins kam, spielte Niehus ihm die Stelle vor. »Die Kollegin Hagen meint, dass das die Türglocke aus dem Blumenladen ist.«

Müller Eins ließ sich die Musik noch einmal vorspielen. Er zögerte. »Von diesen Türglocken gibt es bestimmt einige in Hamburg. Aber ja: Das Geräusch ist dasselbe wie in dem Laden.«

Niehus nickte nachdenklich. »Wir brauchen jemanden, der uns diese Musik auseinanderschraubt. Ich will, dass wir die Aufnahmespuren, oder wie auch immer das gemacht wird, alle einzeln vor uns liegen haben.«

»Ich kenne da jemanden«, sagte Mia.

»Klappt das heute noch?«

»Das könnte schwierig werden.«

»Klemm dich dahinter.« Niehus stand auf und sah Nele an. »Sobald wir Ergebnisse haben, melde ich mich bei Ihnen. Ich werde Sie mitnehmen. Aber verstehen Sie das bloß nicht als Aufforderung zum Detektivspielen!« Er ging zur Tür. »Und lassen Sie die Uniform zu Hause. Die Leute müssen nicht die ganze Zeit vor Augen haben, dass wir Polizisten sind. Wir können sie jederzeit daran erinnern, wenn es nötig ist.«

Als Niehus weg war, stand Mia ebenfalls auf und klopfte ihr auf die Schulter. »Gute Arbeit! Und lass dich nicht einschüchtern. Jan ist hart, aber fair.«

Ein Gewicht fiel Nele von den Schultern.

17.

Die Luft roch muffig, das spärliche Licht wurde vom dunklen Teppich und der schwarzen Schaumstoffverkleidung an den Wänden verschluckt. Der Technikturm neben dem Mischpult sorgte wahrscheinlich für eine Dauerdosis Elektrosmog.

Nele fragte sich, wie man sich hier länger als zwei Stunden aufhalten konnte, ohne durchzudrehen. Sie war jemand, der auf Frischluft und Tageslicht angewiesen war, um sich wohlzufühlen.

Weil es keine weiteren Stühle in dem fensterlosen Raum gab, mussten sie und Niehus, der angespannt wirkte, stehen. Sie selbst machte vermutlich auch nicht gerade einen entspannten Eindruck.

Sie hatte den Tag damit verbracht, freigestellt zu sein. Hauptsächlich hatte sie darauf gewartet, dass Mia oder Niehus anriefen, und so etwas machte sie mürbe. Das Warten drückte der Zeit automatisch einen Stempel auf, machte sie zu enteigneter Zeit, die allenfalls dazu taugte, in Grübeleien zu verfallen. Erst der Anruf hatte sie davon erlöst. Es war typisch für sie, dass sie sich erst nach dem Telefonat und dann in aller Eile umgezogen hatte.

Jetzt fühlte sie sich in ihrer Jeans, dem eng sitzenden Baumwollpullover und der kurzen Lederjacke unwohl. Das war Freizeitkleidung. Damit ging sie einkaufen oder in die Kneipe. Sie trug immer Uniform im Dienst. Das machte es ihr leicht, sich als Polizistin zu fühlen. Ohne kam sie sich wie auf einem verkappten Date vor. Besonders den Pullover bereute sie jetzt. Sie hätte sich für das Sweatshirt entscheiden sollen. Dieser Sobotka schaute ihr immer wieder auf die Brüste. Hatte wohl einen Hormonstau vom Reglerdrehen gekriegt.

»Dark Electro. Stramme Beats, schön düster. Nicht mein Stil, hat aber Potential. Der Sound hebt sich ab von dem, was die anderen in der Szene machen.« Als Florian Sobotka die Returntaste drückte, wirbelten auf dem Monitor, der über dem billardtischgroßen Mischpult thronte, die Kurven im Rhythmus der Musik los.

»Wir wollen den Krach nicht verkaufen, sondern diese Frauenstimme hören – falls sie überhaupt existiert«, unterbrach Niehus.

»Ist der immer so freundlich?«

Nele sagte nichts. Sie verspürte keinerlei Lust, sich mit Sobotka zu verbünden.

Der DJ lehnte sich zufrieden zurück. »Klar gibt es die. Die ist doch überhaupt nicht zu überhören.« Er fuhr in schnellen Bewegungen mit der Maus über das Pad. Der Sound wurde mit jedem Mausklick transparenter. Zuerst verschwanden die Bässe, dann die Beats und die Hintergrundklänge. Zuletzt blieb nur eine Frauenstimme übrig, die eine kleine Melodie vortrug. Sie sang keinen Text, nur bedeutungslose Silben, wiederholte die Tonfolge und variierte sie dabei leicht. Der Gesang klang beiläufig, nicht eingeübt.

»Ohne euren Tipp hätte ich ziemlich rumgerätselt. Aber so war es ganz leicht.« Sobotka stoppte die Musik und spielte ein neues Stück ab.

Streicher ertönten. Ein Chor setzte ein. Nele erkannte die Melodie wieder. Es war die Gleiche, die die Frauenstimme eben angestimmt hatte.

»Ein Ausschnitt aus der Matthäus-Passion von Bach«, erklärte Sobotka. »Das ist die Stelle, in der das Volk die Kreuzigung von Jesus verlangt. Auch nicht unbedingt mein Stil. Aber es haut zugegebenermaßen mächtig rein.« Er zog den Masterregler hoch.

Der Gesang füllte plötzlich den Raum mit einer unheilvollen Stimmung. Die Matthäus-Passion war das Stück, das Julia Siems in Töllners Chor geprobt hatte.

Sobotka ließ die Musik wirken und blendete sie dann aus. »Aber was ihr wirklich hören solltet, ist das hier.« Er spielte das Stück, das sie ihm zur Analyse überlassen hatten, wieder in seiner ursprünglichen Form vor und bearbeitete es so lange am Computer, bis von der Musik nur noch Geräusche übrig blieben, die Nele zunächst nicht einordnen konnte.

»Zusammen mit der Stimme ist das hier die Basis des Ganzen«, dozierte Sobotka. »Er hat Geräusche gesampelt, durch ein paar Filter geschickt und Loops gebastelt. Ganz neu ist die Idee nicht. Matthew Herbert hat das schon vor Jahren gemacht. In *One Pig* ist er mit dem Mikro zum Bauern gefahren und hat die Geburt eines Ferkels aufgenommen. Vom Stall aus ist er dem Tier mit dem Aufnahmegerät über die Wiese, zum Schlachthof, bis ins Restaurant gefolgt, wo es dann verspeist wird. Aus den einzelnen Tonelementen hat er ein ganz beachtliches Konzeptalbum gebaut.«

Plötzlich war sie wieder in der Küche. Sie sah das brodelnde Nudelwasser, meinte, neben Julia Siems zu stehen und sie dabei zu beobachten, wie sie vor sich hin singend Knoblauch und Zwiebeln hackte, die Zutaten mit dem Messer vom Brett in das siedende Öl schob, eine Konservendose öffnete, die Schneideunterlage unterm Wasserhahn spülte. Dann ein trockenes Knacken, helles Klirren und ein dumpfer Schlag. Ein dunkler Abgrund tat sich vor ihr auf.

»Wie gesagt: Neu ist das nicht. Aber da ist jemand sehr geschickt darin, aus dem spärlichen Material die maximale Wirkung herauszuholen. Der Typ ist wirklich mit Herz und Seele dabei. Das hört man dem Zeug an.«

»Was braucht man an Technik, um so etwas zu machen?« wollte Niehus wissen.

»Nicht viel. Da reicht eigentlich schon ein Tablet-Computer. Die Programme gibt es als Download. Alles kein großer Aufwand. Man braucht nur Zeit, um das alles zusammenzubasteln. Und natürlich die nötige Inspiration.«

»Er war in der Wohnung und hat das alles aufgenommen. Er hat sie belauscht, sich an sie herangeschlichen und sie mit dem Spaghettiglas niedergeschlagen«, platzte es aus Nele heraus.

»Der Typ nimmt echt einen Mord auf und macht daraus Musik? Krass: Requiem reloaded!«

Ein klirrend kalter Blick von Niehus.

»Eine Totenmesse. Und was für eine!« Sobotka konnte sich gar nicht wieder einkriegen. Als er den Lautstärkeregler noch etwas höher schieben wollte, packte Niehus sein Handgelenk.

»Sie behandeln, was Sie hier gehört haben, absolut vertraulich.« Niehus wendete sich zum Gehen. »Kein Requiem-reloaded-Gequatsche zu niemandem. Können Sie sich das merken?«

Sobotka nickte eingeschüchtert.

Draußen wehte ein kühler Wind. Der Himmel hing dunkel und bedrohlich über dem Hinterhof. Vom nahenden Frühling keine Spur. Ein Müllmann zog einen großen Rollcontainer scheppernd über das Kopfsteinpflaster zur Hofeinfahrt und pflaumte seinen Kollegen an, der sich eine Zigarette anzündete, statt ihm zu helfen. Der klemmte sich die Kippe zwischen die Lippen, gab dem Container, der an einem Absatz hängen geblieben war, einen Schubs und widmete sich wieder dem Rauchen, worauf der Erste aus Protest aufhörte, sich alleine mit dem Metallbehälter abzumühen, und der Container zunächst mal blieb, wo er war.

»Sie haben Sobotka Ermittlungsdetails mitgeteilt, die nicht für seine Ohren bestimmt sind«, sagte Niehus.

»Tut mir leid. Mir ist das so rausgerutscht.«

»Das habe ich gemerkt. Es wäre gut, wenn Sie sich da künftig disziplinieren.« Niehus blickte den beiden Müllmännern hinterher, die mit grimmiger Miene den Container an die Straße zogen. »Ich fahre noch mal in die Wohnung und spreche mit dem Nachbarn. Er hat von Zeit zu Zeit auf den Jungen aufgepasst und kann uns vielleicht noch etwas mehr über Julia Siems erzählen. Für Sie ist heute erst mal Feierabend.« Er wendete sich zum Gehen.

»Herr Niehus?«

Er blieb stehen.

Sie lief zu ihm. »Ich könnte zum Chor gehen. Der probt heute Abend.«

»Und dann?«

»Vielleicht erfahre ich etwas über das Verhältnis zwischen Töllner und Julia Siems.«

Niehus dachte nach. »Okay. Aber nur mit Mia.« Er wandte sich wieder zum Gehen, blieb dann jedoch noch einmal stehen. »Wir duzen uns alle in der Abteilung. Ich bin Jan.«

»Und ich Nele.«

»Schon klar.« Niehus stieg in seinen Wagen und fuhr davon.

Sie schaute dem alten BMW nach. War sie jetzt etwa im Team?

18.

Nele saß ganz hinten, auf der letzten Bank. Ohne Mia. Sie hatte sie angerufen, aber Mia hatte nicht kommen können. Sie hatten gemeinsam darüber gesprochen, ob Nele das Treffen platzen lassen sollte. Doch Töllner würde am Folgetag nach Süddeutschland auf eine Fortbildung fahren und dann wäre es bis zur nächsten Probe noch eine Woche hin. Mia hatte gemeint, dass schon nichts passieren würde, wenn Nele alleine ginge.

Vorn im Altarraum arbeitete Dirk Töllner mit dem Chor. Nele erkannte das Stück wieder. In dem schlichten Kirchenschiff wirkte die Musik dunkel und traurig. In Noten gefasste Verzweiflung, die von den nackten, weiß getünchten Wänden widerhallte. Töllner stand mit dem Rücken zu ihr und dirigierte die Sänger mit weit ausholenden Gesten. Ihr fiel die enorme physische Präsenz des hünenhaften Mannes auf. Er wirkte auf sie wie ein Feldherr, der sich in einem erbitterten Kampf befand. Nach einer Weile hob er die Hand, worauf der Gesang erstarb. Sie wusste nicht, warum er unterbrochen hatte. Für sie hatte sich alles richtig angehört. Töllner gab mit gereizter Stimme Anweisungen. Soviel sie verstand, wollte er, dass der Sopran weicher einsetzte. Er gab einen neuen Einsatz. Dieses Mal erklangen nur die hohen Stimmen. Er brach ab, gab neue Anweisungen, ließ die Stelle noch zweimal singen und ein drittes Mal mit dem gesamten Chor.

Nele war sich nicht sicher, ob sie den Unterschied wirklich hörte. Aber es kam ihr so vor, als ob die Passage jetzt noch etwas trauriger klang.

Sie fühlte sich plötzlich sehr alleine. Wurden Kirchen extra so gebaut, dass man sich darin verloren vorkam? Bei ihr ließ der Raum eine Sehnsucht nach Halt entstehen. Seltsam, dass sie in ihrer Schwangerschaft nie dieses Gefühl gehabt hatte. Da hatte sie im wahrsten Sinne des Wortes Kraft für zwei gehabt. Nur im entscheidenden Moment hatte ihr genau diese

Kraft gefehlt. Sie war immer noch froh, dass sie ihrer Mutter nichts von dem Kind erzählt hatte. Die hatte ihr auch so schon genug zugesetzt. Wenn ihre Mutter gekonnt hätte, hätte sie Nele den Polizeidienst verboten. Aber aufzuhören war für sie zu keinem Zeitpunkt eine Alternative gewesen.

Natürlich hatte es mal den Gedanken daran gegeben, aber sie hatte ihn sofort wieder weggeschoben. Was sollte sie auch stattdessen tun? Eine Banklehre beginnen oder in die Verwaltung gehen? Wohl kaum. Ein Leben zwischen Schreibtischen und Papier würde sie in kürzester Zeit mürbe machen, das wusste sie. Hauptsache, diese seltsamen Zustände verschwanden wieder. Der Psychologe, zu dem sie geschickt worden war, obwohl sie nach dem Krankenhaus gleich wieder angefangen hatte zu arbeiten, hatte sie vorgewarnt, dass so etwas passieren könnte: Flashbacks, Panikattacken, ein Posttraumatisches Belastungssyndrom. Das wäre das Ende. Wie bei Malte, der jetzt Tickets schrieb. Falschparker jagen, ein Traumjob. Sie musste das in den Griff kriegen. Notfalls würde sie zum Arzt gehen und sich etwas verschreiben lassen. Irgendeine Pille würde es schon geben, die dagegen half.

Vorne löste sich der Chor auf. Nele stand hastig auf. Dirk Töllner hatte die Männerstimmen um sich geschart. Sie wollte ihn lieber umgehen. Er würde es schwer machen, etwas Neues zu erfahren. Deshalb ging sie nach draußen und wartete dort.

Es wurde bereits dunkel. Im Tonstudio hatte sie ihren engen Pullover bereut. Jetzt war es die kurze Lederjacke, die nicht verhindern konnte, dass ihr der eisige Wind an die Hüften griff. Sie fasste instinktiv in die rechte Tasche, fand dort aber keine Zigaretten. Sie hatte aufgehört. Wegen Eike. Eike war ein Name, den Jungen ebenso wie Mädchen tragen konnten. Genau wie Alex.

Aus der Kirche kamen fünf Frauen. Sie verabschiedeten sich auf dem Treppenabsatz und trennten sich dort voneinander. Drei verließen den Kirchhof nach links durch das schmiedeeiserne Haupttor. Die anderen beiden gingen gemächlich die Treppe hinunter und schlugen die entgegengesetzte Richtung ein. Dort verschwand die eine durch das Tor auf der rechten Seite, während die andere in Höhe der Rollstuhlrampe stehen blieb, wo sie ihr Fahrrad angeschlossen hatte.

Nele hatte sich entschlossen, sie anzusprechen. Vielleicht nur, weil die Frau nicht wirkte, als ob sie es eilig hatte.

»Haben Sie einen Moment Zeit?«

Die Frau drehte sich erschrocken um. Dann entspannten sich ihre Gesichtszüge. Sie war ungefähr fünfzig, groß, hatte schlanke, fast dünne Beine und eine auffallend schmale Nase. »Sie haben eben bei der Probe zugehört.«

»Ja.«

»Möchten Sie dem Chor beitreten? Wir suchen noch Stimmen im Sopran. Nicht im Moment, aber nach der Vorführung am Karfreitag studieren wir etwas Neues ein. Das wäre ein guter Zeitpunkt zum Einsteigen.«

»Ich glaube, das ist nichts für mich.«

»Lassen Sie sich nicht abschrecken. Sie müssen nicht perfekt sein, um mitzumachen. Was Sie da eben gehört haben, hat uns eine Menge Arbeit und Dirk wahrscheinlich eine Menge Nerven gekostet.«

»Ich bin nicht wegen der Musik gekommen.«

»Sondern?«

»Ich bin von der Polizei. Nele Hagen.« Sie reichte der Frau ihre Hand, die sie zögernd nahm.

»Astrid Klevki.«

»Es geht um Frau Siems.«

»Julia. Es ist schrecklich, was ihr passiert ist. Das macht einem klar, wie dünn der Faden ist, an dem unser Leben hängt. Er kann in jedem Moment reißen.«

»Ja.«

Die beiden Frauen schwiegen.

»Kannten Sie sie näher?«

»Was heißt näher?«

»Waren Sie miteinander befreundet?«

»Wir haben uns gut verstanden. Aber befreundet? Mir ist heute erst klar geworden, wie wenig ich eigentlich über sie weiß. Dirk hat erzählt, dass sie einen Sohn hat. Was passiert nun mit dem Kind?«

»Wir hoffen, dass er zu seinen Großeltern nach Italien kann.«

Astrid Klevki hob die Hand, um jemandem zuzuwinken. Nele drehte sich um und sah, wie ein Mann und eine Frau aus der Kirche kamen und zurückwinkten. »Wie standen Herr Töllner und Frau Siems zueinander?«

»Warum fragen Sie das?«

»Ich möchte Frau Siems einfach nur ein bisschen besser kennenlernen.«

»Dirk hat ihr Stunden gegeben.«

»Was für Stunden?«

»Gesangsunterricht.«

»Einzelstunden?«

»Ja.«

»Haben alle Sängerinnen Einzelstunden bei ihm?«

»Nein.«

»Warum dann Julia?«

»Sie hatte eine kleine Solopassage.«

»So wie Sie das sagen, klingt es, als ob es bei diesen Stunden nicht nur um die Musik ging.«

»Sondern?«

»War sie so etwas wie sein Liebling?«

Astrid Klevki legte die Hände auf den Fahrradlenker.

»Frau Klevki, ich frage das nicht, weil ich an Klatsch und Tratsch interessiert bin.«

Die Sängerin schwieg. Dann nahm sie die Hände vom Lenker. »So ein Chor ist eine kleine Gemeinschaft, zum Teil sind die Leute schon seit Jahren zusammen. Wenn jemand neu dazu kommt, gucken alle genau, was passiert. Manchmal werden Rollen und Positionen neu verteilt.«

»Und wie war das, als Julia Siems dazugekommen ist?«

»Sie hat ziemlich schnell eine Solopassage bekommen. Das ist eher ungewöhnlich.«

»Und das heißt?«

»Dirk hat sie sehr gefördert. So etwas kann dann bei den anderen zu Missstimmungen führen.«

»Missstimmungen?«

»Es gab Gerüchte über die beiden.«

»Darüber, dass sie ein Verhältnis hatten?«

»Ja.«

»Glauben Sie, dass da etwas dran war?«

»Das weiß ich nicht. Aber sie war schon beeindruckend. Sie hatte so eine Art, sich zu bewegen, ihr Gesichtsausdruck, wenn sie dich ansah. Als ob sie permanent begeistert wäre. Da fühlte man sich gleich als etwas Besonderes. Selbst als Frau.«

»Und wie hat Dirk Töllner auf sie reagiert?«

»Beeindruckt.«

»Ist Dirk Töllner eigentlich verheiratet?«

»Nein. Soviel ich weiß, lebt er alleine.«

»Danke. Falls Ihnen noch etwas einfällt ...« Sie gab der Frau eine Visitenkarte.

Astrid Klevki nahm die Karte, verabschiedete sich, stieg auf ihr Rad und fuhr davon.

Nele blickte der Frau nach. Was hatte sie mit ihren Fragen bei Astrid Klevki ausgelöst? Mit welchen Augen würde die Dirk Töllner bei der nächsten Probe ansehen? Kam er als Täter überhaupt in Frage? Die Ernsthaftigkeit, mit der er vor dem Chor gestanden und sich dieser traurigen Musik gewidmet hatte, schien in keiner Weise zu dem Bild zu passen, das sich ihr in der Küche von Julia Siems geboten hatte. Konnte jemand, der seine Zeit damit verbrachte, Menschen zum Singen zu bringen, so etwas tun?

Ihr fiel der spektakuläre Fall eines Pastors ein, der in den neunziger Jahren seine Frau erschlagen hatte. Er hatte sie als vermisst gemeldet. War weiter seinem Beruf nachgegangen. Hatte Predigten gehalten, Paare getraut, Trauerandachten gehalten. Am Ende hatte ihn eine Ameise überführt. Die gleiche seltene Art war an der Leiche im Wald und in seinem Gummistiefel gefunden worden. Wie schafften Menschen es, eine solche Wahrheit in sich zu begraben?

Sie wollte gerade gehen, da fiel ihr Blick auf den hinteren Teil des Hofes. Dort war, dem Hof angeschlossen, ein kleiner Spielplatz angelegt, dessen Spielgeräte von der Dunkelheit verschluckt wurden. Sie blieb stehen. An das Schaukelgerüst angelehnt stand jemand. Er muss schon die ganze Zeit dort gewesen sein. Denn während des Gespräches hatte sie niemanden den von einem hohen Zaun umgebenen Hof betreten sehen.

Der Mann schaute sie an. Das wusste sie, auch ohne seine Augen sehen zu können. Nele hatte in den letzten Tagen schon einmal das Gefühl gehabt, dass jemand sie beobachtete. Vielleicht beim Blumenladen? Nein, dort nicht.

Sie wollte den Gedanken loswerden. Sie bildete sich das nur ein. Denn es ergab einfach keinen Sinn. Da stand ein Mann. Na und? Wahrscheinlich wartete er nur darauf, dass sie endlich verschwand, damit er in Ruhe pissen konnte.

Und doch war da dieses Gefühl, das ihr den Hals eng werden ließ.

Der Mann war weit genug weg. Sie konnte einfach gehen. Bis zum belebten Bahnhof war es nicht weit. Sie musste nur dem menschenleeren, vor Blicken geschützten Hof entkommen. Aber dazu müsste sie der Gestalt den Rücken zukehren. Und das konnte sie nicht.

Nele zwang sich, ruhig zu atmen. Sie durfte jetzt auf keinen Fall der Angst das Feld überlassen.

Der Mann rührte sich nicht. Er schien darauf zu warten, wie sie reagieren würde. Sie tastete nach ihrem Pistolenholster. Die Gestalt im Schatten bewegte sich, verlagerte kaum merklich ihr Gewicht.

Sie hatte noch nie auf einen Menschen geschossen. Es war unmöglich, zu wissen, ob sie dazu in der Lage sein würde, wenn es die Situation erforderte.

Nele sagte sich, dass dies keine solche Situation war. Von dem Mann ging keinerlei sichtbare Gefahr aus.

Sie trat einen Schritt zurück und ließ den Mann dabei nicht aus dem Blick. Er bewegte sich immer noch nicht. Sie blieb wieder stehen.

»Hallo, Sie!« Ihre Stimme hallte von der Mauer wider.

Plötzlich spürte sie einen harten Griff an ihrem rechten Oberarm. Jemand riss sie herum. Das Denken hörte auf und wurde durch lang eingeübte Reflexe ersetzt. Statt sich der Bewegung zu widersetzen, folgte sie ihr, überholte sie, ballte ihre linke Faust, nutzte den Drehschwung ihres Körpers und stieß ihren freien Arm nach vorn. Ihre Knöchel versanken in einer dicken, weichen Daunenjacke. Ein Gefühl, als ob sie in einen Berg aus Watte geboxt hätte. Trotzdem ließ der Druck an ihrem rechten Oberarm nach. Sie riss sich los und machte einen Schritt von ihrem Gegner weg. In Erwartung des Gegenschlages spannte sie automatisch jeden Muskel in ihrem Körper an. Doch der Schlag blieb aus. Ihr Gegenüber sank mit einem Stöhnen zusammen. Sie holte aus, um ihn mit einem Tritt in den Unterleib kampfunfähig zu machen. Eine Bewegung, die kein Nachdenken erforderte. Der Mann stand mit gekrümmtem Oberkörper da. Als sie sein schmerzverzerrtes Gesicht erkannte, konnte sie den Tritt gerade noch bremsen.

»Was soll das?!«, schrie sie ihn an. Ihr Herz klopfte wild.

Der Mann richtete sich langsam wieder auf. Sein Atem ging schwer.

Sie drehte sich blitzartig um. Ihr Blick suchte nach der Schattengestalt auf dem Spielplatz. Doch da war niemand.

»Sie sind ja komplett wahnsinnig!«

»Was glauben Sie, was passiert, wenn Sie mich von hinten angreifen?«

Dirk Töllner rang nach Atem.

»Alles in Ordnung bei Ihnen?«

»Wieso spionieren Sie hinter mir her?«

»Warum haben Sie nicht erzählt, dass Sie Frau Siems Einzelstunden gegeben haben?«

»Das ist meine Arbeit. Ich bin Chorleiter.«

»Sie geben ihr Einzelstunden und erkennen ihre Stimme auf der Aufnahme nicht?«

»Na und?«

»Erklären Sie mir, in welcher Beziehung Sie zu Julia Siems stehen!«

»Sie haben mir eine Rippe gebrochen. Ich werde mich über Sie beschweren.«

»Nur zu.«

Töllner wandte sich ab und ging.

»Bleiben Sie stehen!« Sie lief Töllner nach.

Er blieb stehen und starrte vor Wut bebend auf sie herab. »Legen Sie mir jetzt Handschellen an? Oder wollen Sie lieber noch einmal nachtreten?«

Sie spürte die Wärme von Töllners Atem auf ihrem Gesicht und hatte den Impuls, zurückzuweichen. Doch sie blieb dicht vor ihm stehen, bis Töllner sich schließlich langsam umdrehte und ging.

Nele blieb alleine zurück. Das Adrenalin wirkte immer noch in ihrem Körper und machte sie unempfindlich gegen den beißenden Wind.

Als sich Atem und Herzschlag beruhigten, fröstelte sie. Diese Gestalt auf dem Spielplatz hatte sie komplett aus der Bahn geworfen und Töllner hatte es abgekriegt. Vielleicht wäre ihr dieser Schatten gar nicht aufgefallen, wenn da nicht das Gefühl gewesen wäre, dass es nicht das erste Mal gewesen war. Könnte sie sich nur an das Gesicht oder die Situation erinnern! Nele stand auf und begann, den Spielplatz abzugehen. Sie wandte sich zunächst nach rechts. Dort traten auf einem kleinen Winkel zwischen Kirche und Hofmauer die Kinder tagsüber ihren Fußball gegen die Wand. Sie ließ das Tor rechts liegen und folgte dem Verlauf der Hofeinfriedung.

Als sie hinter dem Spielehaus eine Bewegung wahrnahm, löste sie sich von der Mauer und ging zu dem kleinen, runden Pavillon hinüber. Den Atem anhaltend, tastete sie sich Schritt für Schritt an der geklinkerten Wand entlang. Einen Moment war ihr, als hätte sie hinter der dunklen Fensterscheibe eine Bewegung gesehen. Als sie die Tür erreichte, drückte sie vorsichtig die Klinke hinunter. Doch es war abgeschlossen.

Sie ging bis zum nächsten Fenster, drückte ihre Nase gegen

die Scheibe und starrte in das dunkle Zimmer. Als hinter ihr ein verhaltener Schrei ertönte, fuhr sie herum und sah gerade noch eine Katze die Rutsche herunterlaufen, auf einen Baum springen und in dem nackten Geäst verschwinden. Nele atmete heftig aus, beendete ihre Runde und verließ, den kalten Wind verfluchend, den Hof durch das Haupttor. Als sie zurück auf die Straße trat, ging auf ihrem Handy eine zutiefst beunruhigende Nachricht ein.

19.

Im Besprechungsraum herrschte Schweigen. Die Musik, die Nele per Handy zugeschickt bekommen hatte, war verklungen. Doch in ihrem Kopf dröhnten die Klänge immer noch. Vielleicht war gar nicht das, was sie gehört hatte, so verstörend, sondern das, was sie sich dabei vorstellte. Das Geräuschesammeln. Sie versuchte, sich auszumalen, was in ihm vorging, wenn er das machte. Wenn er vor seinen Geräten saß und alles zusammenbastelte. Warum wollte er, dass sie diese Musik hörte? Machte er die Musik, damit sie sie hörte? Gehörte das für ihn dazu?

Alle schauten sie an. Ihr Handy war jetzt in der Kriminaltechnik, die Musik bei Sobotka.

Niehus hatte sofort eine Besprechung einberufen, als sie ihn vom Spielplatz aus angerufen hatte. Er stand von seinem Stuhl auf und kam zu ihr. »Weshalb hat der Täter Kontakt zu dir aufgenommen? Hast du dazu eine Theorie?«

Sie schüttelte den Kopf und fühlte sich schlecht.

»Wir können davon ausgehen, dass das jetzt schon das zweite Mal ist. Den Anruf mit der Mitteilung, dass du ins Krankenhaus kommen sollst, müssen wir wohl auch ihm zuordnen. Er muss dafür einen besonderen Grund haben.«

Sie wusste, dass Niehus recht hatte. Aber was sollte das für ein Grund sein?

Niehus ließ von ihr ab, ging zurück zu seinem Platz, blieb aber stehen. »Jetzt strengt euch mal an, Leute!«

»Es gibt eine Verbindung zwischen Julia Siems und der Kollegin.« Müller Eins schob sich ein Mettwurstbrötchen in den Mund.

Müller Zwei nahm seinem Sitznachbarn den Brötchenrest aus der Hand und stopfte das Essen in die Papiertüte zurück.

»Was hast du denn für ein Problem?«

»Das ist eine Zumutung.«

»Er fastet schon wieder. Glaubt man das?«

»Solltest du auch mal ausprobieren!«

»Warum gibt es eigentlich keine Verordnung gegen Fasten im Dienst? Fasten mindert die Einsatzfähigkeit.«

»Nicht so sehr wie Fresssucht.«

»Jetzt reißt euch mal zusammen!«, polterte Niehus.

Müller Eins und Zwei verstummten.

»Gibt es eine Verbindung zwischen dir und Julia Siems?«, nahm Niehus den Faden wieder auf.

»Ich habe sie zum ersten Mal gesehen, als ich in ihre Wohnung kam.«

»Wir müssen das auf jeden Fall weiterverfolgen. Selbst wenn du sie nicht kennst, kann es eine Verbindung geben. Setz dich mal mit Sascha zusammen. Er ist dabei, ihren E-Mail-Verkehr aufzuarbeiten. Vielleicht kennst du jemanden aus ihrem Adressbuch. – Hast du da schon etwas?«, fragte er den Kollegen.

»Wir sind dran, brauchen aber noch etwas Zeit«, erklärte Sascha Gerricke. Ein sportlicher Typ, bei dem Nele das Gefühl hatte, dass er sie nicht ernst nahm.

»Und ihr Handy?« Niehus setzte sich wieder.

»Gibt leider nicht viel her. Vertrag und Gerät sind erst ein paar Wochen alt, und sie hat die Daten nicht auf ihr neues Telefon übertragen.« Beim Reden spielte Sascha Gerricke nervös mit seinem Kugelschreiber herum.

»Warum?«

»Vielleicht wusste sie nicht, wie das geht.«

»Von wegen Frauen und Technik, oder was?« Der Einwurf kam von Mia.

Sascha Gerricke schien etwas eingeschüchtert von ihr. »Könnte natürlich auch sein, dass sie es noch vorhatte und nicht dazu gekommen war.«

»Hast du ihr altes Handy?«, wollte Niehus wissen.

»Nein, haben wir nicht gefunden.«

»Das brauchen wir.«

»Tom hat ein Handy«, meldete Nele sich zu Wort, »vielleicht ist es das alte von seiner Mutter.«

»Wer kümmert sich da drum?«

»Das kann ich machen«, sagte Nele.

Jan Niehus sah sie zögernd an. »In Ordnung.« Dann schaute er in die Runde. »Weitere Ideen?«

»Vielleicht gibt es ja auch keine Verbindung zwischen Nele und Julia Siems«, wandte Mia ein.

»Also reiner Zufall?«

»Die meisten Serientäter wählen ihre Opfer zufällig aus.«

»Warum glaubst du, dass wir es mit einem Serientäter zu tun haben?«

»Wegen des Aufwandes, den er mit der Musik treibt.«

»Schön und gut«, widersprach Müller Eins, »aber wir sind hier doch nicht im Kino.« Er schnaufte kurzatmig. »Und wo ist das zweite Opfer? Bei einem kann man wohl kaum von einer Serie reden.«

Müller Zwei pflichtete ihm brummelnd bei.

»Du fragst nach dem zweiten Opfer?« Mia zeigte auf Nele. »Da ist es doch.«

Plötzlich herrschte absolute Stille. Kein Papiertütenrascheln, Kugelschreiberklicken, kurzatmiges Schnaufen. Als ob jemand den Ton bei einem Film ausgeschaltet hätte.

»Wir halten uns erst einmal an das, was wir haben«, brach Niehus das Schweigen. »Sascha.«

»Julia Siems war auf einer Partnersuche-Seite unterwegs.«

»Wie heißt die Seite?«

»Stadt-Flirt.«

Ein fragender Blick von Niehus, auf den Nele, unfähig etwas zu sagen, mit einem Nicken reagierte.

»Okay, das ist doch schon mal ein Ansatz. Übernimmst du das, Mia? Und nimm Nele mit. Unsere erste Wahl sind die Männer, die sowohl zu Julia Siems als auch zu Nele Kontakt aufgenommen haben. Zweite Wahl die, die zu einer von beiden Kontakt hatten. Wenn uns das noch nicht weitergebracht hat, erweitern wir auf alle männlichen Teilnehmer zwischen achtzehn und fünfzig Jahren.«

»Sollten wir nicht sämtliche Profilfotos mit den Kamerabildern aus dem Krankenhaus vergleichen?«

»Gute Idee, Sascha. Das macht Müller Eins.«

»Danke, Sascha«, raunte Müller Eins seinem Kollegen zu.

»Parallel dazu werden wir uns weiterhin das Umfeld von Julia Siems vornehmen, allen voran den Krankenhauspfleger. Müller Zwei, du checkst bitte, wo der Vater von dem Jungen sich aufhält. Die Kollegin Nele Hagen hat den Namen. Den Chorleiter vergessen wir auch nicht. Da ist übrigens eine Beschwerde gekommen. Ich gehe davon aus, dass du dich da korrekt verhalten hast?«

Die Frage riss sie aus ihren Gedanken. Vage Erinnerungen an verlorene Nächte, in denen die Einsamkeit sie wach gehalten hatte. War sie bei ihrer Suche nach einem Ende des Alleinseins dem Täter begegnet?

»Nele! Hast du dich da korrekt verhalten?«

»Ja. Ich musste mich verteidigen.«

Niehus schaute sie an. Dann nickte er. »Das wird sich schon regeln.« Er blickte in die Runde, fragte, ob es noch Unklarheiten gäbe, und beschloss die Sitzung.

Sie stand auf, wollte dem stickigen Raum so schnell wie möglich entkommen. Doch Niehus winkte sie zu sich. Wieder dieser Oberlehrerblick. Sie ging zu ihm, bemüht, sich innerlich zu wappnen.

»Was ist da vorhin mit dem Chorleiter gewesen? Und warum warst du ohne Mia unterwegs?«

»Sie konnte nicht kommen.«

»Ich bitte dich, künftig auf solche Alleingänge zu verzichten.«

»Er hat ihr Einzelstunden gegeben, und es gibt Gerüchte, dass er was von ihr wollte. Das hat mir eine Frau aus dem Chor erzählt.«

»Und deshalb brichst du ihm eine Rippe?«

Sie verstummte.

»Zusammen mit Mia wäre das anders ausgegangen. Warum diese heftige Reaktion?«

»Es war dunkel, und er ist von hinten gekommen. Ich konnte ihn nicht sehen. Ich habe mich verteidigt.«

»Ich bin nicht von der internen Ermittlung. Aber ich muss

mir ein Bild machen. Du hast eine Vorgeschichte. Deshalb ist es wichtig, dass ich eine Einschätzung bekomme.«

Sie stutzte. Was wusste Niehus über sie und woher? Ihr fiel ein, dass er den Chef kannte. Na toll, dachte sie, dann habe ich ja meinen Stempel weg. »Ich habe mich einfach wahnsinnig erschrocken. Da war ein Mann auf dem Kirchhof, der mich beobachtet hat. Er stand ein Stück entfernt im Dunkeln. Ich hatte ihn gerade entdeckt.«

»Und?«

»Die Tage hatte ich schon einmal das Gefühl gehabt, dass mich jemand beobachtet.«

»Hast du so etwas häufiger?«

»Was jetzt?«

»Das Gefühl, beobachtet zu werden?«

»Falls du fragst, ob ich unter Wahnvorstellungen leide: nein. Üblicherweise sehe ich weder Gespenster noch höre ich Stimmen. Ich glaube auch nicht, dass Außerirdische mich entführt haben, um Experimente an mir durchzuführen. Obwohl ich mich gerade heute Abend genau so fühle.«

Niehus lachte. »Okay. Ich habe verstanden. Warum erfahre ich erst jetzt von diesem Mann?«

»Ich war mir nicht ganz sicher.«

»Ob du ein Gespenst gesehen hast?«

»Der Mann war da, und er hat mich auch angeschaut. Dass er mich beobachtet, erschien mir allerdings ziemlich unwahrscheinlich. Ich bin ja nicht Heidi Klum.«

»Erscheint es dir immer noch unwahrscheinlich?«

»Ich weiß es nicht.«

Niehus sah sie nachdenklich an. »Ich bin schon einige Jahre bei diesem Verein. Aber so etwas wie dies hier habe ich noch nicht erlebt. Ich kann deshalb auf keinerlei Erfahrungswerte zurückgreifen.«

»Wie geht es jetzt weiter?«

»Wir ziehen unser übliches Programm durch. Rütteln die Informationen durch unser Sieb. Irgendetwas wird drin hängen bleiben.«

Sie wandte sich zum Gehen. Doch dann hielt sie inne. »Ich weiß jetzt, wann ich das erste Mal das Gefühl hatte, dass ich beobachtet wurde. Das war beim Italiener. Ich hab dort was gegessen, bevor ich zu Behrends gefahren bin und von ihm erfahren habe, dass er seine Freundin mit Julia Siems betrogen hat.«

»Fahr am besten gleich zu dem Restaurant.«

»Ich möchte mir erst mal die Profilbilder angucken.«

»Hat dich schon mal jemand halsstarrig genannt?«

»Verstockt und stur, halsstarrig nicht.«

»Keine Alleingänge mehr, ja? Wenn du eine Idee hast, ruf mich oder jeden anderen aus dem Team an.«

Sie nickte. »Habe ich Töllner wirklich eine Rippe gebrochen?«

»Nein. Ist nur eine Prellung.«

»Da bin ich ja froh.« Sie verließ den Besprechungsraum und ging den Flur hinunter. Die meisten Zimmertüren standen offen. An einer blieb sie stehen und klopfte. Mia saß am Computer und schaute auf. Müller Eins und Zwei saßen an dem zweiten Schreibtisch, der eine schreibend, der andere lesend.

Mia rückte einen Stuhl für sie an den Tisch. »Setz dich. Ich hab mich schon eingeloggt.«

Nele nahm vor dem Computer Platz.

Mia begann, die Profile aufzurufen. »Ich hab das übrigens auch schon mit diesen Seiten versucht. Hab aber nur Nieten gezogen.«

»Ging mir auch so.«

»Mensch, Mia«, mischte Müller Eins sich ein, »wenn du jemanden suchst, musst du nicht ins Internet gehen.«

»Sondern?«

»Du hast doch meine Nummer. Du könntest eine interessante Erfahrung machen, die dein Leben verändert.«

Mia sah sie an. »Versprich mir, mich zu erschießen, wenn ich den Hörer in die Hand nehme, um sein Angebot anzunehmen!«

Müller Zwei lachte herzhaft, worauf Müller Eins aufstand und ankündigte, sich einen Kaffee zu holen, jedoch in der Tür stehen blieb. »Wie hast du dich eigentlich angemeldet? Als Mia Magma?« Müller Eins grinste.

»Sehr witzig.«

»Wer ist Mia Magma?«, fragte Müller Zwei.

»Siehste: Deswegen bin ich Müller Eins und du Müller Zwei.«

»Könnt ihr beiden Clowns mal die Manege räumen?«, fragte Mia.

»Schon dabei. – Trinkst du auch einen Kaffee?« Müller Zwei stand auf und ging mit seinem Kollegen hinaus.

»Sind die immer so wie heute?«, fragte Nele.

»Die kennen sich schon aus dem Sandkasten«, erklärte Mia, »haben im Doppelpack geheiratet und ein paar Jahre später den gleichen Scheidungsanwalt engagiert. Können nicht miteinander, aber auch nicht ohne einander. Wie ein altes Ehepaar.«

Mia begann, die Profilbilder aufzurufen. Nele sah sich die Portraits an und nickte, wenn es weitergehen sollte.

»Nicht gerade die Traumtypen«, merkte Mia an.

»Nein.«

Bild für Bild erschien auf dem Monitor.

»Halt!«, sagte Nele.

»Der?«

»Ich habe ihm aber nicht zurückgeschrieben.«

Mia schmunzelte. »Hätte ich auch nicht.« Sie machte sich eine Notiz. »Hast du eigentlich auch mal zu einem von denen Kontakt aufgenommen – ich meine, ohne dass die sich vorher bei dir gemeldet haben?«

»Nein.«

»Warum nicht? So findest du doch viel eher jemanden, der dir auch gefällt.«

»Stimmt schon. Wahrscheinlich wollte ich in Wirklichkeit gar keinen finden.«

Weitere Bilder tauchten auf. Nele machte ein Zeichen, wenn

ein Mann Kontakt zu ihr aufgenommen hatte. Sie kam sich vor, als ob sie in einem Versandkatalog blätterte. Modell Pluto, viele Zusatzfunktionen. Kreation Alpha, Ausstellungsstück mit kleinen Lackschäden. Ikarus: neu reingekommen mit interessanten Extras.

Mia legte eine Pause ein. »Ich habe dir hoffentlich keinen Schreck eingejagt.«

»Einen Schreck?«

»Mit der Serientäteridee.«

Nele sagte nichts. Denn ein dicker, schwarzer Gedanke blähte sich plötzlich in ihrem Kopf auf.

»Was ist?«

»Auf diesem Musikstück war eine Haltestellenansage.«

»Glaubst du?«

»Ich bin neulich Bus gefahren.«

»Das muss nichts heißen.«

»Und wenn er hinter mir gesessen hat oder neben mir? Wenn er mir nachgegangen ist?«

»Nele, wir wissen nicht, ob da wirklich eine Haltestellenansage war. Und selbst wenn, muss das nichts mit dir zu tun haben.«

»Ich werde langsam total paranoid.«

»Was ich da vorhin in der Besprechung gesagt habe, war erst mal nur eine Idee. Wahrscheinlich eine ganz falsche. Ich habe sie nur der Vollständigkeit halber reingebracht.«

»Klar.«

»Lass dich nicht verrückt machen.«

»Ich gebe mir Mühe.«

Mia klickte das nächste Bild an.

»Ich glaube, ich brauche eine Pause.«

»Soll ich uns einen Kaffee holen?«

»Ja. Das wäre nett.«

Mia stand auf.

»Wer ist eigentlich Mia Magma?«

Mia lachte. »Eine Pornodarstellerin.«

»Nette Kollegen.«

Kaum war Mia wieder da, betrat Niehus den Raum. Wie selbstverständlich nahm er sich einen der beiden Kaffees. »Ich habe mit der Lebensgefährtin von Behrends gesprochen. Sie sagt, er wollte sich von ihr trennen. Wir fahren da jetzt hin.«

Nele stand auf.

»Ich meinte Mia. Du bleibst bitte hier und nimmst dir weiter die Fotos vor.«

Nele blieb stehen. Sie wollte protestieren, doch Niehus kam ihr zuvor.

»Ich weiß: Du hast schon einmal mit ihm gesprochen. Aber ich möchte nicht, dass du noch weiter in den Fall hineingezogen wirst. Das ist eine Frage deiner eigenen Sicherheit.«

»Aber ich bin doch schon mitten drin!«

»Und genau deshalb ist es wichtig, dass du jetzt umso mehr Abstand vom Geschehen hältst.«

»Und wie soll ich das anstellen? Indem ich nicht ans Telefon gehe, wenn ich noch mal so eine Nachricht bekomme? Ich kann nicht einfach herumsitzen, ich muss etwas tun!«

»Du kannst etwas tun. Guck dir die Fotos an, überlege, welche Verbindung es zwischen dir und Julia Siems gibt.«

»Ich kann Nele schon verstehen, Jan. Vielleicht solltest du sie wirklich mitnehmen«, sagte Mia.

»Schön, dass ihr da einer Meinung seid. Wenn du die Kollegin unbedingt unterstützen möchtest, kannst du sie nachher begleiten. Möglicherweise gibt es da jemanden, der sie in einem Restaurant beobachtet hat.«

»Du weißt doch, dass ich heute Abend …«

»Ich brauche keine Begleitung«, unterbrach sie Mia.

»Brauchst du«, beharrte Niehus.

»Was soll denn da schon passieren?«

»Das ist eine Frage der Professionalität. Uns sollte allen klar sein, dass wir uns in der Zusammenarbeit mit dir auf dünnem Eis bewegen.«

»Zusammenarbeit? Man könnte auch denken, dass du mich aus dem Weg haben willst.«

Niehus grinste sie an. »Dann sieh es als eine Art produktivem Personenschutz. Du bist nicht allein und kannst dich dabei noch nützlich machen.«

Sie verdrückte sich in die Teeküche, nachdem die beiden samt Kaffee verschwunden waren. Die Bilder von Julia Siems, die in ihrem Blut auf dem Boden ihrer Küche lag, und dem fassungslosen Blick, mit dem der kleine Tom sie angesehen hatte, ließen sie nicht mehr los. Sie wusste, dass sie Angst haben sollte. Aber die Angst war weg. Stattdessen fühlte sie sich haltlos, rastlos, getrieben.

Sie ging mit ihrem bitter schmeckenden Kaffee zurück an ihren Platz. Es war ruhig auf dem Flur geworden. Müller Eins und Zwei hatten Feierabend gemacht, die meisten anderen auch. Sie dachte, dass sie sich von allen hier am ehesten an Mia halten sollte. Die hatte ihren eigenen Kopf und konnte sie verstehen.

Nele setzte sich an den Computer und klickte sich systematisch durch alle Online-Steckbriefe. Sie versuchte, sich vorzustellen, was für Menschen hinter den Bildern steckten. Aber sie konnte keine Verbindung zu ihnen aufbauen. Dann stieß sie auf ein Gesicht, das sie kannte. Sie hatte es gestern erst gesehen. Ein unwahrscheinlicher Zufall, der möglicherweise keinerlei Bedeutung hatte. Trotzdem begann ihr Herz zu klopfen.

20.

»Ich habe ein Gesicht erkannt.« Nele stieg zu Mia in den Wagen.

Mia Tesla startete den Motor. »Erzähl!«

»Ich bin auf das Profil von einem Mann gestoßen, dem ich vor dem Blumenladen begegnet bin.«

»Dem Laden von Julia Siems?« Mia lenkte das Fahrzeug auf die Straße und überholte hupend ein Taxi, das ohne zu blinken hielt, um seinen Fahrgast aussteigen zu lassen.

»Ja. Er hat einen dicken Strauß gekauft, noch im Laden das Papier heruntergerissen und ihn Sandra Driebold geschenkt, die an der Kasse stand. Sie hat ein Gesicht wie Weihnachten und Ostern gemacht.«

»Wegen dem Strauß? Sie hat doch den ganzen Laden mit Blumen vollstehen!«

»Es lag wohl eher an dem Mann als an den Blumen.«

»Kennst du ihn?«

»Nein. Ich habe ihn das erste Mal gesehen. Vielleicht wäre er mir gar nicht aufgefallen, wenn er nicht so gut ausgesehen hätte.«

»Hat er?«

»Muss man schon sagen.«

»Aber kein Kontakt zu dir.«

»Nein, aber vielleicht zu Julia Siems. Ist jedenfalls nicht ausgeschlossen.«

»Sag Niehus morgen Bescheid. Es ist nicht viel, aber vielleicht bringt es uns weiter.«

Vor ihnen fuhr ein Gelenkbus die Haltestelle an. Mia beschleunigte. Der Feierabendverkehr war vorüber, so dass sie gut durchkamen.

»Wie war es bei Behrends?«, wollte Nele wissen.

»Aufschlussreich. Er wollte sich trennen, um mit Julia Siems zusammen zu sein. Aber sie wollte gar nicht. Sie hat Schluss mit ihm gemacht.«

»Und jetzt bleibt er doch bei seiner Familie?«

»Sieht so aus.«

»Toll.«

»Behrends hätte im Prinzip Zeit gehabt, vor Schichtbeginn zu ihr nach Hause zu fahren. Es wäre leicht vorstellbar, dass er einen Schlüssel zu der Wohnung hat. Damit wäre er dann auch hereingekommen, ohne Lärm oder Einbruchspuren zu verursachen. Motiv und Gelegenheit wie aus dem Lehrbuch«, resümierte Mia.

»Aber wie passt diese Show im Krankenhaus da rein? Und wer hat mich dann angerufen? Behrends etwa?«

»Das haben wir uns auch gefragt.«

»Außerdem hat es in der Wohnung keinen Streit gegeben. Da war Tom sich ganz sicher.«

»Ich weiß.« Mia stellte das Radio ein. »Ist alles scheißkompliziert.«

Für den Rest der Fahrt redeten sie nicht mehr über den Fall. Sie ließen sich von der Musik berieseln und kommentierten den Wetterbericht, der Schnee vorhergesagt hatte. Als sie das Restaurant erreichten, waren sich beide einig darüber, dass so kurz vor Ostern Schluss mit dem Winter sein müsse.

Nele und Mia betraten den fast leeren Speiseraum und setzten sich ans Fenster. Es war der Tisch, an dem Nele am Mittag gesessen hatte. Der Kellner brachte ihnen die Karte. Es war ein anderer als beim letzten Mal.

Mia wartete, bis er wieder weg war. »Wo hat der Typ gesessen?«

»Ich weiß es nicht.«

»Aber du weißt, dass er dich beobachtet hat.«

»Nein. Es ist mehr so ein …«

»Gefühl.«

»Genau. Kennst du das nicht?«

»Du weißt also nicht, wo er gesessen hat, wie er ausgesehen hat, aber du hast das Gefühl, dass dich hier jemand beobachtet hat.«

»Du hättest ja nicht mitkommen müssen«, meinte Nele gereizt.

Der Kellner kam zurück und nahm die Bestellung auf. Nele fragte ihn nach seinem Kollegen, beschrieb ihn kurz und erfuhr, dass er Leon hieß und bereits Feierabend gemacht hatte. Sie bat den Kellner, ihn anzurufen und zu fragen, ob er vorbeikommen könne.

»Immerhin wusstest du, wie der Kellner aussah«, neckte Mia sie.

»Der stand ja auch direkt vor mir.« Für einen Moment wurde sie wütend, doch Mias freundlicher Blick versöhnte Nele und sie lachte. »Das schafft sogar eine Streifenpolizistin.«

»Ich bin beeindruckt.«

Als der Kellner erschien, der sie am Mittag bedient hatte, erklärte Nele ihm, nach wem sie suchte.

»An Sie erinnere ich mich, Signora.«

»Und an den Gast auch?«

»Tut mir leid. Es war sehr hektisch. Da war diese Gruppe. Die haben zusammen Mittagspause gemacht und hatten es sehr eilig. Das ist doch keine Art, wenn alles nur schnell, schnell gehen muss. Diese Leute sollen lieber in ihre Kantine gehen und da ihre Nürnberger Bratwurstschnecken mit Sauerkraut essen.«

»Aber Sie erinnern sich an mich.«

»Das ist ja auch etwas anderes, Signora. Sie sind eine Frau.«

»Der Mann, an den ich denke, gehörte nicht zu der Gruppe. Er muss allein gekommen sein. Überlegen Sie bitte noch einmal. Es ist wichtig für mich.«

Der Kellner kratzte sich an seinem kahl werdenden Hinterkopf. »Warten Sie. Da war ein Mann. Er hat Geld auf dem Tisch liegen gelassen und ist einfach gegangen. Er hat sein Essen überhaupt nicht angerührt.«

»Und war er allein da?«

»Ja.«

»Wie sah er aus?«

»Ich weiß nicht. Ganz normal. Ein Mann eben. Nicht dick, dunkle Haare. Vielleicht.«

»Sportlich? Attraktiv?«

»Signora, wie sieht ein attraktiver Mann aus?«

»Markantes Kinn, aufrechte Haltung?«

Der Kellner sah sie an und zuckte mit den Schultern. »Kann sein, kann nicht sein.«

»Wo hat er gesessen?«

»Da vorn.«

Das Essen kam. Salat vorweg, danach Bandnudeln mit Lachs. Die beiden Frauen aßen, ohne viel zu reden. Die reichliche Mahlzeit machte Nele müde. Sie schaute auf den leeren Stuhl an dem Tisch bei den Toiletten und versuchte, sich ein Bild von dem Mann zu machen. Doch in ihrer Erinnerung blieb der Stuhl leer.

»Woran denkst du?«, fragte Mia.

»Ich versuche, mich an das Gesicht von dem Mann zu erinnern.«

»Immerhin wissen wir jetzt, dass er hier war«, ermutigte Mia sie.

»Das heißt doch nichts. Vielleicht hat er einfach da gesessen, und es hatte gar nichts mit mir zu tun.«

»Und was ist mit deinem Gefühl?«

»Ich weiß nicht, ob ich meinem Gefühl trauen kann. Es hat sich schon öfter als ziemlich unzuverlässig erwiesen.«

»Du meinst, du könntest dir das mit dem Mann hier eingebildet haben.«

»Ja.«

»Und den auf dem Spielplatz auch.«

»Die hat es beide gegeben. Aber dass sie mich beobachten, ist vielleicht Einbildung.«

Mia schaute ihr in die Augen. »Das mag ja sein. Aber diese Handynachricht ist keine Einbildung.«

»Wir wissen doch gar nicht, was das mit der Musik soll. Das ist vielleicht nur ein harmloser Spinner«, sagte Nele und wurde unruhig.

Mia schaute sie aufmerksam an. »Glaubst du das wirklich?«

Ihr Blick machte Nele noch nervöser. »Dass das Stück auf meinem Handy gelandet ist, liegt vielleicht nur daran, dass ich die Erste am Tatort war.«

»Kann alles sein. Aber solange wir das nicht sicher wissen, sollten wir auch die Möglichkeit in Betracht ziehen, dass es alles nicht so harmlos ist.«

Neles Hände wurden feucht. Ihr Herz raste. »Tut mir leid, aber ich muss hier raus.« Sie stand auf, stieß mit dem Kellner zusammen und lief aus dem Restaurant.

Dicke Schneeflocken fielen im bunten Licht der Leuchtreklame zu Boden und schmolzen in den Pfützen auf dem Gehweg zusammen. Der Wind hatte im Laufe des Tages gedreht und brachte mit der kalten Luft aus Osteuropa den Winter zurück.

Mia kam aus dem Restaurant gelaufen. Sie löste die Zentralverriegelung des Wagens.

Nele stieg ein. Sie fröstelte.

Mia setzte sich auf den Fahrersitz. »Was ist denn auf einmal los mit dir?«

»Kannst du mich nach Hause fahren?«

»Nein.«

Sie sah Mia erstaunt an.

»Ich will erst wissen, was mit dir los ist.«

»Hier drin ist es saukalt.«

Mia griff nach hinten, holte eine Decke von der Rückbank und gab sie ihr. »Hast du Panikattacken oder so was?«

Nele sagte nichts.

»Dir steht plötzlich der Schweiß auf der Stirn und gleichzeitig wirst du weiß wie eine Wand. Es ist ziemlich offensichtlich, dass du irgendetwas in der Richtung hast, oder nicht? Seit wann hast du das?«

Nele legte die Decke auf die Rückbank und öffnete die Tür. »Du brauchst mich nicht zu fahren. Ich nehme mir ein Taxi.« Sie stieg aus und schlug die Tür zu.

Mia schaute sie an. Dann zuckte sie mit den Schultern und startete den Motor. Doch statt loszufahren, beugte sie sich herüber und öffnete die Beifahrertür. »Mach keinen Quatsch und steig wieder ein.«

Nele setzte sich wieder in den Wagen. »Aber ich rede nur übers Wetter.«

Mia lachte. »Ist ja schon gut. Wo wohnst du?«

21.

Sie ging nicht in ihre Wohnung, als Mia sie dort absetzte. Stattdessen zog sie den Reißverschluss ihrer Jacke bis zum Kragen zu und schritt mit hochgezogenen Schultern am Kanal entlang. Sie überholte ein Pärchen, das vor ihr Arm in Arm durchs Dunkel schlenderte, und eine magersüchtig wirkende Frau in den Vierzigern, die ihren moppeligen Hund spazieren führte. Sie kam an den streng designten Hausbooten vorbei, bei denen sie sich immer vorstellte, dass sie im Winter feucht und kalt und im Sommer heiß und stickig seien. Trotzdem träumte sie davon, auch auf so einem schwimmenden Haus zu leben, mit dem sie mühelos an einen anderen Ort ziehen könnte, wenn es ihr irgendwo nicht mehr gefiel.

Sie dachte, dass sie einfach im Wagen hätte sitzen bleiben und die Gelegenheit zum Reden ergreifen können, die nun vorübergezogen war. Aber vielleicht war es auch genau das, was sie gestört hatte: eine Gelegenheit zu ergreifen. Der Impuls musste schon von ihr kommen. Sonst stellte sich sofort das Gefühl bei ihr ein, in die Ecke gedrängt zu sein. So wie eben. Dabei war ihr klar, dass sie es selbst war, die sich in die Ecke trieb. Nele vergrub ihre Hand in ihrer Jackentasche und fühlte das kühle Handygehäuse. An der nächsten Bank blieb sie stehen, wischte das Holz mit dem Ärmel trocken und setzte sich. Sie wählte. Eine verschlafene Stimme meldete sich.

»Du wolltest doch wissen, wie das passiert ist vorletztes Jahr.«

»Nele?«

»Tut mir leid. Du hast schon geschlafen.«

»Warte!« Tobis Stimme klang mit einem Mal hellwach.

»Nein. Es war eine blöde Idee, so spät anzurufen.«

»Das stimmt. Aber jetzt bin ich sowieso wach. Wo bist du?«

»Draußen am Kanal.«

»Du wirst dir den Tod holen da.«

»So schnell geht das nicht.«

»Gib mir eine Stunde, dann bin ich bei dir.«

»Du bleibst schön im Bett. Ich erzähle dir alles. Jetzt sofort. Aber nur, wenn du allein bist.«

»Gut. Lass mich nur eben die drei Blondinen rauswerfen.«

Sie hörte zu, wie Tobi mit den drei nicht vorhandenen Frauen diskutierte, und musste lachen. Hinter ihr lief eine Katze über die Straße. Ein Auto bremste und geriet ins Schlingern. Sie sah sich erschrocken um. Das Tier verschwand unter dem Fahrzeug. Der Wagen fing sich wieder und setzte seinen Weg fort. Die Katze blieb auf der Straße liegen. Doch dann stand sie auf, schüttelte sich, lief weiter und verschwand in der Dunkelheit.

»Bist du noch da?«, fragte Tobi.

Sie entspannte sich.

»Ich hatte einen Einsatz mit Rüdiger«, begann sie unvermittelt, »es war nachts. Nachbarn hatten uns gerufen, weil es Streit in der Wohnung nebenan gab. Man hörte das Geschrei schon unten auf der Straße.«

Sie zog die Beine an, so dass ihre Füße auf der vorderen Sitzkante Platz fanden. »Kennst du das? Du hörst die Stimmen und denkst: Gleich passiert da etwas Schreckliches. Das klingt anders, als wenn sich die Leute einfach nur anpöbeln. Wie Tiere, die sich anfallen. Da ist auf einmal nichts Menschliches mehr.«

»Ja. Ich weiß, was du meinst.«

»Die Wohnung lag im fünften Stock, und es gab keinen Fahrstuhl. Mir ging nur eins durch den Kopf: Solange du da noch zwei Stimmen hörst, ist es nicht zu spät! Ich wollte einfach nicht, dass da einer auf dem Boden liegt und sich nicht mehr bewegt, wenn ich oben ankomme. Kannst du das verstehen?«

Tobi antwortete nicht.

»Bei alldem habe ich überhaupt nicht mitgekriegt, dass Rüdiger nicht hinterhergekommen ist. Fleischmann ist unten ins Stolpern gekommen und hat sich den Knöchel verstaucht. Hinterher hat er mir erzählt, dass er zu mir hochgerufen hat, dass ich auf ihn warten soll. Aber ich habe ihn nicht gehört.«

Ihr Herz begann schneller zu klopfen. »Die Tür stand offen«, sagte sie mit trockenem Mund. »Die beiden Männer schrien sich immer noch an. Ich konnte sie nicht sehen, aber hören. Ich klingelte erst gar nicht, sondern rannte direkt weiter, immer dem Lärm nach. Das Flurlicht war kaputt, so dass man kaum etwas sah und ich über irgendeinen Gegenstand stolperte. Wahrscheinlich habe ich so etwas gerufen wie ›Polizei!‹, aber das weiß ich nicht mehr so genau. Die beiden hätten mich sowieso nicht gehört. Ich lief um die Ecke und stand im nächsten Moment mitten in der Küche.«

Sie hielt unbewusst die Luft an. In ihrem Kopf breitete sich die Erinnerung an den strengen Geruch von alten Küchenabfällen, Bier und Zigaretten aus. »Und dann ging alles wahnsinnig schnell. Der Mann, der mit dem Rücken zu mir gestanden hatte, drehte sich um. Da habe ich erst das Messer gesehen, ein langes Fleischmesser. Ich hätte sofort rausgehen müssen. Aber ich konnte nicht. Wie in diesen Träumen, in denen du weglaufen willst und dich nicht bewegen kannst. Es war nur ein kurzer Augenblick. Aber das hat genügt. Im nächsten Moment war die Klinge weg. Komischerweise habe ich zuerst nur so etwas wie einen Schlag gespürt. Ich habe den Mann angeguckt, und er hat mich angeguckt. Er hatte einen ganz seltsamen Blick. Wie aus einer anderen Welt. Dann schau ich an mir herunter und bin ganz verwundert, dass da etwas ist, was da nicht hingehört. Der Mann lässt ganz langsam los und zieht seine Hand zurück. Da sehe ich, wie nur dieser ausgeblichene, schwarze Holzgriff aus meiner Uniform rausguckt.«

»Was ist dann passiert?«

»Das nächste, an das ich mich erinnere, ist, dass ich auf dem Boden liege und dieser Sanitäter meine Hand hält und auf mich einredet.«

Das Scheinwerferlicht eines einparkenden Wagens erfasste sie. Einen Moment lang war alles hell. Dann schaltete der Fahrer das Licht aus. »Auf der Dienststelle wusste keiner, dass ich schwanger war.«

»Schwanger?«

»Ich hatte es die ganze Zeit niemandem erzählt, weil ich dann in den Innendienst geschickt worden wäre. Rüdiger weiß es wohl immer noch nicht. Ich will auch nicht, dass er es erfährt.«

»Warum nicht?«

»Es geht ihn nichts an.«

Nele hörte Tobi atmen.

»Das Kind hat nicht überlebt?«, fragte er leise.

»Nein.«

»Das tut mir leid.«

Es begann zu schneien. Dicke, schwere Schneeflocken trudelten durch die Luft und landeten auf dem nassen Boden, wo sie sofort zusammenschmolzen.

»Seitdem habe ich das Gefühl, in so einer Art Daueralarmstimmung zu leben. Zwischendurch war es mal besser, aber seit dieser Sache mit Julia Siems ist es wieder richtig schlimm.«

Der Wind trieb ihr die Flocken ins Gesicht.

»Soll ich wirklich nicht vorbeikommen?«

Sie stand fröstelnd von der Bank auf. »Ich lege jetzt auf, ja? Danke fürs Zuhören.«

Eine kurze Pause.

»Da nicht für.«

Sie legte auf. Es wurde höchste Zeit, ins Warme zu kommen.

22.

Er steht vor der Tür und wartet. In dem Haus wohnen überwiegend alte Leute, die ihre Wohnung nur zum Einkaufen verlassen. Wenn es draußen dunkel ist, gehen sie nicht raus. Da muss es schon brennen und selbst dann würden sie bestimmt starr vor Angst in ihren Buden hocken bleiben.

Als er hört, wie in der Wohnung die Dusche angestellt wird, schlägt sein Herz schneller. Er hat Geduld, das ist seine große Stärke. Er kann warten, bis der richtige Zeitpunkt kommt. Ein bisschen Glück gehört natürlich auch dazu. Dass alle Mieter außer ihr alt sind, ist so ein Glücksfall! So etwas kann man nicht planen. Aber es geht eben auch darum, das Beste aus den Möglichkeiten zu machen, die sich einem bieten. Und das ist wiederum eine Gabe.

Er steckt den Schlüssel, den er nachgemacht hat, ins Schloss. Ihm schießt der Gedanke durch den Kopf, dass er in letzter Zeit die Dosis stark erhöht hat. Es fällt ihm immer schwerer, auf diesen Zustand zu verzichten, und er kann sein normales Leben kaum noch ertragen. Er wischt den Gedanken weg. Das normale Leben zählt jetzt nicht. Vielleicht ist das normale Leben das falsche Leben und dies das richtige.

Er öffnet die Tür und wundert sich darüber, wie wenig es dafür braucht. Drinnen saugt er den Geruch der Wohnung ein. Sofort ist das Gefühl wieder da. Es ist mächtig, verdrängt alle Zweifel, verleiht allem eine Eindeutigkeit. Er zieht seine Schuhe aus. Das ist ihm wichtig. Dann geht er zum Bad, legt das Ohr an die Tür und lauscht dem Plätschern des Wassers. Bestimmt hat sie es so heiß gestellt, dass sie es gerade noch aushalten kann. Die Dusche soll sie wärmen. Wenn sie nicht so ein leeres Leben führen würde, bräuchte sie dazu kein heißes Wasser. Dann hätte sie etwas, das tiefer wirkt als ein Duschstrahl.

Er atmet tief ein und wieder aus. Dann drückt er langsam die Klinke herunter. Der Mechanismus, der den Schnapper zurückzieht, quietscht. Er hält inne und horcht. Das Wasser läuft unverändert.

Es ist ein gutes Gefühl, an der Tür zu stehen, und mit nichts zu vergleichen, was er früher erlebt hat. Ein Gefühl, als ob man fliegt. Er weiß nicht, was ihn erwartet, wenn er die Tür öffnet. Aber es ist genau diese Ungewissheit, die den Moment ausmacht.

Er schiebt die Tür auf. Das Bad ist klein und hat kein Fenster. Er schließt die Tür leise. Unter der Dusche kann sie das Quietschen wohl nicht hören. Jedenfalls deutet nichts darauf hin, dass sie ihn bemerkt hat. Das gefällt ihm.

Hinter dem Vorhang zeichnet sich ihr Körper ab. Er sieht, wie sie ihren Kopf in den Nacken legt und sich das Wasser über das Gesicht und die Brüste laufen lässt. Dann stellt sie plötzlich das Wasser aus. Er spürt seinen Herzschlag. Gegenüber vom Waschbecken und dem Spiegel darüber, der beschlagen ist, ist ein Regal. Auf dem Regal steht ein Kerzenständer, der schwer genug ist, um damit Schaden anrichten zu können. Er braucht nur die Hand auszustrecken. Von der Dusche trennen ihn nur zwei Schritte.

Er bewegt sich nicht. Es scheint, dass sie gleich den Vorhang zurückziehen wird. Doch dann ist es doch nur die Seife, nach der sie greift. Er spürt eine Erektion kommen, als sie sich bückt, um ihre Beine einzuseifen, und er sieht, wie sich ihre Brüste dabei bewegen. Er ist ihr so nah. Und doch hat sie keine Ahnung, dass er existiert. Das ist ein Moment, in dem alles möglich ist. Was er daraus macht, liegt ganz allein in seiner Macht. Er schaut und genießt seine Unsichtbarkeit, hört dem leisen Schmatzen der eingeseiften Hände auf ihrem Körper zu.

23.

Nele hatte unruhig geschlafen. Noch vor dem Frühstück wählte sie Mias Nummer und fragte sie, ob sie Zeit für einen Kaffee hätte. Als Mia zusagte, machte Nele sich sofort auf den Weg. Sie schloss die Wohnungstür hinter sich und merkte, dass das Gefühl von Daueralarm verschwand. Die frische, kühle Luft tat ihr gut.

Sie war vor Mia angekommen und bestellte schon. Der höchstens Neunzehnjährige hinterm Tresen nahm sich alle Zeit der Welt, das Frühstück für Eilige, das sie geordert hatte, zu garnieren und dabei einen unbeholfenen Flirtversuch zu starten. Am Stehtisch neben der Tür der Bäckerei tranken zwei Handwerker wortlos ihren Kaffee. Als Mia den Laden betrat, schauten sie nur kurz auf, legten Geld auf den Tresen und verschwanden.

Mia rief dem Jungen ihre Bestellung zu, setzte sich zu ihr an den Tisch und schaute sie erwartungsvoll an. Nele schilderte kurz und sachlich, was sich bei dem Einsatz mit Fleischmann zugetragen hatte. Sie erwähnte auch den Tod ihres ungeborenen Kindes. Mia hörte ihr konzentriert zu und unterbrach sie nicht. Am Ende wollte sie wissen, ob Nele bei einem Psychologen gewesen sei.

»Dann nimmt mich doch keiner mehr für voll.«

»Kann ich verstehen. Was ist mit dem Täter?«

»Wurde wegen gefährlicher Körperverletzung verurteilt.«

»Wie viel hat er bekommen?«

»Zwölf Monate.«

»So wenig?«

»Schuldunfähigkeit. Er hatte 2,7 Promille und sich mit Pillen zugedröhnt. Die Haft war mit der Auflage einer Entziehungskur verbunden.«

»Ist er wieder auf freiem Fuß?«

»Ja.«

»Was macht der jetzt?«

»Ich habe ihn seit dem Prozess nicht mehr gesehen.«

Mia sah sie an. »Wir müssen dringend mit diesem Typen reden.«

»Ja. Das müsst ihr wohl.« Nele war während der Schilderungen der Ereignisse jener Nacht erstaunlich ruhig geblieben. Es schien, als sei der Abstand durch die Wiederholung der Erzählung größer geworden.

»Ich habe Jan von dieser Bushaltestellensache erzählt«, sagte Mia, »die Ansage, die du in der Aufnahme gehört hast. Er fährt gleich zu Sobotka und meint, du sollst unbedingt dabei sein. Ich würde gerne mitkommen, kann aber leider nicht.«

Mit einem Mal war der Daueralarm wieder da.

»Wir müssen klären, ob die Geräusche, die Sobotka gefunden hat, aus deinem Leben kommen. Das können wir nur mit dir zusammen.«

»Ich weiß gar nicht, ob ich das so genau wissen will.«

»Es hilft nichts.«

»Ja. Ich könnte es sowieso nicht ertragen, es nicht zu wissen.« Sie stand auf und verließ mit Mia die Bäckerei. Der Junge hinterm Tresen rief ihr ein so hoffnungsvolles »Bis bald!« nach, dass sie darin den traurigen Beweis für dessen Mutterkomplex sah. Mia grinste sie mit der Bemerkung an, dass sie offenbar einen Fan habe, wünschte ihr Glück und verabschiedete sich.

Sie traf Niehus vor dem Studio. Niehus gab ihr wortlos die Hand. Sie wurde nicht schlau aus ihm. Anders als Fleischmann konnte er sehr freundlich sein. Dann wieder war er abweisend, fast brüsk. Vielleicht war er einfach nur ein Morgenmuffel. Aber dafür machte er einen zu wachen Eindruck. Er wirkte konzentriert. Von ihm ging eine schwer zu fassende Spannung aus, die sie noch nervöser machte, als sie es sowieso schon war.

Niehus drückte die Klingel. Vielleicht hatte er ihren Blick bemerkt. Denn nun sah er sie kurz an und lächelte. »Herzklopfen?«

»Kann man wohl sagen.«

Die Luft war stickig im Studio. Sobotka hatte die Nacht durchgearbeitet. Auf dem breiten Mischpult standen ein voller Aschenbecher und eine Tasse mit einem Kaffeerest. »Der Groove läuft nicht rund, weil er bei den Loops und beim Delay geschlampt hat.«

Sobotka drehte die Lautstärke hoch und spielte das Stück noch einmal ab. Dabei trommelte er den Rhythmus mit den Fingern mit. Er wirkte aufgedreht. In seiner Stimme schwang etwas Aggressives mit. Nele vermutete, dass er sich nicht ausschließlich mit Kaffee wach hielt.

»Außerdem nervt das Rauschen. Der Mann benutzt definitiv kein Profi-Equipment. Trotzdem muss man zugeben, dass auch diesmal die Atmosphäre stimmt. Bedrohlich und dunkel. Das Richtige für die Dark-Electro-Szene. Nicht gerade ein Stimmungsaufheller.«

»Sobotka, ich bin nicht zum Tanzen hergekommen. Wir interessieren uns nicht für die Musik, sondern für das Ausgangsmaterial. Wenn Sie uns diesbezüglich nichts mitzuteilen haben, sagen Sie es. Dann brauchen wir hier nicht unsere Zeit zu verschwenden.« Niehus stand dicht vor Sobotka, so dass der zu ihm aufschauen musste.

»Oui, oui, Monsieur le Commissaire. Ich will ja nur sagen, dass er sich dieses Mal nicht so viel Zeit genommen hat oder irgendwie abgelenkt war.«

»Das haben wir jetzt verstanden. Was ist nun mit diesen Geräuschen?«

»Okay, okay. Da ist erst mal diese Bushaltestellenansage.« Er spielte die Spur ab.

»Noch mal!«, forderte Niehus.

In Neles Kopf überschlugen sich die Gedanken. »Das bin ich nicht!«, rief sie aus, »ich war nicht an der U-Feldstraße.«

»Sind wir uns einig, dass es ›U-Feldstraße‹ hieß?« Niehus schaute in die Runde.

»Hundert Pro«, pflichtete Sobotka bei.

»Du warst da also nicht?«, fragte Niehus sie.

»Genau.«

»Bist du sicher? Die Aufnahme kann Wochen alt sein.«

»Nein, höchstens vier Tage«, mischte sich Sobotka ein.

»Warum?«, wollte Niehus wissen.

Sobotka spielte die Aufnahme noch einmal vor.

»Ich hör nix«, meinte Niehus ungeduldig.

»Hinter der Stimme ist so ein Grummeln«, meinte Sobotka.

»Na und?«

»Das ist das Domfeuerwerk.«

»So'n Quatsch. Wie wollen Sie das denn hören?«

»Er hat das auch beim Schlagzeug eingesetzt. Deshalb ist der Sound von der Bassdrum so verwaschen.« Sobotka demonstrierte ihnen den Klang. »Wahrscheinlich eine Rakete. Er brauchte eine tiefe Frequenz. Aber er hätte lieber irgendwas anderes benutzen sollen. Der Groove kann mit so einer Bassdrum nicht kicken. Für die Snare hat er etwas Besseres gefunden. Einen schönen, knackigen Knall.«

»Ja, ja. Reicht. Was haben wir noch?«, drängte Niehus.

Sobotka drückte auf den Play-Button.

»Was soll das sein?«

»Wenn wir beim Bus bleiben, würde ich auf die Türhydraulik tippen.«

»Vielleicht mit viel Fantasie, aber das bringt uns nicht weiter. Den Bus haben wir schließlich schon. Wir brauchen noch mehr.«

Sobotka lehnte sich zurück und verschränkte die Arme vor der Brust.

»Nun machen Sie schon.«

Er drückte wieder auf den Startknopf. »Na, was sagen Sie nun, Monsieur le Commissaire?«

»Ist das deine Türklingel?«

Nele schüttelte den Kopf. Ihr Herz klopfte schnell.

Sobotka präsentierte seinen nächsten Fund. Eine verzerrte Frauenstimme erklang. »Eine Gegensprechanlage«, erklärte er selbstzufrieden.

»Das ist auch nicht meine Stimme«, sagte Nele aufgeregt.

»Sehr gut.« Niehus wandte sich an Sobotka. »Sie machen weiter. Wenn Sie noch mehr finden, schicken Sie uns das zu. Machen Sie Angaben zu den Quellen, die Sie vermuten. Tun Sie mir nur einen Gefallen und halten Sie sich mit dem Musikergequatsche zurück. Ansonsten: gute Arbeit, danke dafür!«

Niehus hatte seinen alten BMW im Hof geparkt und forderte Nele auf, bei ihm einzusteigen. Sie könne ihren Wagen später noch holen. »Erleichtert, dass wir dich als potenzielles Opfer ausschließen können?«

»Ich fühle mich wie neugeboren.«

»Der Täter hat dir eine Nachricht zukommen lassen. Was will er dir sagen?«

»Ich weiß es nicht.«

»Ja. Woher auch. Ist eh alles Spekulation.« Er holte sein Handy heraus. »Hallo, Mia, wir müssen mehr über die Leute aus dem Chat wissen. Dieses Mal geht es um die Frauen: Sind welche dabei, die um das Heiligengeistfeld herum wohnen? Wir brauchen das so schnell wie möglich. Ist Müller Eins in der Nähe? Gut. Ich warte.«

Niehus lenkte den Wagen auf die Feldstraße. Links von ihnen lag das Caroviertel mit seinen engen Straßen, kleinen Läden und Altbauwohnungen, auf der anderen Seite das Heiligengeistfeld. Die Buden und Fahrgeschäfte waren noch geschlossen. Trotzdem zog ein leichter Duft von Schmalzgebäck und Bratwurst ins Auto, als sie an der Fußgängerampel hielten.

»Hallo, Sven. Ich brauche eine Liste der Busfahrer, die seit Eröffnung des Frühlingsdoms die Linien an der Feldstraße abgefahren haben. Wir haben das Feuerwerk auf der Aufnahme. Uns interessiert also nur die Zeit von halb elf bis elf abends. Die sollen sich die Profilbilder von der Flirt-Seite angucken und die Kameraaufnahmen aus dem Krankenhaus.«

Sie überquerten die schmutziggraue Alster und erreichten St. Georg. An der Domschule bat Nele Niehus, im Wagen zu bleiben. Er zögerte, stimmte dann aber zu.

Nele schob das schulterhohe Gittertor auf und betrat den Schulhof. Tom saß alleine auf einem pollerförmigen Spielgerät. Von den anderen Kindern, die Fangen oder Fußball spielend um ihn herumliefen, schien er keine Notiz zu nehmen. Sie fühlte die Schwere, die auf ihm lag, und war froh, dass Niehus nicht dabei war. Denn sie wusste nicht, wie Tom ihre Bitte auffassen würde. »Hallo, Tom.«

Er sah auf. »Hallo.«

»Ulf hat mir erzählt, dass ich dich hier finden würde.«

Tom antwortete nicht.

»Er hat gesagt, dass du wieder in die Schule wolltest, obwohl du ja auch zu Hause hättest bleiben können.«

»Da ist nicht zu Hause. Und in der Schule sind jedenfalls die anderen.«

»Das verstehe ich. Ist Ulf denn nicht nett?«

»Doch, ist er.«

»Und die anderen Kinder – Michelle, Mirko und … ?«

»Leonie. Auch.«

Sie sah ihn an. »Du bist ziemlich traurig, nicht wahr?«

»Habt ihr den Mann gefunden?«

»Nein. Noch nicht. Wir suchen ihn. Deswegen bin ich hier.«

Er blickte auf.

»Ich wollte mit dir über das Handy reden, das du eingepackt hast, als wir in der Wohnung waren. Hast du es dabei?«

»Wieso?« Ein misstrauischer Blick.

»Es tut mir leid, aber wir brauchen es.«

Keine Antwort.

»Das ist das alte Handy von deiner Mutter, oder?«

»Nein.«

»Ich weiß, dass du es dir nur leihen wolltest, solange sie im Krankenhaus ist.«

»Sie braucht es jetzt nicht mehr. Es lag in der Schublade. Und ich hätte es sowieso zum Geburtstag gekriegt.«

»Wann hast du Geburtstag?«

»Nächsten Monat.«

»Bis dahin hast du es zurück. Und wenn nicht, kriegst du meins. Es ist ein bisschen älter als deins, aber es hat eine echt gute Kamera.«

»Du glaubst, dass ich es ihr geklaut habe.«

»Nein.«

»Ich habe es nicht geklaut.« Er sah sie an, als ob er gerade eine Tracht Prügel eingesteckt hätte.

»Bitte, Tom: Mach dir darüber keine Gedanken. Das Handy ist sehr wichtig für uns.«

Tom kniete sich auf den Boden, öffnete seinen Rucksack, den er neben sich stehen hatte, und durchwühlte ihn nach dem Handy. Dabei beugte er sich so weit nach vorn, dass sie dachte, er würde gleich kopfüber in der Tasche verschwinden. »Man kann sowieso nicht damit telefonieren. Da ist keine SIM-Karte drin.« Er tauchte aus dem Rucksack auf und gab ihr das Handy.

»Danke.«

»Da sind Fotos von Mama drauf, die ich von ihr gemacht habe, als wir Döner gegessen haben.«

»Du bekommst es so schnell wie möglich zurück.«

Ein Gong beendete die Pause. Tom schulterte seinen Rucksack und rannte zurück ins Schulgebäude. Sie sah ihm nach. Er kam ihr kleiner vor als bei ihrem letzten Treffen. Als ob er geschrumpft sei. Und das war er wohl auch. Sie dachte, dass er das Unglück, das er erlebte, nicht verdient hatte. Niemand hatte so etwas verdient. Sie war müde und fühlte sich kraftlos.

Sie ging zurück zum Wagen. Niehus stieg aus und kam ihr entgegen. Nele überreichte ihm das Handy. »Es ist keine SIM-Karte drin. Aber vielleicht ist ja was auf dem Speicher zu finden.«

»Wie ging es dem Jungen?«

»Grauenhaft.«

»Ja. Wie auch sonst.« Niehus steckte das Gerät ein. »Im Blumenladen überlässt du mir bitte das Reden.«

»Das hättest du nicht extra sagen müssen. Ich hab kapiert, wie es läuft.«

»Ich dachte nur, dass es besser wäre, wenn wir uns kurz darauf verständigen würden.«

»Und wenn mir was Wichtiges einfällt?«

»Ich erwarte nicht, dass du wie ein Kleiderständer da stehst. Ich möchte nur, dass die Gewichte vernünftig verteilt sind.«

»Und morgen siezen wir uns wieder?«

Niehus lachte. »Wenn dir das lieber ist?«

»Ich habe mir das alles nicht ausgesucht.«

»Niemand konnte ahnen, welche Kreise das ziehen würde. Ich versuche nur, alles einigermaßen sauber abzuwickeln.«

Sie standen vor dem Blumenladen. Niehus hielt ihr die Tür auf. »Nach dir.«

Die Türglocke klingelte, Sandra Driebold kam aus dem Hinterraum. Niehus stellte sich ihr vor und zeigte ihr das Foto von dem Mann, den Nele unter den Profilen erkannt hatte. »Dieser Mann hat hier gestern Blumen gekauft.«

Sandra Driebold wirkte überrascht, als sie das Foto sah. »Das könnte schon sein.«

»Ein Gesicht wie aus einer Rasierwasserwerbung, oder nicht?« Niehus wartete vergeblich auf eine Antwort. »Es war ein ziemlich großer Strauß, und er hat ihn Ihnen gleich nach dem Kauf geschenkt. So etwas kommt selten genug vor, um sich gut daran erinnern zu können, denke ich.«

»Ja, ich erinnere mich«, sagte Sandra Driebold kaum hörbar.

Nele konnte den Zorn spüren, der in Sandra Driebolds Blick lag – warum kommst du hierher und nimmst mir mein kleines Glück?!

»Ich würde mich gerne mit dem Mann unterhalten«, sagte Niehus kühl.

Sandra Driebold zog eine Blume, die ihren Kopf hängen ließ, aus der Vase auf dem Tresen. So als ob sie Niehus nicht gehört hätte.

»Ich möchte, dass Sie mir seinen Namen und, wenn Sie haben, seine Telefonnummer oder Adresse geben. Am besten beides. Das würde uns die Arbeit erleichtern.«

»Was wollen Sie von ihm? Er hat nichts mit Julias Tod zu tun!«, protestierte Sandra Driebold.

»Wir wollen uns einfach nur mit ihm unterhalten.«

Sie starrte auf die Blume in ihrer Hand. Dann knickte sie den Stiel in der Mitte ein und warf sie in den Abfalleimer. »Claus Michalski.«

»Woher kennen Sie Herrn Michalski?«
»Er ist ein Kunde.«
»Machen Ihnen alle Kunden solche Geschenke?«
»Wir sehen uns manchmal auch privat.«
»Besteht eine Liebesbeziehung zwischen ihnen?«
Sandra Driebold schüttelte den Kopf.
»Kannten Herr Michalski und Frau Siems sich?«
Sandra Driebold reagierte nicht. Sie schien plötzlich mit den Gedanken sehr weit weg zu sein.
»Haben Sie meine Frage verstanden?«
»Sie kannten sich.«
»Haben Sie seine Nummer?«
Die Blumenverkäuferin schrieb eine Handy-Nummer auf und gab Niehus den Zettel.
»Wie gut kannten sich Herr Michalski und Frau Siems?«
»Sie haben sich schon länger nicht mehr gesehen.«
»Wie lange?«
»Ein paar Monate.«
»Und davor?«
»Hatten sie eine Beziehung, glaube ich.«
»Wie ist es zum Ende der Beziehung gekommen?«
»Julia hat Schluss mit ihm gemacht.«
Niehus machte sich Notizen.
Nele nutzte die Lücke. »Warum?«
»Sie war unzufrieden.«
»Aus welchem Grund?«
»Das passierte sehr leicht bei ihr, dass sie unzufrieden wurde.«
»Und wie hat Claus Michalski darauf reagiert?«
»Er hat sich große Mühe mit ihr gegeben. Aber schließlich hat er eingesehen, dass es keinen Sinn hatte.«
»Glauben Sie, er hätte etwas Besseres verdient?«, fragte Nele in beiläufigem Ton.
»Ja«, sagte Sandra Driebold, ohne zu überlegen, »Julia wusste überhaupt nicht, was sie an ihm hatte. Sie wusste das nie.«

»Wo wohnen Sie?«

Ein irritierter Blick. »In der Paulinenstraße.«

Nele sah zu Niehus hinüber, der sich plötzlich sehr schnell für das Gespräch bedankte und sie aus dem Laden bugsierte.

Sie waren kaum draußen, da sprach Nele ihn an. »Die Paulinenstraße liegt praktisch direkt hinter dem Heiligengeistfeld!«

»Ich weiß.«

»Muss sie nicht gewarnt werden?«

»Es gibt keinen Grund, Frau Driebold in Angst und Schrecken zu versetzen.«

»Aber …«

»Kein Aber. Wir bringen jetzt das Handy in die Technik und dann sehen wir weiter.«

24.

Die Firmenschilder an der Wand verbreiteten maritimes Flair. Eine Reederei, eine schwedische Handelsniederlassung, Schiffsversicherer.

»Ich möchte, dass du hier unten wartest«, bestimmte Niehus.

»Was befürchtest du? Dass er über mich herfällt?« Neles Stimme hallte durch das marmorgeflieste Foyer, das die Ausmaße eines Kirchenschiffes hatte. Das Klappern des holzvertäfelten Paternosters verlieh dem Raum eine altmodische Ehrwürdigkeit. Wer ruck- und wackelfrei befördert werden wollte, benutzte den geräuschlosen Fahrstuhl gegenüber.

»Wir können die Möglichkeit, dass er unser Mann ist, nicht ausschließen. Und in diesem Fall käme eine Konfrontation mit dir ermittlungstaktisch zum falschen Zeitpunkt.« Niehus betrat den Paternoster.

Die offene Kabine bot wenig Platz. Nele machte einen entschlossenen Schritt. Das Holz knarrte, rumpelte, klapperte. Sie standen sich dicht gegenüber. Es war wirklich sehr eng dort drin. »Vielleicht stimmt ja auch das Gegenteil, und es würde uns etwas Wichtiges entgehen, wenn ich nicht dabei wäre.«

»Und was sollte das sein?«

Die Stockwerke zogen an der offenen Kabine vorüber.

»Seine Reaktion auf mich. Wenn er es ist, müsste es doch einen Unterschied machen, ob ich dabei bin oder nicht. Es würde ihn unter Druck setzen.«

»Oder er genießt deine Anwesenheit.«

»Genau.«

»Also könnte er sowohl nervös sein oder es genießen. Vielleicht fühlt er sich auch herausgefordert, besonders abgebrüht zu sein, und wir sehen gar nichts.«

»Aber das würde man doch merken. Da bin ich mir absolut sicher.«

Niehus lachte. »Uwe hat recht: Du bist wirklich nicht einfach.«

»Mag sein, dass mein Chef das denkt. Aber ich finde nicht, dass einfach zu sein etwas ist, das einen für den Polizeidienst qualifiziert.«

Niehus wurde wieder ernst. »Möglich. Das heißt aber bestimmt nicht, dass alles so läuft, wie du dir das vorstellst.« Er trat aus der Kabine heraus.

Sie folgte ihm. »Wie geht es jetzt weiter?«

Niehus gab keine Antwort. Sie schaute in sein Gesicht, um eine zu finden. Doch da war nichts zu sehen. Weder Zustimmung noch Ablehnung. Niehus wirkte einfach nur unbeteiligt. Seine Züge ließen keinen Rückschluss auf seine Reaktion zu. Vermutlich kam ihm diese Fähigkeit bei Verhören sehr zugute. Sie stellte sich vor, wie es wohl war, ihm als Verdächtiger gegenüberzustehen. Es musste sehr verunsichernd sein.

»Okay«, meinte Niehus schließlich, »du kommst mit. Bei diesem Fall ist nichts, wie es sein sollte. Und die Zeit arbeitet wahrlich nicht für uns.«

Er durchquerte den Vorraum, der zu Michalskis Kanzlei führte. Seine Schritte hallten auf dem Marmor wider. Neles Blick fiel auf seine Schuhe, die sich deutlich von seinen Jeans und der Canvas-Jacke absetzten. Edles Leder, vielleicht sogar handgenäht. Offenbar hatte er ein Faible für exklusives Schuhwerk. Nele fragte sich schmunzelnd, was das wohl über einen Mann aussagte. Sprach das für Eitelkeit oder eher Solidität? Vielleicht war Niehus ja auch Fußfetischist.

Niehus drückte die Klingel neben der mindestens zweieinhalb Meter hohen, schweren Holztür. Claus Michalski betrieb ein Notariat im fünften Stock des alten Kontorhauses. Er hatte die Kanzlei von seinem Vater übernommen. Die Familie verschrieb sich seit Generationen der Juristerei. Ihr einziger Makel war vermutlich der so unhanseatische Name. Dabei hatten Michalskis Vorfahren wahrscheinlich schon im Störtebekerprozess das Abschlussplädoyer gehalten.

Eine junge Frau mit schmaler Hüfte und kurzem Rock, der es keinerlei Probleme bereitete, eine elegante Halbdrehung auf ihren High Heels hinzulegen, die ihre lange Mähne fliegen ließ, öffnete ihnen. Sie folgten der rothaarigen Schönheit durch den mit Textiltapeten im Blumendekor veredelten Flur. Nele kam sich vor wie ein Kaugummiautomatenring in der Juweliersauslage.

»Herr Michalski ist gleich bei Ihnen. Wünschen Sie ein Getränk?«

»Nein, danke«, lehnte Niehus ab.

»Und für die Dame?«

»Sehr freundlich. Aber nein.« Während das Absatz-Wunder hinter einem blank polierten Kirschholztresen Stellung bezog, ließ sich Nele neben Niehus auf einem dunklen Clubsessel nieder. Seine Schuhe machten sich ganz hervorragend zu dem patinierten Leder des schweren Sitzmöbels. Ganz im Gegensatz zu ihren eigenen Schlechtwetter-Sneakers.

Obwohl es unmöglich war, eine bequeme Position in dem monströsen Sessel zu finden, entspannte Nele sich. Jeder Job hatte seine eigenen Kleidervorschriften. Sie konnte schlecht einem Handtaschendieb auf Pumps nachjagen. Auf dem Couchtisch lagen, adrett aufgefächert, Golf-, Segler-, und für die Dame ein Pferdemagazin aus. Sie entschied sich, Michalskis Mitarbeiterin nicht unnötig Arbeit zu machen, und ließ die Zeitschriften, wo sie waren.

»Herr Michalski kann Sie jetzt empfangen.«

Nele kletterte aus dem Sessel. Der dicke Teppich vermittelte ihr das Gefühl, auf Watte zu gehen. Als sie sein Büro betraten, erhob sich Michalski von der Leder- und Stahlkombination, die nur entfernt an einen Bürostuhl erinnerte, und umrundete den riesigen Schreibtisch, der in dem großzügigen Raum geradezu verloren wirkte. Er setzte ein breites Lächeln auf, das die Sicht auf die volle Pracht seiner frisch geweißten Zähne freigab. Sein Händedruck war fest und entschlossen. Während er Nele begrüßte, fixierte er sie mit einem Blick, von dem sich zu lösen ihr schwerfiel. Michalski strahlte eine Präsenz aus, die mit den Händen greifbar schien. Ohne auch nur im Mindesten anzüglich zu sein, ging von ihm eine sexuelle Spannung aus, die bei ihr das paradoxe Gefühl auslöste, selbst in Gummistiefeln und Latzhosen noch verführerisch wirken zu können. Dabei war sie sich eigentlich sicher, dass das nicht der Fall war.

»Ich glaube, ich habe Ihnen noch gar nicht dafür gedankt, dass Sie sich bei mir gemeldet haben. So schmerzhaft das ist, ist es doch gut, Bescheid zu wissen, wenn Sie verstehen, was ich meine. Frau Siems und ich haben ja schon länger keinen Kontakt mehr. Und es hätte leicht passieren können, dass ich gar nichts davon erfahre.«

»Hat Frau Driebold denn gar nichts gesagt?«, fragte sie. Obwohl Michalski seine Worte an Niehus gerichtet hatte, hatte Nele keinen Moment das Gefühl gehabt, von ihm aus den Augen gelassen worden zu sein.

Michalski sah sie jetzt direkt an. Dieses Mal ohne Zahncremereklamelächeln. »Nein.«

»Warum nicht? Die beiden waren gut befreundet und sie wusste, dass Sie sie auch kannten.«

Michalski setzte sich hinter seinen Schreibtisch und lehnte sich mit dem Blick eines Juroren bei einem Schönheitswettbewerb auf Nele zurück. »Wie war noch einmal Ihr Name?«

»Ich bin Polizeimeisterin Hagen.«

»Sie sind aber in keinem der Teams der Mordbereitschaften des LKA beschäftigt, nicht wahr?«

»Nein.«

»PK 11?«

»Ja.«

Ein Blick zu Niehus. »Eine ungewöhnlich enge Zusammenarbeit zwischen Kripo und Schutzpolizei. Haben Sie so schlimme Engpässe in der Abteilung?« Er schaute wieder Nele an. »Das ist nicht gegen Sie gerichtet. Bestimmt sind Sie eine sehr kompetente Beamtin.« Ein süffisantes Lächeln umspielte Michalskis Lippen.

Ihr Puls beschleunigte.

Niehus dagegen schien ganz in den Anblick des großformatigen Ölbildes vertieft zu sein, das hinter Michalskis Schreibtisch hing und eine Hafenansicht in groben Pinselstrichen und dunklen Farben zeigte. »Beantworten Sie doch bitte die Frage der Kollegin.«

»Entschuldigung. Aber wie lautete die Frage doch gleich?«

Niehus widmete nun seine volle Aufmerksamkeit Michalski. »Warum hat Frau Driebold Sie nicht von Julia Siems' Tod in Kenntnis gesetzt?«

»Ich habe keine Ahnung.« Ein kumpelhafter Blick in Richtung Niehus. »Wer kennt sich bei den Frauen schon aus?«

»Muss man das nicht als Scheidungsanwalt?«

»Familienrechtssachen übernehme ich nur in seltenen Ausnahmefällen.« Michalskis Lächeln verflüchtigte sich. »Am Telefon war von einem Unfall die Rede. Darf ich erfahren, warum Sie überhaupt ermitteln?«

Ein Nicken von Niehus in ihre Richtung. Sie nahm den Ball auf. »Es gibt Hinweise auf ein Fremdverschulden.«

»Was sind das für Hinweise?«

»Darüber kann ich Ihnen zum gegenwärtigen Zeitpunkt leider nichts sagen.«

»Es würde mir leichter fallen, mit Ihnen zu kooperieren, wenn ich ein gewisses Entgegenkommen Ihrerseits feststellen könnte.«

»Da kann ich Ihnen leider nicht behilflich sein.«

»Gerd Schneider ist der zuständige Staatsanwalt, nicht wahr?«

Nele fühlte sich in die Ecke gedrängt. Sie konnte nicht einschätzen, wie ernst Michalskis Drohgebärde zu nehmen war.

Niehus nahm ihr die Aufgabe ab. »Möchten Sie das Gespräch lieber mit Vorladung im Präsidium weiterführen?«

Michalski schwieg.

Niehus trat ans Fenster und würdigte die maritime Aussicht auf den Hafen. Eine provozierende Gelassenheit ging von ihm aus. Nele verstand das als Aufforderung, weiterzufragen.

»Sie hatten eine intime Beziehung mit Frau Siems?«

Michalski schwieg immer noch.

»Wann war das?«

Michalski schlug einen formellen Ton an. »Ich will hier eines klarstellen: Dass ich Ihnen auf Ihre Fragen antworte, ist allein der Tatsache geschuldet, dass Frau Siems mir am Herzen liegt und dass, falls jemand Schuld an ihrem Tod trägt, dieser seiner gerechten Strafe zugeführt werden muss.«

»Schon klar«, kommentierte Nele. »Wann und wie haben Sie sich kennengelernt?«

»Per Internet im vergangenen Frühjahr. Eine Dating-Seite.« Michalski blickte sie an. Auf seinem Gesicht erschien ein breites Lächeln, das sie unangenehm berührte.

Plötzlich wurde ihr klar, dass Michalski ihr Bild möglicherweise auf der Internet-Seite gesehen hatte. Hatte er sie erkannt? Sie hatte ihren Eintrag schon vor Monaten gelöscht und war sich sicher, dass er nicht unter den Nutzern gewesen war, deren meist fantasielose Steckbriefe sie lustlos gelesen hatte. Es war aber nicht auszuschließen, dass er sich erst einmal auf der Website umgeschaut und sein eigenes Profil erst später eingestellt hatte. »Wie lange hat die Beziehung bestanden?«

»Etwa vier Monate. Genau lässt sich so etwas ja mitunter nicht beziffern. Sie kennen das wahrscheinlich aus eigener Erfahrung.« Michalski war wie verwandelt. Seine Souveränität war zurück. Er schien ihre Fragen zu genießen.

»Mein Privatleben steht hier nicht zur Debatte«, entgegnete sie gereizt.

»Wie schade. Sie haben mich ganz neugierig gemacht.«

Nele warf einen Seitenblick auf Niehus, der dem Gespräch aufmerksam von seinem Fensterplatz aus folgte, ohne Anstalten zu machen, sich einzumischen.

»Was führte zum Bruch zwischen Ihnen und Frau Siems?«

»Wer redet denn von einem Bruch?«

Michalskis hungriges Lächeln setzte ihr zu. Sie hatte Angst, die Kontrolle über das Gespräch zu verlieren. »Was soll es denn sonst gewesen sein?«

»Unsere Wege haben sich getrennt. Gehören Sie etwa zu den Frauen, die nicht anders können, als eine Niederlage darin zu sehen?«

Nele riss sich zusammen. Sie hatte nicht vor, sich von Michalski vorführen zu lassen. »Waren Sie wütend, weil Frau Siems Sie einfach links hat liegen lassen?«

»Ich verstehe Ihre Frage nicht.«

»Wo waren Sie am vergangenen Mittwoch gegen zwölf Uhr am Mittag?«

»Darf ich Sie in dieser Frage an meine Assistentin verweisen?«

»Nein. Ich frage Sie.«

Niehus quittierte ihre Antwort mit einem aufmunternden Blick.

Michalski griff zum Telefon. »Lisa, die Dame von der Schutzpolizei möchte gerne wissen, wo ich am Mittwoch um zwölf war.« Michalski lauschte der Antwort und legte auf. »Ein Mittagessen mit Herrn Mühlner von der Senatskanzlei.«

»Und in der Nacht von Mittwoch auf Donnerstag?«

»Ich war mit Oberstaatsanwalt Fritsche und seiner Frau in der Staatsoper. Eine Neumeier-Wiederaufführung. Sollten Sie sich auch mal gönnen.«

»Und danach?«

»Zu Hause. War es das?« Ein mechanisches Lächeln, dessen Eingeübtheit deutlich sichtbar war.

Niehus löste sich von seinem Fensterplatz. »Von mir aus ja. Oder hast du noch Fragen?«

Nele schüttelte den Kopf. Ihr Herz klopfte. Michalski löste einen körperlichen Widerwillen bei ihr aus.

25.

Sie verließen den hanseatischen Kaufmannstempel. Ein Schild klärte Nele über die Geschichte des Gebäudes auf, das die Ehre hatte, einen eigenen Namen zu tragen. Wenn ein Haus einen Namen bekam, wusste man, dass es sehr bedeutend war. Genau wie seine Bewohner. Niemand würde auf die Idee kommen, ihrer Heimstatt am Eilbekkanal ein Namensschild zu verpassen. Aber der Eilbekkanal war ja auch nicht die stolze Elbe.

Niehus telefonierte. Er machte ein Handzeichen: fünf Minuten. Nele gab ihm zu verstehen, dass sie schon zum Wagen gehen würde, der unter der Stahlkonstruktion der oberirdisch geführten U-Bahn-Trasse geparkt war.

Sie folgte dem Lauf der schmalen Kopfsteinpflasterstraße. Nach wenigen Schritten stand sie am Wasser und schaute auf die kleinen Barkassen, die zwischen den Containerriesen umherschipperten. So wie sie zwischen den Profis von der Mordkommission.

Ein Duft von Diesel schwebte über dem Wasser. Vor ihr lagen die Landungsbrücken, die wie Zähne eines ausgedünnten Kamms in den Flusslauf hineinragten.

Niehus hatte sie entdeckt und kam zu ihr. »Michalski war sehr gut auf dieses Gespräch vorbereitet. Wahrscheinlich hat er sich beim Einputten ganz unverbindlich von Staatsanwalt Schneider informieren lassen. Michalski wusste über dich Bescheid und mit Sicherheit auch über die Vorgänge im Krankenhaus. Wir werden in Bezug auf ihn umsichtig vorgehen müssen.«

»Das heißt, wir lassen ihn von jetzt an in Ruhe?«

»Das heißt genau das, was ich gesagt habe: Wir werden umsichtig vorgehen.«

»Und ihm keine weiteren Fragen mehr stellen.«

»Wir tun, was nötig ist.«

»Er ist nervös geworden. Er hat etwas zu verbergen!«

»Die meisten Menschen haben meiner Erfahrung nach etwas zu verbergen. Da bist du ebenso wenig eine Ausnahme wie ich.«

Sie schaute Niehus in die Augen. »War das eben der Staatsanwalt am Telefon?«, argwöhnte sie.

»Und wenn es so wäre?«

»Wir können uns doch nicht von so jemandem unter Druck setzen lassen!«

»Niemand lässt sich hier unter Druck setzen. Du fährst ins Präsidium. Sascha rekonstruiert die Daten von Julia Siems' altem Handy. Vielleicht hat er schon etwas da. Macht es dir etwas aus, die Bahn zu nehmen?«

»Nein«, log sie.

Sie stapfte die Treppe zur Bahntrasse hinauf. Neben ihr stand ein Grüppchen japanischer Touristen, die den Postkartenblick vom Bahnsteig auf den kleinen Yachthafen, die roten Klinkerbauten der Speicherstadt und die sich dahinter anschließende Hafen-City knipsten. Als die Bahn einfuhr, stieg Nele zusammen mit ihnen ein und stellte sich vor, ebenfalls Touristin zu sein. Sorgen gab es nicht, nur ein anregendes Sightseeing-Programm mit Miniaturweltbesuch und Musical-Vorstellung. Später würde ein stilvolles Hotelzimmer mit einer geräumigen Badewanne auf sie warten. Michalski und der Fall existierten gar nicht. Die Illusion löste sich auf, als die Bahn hinter den Landungsbrücken unter die Erde ging und es dunkel hinter den Fenstern wurde.

Im Besprechungsraum traf sie auf Mia.

»Wie war es bei Michalski?«

»Der hält sich für das Licht der Sonne. Als ob es nichts Großartigeres als ihn geben könnte.«

»Herrlich. Ich liebe solche Leute. Habt ihr etwas erfahren?«

»Nur die Bestätigung, dass Michalski und Julia Siems eine Beziehung hatten.«

»Immerhin. Und was sagt dein Gefühl?«

»Ich dachte, mein Gefühl hätte hier nichts zu suchen?«

»Hab ich das etwa gesagt?«

»Ich glaube, schon.«

»Dann kommt jetzt eine neue Parole: gute Arbeit gleich Fakten plus Gefühl. Also – was sagst du?«

»Michalski ist ein selbstgefälliges Arschloch.«

»Aber er hat dich auch beeindruckt.«

»Wie kommst du darauf?«

»Kalt gelassen hat er dich ganz offensichtlich nicht.«

»Er ist ein Neandertaler, der statt einer Keule seine goldene Golfclubkarte schwingt.«

»Ein Neandertaler mit Manieren?«

»Ich wette, die kann er ganz schnell vergessen.« Sie sah Mia nachdenklich an. »Vielleicht macht genau das seine Wirkung aus.«

Sascha Gerricke betrat den Raum und drückte Mia eine Mappe in die Hand. »Das sind Textnachrichten, die ich im internen Speicher von Julia Siems' Handy gefunden habe. Sie hat sie gelöscht, aber ich konnte die Mitteilungen rekonstruieren. Die Sendungen stammen von einer oder mehreren unterdrückten Nummern. Ich habe eine Anfrage bei der Telefongesellschaft gestellt, um zu klären, wer da so fleißig geschrieben hat, habe aber noch nichts von denen.«

»Danke, Sascha.« Mia wandte sich Nele wieder zu. »Kannst du dir das anschauen? Ich habe noch einiges auf meiner Liste stehen.«

»Klar.«

Mia gab ihr die Mappe und ging.

Nele setzte sich an den Tisch, schlug die Mappe auf und blätterte die Papiere durch. In dem Computerausdruck waren weit über hundert Nachrichten versammelt, jeweils mit Tag und Uhrzeit der Sendung.

Sie holte sich einen Kaffee, setzte sich wieder an den Tisch und nahm sich die Lektüre vor. Bei den älteren SMS handelte es sich vorwiegend um Liebesschwüre, unter den neueren fanden sich zunehmend Drohungen. Weder erstere noch letztere kamen ihr besonders überzeugend vor. An dem Verfasser war weder ein Dichter noch ein Freibeuter der Liebe verlorengegangen.

Sie las die Texte ein zweites Mal. Die Nachrichten waren durchweg kurz gehalten. Nach den Liebesbekenntnissen, die wie abgeschrieben klangen, folgten SMS mit sexuellen Inhalten. Anweisungen, wie Julia Siems sich kleiden und verhalten sollte, und Ankündigungen, was der Absender mit ihr anstellen würde. Nele fragte sich, wie sie auf solche SMS reagieren würde. Hätte sie Matthias davon abgehalten, ihr so zu schreiben? Vielleicht nicht.

Nach einigen Wochen hatte sich der Charakter der Mitteilungen verändert. Etwas musste vorgefallen sein. Denn nach einigen Appellen, die Beziehung nicht zu beenden, folgten die Drohungen. Wiederum einige Wochen später war der Kontakt abgebrochen. Sascha Gerricke hatte eine Übersicht über die Laufzeiten von Julia Siems' Handyverträgen beigefügt. Die SMS-Eingänge endeten einige Tage nach Beginn des neuen Vertrages. Julia Siems hatte die Nachrichtenflut durch einen Vertragswechsel eingedämmt. Ob sie damit auch anderen Nachstellungen, falls es solche gegeben hatte, entgangen war, blieb fraglich. Anzeige hatte sie nicht erstattet, was jedoch nichts heißen musste.

Nele hatte Stalking-Opfer getroffen, die weit mehr als ihre alte Handynummer aufgegeben hatten, um dem Terror zu entkommen. Dabei beließen es die meisten Stalker bei Drohungen. Es gab jedoch auch Ausnahmen. Gehörte der Verfasser zu diesen Ausnahmen?

Nele schaute auf die Daten. Die SMS stammten vom Frühling und Frühsommer des vergangenen Jahres. Das war die Zeit, in der Michalski mit Julia Siems zusammengewesen war. Vielleicht war sie ja voreingenommen, aber für sie stand fest, dass Michalski der Absender der Nachrichten war.

Sie schob die Unterlagen zusammen, nahm die Mappe und ging damit zu Mia, deren Arbeitsplatz jedoch nicht besetzt war. Müller Eins klärte sie darüber auf, dass Mia im Vernehmungsraum sei. Als sie ihn bat, ihr den Weg dorthin zu beschreiben, murmelte er, dass ihre Mitwirkung dort nicht vorgesehen sei und sie im Besprechungszimmer auf Mia warten solle.

Nele klemmte sich die Mappe wieder unter den Arm und steuerte das Büro von Sascha Gerricke an, das ganz am Ende des Gangs lag. »Hallo, Sascha.«

»Hallo«, sagte er, ohne von seinem Computer aufzublicken.

Das Musterbeispiel eines Nerds, dachte Nele. »Wie hast du das eigentlich gemacht mit den SMS? Sind die Nachrichten nicht weg, wenn man sie löscht?«

Sascha Gerricke zeigte sich empfänglich für Schmeicheleien. »Nein. Es wird nur der Pfad gelöscht, der zu den Daten führt.«

»Und wie findest du sie dann wieder?«

»Dafür gibt es Programme. Eigentlich kann das jeder.« Ein überraschend unsicheres Lächeln.

»Das kannst du nur sagen, weil du dich auskennst.«

»Na ja. Vielleicht.«

»Sag mal, Sascha: Ich wollte Mia die Mappe geben. Kannst du mir sagen, wo der Vernehmungsraum ist?«

»Klar.«

Sie ließ sich den Weg beschreiben und konnte Sascha gerade noch davon abbringen, sie dorthin zu begleiten.

Gleich neben dem Zimmer, in dem die Vernehmung durchgeführt wurde, lag der Beobachtungsraum. Nele klopfte an und öffnete die Tür. Im Dämmerlicht sah sie Mia, die gebannt durch die Einwegscheibe in den Vernehmungsraum schaute. Sie hörte die ruhige Stimme von Niehus, die aus dem Zimmer in den abgedunkelten Beobachtungsraum übertragen wurde. Neben Mia stand Müller Zwei.

Sie betrat den Raum und schloss die Tür hinter sich. Als sie sah, mit wem Niehus redete, bekam sie einen Schweißausbruch.

»Sie haben zur Zeit keine feste Arbeitsstelle?«

»Wer nimmt mich denn schon?«

Die kratzige Stimme jagte ihr einen Schauer über den Rücken. Augenblicklich spürte sie die Narbe am Bauch.

»Vor zwei Wochen haben Sie gegen Ihre Bewährungsauflage verstoßen.«

»Ich hatte Zahnschmerzen.«
»Waren Sie beim Zahnarzt?«
»Nein.«
»Warum sind Sie dann nicht bei Ihrem Bewährungshelfer erschienen?«
»Habe ich doch gesagt. Ich hatte Zahnschmerzen.«
»Und deshalb konnten Sie nicht mehr laufen?«
»Haben Sie schon mal Zahnschmerzen gehabt? Ich musste Schmerzmittel nehmen und Schlaftabletten. Und dann habe ich den Wecker nicht gehört.«
»Aber beim Zahnarzt waren Sie immer noch nicht.«
»Die Schmerzen sind von alleine wieder weggegangen.«
»Zu Ihren Bewährungsauflagen zählt auch das Verbot von Drogenkonsum.«
»Ich habe keine Drogen genommen, sondern Schmerzmittel. Dagegen kann keiner was sagen.« Der Mann sprang plötzlich von seinem Stuhl auf. Er war mit einem Satz an der Scheibe. »Ihr denkt: Das ist nur ein Scheißjunkie! Aber ich hab auch Rechte! Auch, wenn es euch nicht passt. Ich kenne meine Rechte!«
Der Mann presste seine Hände gegen das Glas und starrte in sein Spiegelbild. Nele kam es vor, als sähe er ihr direkt in die Augen. Sie ließ die Mappe mit den Abschriften der Handynachrichten fallen, riss die Tür auf, lief auf den Flur und stürmte ins Vernehmungszimmer, auf den Mann zu. Nele registrierte, dass er nach Alkohol, Schweiß und Zigaretten roch. »Und welches Recht hattest du, mit einem Messer auf mich loszugehen?«, schrie sie ihn an.
Er wich vor ihr zurück. »Ich kann mich an nichts erinnern. Das habe ich alles dem Richter erzählt!«
Niehus sprang auf und ging dazwischen. »Sie setzen sich augenblicklich wieder hin!«
Der Mann setzte sich eingeschüchtert auf seinen Stuhl und ließ Nele dabei nicht aus den Augen.
Niehus trat vor den Spiegel. »Wir legen eine kurze Pause ein. Ihr stoppt die Aufzeichnung.« Dann ging er zu ihr und sprach sie leise an. »Wie soll es jetzt weitergehen?«

Ihr Herz klopfte heftig.

»Willst du mit ihm reden?«

Sie schüttelte den Kopf.

»Vielleicht solltest du es tun.«

Sie schaute zu dem Mann hinüber, der sie mit Angst in den Augen belauerte. Ihr Mund war so trocken, dass ihr die Zunge am Gaumen klebte. Sie starrte den Mann an. »Warum?!«

Mehr sagte sie nicht. Auf dieses eine Wort ließen sich ihre Grübeleien, das sich endlos wiederholende Durchspielen der Geschehnisse in jener Nacht reduzieren. In ihrem *Warum* steckten alle Fragen, die sie sich jemals dazu gestellt hatte.

Der Mann sah sie nervös an. Er wandte sich Hilfe suchend an Niehus. »Was will die Frau von mir?«

Niehus sagte eine Weile nichts. Eine schwere Stille breitete sich in dem Raum aus. »Sie wissen, dass Frau Hagen schwanger war? Sie haben ihr Kind umgebracht, Herr de Buhr.«

Ronald de Buhr schüttelte den Kopf. »Das stimmt nicht. Davon war nie die Rede. Und außerdem: Ich kann mich an nichts erinnern. Es gibt ein Gutachten. Ich habe keine Schuld. Das steht da drin.«

Niehus nahm seinen Stuhl an der Lehne und zog ihn langsam vom Tisch weg zu Ronald de Buhr hinüber. Die Stuhlbeine rutschten grell quietschend über das stumpfe Linoleum. Er stellte den Stuhl ab und setzte sich zu dem Mann. »Dem Gutachten haben Sie es zu verdanken, dass Sie so gut wie straffrei aus der Sache gekommen sind. Die Schuld, die Sie auf sich geladen haben, mindert das nicht im Geringsten. Das ist ein entscheidender Unterschied.« Er blickte Nele an. »Möchtest du noch etwas von ihm wissen?«

Sie schüttelte den Kopf. »Er kann mir nichts sagen, was ich nicht schon weiß.«

Niehus nickte. »Dann machen wir jetzt weiter.«

Nele verließ den Vernehmungsraum. Sie fühlte sich leer.

26.

Sie schaute aus dem Fenster. Draußen schien die Sonne und brachte die Regentropfen auf der Scheibe zum Glitzern. Drei Stockwerke unter ihr hoppelte ein Kaninchen über den Rasen.

Nele hatte nicht die Nerven gehabt, sich den Rest der Vernehmung anzuhören. Jetzt wartete sie auf Niehus und Mia. Wahrscheinlich würde sie sich einen weiteren Einlauf abholen. Vielleicht hätte sie Bademeisterin werden sollen.

Die Tür wurde geöffnet. Auf Niehus' Lippen lag ein breites Grinsen. »Das hätte man nicht besser planen können.«

»Was?«

»Dein Auftritt eben. Das hat de Buhr katapultmäßig aus der Reserve gelockt. Ich hatte mir das schon gedacht. Aber Mia war dagegen. Sie meinte, es wäre geschmacklos, dich dazu zu benutzen. Außerdem hätte es nicht funktioniert, wenn wir es abgesprochen hätten. Jetzt kommt Schwung in die Sache.« Niehus verließ gut gelaunt das Zimmer.

Sie schaute ihm fassungslos nach und kam sich wie eine Idiotin vor.

»Wie geht's dir?«, wollte Mia wissen.

»Wieso habt ihr ihn hierher bestellt?«

»Ich habe dir doch gesagt, dass wir mit ihm reden müssen.«

»Und warum hast du mir nicht Bescheid gesagt?«

»Vielleicht war das ein Fehler. Aber ich hatte dich so verstanden, dass du nicht mit ihm reden wolltest.«

»Da hast du mich falsch verstanden«, sagte sie gereizt.

Mias Gesichtszüge verhärteten sich. »Warum hast du dann nicht mit ihm geredet?«

»Dazu hätte ich mich vorbereiten müssen. Und das konnte ich nicht, weil ihr mir nichts gesagt habt.«

»Vorbereiten? Hast du dazu nicht schon ziemlich viel Zeit gehabt?«

Sie nahm die Mappe und gab sie Mia. »Die Handydaten.«

»Wenn du sauer bist auf mich, sag es mir!«, forderte Mia.

»Ja, ich bin sauer! Zufrieden?«

»Um das mal klarzustellen: Es ist schlimm, was dir passiert ist, aber weder ist es meine Schuld, dass es passiert ist, noch, dass du dich entschieden hast, in den Vernehmungsraum zu gehen.«

»Danke für den Zuspruch.«

»Die Kollegen vom Rauschgiftdezernat bekommen einen Durchsuchungsbeschluss für seine Wohnung. Da können wir uns jetzt ranhängen.«

»Schön. Dann war die Aktion ja ein voller Erfolg.«

»Genau.« Mia schlug die Mappe auf, die sie ihr gegeben hatte. »Ist da dein Bericht schon drin?«

»Was für ein Bericht?«

»Über die Auswertung der Kurznachrichten.«

»Ich dachte, ich sollte mir das nur angucken. Von Bericht war keine Rede.«

Mia zuckte mit den Schultern. »Ich würde es ja selbst machen, aber ich kann jetzt nicht. Ich muss die Durchsuchungsaktion vorbereiten.«

»Und wo soll ich schreiben?«

Mia gab ihr die Mappe zurück. »Weiß ich nicht. Bei den Müllers und mir ist jedenfalls alles besetzt.«

»Toll. Dann fahre ich ins PK 11, wenn es recht ist.«

»Tu das.«

Nele verließ den Besprechungsraum. Auf dem Flur kam ihr Sascha Gerricke entgegen und fragte, ob sie Mia gefunden habe. Nele schleuderte ihm ein wütendes »Allerdings!« entgegen, das ihn verstört zurückließ.

Sie startete den Wagen und jagte den Drehzahlmesser hoch. Ein Team war wie eine Familie. Und sie gehörte nicht zu dieser Familie. Das war ihr jetzt endgültig klar geworden. Im PK am Steindamm war bei weitem auch nicht alles Friede, Freude, Eierlikör. Aber sie war ein Teil davon. Es wurde nach Regeln gespielt, die sie kannte. Und wenn jemand die Regeln brach, wusste sie es und konnte denjenigen darauf festnageln.

Sie schritt durch die Glastür ins Kommissariat. Natürlich lief sie als erstes Fleischmann über den Weg.

»Du lässt dich bei den Normalsterblichen blicken?«
»Ja. Aber nur, um mal wieder was zu lachen zu haben.«
Fleischmann blieb stehen. »Hier lacht keiner mehr mit dir. Schröder musste seinen Familienurlaub abbrechen, weil du deinen Hobbies nachgehst.«
Dass Fleischmann sie nicht mit offenen Armen empfing, verwunderte Nele nicht weiter. Sie ließ ihn stehen, rief Tammo einen Gruß zu und ging in den Wachraum. Dort musste sie jedoch feststellen, dass ihr Arbeitsplatz besetzt war. Heike saß an ihrem Computer und tippte geflissentlich einen Bericht ein.
»Hallo, Heike.«
»Nele! Was machst du hier?«
»Arbeiten. Warum schreibst du nicht bei dir?«
»Mir ist Kaffee in die Tastatur gelaufen. Tammo hat mich auf deinen Platz gesetzt.«
»Und wie lange brauchst du noch?«
»Weiß ich nicht. Ich habe gerade erst angefangen. Und es hat sich einiges angesammelt. Bist du nicht bei den Jungs im LKA?«
»Nein, bin ich nicht. Ich bin immer noch hier.«
»Nele, kommst du mal?!« Tammo Griesing stand an der Tür und rief quer durch den Wachraum.
»Moment«, sagte sie zu Heike und ging zu Tammo, der ihr ein Zeichen machte, ihr in den Pausenraum zu folgen. Dort saßen Helen und Silvio, die der Atmosphäre nach zu urteilen gerade eine schlechte Phase hatten.
»Lasst ihr uns mal eben allein?«, forderte Tammo das Paar auf.
»Ich wollte sowieso gerade gehen«, verkündete Helen missgelaunt und stand auf.
»Ich auch«, raunte Silvio und folgte ihr.
Tammo Griesing schloss die Tür hinter den beiden und schaute sie mit ernstem Blick an. »So kannst du das nicht machen!«
»Was?«
»Kommen und gehen, wie es dir passt. Du bist entweder bei uns oder bei denen.«

»Ich mache nur meinen Job. Da hinten habe ich keinen Arbeitsplatz und irgendwo muss ich ja meine Berichte schreiben.«

»Warum lassen die dich Berichte schreiben? Du bist freigestellt, um als Zeugin die Ermittlungen zu unterstützen. Zeugen schreiben keine Berichte, sondern unterschreiben Aussagen, die die Ermittler aufnehmen. Und wenn du hier bei uns Berichte schreibst, dann über Sachverhalte, denen du im Rahmen deiner Tätigkeit für das PK 11 nachgehst. Und eine solche Tätigkeit übst du hier momentan nicht aus.«

»Ich darf hier nicht schreiben? Das ist nicht dein Ernst.«

»Ich sage das nicht, um dich zu ärgern. Es gibt Vorschriften und versicherungsrechtliche Bestimmungen.«

»Und wo soll ich jetzt hin?«

»Klär das mit den Spezis vom LKA.«

»Nun sei nicht so verdammt engstirnig, Tammo!«

»Muss ich dir das Ganze noch einmal erklären?«

»Nein, musst du nicht.« Sie beschloss, dass Tammo recht hatte. Entweder war sie Zeugin, dann musste sie keine Berichte schreiben, oder sie war Ermittlerin, dann hatten die sie zu beteiligen und ihr zumindest einen Computer hinzustellen, auf dem sie schreiben konnte.

Sie ging an ihren Platz zurück, nahm den Telefonhörer ab, wählte die Nummer von Mia und wartete auf Antwort. Auf dem Bildschirm ihres PC's schwebte eine 3-D-Animation mit dem Wappen der Hamburger Polizei langsam von links nach rechts. Heike stand etwas abseits und redete mit Helen.

Mia meldete sich ungeduldig. Nele erklärte, dass sie nur zehn Minuten brauche, und schilderte ihr knapp und sachlich ihren Eindruck von dem, was sie gelesen hatte. Mia unterbrach sie von Zeit zu Zeit, um sich Notizen machen zu können.

»Danke«, sagte Mia schließlich.

»Ist das mit dem Bericht damit erledigt?«

»Ja. Das war gute Arbeit. Ich werde es Jan erzählen. Ich glaube, das bringt uns einen guten Schritt voran.«

»Schön, das zu hören.«

»Soll ich dich anrufen, wenn wir was Neues haben?«, fragte Mia.

»Das wäre gut.«

Eine kurze Pause.

»Du machst dich gut. Dass ein Täter auf diese Weise Kontakt zu einem von uns aufnimmt, gab es hier noch nie. Alle sind deswegen nervös.«

Nele war nicht entgangen, dass Mia von ›uns‹ geredet hatte.

»Ich werde Jan vorschlagen, dass wir dich künftig noch stärker einbinden, falls du das möchtest.«

»Danke. Ich möchte.«

Wieder eine Pause. Nele hatte das Gefühl, dass da noch etwas war. »Gibt es noch etwas, was ich wissen sollte?«

Ein Zögern auf der anderen Seite. »Ich habe mit deinem Ex geredet.«

»Mit Matthias?«, fragte sie überrascht.

»Ja.«

»Warum?«

»Reine Routine.«

Nele versuchte, ihre Gedanken zu sortieren. »Gehört er zu euren Verdächtigen?«

»Es war reine Routine«, wiederholte Mia ruhig.

»Was soll ich mit so einer Info anfangen?«

»Das kann ich dir nicht sagen.«

»Gibt es ein Ergebnis?«

»Nein.«

»Würdest du mir es sagen, wenn es eines gäbe?«

»Ich denke schon.«

»Das war kein ›Ja‹.«

»Es könnten immer Umstände eintreten, die es mir unmöglich machen würden, dich im Detail zu informieren.«

Nele ließ das Gehörte sacken. »Danke für die Offenheit«, sagte sie schließlich.

»Die Hausdurchsuchung bei de Buhr ist für heute Abend neun Uhr geplant. Müller Zwei wird dabei sein. Wenn es etwas zu finden gibt, wird er es finden.«

»Klingt gut«, sagte Nele skeptisch.

»Mach einfach Feierabend und entspann dich. Ich melde mich spätestens morgen wieder.«

Nele verabschiedete sich und legte auf.

Heike kam zurück an den Schreibtisch und sah sie etwas verlegen an. »Ich würde gerne weitermachen.«

»Bin schon weg.«

Nele trat auf den Steindamm hinaus. Mia hatte vermutlich die Order bekommen, ihr Matthias' Befragung zu verschweigen. Der Grund dafür war einleuchtend. Denn sobald Nele davon erfuhr, würde sie mit ihm reden wollen. Bei der Mordkommission war man wahrscheinlich der Meinung, dass sie genau das nicht tun sollte. Aber das war ihr egal. Dies war immer noch ihr Leben. Und so wie sie es sah, konnte ihr keiner verbieten, mit ihrem Ex-Freund zu sprechen.

Vier graue Hochhäuser, die ordentlich aufgereiht wie überdimensionierte Legosteine an der abschüssig zum Hafengebiet führenden Hauptverkehrsstraße standen, nur zehn Gehminuten vom Steindamm entfernt.

Matthias Helmholtz hatte einen verhältnismäßig ruhigen Job beim Bezirksamt am Klosterwall. Er war Baudezernent und für Brandschutzfragen zuständig. Rettungswege waren sein täglich Brot. Seinen persönlichen Rettungsweg hatte er in einer für Nele schmerzhaft kurzen Zeit gefunden.

Sie betrat den dritten Legostein von rechts. Die Luft in dem Gebäude roch muffig. Neben dem Fahrstuhl hing ein Zettel mit Hinweisen auf geänderte Service-Zeiten und der Aufforderung, telefonisch Termine zu vereinbaren. Sie war guter Hoffnung, keinen Termin zu brauchen, weil Matthias sehr verlässlich in der Einhaltung seiner Pausenzeiten war. Er war ein häuslicher Typ, der gerne kochte und immer ein bisschen mehr zubereitete, um etwas für's Büro zu haben. Im Aktenschrank hatte er eine Mikrowelle untergebracht, in der er sich seine Alternative zum Kantinenessen aufwärmte.

Die Fahrstuhltür öffnete sich klappernd. Der Muff auf dem Gang wurde durch eine frische Ingwernote aufgewertet. Sie folgte dem intensiver werdenden Duft und klopfte an. Dabei fragte sie sich, warum es nach Mittag roch, obwohl doch eigentlich jetzt eher Kuchenzeit war.

»Ja?« Eine leichte Gereiztheit schwang in der Stimme hinter der Tür mit.

Sie wusste, dass Matthias nicht gerne beim Essen gestört wurde. Die Einhaltung fester Termine für die Mahlzeiten war ein Dauerthema bei ihnen gewesen. Ihr war es selten bis nie gelungen, zu den verabredeten Zeiten am Tisch zu sitzen, was den sonst so friedfertigen Matthias wie kaum etwas anderes aus der Reserve locken konnte.

Sie öffnete die Tür. »Hallo, Matthias.«

»Nele!« Er stand auf. »Hast du Hunger? Soll ich dir auch einen Teller fertigmachen?«

»Nein, danke.« Der Duft des indischen Spinat-Currys und des scharf gewürzten Dal war verführerisch, doch ihr war nicht nach essen zumute.

Er nahm sie in den Arm, und sie spürte seinen gut gepolsterten Bauch und die Wärme seiner Hände.

»Du musst was essen, du wirst ja immer dünner!«

»Und du immer dicker!«

»Gemütlich!«, korrigierte er. »Das macht das Familienleben.«

»Ich habe dich neulich beim Einkaufen auf dem Wochenmarkt gesehen.«

»Warum hast du nicht Hallo gesagt?«

»Du warst beschäftigt.«

»So beschäftigt bestimmt nicht!«

»Du hattest das schreiende Baby auf dem Arm und hast gleichzeitig versucht, zu bezahlen und dein Gemüse einzupacken.«

»Ach, ja. Bela zahnt. Wir haben von Beißringen über Zahnfleischmassagen bis zu Kamillen- und Salbeibehandlungen alles probiert. Jetzt ist auch noch Fieber dazugekommen, und er schläft nicht mehr. Ich habe die halbe Nacht kein Auge zugetan. Meine Mittagspause ist einem Arztbesuch zum Opfer gefallen.«

»Klingt stressig.«

»Ich habe ja mein Büro, um mich zu erholen«, sagte er grinsend.

»Da bin ich ja beruhigt.«

Matthias setzte sich wieder auf seinen Platz. »Und du willst wirklich nichts essen?«

»Wirklich nicht. Danke.«

»Du musst mal bei uns vorbeikommen und Bela guten Tag sagen. Rike würde sich bestimmt auch freuen.«

»Mach ich bestimmt mal«, versprach sie und in diesem Moment kam es ihr sogar so vor, als ob sie das Versprechen demnächst einlösen könnte.

»Gestern waren Kollegen von dir hier«, erwähnte Matthias in beiläufigem Ton und widmete sich wieder seiner Mahlzeit. Das war typisch für ihn. Er versuchte, der Bemerkung möglichst wenig Gewicht zu verleihen. Dabei hatte er vermutlich nicht des Babys, sondern dieses Besuches wegen nicht geschlafen.

»Wieso sind die gekommen?« Er behielt den Plauderton immer noch bei.

»Wer war denn da?«, fragte sie ebenso beiläufig zurück.

»Die Namen habe ich vergessen. Eine junge Sportliche und so ein Seriöser mit grauen Schläfen.«

»Und wonach haben sie gefragt?«

»Nach uns. Warum wir uns getrennt haben. Sie haben mich sogar nach meinen Hobbies gelöchert.«

»Deinen Hobbies?!«

»Ja. Ob ich Musik machen würde oder mich gerne mit Computern beschäftige. Aber du weißt ja, wie es um mein Verhältnis zur Technik steht.«

»Ja.«

»Warum stellen die solche Fragen?« In seiner Stimme klang Sorge mit.

»Haben sie das nicht erklärt?«

»Nein.«

»Hast du sie gefragt?«

»Reine Routine, nichts, was mich beunruhigen müsste«, gab er die Äußerung der Ermittler wieder.

»Du hättest dich nicht damit zufriedengeben sollen.«

»Mach mir bitte keine Vorschriften.«

»Ich mache dir keine Vorschriften.«

»Warum sind die hier gewesen?«, wiederholte Matthias seine Frage. Von Plauderei konnte keine Rede mehr sein.

»Ich habe mich für ein Fortbildungsprogramm beworben, und jetzt erstellen die ein Leistungs- und Persönlichkeitsprofil über mich«, behauptete sie bestimmt.

»Quatsch.« Matthias sah sie an. »Warum kannst du mir nicht einfach sagen, was los ist?!«

»Ich würde, wenn es was gäbe.«

Matthias legte das Besteck beiseite und schob seinen Teller weg. »Du hast ein Problem, und du solltest wirklich mal anfangen, dich damit zu beschäftigen.«

»Toll, wie du dich mit meinen Problemen auskennst. Das war ja nicht immer so, wenn ich mich recht erinnere.«

»Danke.«

»Da nicht für.«

Matthias stand auf und kam zu ihr. »Ich habe bestimmt nicht alles richtig gemacht mit uns beiden. Aber du hast mir auch keine Chance gegeben, etwas daran zu ändern.«

»Sehr lange hat dich das allerdings nicht belastet.«

»Die Tür war zu.« Er sah sie eindringlich an. »Mehr als klopfen kann ich nicht. Wenn keine Antwort kommt und die Tür zu bleibt, musst du dich nicht wundern, dass irgendwann keiner mehr davor steht.«

Sie legte die Hand auf die Klinke.

»Warte!« Matthias berührte ihre Hand. »Ich will mich nicht mit dir streiten.«

Sie ließ die Türklinke los. »Ist schon in Ordnung. Ich bin nur gekommen, um dir zu sagen, dass du dir keine Gedanken wegen dieser Sache machen musst. Vergiss die beiden einfach. Sie werden nicht wiederkommen. Die Angelegenheit hat sich erledigt. Ganz sicher.«

»Dir geht es nicht gut. Das sehe ich doch.«

Sie lächelte ihn an. »Das macht das Licht hier. Draußen sehe ich super aus.«

»Klar.«

»Sag ich doch.« Sie öffnete die Tür und ging.

27.

Sie wird kommen. Er weiß nicht, wann, aber es wird geschehen. Er braucht nur zu warten. Und das gefällt ihm: auf etwas zu warten, von dem er weiß, dass es eintreten wird. Das ist, als hätte man die Zukunft im Griff. Natürlich muss man dafür auch etwas tun. Man muss in die Geschehnisse eingreifen. Sonst bleibt einem nichts anderes übrig, als auf das zu reagieren, was einem widerfährt. So wie in den Nächten, wenn die Tür aufgegangen ist. Das Licht ist durch einen schmalen Spalt vom Flur ins Zimmer hineingefallen. Es hat ihn jedes Mal genau in die Augen getroffen, die er aus Angst nicht hatte schließen wollen. Der Spalt hatte sich wieder geschlossen, und es war dunkel geworden. Er hat den Atem hören können und das Rascheln der Bettdecke, die zurückgezogen wurde. Nie hat er etwas gesehen. Er hat immer nur die Geräusche gehört. So hat er sich sagen können, dass gar nichts geschehen ist, dass er sich alles nur eingebildet hat. Und anders hatte es ja auch gar nicht sein können.

Wenn die Nacht vorüber war, schickte seine Mutter ihn in die Schule. Zurück zu Hause setzte sie ihn ans Klavier und ließ ihn üben. Manchmal wollte er abends nicht ins Bett, um weiterspielen zu können. Seine Mutter lobte ihn und ließ ihn gewähren. Jedes Mal stellte er sich vor, dass er spielen würde, bis der Morgen kam. Dann müsste er nie ins Bett. Aber nie schaffte er es. Irgendwann holte der Schlaf ihn. Seine Mutter war trotzdem stolz auf ihn. Sie trug ihn in sein Zimmer, wo er schlief, bis die Tür geöffnet wurde.

Irgendwann hatte er entdeckt, dass die Stücke, die er am Tag spielte, die Macht hatten, alle Geräusche zu übertönen. Er konnte sich in die Musik verkriechen, sie umhüllte ihn wie ein Kokon. In dieser Zeit gewann er viele Preise. Alles, was er spielte, spielte er auswendig. Keines der anderen Kinder hatte ein auch nur annähernd großes Repertoire. Was ihn jedoch vor allen anderen auszeichnete, war seine Fähigkeit, beim Spielen alles um sich zu vergessen. Es konnte ihm passieren, dass er am Ende eines Stückes die Augen öffnete und nicht wusste, wo er war. Dann starrte er in die grellen Scheinwerfer und war unfähig, sich zu bewegen, bis seine Mutter auf die Bühne kam, ihn an die Hand nahm, nach vorn an den Bühnenrand führte, ihn sich verbeugen ließ und ihn dann von der Bühne zog, wo er stundenlang saß, ohne etwas von dem zu hören, was die anderen spielten.

Niemand hatte verstanden, warum er aufgehört hatte, Klavier zu spielen. Dabei war es ganz einfach. Er hatte es nicht mehr gebraucht. Er hatte eine eigene Wohnung, und es gab niemanden mehr, der nachts die Tür öffnete. Er gab das Musikstudium auf und begann ein neues Leben, in dem er sich mit Aushilfsjobs über Wasser hielt und schließlich einen Beruf lernte, der ihm leichtfiel. Seine Mutter verstand immer noch nicht, warum er nicht mehr spielte. Sie hat ihn nie verstanden. Dabei hätte sie nur ihre Augen öffnen und ihn ansehen müssen. Er wird es ihr bei seinem nächsten Besuch erzählen. Auch wenn er weiß, dass sie ihn nicht verstehen wird.

Doch bis es so weit ist, muss er auf das Eintreffen der Zukunft warten.

28.

Ohne Gäste wirkte die Lounge noch kälter, als sie es sowieso schon war. Der Tresen leuchtete nachtblau, die leeren Sofaecken schwammen in künstlichem Mondlicht.

Sie wartete darauf, dass der Alkohol wirken und die Bar sich füllen würde. Die laute Musik machte es unmöglich, dem Bartender mehr als den Namen des Shooters zuzurufen, mit dem sie sich in gute Stimmung zu bringen gedachte. Aber das reichte ihr an Kommunikation auch vollkommen.

Die Wirkung des Alkohols trat erwartungsgemäß ein und half ihr, den Tag, der eine Überdosis Unerfreulichkeit für sie bereitgehalten hatte, hinter sich zu lassen.

Während ihrer Ausbildung hatte sie jede Lücke in ihrem Dienstplan genutzt, um die Nacht durchzutanzen. Nichts half ihr so gut beim Abschalten. Sie hatte erst damit aufgehört, als sie mit Matthias zusammengekommen war, und nach der Trennung nicht mehr wieder damit angefangen.

An diesem Abend hatte Nele beschlossen, mit dem Aufhören Schluss zu machen. Es wurde Zeit für sie, sich wieder ein Stück vom Leben zurückzuholen. Dabei war es nicht leicht gewesen, die Betäubung abzuschütteln, die nach dem Gespräch mit Matthias bei ihr eingesetzt hatte.

Sie hatte ihren Wagen von der Schanze geholt, war nach Hause gefahren und hatte ihr Handy ausgestellt. Dann hatte sie aufgeräumt. Und obwohl sie gewusst hatte, dass das Handy ausgestellt war, war ihr Blick immer wieder auf das dunkle Display gefallen. Sie hatte es nicht mehr ausgehalten und das Gerät wieder eingeschaltet. Doch das führte nur dazu, dass sie noch häufiger daraufschaute. Es reichte nicht, zu hören, ob ein Anruf oder eine Nachricht einging, sie musste es auch sehen.

Unweigerlich hatte die Musik, die den Weg aus unbekannten Gründen auf ihr Handy gefunden hatte, wieder in ihrem Kopf zu spielen begonnen. Alles vermengte sich: das Pumpen des Beatmungsgerätes auf der Intensivstation, das Klirren des

Spaghettiglases und der dumpfe Aufprall, mit dem Julia Siems zu Boden gegangen war, ihr zarter Gesang, das Schreien der Katze hinter der Kirche und die gepresste Stimme des Mannes, der Nele das Messer in den Bauch gerammt hatte. Geräusche, die immer lauter wurden und ihren Kopf zum Platzen zu bringen drohten. Es war gut gewesen, die Reißleine zu ziehen.

Ein Männertrio überquerte die Tanzfläche, auf dem bisher nur die Discolichter in Aktion waren, und inspizierte ihre Beine. Sie wandte sich ab und gab eine neue Bestellung bei dem jungen, durchtrainierten Mann hinter dem Tresen auf. Das Trio, das zusammengenommen ein halbes Jahrhundert älter war als sie, fühlte sich bemüßigt, Kontakt zu ihr aufzunehmen. Es gab zugegebenermaßen auch wenig Alternativen. Sie stellte klar, dass sie ihre Getränke auch weiterhin selbst zahlen wollte. Die drei nahmen die Abweisung sportlich und zogen sich in eine der weiß gepolsterten Sitzgruppen zurück, wo sie sich mit Blick auf den Ausgang platzierten, um nur ja keinen Neuzugang zu verpassen.

Um halb zwölf füllte sich die Lounge wie auf Kommando mit Menschen. Von da an dauerte es nicht lang, bis auch die Tanzfläche bevölkert war und ihr genügend Schutz gab, in der Menge unterzutauchen. Als sie ihren Barhocker verließ, ihren engen Rock gerade zog und zwischen die Tanzenden trat, schloss sie einen Moment lang die Augen und spürte die Vibration der Bässe im Bauch. Eine Aftershave-Wolke zog vorüber. Sie öffnete die Augen, betrachtete den Mann, der mit unbestimmtem Blick durch sie hindurchsah, und begann ebenfalls zu tanzen.

Ein Track ging in den nächsten über. Eine nicht abreißende Kette von Beats, der sie bereitwillig folgte. Jemand reichte ihr ein Getränk. Musik, Alkohol und Schweiß umhüllten sie wie eine Blase, in der Schwerelosigkeit herrschte.

Bald schon war sie nicht mehr allein in der Blase. Ein Paar brauner Augen schaffte es durch die Hülle zu ihr. Ebenso ein Mund, der lächelte, und ein Körper, der mit ihrem synchronisiert war. Während die Musik strömte und strömte, streifte eine Hand gerade eben spürbar ihre Hüfte, dann ein Atemzug ihre Wange. Sie griff nach ihrem Gegenüber und zog ihn zu sich. Tanzend verschwammen die Grenzen zwischen den beiden Körpern.

Allmählich löste sich etwas in ihrem Kopf auf. Eine Schleuse öffnete sich, und sie wurde von einer wohligen Euphorie überschwemmt. Sie betrat eine Welt, in der Fühlen und Denken eins wurden und alles um sie herum extrem nah und gleichzeitig unendlich weit weg schien. Plötzlich geriet sie aus dem Rhythmus, strauchelte, stürzte. Der Mann half ihr auf und bot ihr den Arm an, um sie aus dem dichten Gewühl zu bringen. Sie winkte heftig ab und wankte an den Rand der Tanzfläche. Der Mann folgte ihr und rief ihr etwas zu, das im Lärm der Musik unterging. Es klang, als ob er ihr seine Hilfe anbot. Sie schüttelte den Kopf und suchte nach dem Ausgang. Die kreisenden Lichtreflexe auf den Körpern der Tanzenden machten sie schwindelig. Sie drehte sich mehrmals um sich selbst, ohne den Ausgang entdecken zu können. Die Musik schien ihn verschluckt zu haben. Sie stolperte ziellos bald nach links, bald nach rechts. Der Arm war wieder da und gab ihren Schritten eine Richtung. Die Tanzfläche verschwand, der Raum um sie herum wurde bedrückend eng. Sie keuchte. Jemand hatte den Sauerstoff aus der Luft gesaugt. Ihr einziger Gedanke war, dass sie Luft zum Atmen brauchte.

Sie wankte weiter, dem Druck an ihrem Arm folgend. Plötzlich schlug ihr Kälte entgegen. Sie riss die Augen auf, doch was sie sah, konnte sie keiner Realität zuordnen. Allein das Atmen wurde leichter. Es ging auf einmal wie von selbst. Sie musste sich nicht mehr darum kümmern. Um gar nichts mehr musste sie sich kümmern. Jetzt konnte sie der Welt ihren Lauf lassen. Ein heller Schein blendete sie. Sie hob ihren Arm. Das Licht verschwand wieder. Sie sah nur noch unbestimmte Schatten. Die Kraft wich aus ihren Beinen und sie sackte zusammen.

Plötzlich ist überall Wasser. Ein Meer, das sich bis an den Horizont erstreckt. Sie lässt sich von den Wellen tragen und wird sanft von ihnen hin und her gewiegt. Über ihr der Sternenhimmel. Dann taucht sie ins Wasser ein. Oben glitzern noch immer die Sterne. Ein Schwarm Fische gleitet lautlos auf sie zu. Sie ist umgeben von Kiemen, silbern schuppigen Bäuchen und Flossen, die sie an der Haut berühren. Der Schwarm nimmt sie mit in die Tiefe. Dort löst er sich auf. Sie ist wieder allein. Dann tauchen seltsame Geschöpfe aus der Dunkelheit auf. Fluoreszierende Kopffüßler mit grünen Augen strecken ihre langen Fangarme nach ihr aus. Sie will weg, doch die Fangarme winden sich um ihre Arme und Beine. Je mehr sie versucht, das Tier abzuschütteln, desto stärker wird der Druck. Die Wassermassen drohen, sie zu erdrücken. Nichts mehr kann sie retten. Als sie aufgibt, ist das auch das Ende des Kampfes. Der Druck verschwindet. Sie spürt die Berührung kaum noch. Eine Strömung erfasst sie und zieht sie tiefer und tiefer hinab.

29.

Als erstes registrierte sie die Kälte. Nele krümmte sich zusammen, öffnete die Augen. Es war immer noch dunkel. Jemand hatte sie mit einem Mantel zugedeckt.

»Sie wacht auf!«, rief eine Stimme.

Eine Gestalt beugte sich über sie. Das Gesicht eines Mannes.

»Nele!«, sagte er. »Erkennst du mich?«

Sein Bild war verschwommen, doch sie wusste, dass sie es kannte. Es war nur schwer, es einzuordnen. »Es ist so kalt.« Die Worte kamen verwaschen.

»Es wird alles wieder gut. Ein Krankenwagen ist unterwegs. In der Klinik wird dir geholfen.«

Von irgendwoher kam Blaulicht.

Ein zweites Gesicht tauchte in ihrem Gesichtsfeld auf. Eine Frau. »Hallo, Nele. Wie geht es dir? Was ist passiert?«

Sie stützte sich mit der Hand auf und versuchte, sich hochzustemmen. Unter ihren Fingern spürte sie weiches, nasses Gras. Arme griffen zu und halfen ihr hoch.

»Du warst ohnmächtig.«

Alles war nass und kalt. Links neben sich sah sie Gleisanlagen. Jenseits der Schienen erhob sich die würfelförmige *Galerie der Gegenwart*. Jetzt konnte sie auch die beiden Gesichter einordnen. »Wie bin ich hierher gekommen?«

»Das wissen wir noch nicht. Die Frau dort hat uns gerufen.« Heike streckte den Arm aus und zeigte auf eine junge Frau, die etwas abseits stand und ihre Arme eng um sich geschlungen hatte. Sie war gerade eben über zwanzig und trug nur eine Bluse und eine Jeans. Fleischmann redete mit ihr. Er zog seine Uniformjacke aus und gab sie der Frau.

»Hat sie mir ihren Mantel gegeben?«

»Ja«, sagte Heike.

»Ich möchte mit ihr sprechen.«

»Du solltest vielleicht lieber erst einmal ins Krankenhaus.«

»Nein!«, widersprach Nele. »Ich will nicht. Mir geht es gut. Mir ist nur kalt.«

»Du hast einen Schock. Du brauchst einen Arzt.«

Sie versuchte aufzustehen. Es war schwer, das Gleichgewicht zu halten. Heike reichte ihr einen Arm. Ihr wurde übel. Sie beugte sich nach vorn und übergab sich. Heike stützte sie.

Fleischmann kam angelaufen. »Du musst dich wieder hinsetzen!«

Heike gab ihr ein Taschentuch, mit dem sie sich den Mund abwischte. Mit Fleischmann an der einen und Heike an der anderen Seite schaffte sie es auf eine Parkbank.

»Ich will mit der Frau reden«, wiederholte sie.

»Warte doch erst mal auf den Arzt«, schlug Heike vor.

Fleischmann sagte gar nichts.

»Nein«, insistierte Nele.

Fleischmann nickte und ging zu der Frau. Die beiden kamen zu ihr.

»Wie geht es Ihnen?«, fragte die Frau. Sie wirkte erschrocken. Fleischmanns Uniformjacke war ihr viel zu groß.

»Danke für Ihren Mantel. Es ist wirklich sehr kalt. Was ist hier passiert?«

»Wissen Sie das denn nicht?«, fragte die Frau.

Sie spürte die Blicke aller drei auf sich. »Ich kann mich an nichts erinnern. Deshalb frage ich Sie.«

Die Frau wich ihrem Blick aus und schaute fragend zu Heike und Fleischmann. Fleischmann nickte der Frau auffordernd zu.

»Ich habe Sie gefunden.« Die Frau war stark geschminkt. Doch der sorgfältig gezogene dunkle Lidstrich und der tiefrote Lippenstift, der ihren Mund sinnlich erscheinen lassen sollte, passten nur schlecht zu ihrem erschütterten Gesichtsausdruck. »Sie waren bewusstlos. Deshalb habe ich die Polizei gerufen.«

»Was noch?«, fragte Nele benommen. »Was haben Sie noch gesehen?«

Die Frau zögerte. Wieder schaute sie zu Fleischmann, der jetzt ihrem Blick auswich.

»Ihr Rock war hochgerutscht, und Sie haben nichts darunter angehabt«, sagte die Frau kaum hörbar.

Ihr wurde schwindelig.

»Deswegen solltest du besser ins Krankenhaus«, sagte Heike.

»Nein, ich muss nach Hause!«

Unten, am Ende des Rasenstückes, hielt ein Rettungswagen. Ein Arzt und ein Rettungshelfer sprangen aus dem Fahrzeug und liefen zu ihnen hinauf. Hinter ihnen lag die sich in der Dunkelheit verlierende Alster.

Nele stand auf und ging den beiden leicht wankend entgegen. »Sie können wieder abrücken«, brachte sie unter Anstrengung hervor, »ich hatte nur einen Kreislaufkollaps.«

»Sind Sie sicher?«

»Ja.«

Fleischmann und Heike kamen hinzu.

»Haben Sie uns gerufen?«, fragte der Arzt.

»Ja«, antwortete Fleischmann.

»Die Dame sagt, ihr geht es gut.«

»Wenn sie es sagt, ist es wohl so«, erklärte Fleischmann.

»Und Sie brauchen wirklich keine Hilfe?«, fragte der Arzt.

»Nein.« Sie wandte sich an Fleischmann und Heike. »Könnt ihr mich nach Hause fahren?«

»Ja«, sagte Fleischmann.

»Hast du jemanden, der nach dir guckt?«, fragte Heike.

»Es gibt jemanden, den ich anrufen kann und der kommt.«

Fleischmann und Heike ließen sie nur widerwillig in ihrer Wohnung allein. Doch Nele fand, es sei schon genug gewesen, sie nach Hause zu bringen. Fleischmann machte es zur Bedingung, dass sie noch in seinem Beisein telefonierte, damit er sicher sein konnte, dass jemand kommen würde.

In dem Moment, in dem ihre beiden Kollegen die Tür hinter sich schlossen, fiel etwas in ihr zusammen. Die Kraft, die sie gebraucht hatte, um es aus dem nassen Gras bis hierher in ihre Wohnung zu schaffen, war verbraucht.

Sie lag auf dem Sofa, eingewickelt in die Decke, die Heike

ihr aus dem Schlafzimmer geholt hatte. Ihr war immer noch übel und sie fühlte sich benommen. Es war kaum möglich, einen klaren Gedanken zu fassen.

Bis hierher hatte sie nur auf das reagiert, was auf sie zugekommen war. Doch nun gab es nichts mehr, das sie nach vorn trieb. Sie lag mit offenen Augen da und versuchte, zu begreifen, was geschehen war. Ihre Beine und ihr Bauch taten ihr weh, aber sie wusste nicht, warum.

Es klingelte an der Tür. Sie wusste nicht, ob sie es schaffen würde, aufzustehen. Sie war sich auch nicht sicher, ob sie es überhaupt wollte. Eigentlich wollte sie gar nichts mehr. Nur liegen, und dass die Nacht endete, damit ein neuer Tag beginnen konnte.

Wieder die Türklingel. Sie hielt sich die Ohren zu, wollte einfach nur in Ruhe gelassen werden. Es schellte noch einmal. Sie fürchtete, dass das Klingeln nie mehr aufhören würde. Aber dann trat Stille ein und sie atmete auf. Eine bleischwere Mattigkeit legte sich auf sie.

Nele schloss die Augen und dämmerte weg. Ein Geräusch schreckte sie auf. Jemand machte sich an ihrer Haustür zu schaffen.

Sie hatte keine Ahnung, wie lange sie geschlafen hatte. Die Übelkeit war immer noch da. Sie bekam einen Schweißausbruch und versuchte aufzustehen, doch ihr fehlte die Kraft.

Das Klappern hörte auf, es war einen Moment still. Dann setzte es wieder ein. Ein Schlüssel wurde ins Schloss gesteckt. Sie konnte hören, wie der Riegel langsam gelöst und dann der Schnapper zurückgeschoben wurde.

»Hallo! Wer ist da?« Ihr Mund war trocken, der Hals kratzte, ihr Rufen ging in Husten über.

Die Tür wurde geöffnet. Ein Quietschen erklang. Es war unmöglich, die Tür ohne Quietschen zu öffnen. Schritte näherten sich. Dann eine Stimme.

»Frau Hagen?«

Erleichterung über den starken polnischen Akzent, der ihr so vertraut war. Noch einmal wurde ihr Name gerufen.

Dann stand die Nachbarin aus der Wohnung unter ihr im Wohnzimmer. Sie trug einen geblümten Morgenmantel und dicke Lammfellpuschen. »Ist alles in Ordnung? Draußen steht ein Mann, der sagt, dass er Polizist ist und du ihn angerufen hast. Er hat mir seinen Ausweis gezeigt. Aber kann man die fälschen? Alles kann doch heute gefälscht werden. Deshalb habe ich ihm gesagt, dass er draußen warten muss.«

»Danke. Sie können ihn ruhig reinlassen. Ich habe ihn angerufen.«

»Mitten in der Nacht? Und du siehst ganz krank aus! Was ist passiert?«

»Ich hatte nur einen kleinen Unfall. Aber es geht schon wieder.«

»Ich werde dir Tee kochen. Ich habe Kräuter, die dir gut tun werden.«

»Nein, lass. Ich komme schon klar. Du musst dir wirklich keine Sorgen machen.«

»Firlefanz! Du kriegst Tee.« Maria Kapinski verschwand und kam kurz darauf mit Tobi im Schlepptau zurück. »Ist das wirklich dein Kollege?«

»Ja.«

Maria Kapinski sah Tobi streng an. »Seien Sie bloß nett zu ihr!«

Nele wollte sich aufsetzen, aber Maria Kapinski schritt sofort ein. »Du bleibst schön liegen und dann gibt es Tee!« Sie wandte sich an Tobi. »Und Sie passen mir auf, dass sie nicht aufsteht.«

Tobi rückte einen Sessel an das Sofa heran. Er sagte nichts, sondern schaute sie nur an. Als sie anfing zu weinen, setzte er sich zu ihr aufs Sofa und nahm sie in den Arm.

Maria Kapinski kam mit einem Tablett zurück, auf dem eine Teekanne stand, die von einem Stövchen warmgehalten wurde, und eine winzige, dazu passende Tasse.

Nele löste sich aus der Umarmung und wischte sich die Tränen aus dem Gesicht.

»Besser?«, fragte Maria Kapinski voll Sorge und stellte das Tablett auf dem Couchtisch ab.

Nele nickte.

»Du schickst ihn zu mir runter, wenn du etwas brauchst«, mahnte Maria Kapinski und ging wieder hinaus.

Nele nahm Tobis Hand. »Das Schlimmste ist«, sagte sie leise, »dass ich nicht weiß, was passiert ist. Vielleicht war ja auch gar nichts. Vielleicht habe ich ja Glück gehabt. Ich kann doch auch mal Glück haben, oder nicht?«

Tobi nickte. Er schaute sie ruhig an. »Du hast ganz blaue Lippen«, sagte er, »willst du baden?«

Sie schüttelte den Kopf.

»Soll ich dir eine Wärmflasche machen?«

»Ja. Mir ist immer noch furchtbar kalt. Ich habe das Gefühl, dass ich für den Rest meines Lebens frieren werde.«

»Das wirst du nicht.« Tobi stand auf.

»Warte!«

Er blieb stehen.

»Danke, dass du gekommen bist.«

»Du musst mir nicht danken.«

Während Tobi ihr die Wärmflasche machte, trank sie ihren Tee. Die Kräuter wirkten tatsächlich. Das heiße Getränk wärmte ihren Bauch und von dort breitete sich die Wärme in ihrem Körper aus. Auch die Übelkeit verschwand.

»Jemand muss mir etwas in mein Getränk gekippt haben. K.-o.-Tropfen«, sagte sie, als Tobi ihr die Wärmflasche reichte.

»Weißt du, wer das gemacht haben könnte?«

»Nein.« Sie versuchte, sich zu erinnern. Ein schemenhaftes Bild tauchte auf. »Ich glaube, ich habe mit jemandem getanzt.«

»Könnte er es gewesen sein?«

»Ich weiß es nicht.«

»Wie viel hast du getrunken?«

»Warum fragst du das?«

»Weil du nach Alkohol riechst.«

»Das war nicht der Alkohol.«

»Das habe ich nicht gesagt.«

Sie nahm einen Schluck Tee. »Als ich gekommen bin, war es fast leer. Aber später herrschte ein dichtes Gedränge. Da hätte mir jeder etwas ins Glas tun können.«

»Kannst du dich an nichts sonst erinnern?«

»Nur daran, dass ich tanzen gegangen bin. Irgendwann wurde mir schwindelig. Ich glaube, ich habe versucht, rauszukommen. Was dann passiert ist, weiß ich nicht. Da ist nicht die Spur einer Erinnerung. Totaler Filmriss. Aber ich bin mir ganz sicher, dass ich nicht so viel getrunken habe.«

»Warum hast du das überhaupt gemacht – alleine losziehen, mitten in der Woche?«

»Ich habe das gebraucht.«

Tobi sah sie an. »Wegen der toten Frau?«

»Ja.« Sie verband ihren MP3-Player mit ihrer Stereoanlage und spielte ihm erst das Stück aus dem Krankenhaus vor und dann das, das ihr auf dem Handy zugeschickt worden war. Sie erzählte ihm, wie der Täter die Musik hergestellt hatte und dass er sie angerufen hatte, damit sie ins Krankenhaus kam, wo Julia Siems gestorben war. Tobi hörte verstört zu. Sie erzählte ihm von Tom und den Ermittlungen, die sich immer wieder um die Frage drehten, was den Täter mit ihr verband.

»Falls es K.-o.-Tropfen waren – meinst du, dass er sie dir verabreicht hat?«

»Es muss mir jemand was ins Glas geschüttet haben. Und dass er es gewesen sein könnte – dieser Gedanke ist schrecklich. Aber ich kann ihn nicht abschütteln.«

»Glaubst du, er hat dir etwas getan?«

»Ich weiß es nicht. Und das lässt Raum für alles.«

»Du musst in die Rechtsmedizin und dich untersuchen lassen.«

»Ich kann das nicht.«

»Es geht nicht anders.«

Sie setzte sich stöhnend auf. »Kommst du mit?«

»Natürlich.«

»Ich habe Angst, dass sie etwas finden.«

Tobi brachte sie zum Butenfeld 34, einem Sechzigerjahrebau in gelbem Klinker am Rande des Uniklinikums. Keine Hotelatmosphäre wie im repräsentativen Neubau des Hochleistungskrankenhauses. Stattdessen verbreitete das

Rechtsmedizinische Institut Behörden-Charme. Hier wurden keine Leben gerettet und neue, glanzvolle Operationstechniken erprobt. Das Institut war ein Ort der nüchternen Bestandsaufnahme des Lebensendes, wie auch des wissenschaftlich fundierten Festhaltens dessen, was Menschen anderen Menschen antaten.

Die Untersuchungsstelle für Gewaltopfer war vierundzwanzig Stunden am Tag geöffnet. Bei späteren Gerichtsverfahren war es von entscheidender Wichtigkeit, dass Verletzungen zeitnah und möglichst genau dokumentiert wurden.

Auch wenn die diensthabende Rechtsmedizinerin sich alle Mühe gab, ihr das Gefühl zu geben, mit einer Ärztin zu sprechen, wurde sie den Eindruck nicht los, dass die Frau mit dem blassen Gesicht und den kalten Händen beruflich vorwiegend Umgang mit Toten pflegte. Während die Medizinerin Nele nach dem Ablauf des Abends befragte, vermaß sie akribisch die Größe der blauen Flecken und trug ihre Lage in Schemazeichnungen des weiblichen Körpers ein. Das Blut, das sie ihr abgenommen hatte, wanderte ebenso in das angeschlossene Labor wie der Vaginalabstrich.

Nele fand es unerträglich kalt in dem Untersuchungszimmer, an dessen Wänden Blumenbilder hingen. Vermutlich sollten die Motive die Atmosphäre positiv beeinflussen. Statt Bilder aufzuhängen, sollten sie lieber die Heizung höher stellen, dachte Nele.

Gewissheit brachte die Untersuchung nicht. Es fehlten die für Vergewaltigungen typischen Hämatome an den Oberschenkelinnenseiten. Jedoch gab es Schürfwunden am Rücken. Die Rechtsmedizinerin kam zu dem vorläufigen Ergebnis, dass entweder kein Übergriff stattgefunden hatte und die Rückenverletzungen sturzbedingt waren oder dass sexuelle Gewalt ausgeübt worden war und Abwehrverletzungen aufgrund der Bewusstlosigkeit fehlten. Der Nachweis von K.-o.-Tropfen sei wegen des schnellen Abbaus der Substanz im Körper schwierig, jedoch sei sie in diesem Punkt optimistisch, weil der Vorfall weniger als sechs Stunden zurückliege. Zur abschließenden Beurteilung der Befunde fehle leider eine wichtige Informationsquelle: das Erinnerungsvermögen des Opfers.

Zu Hause ließ Tobi ihr ein Bad ein. Sie blieb in der Wanne liegen, doch ihr wurde nicht wärmer. Aus Angst, dass sie wieder ohnmächtig werden und ertrinken könnte, klopfte Tobi alle zwei Minuten an die Tür. Sie beteuerte jedes Mal, dass sie bei vollem Bewusstsein sei, dabei wünschte sie sich das Gegenteil. Sie sehnte sich nach Schlaf und nach Vergessen – gerade weil sie sich nicht erinnern konnte.

Nach einer Weile ließ sie heißes Wasser nach. Die Haut an ihren Fingern wurde schrumpelig, aber warm war ihr immer noch nicht. Sie stieg aus der Wanne, trocknete sich ab, nahm den Bademantel vom Türhaken, machte einen Knoten in den Gürtel und ging wieder ins Wohnzimmer. Tobi hatte einen Nachschub der Kapinskischen Kräuter besorgt und brühte ihr nach den detaillierten Anweisungen der heilkundigen Nachbarin frischen Tee. Der Tee bewirkte, was das Bad nicht geschafft hatte. Ihr wurde warm und sie wurde auf angenehme Art müde.

Tobi fragte sie, ob sie sich nicht ins Bett legen wolle. Aber sie wollte nicht. Das Sofa war jetzt der beste Ort. Hier kurierte sie auch ihren jährlichen Grippeanfall aus. Die Stehlampe in der Ecke neben dem Fernseher sollte eingeschaltet bleiben und Tobi auf dem Sessel sitzen. Sie bat ihn, ihr etwas zu erzählen. Was, war ihr egal. Sie wollte einfach nur eine vertraute Stimme hören. Tobi erfüllte seine Aufgabe mit Hingabe und führte sie mit seiner warmen, ruhigen Stimme in seine Kindheit, wo er auf den saftigen Wiesen des Dithmarscher Landes Drachen steigen gelassen, Flöße gebaut und Wolken gezählt hatte.

30.

Tobi saß auf dem Sessel und schlief. Sie stand leise auf, bemüht, ihn nicht zu wecken, trat ans Fenster und zog langsam die Gardinen zurück, um Licht in das dunkle Zimmer zu lassen.

Draußen war es grau. Es ging schon fast auf Mittag zu, doch über dem Kanal lag noch feiner Dunst. An den Zweigen der kahlen Bäume sammelte sich die Feuchtigkeit, die in der Luft hing, und formte dicke Wassertropfen, die klatschend zu Boden fielen. Die Baumkronen am anderen Ufer versanken im Hochnebel. So wie ihre Erinnerungen an die Geschehnisse in der Bar.

Eine Frau ging die Straße entlang. Das einzige, was unter dem rosa Regenschirm von ihr zu sehen war, waren ihre Schuhe, die abwechselnd bei jedem Schritt für einen Moment unter dem Schirm hervorlugten.

Nele ging ins Bad. Sie fühlte sich wie ausgewrungen. Um den bitteren Geschmack im Mund loszuwerden, putzte sie sich die Zähne. Sie wusch sich, zog sich an und kochte Kaffee, füllte damit ihren Becher und goss den Rest in eine Thermoskanne, damit Tobi später auch noch welchen haben würde.

Die Spuren der letzten Nacht versuchte sie, so gut es ging, mit Make-up zu kaschieren, so dass sie mehr Zeit als sonst vor dem Spiegel verbrachte. Anschließend setzte sie sich an den Küchentisch. Ihr Kaffee hatte mittlerweile Trinktemperatur. Sie goss Milch hinzu und süßte ihn. Während sie trank, schrieb sie Tobi einen Zettel, in dem sie ihm dankte und ihn bat, nach dem Gehen die Tür hinter sich zuzuziehen und Frau Kapinski zu bitten, abzuschließen. Sie stand auf, um zu gehen, froh, um eine Begegnung mit ihrem Besucher herumgekommen zu sein. Als sie jedoch im Flur die Jacke vom Haken nahm, hörte sie Geräusche. Einen Moment lang war sie versucht, Jacke und Schuhe in die Hand zu nehmen und schnell aus der Wohnung zu huschen.

Tobi betrat steifbeinig den Flur. Die Nacht auf dem Sessel

hatte ihm offenbar nicht gut getan. Seine rechte Wange, auf die er sich beim Schlafen gestützt hatte, war gerötet, und eine Haarsträhne stand ihm zu Berge. »Was hast du vor?«

»Arbeiten.«

Er blickte sie ungläubig an. »Du kannst jetzt nicht arbeiten!«

Ihre Züge verhärteten sich. »Woher willst du das wissen?«

»Niemand kann das nach so einer Nacht. Die Ärztin im UKE hat dich krankgeschrieben.«

»Ich bin fit.« Sie ging zur Tür.

»Okay«, lenkte Tobi ein, »aber lass uns jedenfalls noch einen Kaffee zusammen trinken.«

»Aber viel Zeit habe ich nicht. Es ist schon total spät.«

»Ich werde mich beeilen.« Während sie Tobi einen Kaffee eingoss, las er den Zettel, den sie ihm geschrieben hatte. »Du hättest mich ruhig wecken können.«

»Wegen mir hast du dir die halbe Nacht um die Ohren geschlagen. Da kann ich dich nicht wecken. Milch?«

»Viel, wenn's geht.«

Sie setzte sich zu ihm an den Tisch und schob ihm den Kaffeebecher und die Milchtüte hinüber.

»Du solltest wirklich noch einen Tag zu Hause bleiben.«

»Da würde ich mich nur verrückt machen.«

»Ich könnte dir Gesellschaft leisten.«

Sie lächelte. »Ich würde dir nach zehn Minuten auf die Nerven gehen.«

»Bestimmt nicht.«

»Du kennst mich nicht«, warnte sie.

»Und du kennst mich nicht«, entgegnete er freundlich.

Nele hatte tief und traumlos geschlafen. Nach dem Aufwachen hatte diese Unruhe sie ergriffen und sie vom Sofa und aus der Wohnung scheuchen wollen. Doch nun machte die Unruhe der dahinterliegenden Erschöpfung Platz.

»Wie geht es dir?«, fragte Tobi.

»Ich bin ziemlich kaputt.«

»Gibt es etwas, an das du dich jetzt erinnern kannst?«

»Nein. Es ist immer noch genauso wie vor dem Schlafen.

Ich weiß, was passiert ist, bis ich die Tanzfläche betreten habe. Ich erinnere mich auch daran, dass Fleischmann und Heike mich nach Hause gebracht haben und an alles, was danach gekommen ist. Aber dazwischen klafft eine Lücke, die ich einfach nicht füllen kann. Ich könnte schwören, dass ich im Wasser war. Aber das kann nicht sein.«

»Vielleicht war es das nasse Gras.«

»Vielleicht.« Sie stand auf.

»Ich könnte losziehen und uns irgendeine DVD besorgen«, schlug Tobi hastig vor. »Von den Wunderkräutern gibt es auch noch welche. Wir könnten auch spazieren gehen oder irgendetwas anderes. Was immer du willst. Alles wäre besser, als jetzt zu arbeiten.«

Sie sah Tobi ernst an. »Es ist schlimm genug, dass ich diese Lücke habe. Und wenn ich die schon nicht füllen kann, muss ich zumindest die Leerstellen drum herum füllen. Wenn es einen Zusammenhang zwischen letzter Nacht und dem ganzen anderen gibt, will ich das wissen. Kannst du das verstehen?«

Tobi stand auf und spülte die beiden Kaffeebecher. »Ja, das verstehe ich.«

Sie wartete an der Tür, bis Tobi kam, und schloss hinter ihm ab. Dann gingen sie gemeinsam die Treppe hinunter.

Ein Stockwerk tiefer stand Maria Kapinski vor ihrer offenstehenden Wohnungstür. »Ist alles mit dir in Ordnung, mein Kind?«

»Ja«, antwortete Nele, »und danke für den Tee. Er hat sehr gut geholfen.«

Die alte Frau lächelte. »Du kannst die Kräuter selber pflücken und trocknen. Im Sommer werde ich dich mitnehmen und dir zeigen, wo sie wachsen. Aber dafür müssen wir S-Bahn fahren.«

»Wir können auch mein Auto nehmen.«

»Nur das nicht. Die Leute rasen, als ob der Leibhaftige hinter ihnen her wäre.« Ein kritischer Blick zu Tobi. »Hat er dich gut behandelt?«

»Ja, das hat er.«

»Gut.« Die Frau lächelte sie an und ging wieder in ihre Wohnung.

Nele und Tobi stiegen die knarrenden Treppen hinab.

»Deine Nachbarin hat einen ausgeprägten Beschützerinstinkt.«

»Ich bin selbst ganz überrascht. Wir hatten bisher gar nicht so viel miteinander zu tun.«

Unten an der Tür blieben die beiden stehen. Der Hochnebel hatte sich etwas gelichtet, und hinter dem milchigen Himmel konnte man die Sonne ahnen.

»Mein Wagen steht da vorn«, sagte sie.

»Meiner da.« Tobias hatte sich von ihr abgewandt, als er nach hinten gezeigt hatte. Als er sich wieder in ihre Richtung drehte, beugte sie sich vor und küsste ihn. Es war ein Kuss, der auf die Wange gehört hätte, dann aber auf dem Mund gelandet war und ihr unvermittelt das Gefühl seiner weichen, warmen Lippen beschert hatte. In seinen Augen spiegelte sich ihre eigene Überraschung wider. Sein Mund formte ein Wort, doch sie ließ ihm nicht genug Zeit, es auszusprechen. Erschrocken über sich selbst, wandte sie sich ab und hastete zu ihrem Wagen, der auf der anderen Straßenseite geparkt war.

31.

Als sie das Büro auf dem Flur der Mordkommission betrat, nahm Mia sie in den Arm und bestürmte sie mit Fragen. Ob es ihr gut gehe, warum sie gekommen sei und ob es schon Ergebnisse der Blutuntersuchung gäbe. Als Nele sich aus der Umarmung löste, sah sie, dass Mia Tränen in den Augen hatte.

»Woher weißt du Bescheid?«, fragte sie irritiert. Den ganzen Weg über hatte sie sich gefragt, ob sie von der Nacht erzählen sollte. Ihr war klar gewesen, dass sie es tun musste. Aber sie hatte nicht gewusst, wie.

»Dein Kollege hat angerufen. Büsing.«

»Tobi.« Sie dachte, dass er offenbar die Möglichkeit einkalkuliert hatte, dass sie nichts erzählen würde. Das war mehr Fürsorge, als ihr recht war. Und trotzdem war sie nicht sauer auf ihn.

»Du hättest zu Hause bleiben sollen.«

»Wer weiß noch Bescheid?«

»Alle.«

Sie setzte sich. Andernfalls hätte sie Sorge gehabt, das Gleichgewicht zu verlieren.

»Ich musste das weitergeben«, erklärte Mia, »wir können sonst unsere Arbeit nicht machen. Und das wäre nicht in deinem Interesse.«

»Ist schon klar.« Sie atmete tief durch. »Ich habe nur Angst vor den Blicken. Jeder wird denken …« Sie sprach nicht weiter. Der Raum füllte sich mit Stille.

»Der erste, der einen dummen Spruch macht, kriegt von mir persönlich aufs Maul. Versprochen.« Mia lächelte sie aufmunternd an.

Nele erwiderte das Lächeln. »Ich weiß dein Angebot zu schätzen. Und von dir würde ich es sogar in Anspruch nehmen.«

Müller Zwei betrat das Büro. Das Zimmer mit den drei aneinandergestellten Schreibtischen und dem Aktenschrank an der Wand kam Nele plötzlich unerträglich eng vor. Sie meinte, ein Zusammenzucken bei dem hageren Mann bemerkt zu haben, beschloss jedoch, es zu ignorieren. »Was hat die Hausdurchsuchung bei de Buhr gestern ergeben? Lebt er immer noch in der Bruchbude, in der er mich mit dem Messer erwischt hat?«

Müller Zwei war bis jetzt ihrem Blick ausgewichen. Doch nun sah er sie ruhig an. »Ja, immer noch die gleiche Wohnung. Ziemlicher Saustall, aber wir sind auf ein Crystal-Meth-Depot gestoßen. Dafür wird er einsitzen müssen. Für unseren Fall haben wir allerdings nichts gefunden. Keine Hinweise darauf, dass die Musik von ihm stammen könnte. Er ist von der Bildfläche verschwunden. Bis wir ihn gefunden haben, dürfte es nur eine Frage der Zeit sein. Er ist schließlich nicht gerade die hellste Kerze auf der Torte. Aber im Moment wissen wir nicht, wo er ist. Könnte er in der Bar gewesen sein? Was sagst du?«

Sie spürte einen Rest Übelkeit. »Ich habe ihn nicht gesehen, aber es war sehr voll. Und außerdem habe ich einen Filmriss.«

Müller Zwei sah sie mitfühlend an. »Schlimm, dass dir das passiert ist. Ich werde das Personal in der Bar befragen und dir Bescheid geben, sobald es Ergebnisse gibt.« Er lächelte sie an. »Du hast de Buhr bei der Vernehmung gestern Angst gemacht.«

»Wohl kaum«, widersprach sie. »Wenn überhaupt, hatte er vor Niehus Schiss.«

»Nein«, wandte Mia ein, »den hat er erst gekriegt, als du vor ihm gestanden hast. Er hat gespürt, dass du stärker bist als er.«

Nele ließ das erst einmal sacken. Dann sagte sie: »Ich habe mir oft vorgestellt, wie es sein würde, wenn ich ihm gegenüberstehen würde. Ich wusste ganz genau, was ich ihm sagen würde. Kein Wort davon habe ich rausgebracht.«

»Das ist doch klar«, sagte Mia.

»Und du willst wirklich …«, begann Müller Zwei.

»Ja, ich will wirklich arbeiten«, unterbrach Nele ihn.

»Gut. Dann habe ich noch etwas für dich und Mia.« Müller Zwei setzte sich an seinen Schreibtisch, auf dem nichts weiter lag oder stand als ein Kugelschreiber, ein Papierblock, ein

Telefon und eine Computertastatur. Der Stift parallel mittig ausgerichtet auf dem Block und der wiederum akkurat zur Tastatur. Mias gegenüberliegender Platz war dagegen mit Papieren übersät und auf dem Tisch von Müller Eins kamen dazu noch ein angebissener, braun verfärbter Apfel, Brotkrümel und ein Stück Käserinde. »Mia hat mir von den SMS und deiner Vermutung erzählt, dass sie von Michalski, diesem Notar, stammen könnten. Mir ist so, als ob es da mal eine Anzeige gegen ihn gegeben hätte.«

»Worum ging es?«, fragte sie.

»Das weiß ich leider nicht mehr.«

»Ach, komm«, sagte Mia, »seit wann vergisst du so etwas?«

»Ich habe die Anzeige nicht aufgenommen.«

»Aber dann gibt es einen Vorgang«, vermutete Nele.

»Es gibt keinen Vorgang.«

»Warum nicht?«, fragte Nele.

»Die Anzeige wurde zurückgezogen.«

»Toll«, sagte Mia, »dann haben wir genau genommen gar nichts.«

»Nicht so schnell. Ihr könnt den Kollegen befragen, der damals mit dem Opfer gesprochen hat.« Müller Zwei sah Nele an. »Du kennst ihn.«

»Ich?«

»Rüdiger. Er ist auf deinem Revier, oder nicht?«

»Fleischmann?«

»Genau.«

Nele verstummte.

»Was ist los?«, fragte Mia. »Das sind doch gute Nachrichten.«

»Klar. Bestimmt.« Sie wich den Blicken der beiden aus.

»Dann lass uns fahren«, schlug Mia vor.

»Grüßt Rüdiger von mir!«, rief Müller Zwei ihnen nach.

Mia fuhr den Wagen aus dem Parkhaus. Nele saß neben ihr. In den Pfützen auf dem Asphalt spiegelte sich die Sonne. Der Hochnebel hatte sich aufgelöst, doch die Luft blieb kühl.

»Fleischmann«, überlegte Mia, »hat doch den Bericht über den Einsatz bei Julia Siems geschrieben.«

»Ja.«

»Was ist das Problem mit ihm?«

»Die Chancen, dass er sich an so etwas erinnert, stehen schlecht, würde ich sagen.«

»Was soll's. Klinkenputzen gehört dazu. Wenn wir nichts von ihm erfahren, machen wir eben an einer anderen Stelle weiter.«

»Er und ich sind nicht gerade das beste Team«, sagte Nele ausweichend.

»Das sind Müller Eins und ich auch nicht.«

»Das hat man eben gar nicht gemerkt.«

»Das war ja auch Müller Zwei. Müller Eins ist der Dicke mit den Leberwurstbroten.«

»Ja, richtig.«

»Bei solchen Leuten hilft nur, sich grundsätzlich auf das Berufliche zu konzentrieren. Sobald es persönlich wird, ist es vorbei.«

»Persönlicher als mit Filmriss und ohne Slip gefunden zu werden, geht's wohl kaum.«

Mia sah sie überrascht an. »Ich dachte, Tobi hätte dich gefunden.«

Nele schüttelte den Kopf.

»Soll ich alleine mit ihm reden?«

»Nein. Ich schätze, ich muss da jetzt durch.«

Mia parkte den Wagen vor dem PK 11 am Steindamm. Die beiden Polizistinnen betraten den Besucherbereich, in dem die wartende Kundschaft ihre Zeit damit verbrachte, die kahlen Wände anzustarren oder geschäftig mit ihren Handys herumzuhantieren.

Tammo Griesing stand hinterm Tresen und lauschte mit einem Gesicht, das wie alter Teppich aussah, den um Nachsicht heischenden Schilderungen eines jungen Mannes. Als er Nele sah, brach er das Gespräch ab und kam auf sie zu. »Du machst aber auch Sachen, mien Deern!« Er sah sie sorgenvoll an. »Und warum arbeitest du?« Ein missbilligender Blick zu Mia. »Gehört das bei euch zum guten Stil?«

Mia lächelte ihn an. »Nein, das ist Neles ganz persönlicher Dickkopf.«

Der Schichtleiter entspannte sich und reichte Mia die Hand. »Tammo Griesing.«

»Mia Tesla.«

»Ist Rüdiger da?«, unterbrach Nele das Begrüßungsritual.

»Gerade reingekommen.«

»Gut.«

Sie betrat den Wachraum. Helen und Silvio, die sich gegenübersaßen, starrten stur auf ihre Monitore und tippten Berichte ein. Heike telefonierte lautstark mit einem Schwerhörigen. Grit und Nuri unterhielten sich angeregt.

Nele war froh, dass niemand von ihr Notiz nahm. Fleischmann war nicht an seinem Platz. Sie vermutete, dass er noch im Pausenraum Kaffee trank.

Sie lag richtig. Fleischmann war alleine. Er saß am Tisch und starrte die Wand an. Als sie mit Mia den Raum betrat, wandte er sich zur Tür um.

»Nele?!« Fleischmann fehlte die Herzlichkeit Griesings und so lag augenblicklich eine spürbare Schwere in der Luft.

»Das ist Mia Tesla. Sie ermittelt in der Mordsache Julia Siems.«

Fleischmann gab Mia wortlos die Hand. Zu sprechen und aufzustehen fiel für ihn offenbar in die Kategorie Frühsport. Nele fiel auf, dass er müde und abgeschlagen wirkte. Fleischmann brauchte immer eine lange Anlaufzeit zu Dienstbeginn. Heute sah es so aus, als ob der ganze Tag dafür nicht reichen würde. Die Sparflamme, auf der er gelaufen war, solange sie denken konnte, schien vollständig erloschen.

»Du hast vor einiger Zeit eine Anzeige aufgenommen. Der Name des Beschuldigten war Claus Michalski. Heute ist er Notar«, sagte sie.

»Hab ich?« Fleischmann blickte noch nicht einmal auf.

Genau so hatte sie sich die Unterhaltung vorgestellt.

»Wir haben das von Erik, Erik Müller«, ergänzte Mia. »Wir sollen von ihm grüßen.«

Fleischmann schaute Nele an. Zu ihrer Überraschung sah sie Traurigkeit in seinen Augen. »Warum bist du nicht zu Hause, Nele?«

Sie sagte nichts.

Fleischmann wandte sich an Mia. »Warum tut sie das? Wieso weigert sie sich, zu begreifen, dass sie Grenzen hat? Genau wie vor zwei Jahren! Bloß keine Hilfe annehmen. Von niemandem. Das kann doch nicht gut gehen! Daran wird sie kaputtgehen.« Er schaute sie wieder an. »Oder geht es dir genau darum? Willst du dich kaputtmachen, damit die anderen sich schuldig fühlen?«

»Hör auf mit dem Quatsch!«

Fleischmann sagte eine Weile nichts. Er sah aus, als ob sein Akku nun endgültig auf Null war. »Wenn ich mir nicht meinen beschissenen Knöchel verstaucht hätte, wäre ich rechtzeitig oben gewesen.«

»Ich habe nie gesagt, dass es deine Schuld war!«

Fleischmann schaute Mia an. »Ich wollte den Job an den Nagel hängen. Erik hat mich überzeugt, weiterzumachen. Zumindest solange Nele noch hier ist. Warum ich das mache, weiß ich selbst nicht. Vielleicht ist das eine Art Wiedergutmachung.«

Durch die geschlossene Tür drangen gedämpft Stimmen aus dem Wachraum herüber.

»Davon hatte ich keine Ahnung«, sagte Nele in die Stille hinein.

Fleischmann stand auf, holte zwei Becher und goss Kaffee für die beiden Frauen ein. »Erzählt mir etwas über diese Sache mit der Anzeige.«

Sie setzte sich still an den Tisch. Das Reden überließ sie Mia.

»Es geht um einen gewissen Claus Michalski. Wir sind im Rahmen der Ermittlungen um den Tod von Julia Siems auf ihn gestoßen. Er hat eine exklusive Notarkanzlei mit Hafenblick in der Neustadt. Müller Zwei konnte sich nicht mehr erinnern, worum es ging, weil er die Sache nicht aufgenommen hat. Wir denken erst mal in Richtung Stalking, Nötigung, vielleicht auch Körperverletzung oder ein Sexualdelikt. Klingelt da was?«

Fleischmann dachte nach.

»Der Mörder hat auf unterschiedlichen Wegen Kontakt zu Nele aufgenommen. Deshalb muss die Möglichkeit eines Zusammenhangs in Betracht gezogen werden«, erklärte Mia.

»Das wusste ich nicht.« Fleischmann fuhr sich mit der Hand durchs schüttere Haar.

Nele registrierte beunruhigt, dass auch Mia wie sie dachte.

»Ich kann das nicht beschwören«, sagte Fleischmann. »Aber da war etwas in der Richtung. An den Namen des Beschuldigten kann ich mich nicht erinnern. Die Frau hatte Würgemale am Hals. Das weiß ich noch. Sie ist morgens gekommen und hat mittags angerufen, um die Anzeige zurückzuziehen. Ich hab versucht, sie davon abzubringen. Aber da war nichts zu machen. Zweimal war ich bei ihr. Zwecklos. Sie war davon überzeugt, dass es keinen Sinn haben würde. Der Typ würde alle Richter kennen und die Staatsanwälte zum Golfspielen einladen. Vielleicht ist das euer Mann.«

Er schrieb etwas auf einen Zettel und gab ihn Nele. »Möglicherweise wohnt sie da immer noch. Sie müsste jetzt Mitte dreißig sein. Ihren Namen weiß ich nicht mehr. Tut mir leid.« Er lächelte sie gequält an. »Alzheimer.«

»Danke.« Nele stand auf und durchquerte schweigend den Wachraum, ohne sich um die betroffenen Blicke zu kümmern, mit denen die Kollegen sie betrachteten.

Draußen öffnete sie die Wagentür an der Beifahrerseite und stieg ein.

Mia fädelte sich in den Verkehr ein, bog an der Sechslingspforte nach links ab und fuhr auf die Alster zu. Rechts tauchte die Alsterschwimmhalle auf, die aufgrund ihres geschwungenen Daches, das an eine Konzerthalle erinnerte, den Spitznamen Schwimmoper trug.

Hier hatte Nele während der Ausbildung ihre Bahnen gezogen, um sich fit zu halten. Mit zwanzig war es überhaupt keine Problem für sie gewesen, nach fünf Stunden Schlaf noch vor Tagesanbruch zu trainieren. Sie wollte überall die Beste sein. Und dafür war sie bereit gewesen, alles zu geben.

»Ich wusste nicht, dass Fleischmann so denkt«, sagte sie. »Er hat mich immer wie ein kleines Mädchen behandelt.«

»Ist das PK 11 deine erste Dienststelle?«

»Ja.«

»Vielleicht musst du langsam mal wechseln. Du wirst da immer das Küken sein. Auch mit Cellulite-Beinen und grauen Haaren.«

»Ich habe ihm wirklich nie Vorwürfe gemacht. Auf die Idee wäre ich nie gekommen. Weil es letztlich ganz allein meine eigene Schuld war.«

Mia sah sie an. »Es ist nicht deine Schuld. Es ist die des Täters. Du wolltest nur helfen.« Sie hielt den Wagen vor dem Haus an, dessen Adresse Fleischmann ihnen gegeben hatte. »Bist du sicher, dass du einsatzfähig bist?«

»Ja.«

»Du musst weder mir noch irgendeinem anderen etwas beweisen.«

»Ich will nichts beweisen. Ich will, dass das alles zu Ende geht.«

»Nichts für ungut, Nele. Ich arbeite wirklich gerne mit dir zusammen. Aber ich könnte das hier auch mit dem dicken Müller und seinen Leberwurstbroten erledigen.«

»Wäre dir das lieber?«

»Weiß Gott, nein.«

Sie lächelte Mia an. »Dann lass uns loslegen.«

»In Ordnung.«

Auf dem Klingelfeld standen acht Namen. Beim dritten Versuch wurde ihnen geöffnet. Die Frau war im richtigen Alter, jedoch gerade erst in das Haus eingezogen. Sie empfahl ihnen, es im Stockwerk drüber zu probieren. Dort trafen sie auf einen Mann in den Siebzigern, der sich über den Besuch der beiden jungen Damen freute, sie mit Kaffee und Gebäck versorgte und ihnen bereitwillig über die Bewohner Auskunft erteilte. Er gab ihnen fünf Namen. Vier der in Frage kommenden Frauen wohnten nicht mehr in dem Haus. Nele notierte alles.

Als der Mann Cognac reichte und anfing, anzügliche Bemerkungen zu machen, bedankten sie sich und machten sich auf den Weg. Auf halber Strecke nach Bahrenfeld klingelte Mias Handy. Nach einem kurzen Gespräch, bei dem Mia nur mit »Hab ich« und »Ja« geantwortet hatte, setzte sie zu einem U-Turn an. Ein entgegenkommender Getränkelaster musste in die Eisen gehen und hupte wütend.

»Was ist los?«, fragte Nele.

»Wir fahren zu der Busfahrerin, die die Tour zur Feldstraße hatte. Vielleicht ist ihr unser Geräuschesammler ja aufgefallen. Sie ist schon seit zwei Tagen nicht mehr zum Dienst erschienen.«

»Krank?«

»Wahrscheinlich.«

»Ist das mit Jan abgesprochen, dass du mich mitnimmst?«

»Das geht schon klar.«

Mia lenkte den Wagen auf der Willy-Brandt-Straße, die bei Alteingesessenen immer noch Ost-West-Straße hieß, Richtung Hamm. Nele fühlte sich wohl in ihrer Gegenwart.

Sie hielten vor einem viergeschossigen Backsteinbau ohne Balkone. Die Haustür war nicht verschlossen. Ein an der Innenseite angebrachtes Schild mahnte, beim Hinausgehen abzuschließen. Ein weiterer Hinweis untersagte das Abstellen von Fahrrädern und Kinderwagen. Das graue Linoleum wirkte, als ob es gleich nach dem großen Brand von 1842 verlegt worden sei. Es roch nach Putzmitteln und Kohlroulade.

Weil sich im zweiten Stock bei Steffens niemand meldete, versuchten sie es bei der Wohnung gegenüber. Es dauerte eine Weile, aber dann hörten sie etwas. Sie warteten, bis die Tür einen Spalt weit geöffnet wurde, und erklärten, dass sie von der Polizei seien und mit Frau Steffens sprechen wollten, die aber nicht geöffnet hätte. Sie baten die Nachbarin, die Türkette zu lösen, damit sie sich besser unterhalten könnten. Die Frau ließ sich die Ausweise zeigen.

Die Tür wurde geschlossen, Nele hörte, wie die Bewohnerin sich mit dem Lösen der Kette abmühte. Als es schließlich geschafft war, stand eine zierliche Frau mit krummem Rücken und spindeldürren Armen vor ihr, die sich mit ihren knorrigen Händen an einem Rollator festhielt. Das Gerät hatte ein Körbchen, in dem eine Brille, eine Schachtel Zigaretten und ein Feuerzeug lagen.

»Frau Steffens ist die beiden letzten Tage nicht zum Dienst erschienen, und jetzt öffnet sie nicht. Haben Sie etwas von ihr gehört?«

»Wie bitte?«

Nele wiederholte, was sie gesagt hatte. Dieses Mal offenbar laut genug.

»Die Arme, bestimmt ist sie krank! Diese Arbeit ist doch auch nichts für eine Frau. Dauernd Nachtschichten, dann wieder früh, dann spät.«

Die alte Dame schlurfte mit kleinen Schritten zur gegenüberliegenden Wohnung. Ihre Füße steckten in dicken, gefütterten Puschen. »Aber sie beklagt sich nie. Und sie macht mir immer den Einkauf. Ich wüsste gar nicht, was ich ohne sie tun würde.«

Nele drückte die Klingel. Als niemand öffnete, wurde ihr Magen zu Stein.

»Normalerweise hätte sie sich längst schon gemeldet. Spätestens nach zwei Tagen meldet sie sich immer bei mir. Damit ich nicht tot umfalle und vermodere.« Die alte Frau lächelte die beiden Polizistinnen unsicher an. »Gehen Sie doch mal rüber. Gleich hinter der Tür ist ein Schlüsselbrett. Da hängt so ein Schlüssel mit einem gelben Plastikschild dran.«

Nele zögerte nicht lang. Als sie den Schlüssel ins Schloss steckte, zitterte ihre Hand. Sie drehte ihn zweimal und öffnete die Tür. Drinnen riefen sie und Mia nach Frau Steffens, die jedoch nicht antwortete. Sie schauten nacheinander in die Küche, ins Wohnzimmer und ins Schlafzimmer. Alle drei Räume waren leer. Als Nele die Badezimmertür öffnete, musste sie sich übergeben.

32.

Ihr Körper wirkte weich und sehr weiblich. Gabi Steffens war größer als Nele und wog sicher zehn Kilo mehr. Ein schöner Frauenkörper, der ihr vielleicht manchmal Sorge bereitet hatte, weil er nicht aussah, wie das Mode-Ideal es verlangte. Gabi Steffens hatte volle Brüste, eine kleine Bauchfalte und oberhalb der Handgelenke Reste von Babyspeck. Ihre helle Haut war straff. An der Wade trug sie ein Tattoo. Sie hatte eine Blinddarmnarbe und rot lackierte Fußnägel. Ein Muttermal oberhalb ihres rechten Schlüsselbeines und eine kleine Narbe am Hals.

Das alles konnte Nele sehen. Aber sie konnte nicht sagen, welche Augenfarbe Gabi Steffens hatte. Ob sie ein rundes oder ovales Gesicht hatte, wie voll ihre Lippen einmal gewesen waren und ob sie eine Stupsnase hatte.

Nele schloss ihre Augen und sah trotzdem das, was einmal das Gesicht von Gabi Steffens gewesen war. Sie würde diesen Anblick niemals mehr vergessen. Er hatte sich in ihre Netzhaut eingebrannt. Konnte so ein Bild eine Narbe hinterlassen? Vielleicht nicht in ihrem Auge. Sicher aber in ihrem Kopf.

»Alles in Ordnung?«, fragte Mia.

Der runde Kiefernholztisch mit den vier Stühlen machte die kleine Küche eng. Mia schob ihr das Glas Wasser herüber, das sie ihr geholt hatte. Ihre Hand ruhte auf Neles Bein.

Nele fühlte die Wärme durch den Jeansstoff. Sie nahm das Glas und trank. Mit dem Wasser spülte sie den sauren Geschmack in ihrem Mund hinunter. »Wo ist die Nachbarin?«

»In ihrer Wohnung.«

»Wie geht es ihr?«

»Ich würde gerne mal nach ihr schauen.«

Nele nickte.

»Kommst du klar?«

»Ja.«

»Ich habe Jan angerufen«, sagte Mia, »er wird gleich mit dem

Team hier eintrudeln. Machst du ihm auf, wenn er klingelt? Ich werde die Tür hinter mir schließen. Tatortsicherung.«

Sie nickte. »Die Klingel ist die gleiche wie in der Musik.«

Mia, die aufgestanden und zur Tür gegangen war, blieb stehen. »Das habe ich nicht gewusst.«

»Ich habe sie in Sobotkas Studio gehört.«

»Aber sie hat ihm wohl nicht aufgemacht, als er geklingelt hat.«

»Nein. Sie stand unter der Dusche.«

»Oder er hat das alles so arrangiert, nachdem sie ihn reingelassen hat.«

»Er hat nur geklingelt, weil er das für seine Musik brauchte«, sagte Nele mit Widerwillen, »sie musste ihm nicht öffnen. Er kommt rein, ohne ein Geräusch zu machen.«

»Das wissen wir nicht«, entgegnete Mia in sachlichem Ton.

»So war es auch bei Julia Siems«, spann Nele ihren Gedanken weiter, »weder sie noch Tom haben ihn gehört, als er in die Wohnung kam. Wie macht er das?«

»Keine Ahnung. Die KTU muss sich das Türschloss angucken.«

»Den Kerzenständer hat er vom Regal genommen. Gegenüber vom Waschbecken. Da sieht man noch die Umrisse im Staub.«

»Das hast du gesehen?«, fragte Mia erstaunt.

»Wie bei Julia Siems. Da war es das Spaghettiglas vom Schrank. Er bringt keine Waffe mit. Vielleicht hatte er gar nicht vor, sie zu töten.«

»Aber er hat es getan.«

Nele sah ihre Kollegin an. »Warum hat er nicht aufgehört?«

»Ich weiß es nicht.«

»Er hat ihr Gesicht zerstört«, sagte sie leise.

»Ja.«

»Hast du so etwas schon einmal gesehen?«

»Nein.«

Als Mia ging, wurde Nele bewusst, dass sie jetzt mit Gabi Steffens alleine war. Sie spürte deren Anwesenheit und fragte sich, wie lange Mia noch bei der Nachbarin bleiben würde. Ein Geräusch ließ sie zusammenzucken. »Mia?«

Keine Antwort. War da etwa jemand? Das war unmöglich, denn beim Reinkommen hatten sie in alle Zimmer geschaut. Doch wonach hatten sie geguckt? Nach Gabi Steffens, die am Herd stand, vor dem Fernseher saß oder im Bett lag. Die Kaffee trank, aufräumte, telefonierte, in einer Zeitschrift blätterte. Aber Gabi Steffens hatte nichts von all dem getan. Stattdessen lag sie in der Duschkabine. Der Vorhang stand offen, ihr rechtes Bein und der rechte Arm ragten aus der Dusche, ihr Oberkörper lehnte gekrümmt an der Wand. Blut hatte die Fliesen und den Duschboden verfärbt. Es war nicht mehr flüssig und hatte eine dunkle Kruste auf der Emaille-Beschichtung gebildet.

Nele saß mit dem Rücken zur offenen Flurtür, den Blick durchs auf Kipp gestellte Küchenfenster. Sie zwang sich, aufzustehen. Ihre Beine gehorchten widerwillig. Sie dachte daran, dass ihr Erbrochenes immer noch im Waschbecken schwamm. Sie hatte es säubern wollen, aber Mia hatte sie gestoppt. Wegen der Spuren, die der Täter hinterlassen haben könnte.

Sie versuchte zu rekonstruieren, wie lange sie im Badezimmer gestanden hatten. Mia hatte die alte Frau von gegenüber in ihre Wohnung begleitet. Wie viel Zeit war vergangen, bis Mia zurückgekehrt war und sie in die Küche gegangen waren?

Ihr wurde klar, dass sie die Geschehnisse in der Wohnung wie durch einen Tunnel wahrgenommen hatte. Manches hatte eine überdeutliche Schärfe. So wie der silberne Ring an Gabi Steffens' Finger oder ihre rasierte Scham. Vor allem aber die unförmige Maske, in die er ihr Gesicht verwandelt hatte.

Plötzlich hatte sie das Gefühl, dass er noch hier war. Ihre Hand suchte automatisch nach dem Holster. Doch sie griff ins Leere. Sie war freigestellt. Sie trug weder Uniform noch Waffe. Sie hatte noch nicht einmal ihre Funke dabei.

Da waren Schritte. Ein gedämpftes Geräusch, das von oben kommen musste. Wo blieb Mia? Warum war es so still? Müsste sie nicht Mias Stimme hören? Die unterhielt sich doch sicher mit der alten Frau, die schwerhörig war.

Als sie aus der hellen Küche trat, kam ihr der Flur noch dunkler vor, als er sowieso schon war. Doch Nele wagte nicht, das Licht einzuschalten. Sie blickte nach links zur Haustür. Mia hatte angekündigt, dass sie die schließen würde. Warum stand sie jetzt offen?

Nele hörte die Luft durch ihre Nase ein- und ausströmen und versuchte, leiser zu atmen, doch es gelang ihr nicht. Dabei wurde ihr bewusst, dass ihr Atem viel zu schnell ging.

Sie tat einen vorsichtigen Schritt. Etwas fiel krachend auf den Laminatboden. Das Telefon. Sie war auf das Kabel getreten. Jetzt war es auch egal. Beherzt stieß sie die Wohnzimmertür auf und betrat den Raum. Ein leeres Sofa, auf dem stoffbezogenen Sessel ein zerknautschtes Kissen, ein leeres Weinglas auf der Glasplatte des quadratischen Beistelltisches, die orange-roten Vorhänge zugezogen. Alles genau wie beim ersten Mal. Doch die Anspannung wich nicht. Nele schaute hinter die Tür. Dann ging sie zurück in den Flur, holte tief Luft und steuerte das Schlafzimmer an. Die Tür war angelehnt. Sie streckte die Hand aus, um sie aufzudrücken. Ihre Finger berührten das Holz. Doch dann hielt sie inne.

Hatten sie die Tür offen gelassen? Beim Reinkommen war sie geschlossen gewesen. Was sollte sie tun, wenn er dort drinnen war? Sie hatte nichts, womit sie sich verteidigen könnte. Es war schon verrückt genug gewesen, ins Wohnzimmer zu gehen. Sie zog die Hand zurück und entfernte sich Schritt für Schritt von der Tür, ohne sie einen Moment aus den Augen zu lassen. Sich rückwärts weitertastend, erreichte Nele die Haustür und zog sie langsam auf.

Eine Hand legte sich ihr sachte auf die Schulter. Nele musste sich beherrschen, nicht aufzuschreien. Sie wandte sich zu Mia um, die gerade aus der Nachbarwohnung gekommen war, legte den Finger auf die Lippen und zeigte mit der anderen Hand auf die Schlafzimmertür. Mia nickte, öffnete ihre Jacke und zog ihre Walther P99 aus dem Schulterholster. Dann drückte sie sich an Nele vorbei in die Wohnung und ging mit langsamen Schritten auf die angelehnte Schlafzimmertür zu. Nele folgte ihr. Mia blieb stehen, wandte sich ihr zu und bedeutete ihr, in die Küche zu gehen. Sie schüttelte den Kopf. Mia warf ihr einen genervten Blick zu. Doch sie ließ sich nicht beirren und schloss zu ihr auf. Mia zuckte resignierend mit den Schultern, trat an die Tür heran und verharrte dort.

Als Nele an ihre Seite kam, wurde sie von Mia zurückgeschoben. Im nächsten Moment gab Mia der Tür einen kräftigen Stoß und stürmte, ihre Waffe mit beiden Händen und gestreckten Armen haltend, den Raum. Nele zögerte keinen Moment, ihr zu folgen. Sie standen Rücken an Rücken, stürmten dann zum Bett, zogen die Decke zurück, rissen die Schranktüren auf, schauten auch unters Bett. Das Ganze dauerte nur wenige Sekunden.

»Was war denn das?« Mia steckte ihre Waffe wieder zurück ins Holster. Ihre Hände zitterten. »Ich kann auf solche Adrenalinaktionen gut verzichten. Davon krieg ich Falten!«

»Ich hatte …«

»Sag jetzt bloß nicht, du hattest da so ein Gefühl.«

Nele schwieg.

»Das ist echt nicht witzig.«

»Tut mir leid.«

Mia atmete durch. »Ist schon gut. Du konntest es ja nicht wissen.«

Neles Herzschlag beruhigte sich langsam wieder.

»Was ist mit dem Wohnzimmer?«, fragte Mia.

»Da war ich schon.«

»Alleine?«

»Ja.«

»Mensch, Nele.«

»Ich weiß.«

»Hat Jan sich gar nicht gemeldet?«

»Noch nicht.«

»Die brauchen aber auch.«

Nele ging zum Badezimmer.

»Willst du dir das echt noch mal reintun?«

Sie überhörte die Frage und öffnete die Tür. Als sie den kleinen MP3-Player sah, war sie seltsamerweise überhaupt nicht überrascht. Er lag in Gabi Steffens' linker Hand. Es war die, die aus dem Duschbecken herausragte. Die Hand hielt ihn, als wollte die Frau Nele den MP3-Player herüberreichen. Es gab keinen Zweifel. Das Abspielgerät war vorhin noch nicht da gewesen.

33.

Nele war froh, sich an der Zigarette festhalten zu können, die Müller Eins ihr gegeben hatte. Als ob Rauchen irgendetwas nützen würde. Aber es wirkte. Sie sah zu, wie sich die grauen Schwaden durch die feuchtkalte Luft vor dem Haus schoben, dabei ihre Form veränderten, immer dünner wurden und sich auflösten. In ihrem Hirn breitete sich die beruhigende Wirkung des Nikotins aus. Vielleicht war es auch nur der vertraute Anblick der Glut, die beim Ziehen rot aufglomm.

Sie fragte sich, ob er immer noch in der Nähe war. Er wäre bescheuert, wenn es so wäre. Trotzdem ließ der Gedanke sie nicht los, dass er hinter ihr stand und sie beobachtete. Sie drehte sich um. Natürlich war da niemand. Das Gefühl aber blieb. Es ließ sich nicht abschütteln.

Nach dem Fund waren nur wenige Minuten bis zum Eintreffen des Teams verstrichen. Da hatte Mia schon Verstärkung angefordert. Binnen kurzer Zeit war die Luft von Sirenenheulen und Blaulicht erfüllt gewesen. Uniformierte Polizei durchstreifte die Gegend in kleinen Gruppen. Oben in der Wohnung traten sich die Leute von der Spusi gegenseitig auf die Füße. So gesehen hätte sie da sowieso nur gestört. Niehus hatte sie rausgeworfen.

Sie schaute den Kollegen nach, die die Straße hinuntergingen und sich leise miteinander unterhielten. Die Spannung, die zwischen den beiden herrschte, konnte sie über die Entfernung spüren. Es war die gleiche, die auch ihr Herz ein bisschen schneller schlagen und ihre Hände leicht feucht werden ließ. Eine Spannung, die überwach und empfindlich für jedes Geräusch und jede Bewegung in der Umgebung machte.

Eine Frau, die mit ihrem Hund spazieren ging, blieb beim Anblick der fünf Peterwagen vor dem Haus neugierig stehen. Sie kam auf Nele zu. »Was ist denn hier los?«

»Weiß ich nicht«, behauptete Nele und blickte ostentativ dem Zigarettenrauch hinterher.

»Irgendwas muss passiert sein. In dem Haus da.«

Sie hoffte, dass die Frau weitergehen würde.

»Wohnen Sie in dem Haus?«

»Nein.«

»Kennen Sie da jemanden?«

Nele schüttelte den Kopf und sog an ihrer Zigarette.

Der Hund, ein kleiner, struppiger Kläffer, schnupperte an ihrem Hosenbein und fing zu bellen an.

»Aus, Caesar!«

Jan Niehus kam aus dem Haus. Er trug einen weißen Overall und blaue Überzieher über den Schuhen. »Kommst du noch mal mit hoch?«, rief er ihr zu.

Die Frau sah Nele empört an, als sie zu Niehus ging.

Ein Van hielt zwischen zwei kahlen Bäumen. Die Tür wurde aufgeschoben und ein Kamerateam stieg aus. Niehus telefonierte. Kurz darauf traten zwei Uniformierte aus dem Haus und postierten sich vor der Tür.

»Niemanden reinlassen und keine Kommentare zur Presse.« Er schaute zu den Reportern, die sich auf die Anwohnerin stürzten. »Und auch nicht zu älteren Damen mit Hund.«

Nele folgte Niehus ins Haus. Im Treppenhaus roch es immer noch nach Eintopf.

»Die Totenstarre hat sich gelöst. Gabi Steffens wurde also vor mindestens 24 Stunden ermordet. Wahrscheinlich schon früher. Bist du sicher, dass sie den MP3-Player nicht in der Hand hielt, als ihr das Bad betreten habt?«

»Ja.«

»Wahrnehmung und Erinnerung können in solchen Momenten gestört sein.«

»Ich bin mir sicher.«

»Das Erbrochene stammt von dir?«

»Ja.«

Die beiden erreichten die Wohnung. Niehus blieb im Treppenhaus stehen. Aus der Wohnung waren Stimmen und Schritte zu hören. »Hast du die Musik schon gehört?«

»Nein.«

»Fühlst du dich dazu in der Lage?«

Sie nickte. Sofort sah sie Gabi Steffens' zermatschtes Gesicht wieder vor sich und spürte einen Würgereflex.

»Sascha!«, rief Niehus.

Sascha Gerricke erschien. Auch er trug den weißen Overall der Spurensicherung. Als er sie sah, lächelte er Nele an.

»Haben wir noch eins von diesen hübschen Ganzkörperkondomen für die Kollegin?«, fragte Niehus ihn.

»Hol ich.« Sascha Gerricke verschwand kurz in der Wohnung und reichte ihr einen Overall und Überschuhe.

Die Schutzkleidung knisterte trocken, als Nele sie anlegte und Niehus damit in die Wohnung folgte. Vom Flur aus sah sie den Polizeifotografen mit der künstlerischen Brille. Er stand mit dem Rücken zu ihr und forderte sein totes Gegenüber in verbittertem Tonfall zum Lächeln auf. Niemand lachte. Nele war dankbar, dass er ihr die Sicht auf Gabi Steffens versperrte. Sie konnte lediglich den aus der Dusche ragenden Fuß sehen.

»Lasst uns mal einen Moment allein«, sagte Niehus, als sie in die Küche kamen.

Drei Gestalten in Overalls, die akribisch transparente Klebestreifen auf Tisch, Stühle, Tür und Schrank klebten, beschrifteten und wieder abzogen, unterbrachen ihre Tätigkeit und verließen den Raum. Nele hatte die Männer vermutlich bereits in Julias Siems' Wohnung getroffen, konnte sich aber an keines der Gesichter erinnern.

»Ich brauche den Computer«, rief Niehus den dreien hinterher. Einer von ihnen brachte ihm ein schwarzes Laptop, an dessen seitlicher Steckleiste ein In-Ear-Kopfhörer angeschlossen war. Niehus legte den Rechner auf dem Tisch ab, klappte ihn auf und klickte ein Icon an. »Setz dich.«

Sie setzte sich und pfropfte die Ohrenstöpsel in ihre Ohrmuscheln. Sie wusste bereits, was sie erwartete. Und doch war sie nicht vorbereitet. Die Musik traf sie mit der Wucht eines Hammers. Sobotka hätte vermutlich behauptet, dass auf dieses Stück wieder mehr Sorgfalt verwendet worden war. Er hätte vielleicht etwas über den drängenden Rhythmus gesagt, an den sich ihre Herzfrequenz ungewollt anpasste. An die sehr geschickte Verwendung der Schläge mit dem Kerzenständer, deren Klang gleichzeitig hart und weich schienen. Oder den Einsatz der Schreie, die wie die Katze klangen, die im vergangenen Jahr vor ihrer Wohnung angefahren worden war und die sie durch einen Schuss aus ihrer Dienstwaffe von ihrem Leiden erlöst hatte. Sie hatte unzählige Formulare wegen dieses unerlaubten Dienstwaffengebrauches ausfüllen müssen und eine Abmahnung kassiert. Sobotka hätte vielleicht auch etwas über die intensive Wirkung des Regengeräusches gesagt, von dem sie wusste, dass es die laufende Dusche war, unter der Gabi Steffens gestanden hatte und die sie jetzt zum Weinen brachte.

Niehus stellte die Musik aus. Die Stille war erdrückend. »Der Pathologe vermutet als Todesursache den Sturz. Gabi Steffens hat eine schwere Schädelfraktur am Hinterkopf. Auf dem Absatz der Duschwanne haben wir Knochensplitter gefunden. Er denkt, dass die Schläge ins Gesicht möglicherweise post mortem ausgeführt wurden. Da will er sich aber erst nach der Autopsie festlegen.«

»Ich hoffe für sie, dass es so war.« Sie sah ihn an. »Warum konnte er nicht aufhören?«

»Das Gesicht steht für die Persönlichkeit des Opfers. So sehen das jedenfalls die Psychologen.«

»Er wollte ihre Persönlichkeit zerstören? Ich verstehe das nicht. Er hat sie getötet. Reicht das nicht?«

»Vielleicht konnte er ihren Blick nicht ertragen«, vermutete Niehus.

»Ihren Blick? Sie war doch schon tot.«

»Möglicherweise.«

In dem Film, der in ihrem Kopf lief, sah sie, wie der Kerzenständer immer wieder auf Gabi Steffens' Gesicht traf.

»War die Tür abgeschlossen, als ihr reingegangen seid?«, wollte Niehus wissen.

Sie massierte ihre Stirn, um den Kopfschmerz loszuwerden. »Nein, nur zugezogen. Deshalb haben wir wohl beide gedacht, dass sie in der Wohnung sein müsste.«

»Er ist ein ziemlich hohes Risiko eingegangen, als er hier wieder reingekommen ist.«

»Er wusste, dass ich ihn nicht sehen würde.«

»Das konnte er nicht wissen.«

»Vielleicht doch.«

»Ich sehe das so«, legte Niehus dar, »er hat das Ganze vorbereitet. Er wollte, dass wir Gabi Steffens finden. Deshalb hat er dir die Datei mit der Busansage zugeschickt. Das war ein Hinweis. Von da an war es nur eine Frage der Zeit, dass wir sie finden.«

»Meinst du, er hat auf der Lauer gelegen, um den richtigen Zeitpunkt abzupassen?«

»Ja.«

»Wie ein geduldiger Jäger. Er jagt nach Augenblicken.«

»Wie auch immer«, murmelte Niehus. »Alles scheint sich um dich zu drehen. Warum? Woher kennt er dich? Welche Verbindung besteht zwischen euch?«

»Ich weiß es nicht.«

»Streng deinen Kopf an. Das ist wichtig.«

»Was glaubst du, was ich seit zwei Tagen mache? Ich kann an nichts anderes mehr denken! Verdammt!«

Plötzlich herrschte Stille. Sämtliche Aktivitäten kamen zum Erliegen. Die ganze Overallclique starrte sie an. Sie war selbst von der Heftigkeit ihrer Reaktion überrascht. Niehus schien dagegen vollkommen unbeeindruckt.

»Mia geht der Sache mit der fallengelassenen Anzeige gegen Michalski nach. Du begleitest sie bitte. Ich kann hier ansonsten niemanden entbehren im Moment. Kannst du das?«

»Ja.«

»Sicher?«

»Ja, doch.«

34.

Mia löste die Zentralverriegelung ihres weißen Opel Corsa. Die Blinker leuchteten kurz auf. Nele stieg zu ihr ins Auto. Ihre Hand zitterte, als sie den Sicherheitsgurt anlegte.

»Du darfst dir das nicht so zu Herzen nehmen mit Jan«, sagte Mia vorsichtig.

»Was glaubt der denn? Dass ich Strickmuster im Kopf durchgehe bei der Arbeit?«

»Nein, das denkt niemand.« Mia startete den Motor.

Ein leichter Regen setzte ein. Alle paar Sekunden quietschten die Scheibenwischer auf dem Glas. Während der Wagen sich durch den zähflüssigen Verkehr schob, hingen die beiden Frauen ihren Gedanken nach.

»Ich weiß nicht, ob ich jemals wieder unter eine Dusche steigen kann, ohne an dieses Gesicht zu denken«, sagte Nele.

»Das wird sich mit der Zeit geben.«

»Und der Kerzenständer kommt weg. So viel ist schon mal klar.«

»Besser ist das.«

Sie blickte zu Mia hinüber. »Niehus glaubt, dass der Täter das Haus beobachtet hat und genau den Moment abgepasst hat, in dem ich allein in der Wohnung war.«

»Klingt sehr unwahrscheinlich.«

»Dann war es Zufall?«, fragte Nele skeptisch.

»Fest steht, dass er unbedingt diese bescheuerte Musik bei der Leiche unterbringen wollte. Vielleicht war es einfach schlechtes Timing.«

»Dann ist er nicht in die Wohnung gekommen, weil ich dort allein war, sondern eher obwohl ich da war?« Der Gedanke war Nele nicht unlieb.

»Könnte doch sein. Der Täter fährt nach Hause oder in sein Studio. Nachdem er die Musik produziert hat, kehrt er zurück in Gabi Steffens' Wohnung und muss feststellen, dass wir schon da sind. Dann passt er genau den Moment ab, in dem du allein bist. Denn da ist sein Risiko am geringsten. Er weiß, dass er nicht viel Zeit hat, bis die ganze Mannschaft aufrockt«, rekonstruierte Mia.

»Warum führt er uns überhaupt dahin? Das macht das Ganze doch erst so risikoreich.«

»Weil er ein Angeber ist.«

»Er genießt den Nervenkitzel.«

»Da kannst du von ausgehen.« Mia bremste ab, um einem Gelenkbus die Vorfahrt zu geben.

»Mir geht Michalski, dieser arrogante Notar, nicht aus dem Kopf«, erklärte Nele. »Er lässt sich offenbar von seinem Freund, dem Staatsanwalt oder wem auch immer, auf dem Laufenden halten, was die Ermittlungen angeht, und könnte gewusst haben, dass wir auf dem Weg zu Gabi Steffens sind.«

»Dann wäre kein Zufall mehr im Spiel«, überlegte Mia. »Hast du Jan von deinem Verdacht erzählt?«

»Nein.«

»Warum nicht?«

Nele zuckte mit den Schultern.

»Hast du kein Vertrauen zu ihm?«

»Würde Niehus nicht am liebsten wollen, dass wir Michalski außen vor halten?«

»Und wenn schon.«

Nele sah Mia an. Sie hatte gerade indirekt Michalski beschuldigt und Niehus verdächtigt, den Notar zu schützen. Ließ Mia das wirklich so kalt?

»Michalski ist nicht der einzige, der in Frage kommt«, hob Mia einige Ampelkreuzungen später an, »da sind auch noch der Chorleiter, der Pfleger aus dem AK Barmbek und der Nachbar, Dennis Meinl. Ich habe mich mit ihm unterhalten. Er hat oft auf den Jungen aufgepasst.«

»Tom. Aber was für ein Motiv sollte Meinl gehabt haben, Julia Siems niederzuschlagen?«

»Liebe, Eifersucht. Das Übliche. Um Geld kann es wohl kaum gegangen sein. Er macht immer schön den Babysitter in der Hoffnung, dass sie ihn irgendwann erhört.«

»Ihn erhört?«

»Ihn endlich ranlässt, wenn dir das lieber ist.«

Etwas in Mias Stimme ließ sie aufhorchen. »Du hast es wohl nicht so mit den Männern.«

»Jedenfalls nicht mit dem.«

»Tom schien ihn gemocht zu haben.«

»Tom ist ein Kind. Die sind wie kleine Hunde. Gib ihnen zu essen und etwas Zuwendung, und sie lieben dich.«

»Ist das dein Ernst?«

Mia seufzte. »Nein. Ich weiß auch nicht. Der Fall kekst.«

»Das tut er wirklich.«

Mia setzte den Blinker und wechselte die Spur. Sie waren auf dem Weg zu Britt Maas, die Frau, von der sie glaubten, dass sie vor Jahren Michalski angezeigt und dann die Anzeige zurückgezogen hatte.

»Hör mal«, sagte Mia, »ich muss dir was erzählen.«

Nele blickte überrascht zu ihr hinüber.

»Ich will nicht, dass dir irgendjemand mit blöden Anspielungen kommt.«

»Was für Anspielungen?«

»Darüber, dass ich lesbisch bin.«

Nele brauchte einen Moment, um sich zu sortieren. »Bist du?«

»Deine Bemerkung vorhin, dass ich es nicht so mit Männern habe. Vielleicht sind da schon die ersten dummen Bemerkungen gekommen. Ein Hobby von Müller Eins. Also dachte ich, ich klär dich lieber auf.«

»Es hat niemand etwas gesagt.«

»Tja. Jetzt habe ich es trotzdem erzählt. Ist das ein Problem für dich?«

»Nein.«

»Sicher?«

»Ich denke, dass das deine Privatangelegenheit ist.«

»Schön, dass du das so sehen kannst.« Mia verließ den Ring 2 und fuhr die Osterstraße hinauf.

»Wie ist es, mit einer Frau zusammen zu sein?«

»Wie ist es, mit einem Mann zusammen zu sein?«

»Weiß ich nicht. Kommt auf den Mann an.«

»Vielleicht ist es ähnlicher, als man denkt. Nicht gerade in jeder Hinsicht, aber in mancher.« Mia bog nach links in eine kleine Straße mit geklinkerten Genossenschaftsbauten ein, von denen in den letzten Jahren viele in Eigentum umgewandelt worden waren.

»Beeinflusst es deine Arbeit manchmal?«, fragte Nele.

»Wahrscheinlich nicht mehr oder weniger, als dich dein Heterodasein beeinflusst.«

»Werde ich davon beeinflusst?«

»Etwa nicht?«

»Wahrscheinlich schon.« Sie dachte an das Zusammentreffen mit Michalski. Die unmittelbare Anziehung, die er im ersten Moment auf sie ausgeübt hatte und später den Widerwillen. War er das in der Disco gewesen? Der Gedanke bereitete ihr Kopfschmerzen.

Mia parkte den Wagen vor einem Altbau, dessen Fassade in frischem Weiß strahlte. Vor dem Haus war ein schmales Beet angelegt, in dem die Krokusse blühten. Der Regen hatte ausgesetzt und der Himmel sich aufgehellt.

Sie klingelten bei Maas. Hinter der Tür erwartete sie ein großzügiger Eingangsbereich, dessen Boden mit einem Mosaikornament geschmückt war. Das Treppenhaus wirkte hell, und es roch nach einem Putzmittel mit Frühlingsnote.

Britt Maas wohnte im dritten Stock und empfing die beiden Polizistinnen an der offen stehenden Tür. Sie war Ende dreißig und hatte lange, blonde Haare. Nele tippte auf naturblond. Die hellblauen Augen waren dezent geschminkt. Das Kostüm wirkte für jemanden, der Besuch in der eigenen Wohnung empfing, förmlich. Britt Maas kündigte ihnen mit einer selbstsicher, aber freundlich klingenden Stimme an, wenig Zeit zu haben, da sie auf dem Weg zu einem Termin sei. Nele und Mia bedankten sich, dass sie sich trotzdem zu dem Treffen bereit erklärt hatte.

»Ich habe nicht ganz verstanden, wobei ich Ihnen helfen

kann.« Britt Maas bot den beiden Frauen einen Platz an dem langen Esstisch aus dunklem Holz an. »Möchten Sie etwas trinken?«

Die beiden lehnten ab.

»Ich habe die Anzeige gegen Herrn Michalski zurückgezogen. Das Ganze ist Jahre her. Wie konnten Sie überhaupt davon wissen?«

»Der Kollege, der die Anzeige aufgenommen hat, konnte sich an Sie erinnern.«

»Konnte er?« Die Selbstsicherheit in ihrer Stimme bröckelte.

»Als der Name Michalski fiel, haben Sie keinen Moment gezögert, sich mit uns zu treffen«, warf Nele ein, die im Wagen mit ihr telefoniert hatte.

Britt Maas stand auf und holte sich ein Glas aus der Vitrine, die, wenn sie kein Erbstück war, eine Menge Geld gekostet haben musste. Sie verschwand in der Küche und kam mit einer Wasserkaraffe wieder. »Ehrlich gesagt, bereue ich es schon wieder.«

»Was ist damals passiert?«, fragte Nele.

»Ich habe eine lange Zeit gebraucht, um nicht mehr ständig daran denken zu müssen.«

»Würden Sie es uns bitte trotzdem mitteilen?«, hakte Nele nach.

»Was werden Sie tun, nachdem ich es Ihnen erzählt habe?«

»Mit Ihrem Gespräch unterstützen Sie uns bei einer Ermittlung«, erklärte Mia. »Welche Folgen sich daraus ergeben, lässt sich zum gegenwärtigen Zeitpunkt nicht abschätzen.«

»Ermitteln Sie gegen Claus Michalski?«

»Dazu können wir Ihnen leider keine Auskunft geben«, antwortete Mia.

Britt Maas leerte ihr Glas, stellte es geräuschlos auf den farbigen Untersetzer und schob es ein Stück von sich weg. »Der Mann gehört in eine Anstalt, wenn Sie mich fragen.«

»Was bringt Sie zu dieser Annahme?«, fragte Mia sachlich.

»Ich weiß nicht, ob ich Ihnen wirklich erzählen möchte, was er getan hat.«

»Sie würden uns damit helfen«, ermutigte Nele sie.

»Da Sie mir offenbar nicht sagen werden, gegen wen und in welcher Sache Sie ermitteln, werde ich mir vorstellen, dass es um Claus geht und jemanden, dem etwas Ähnliches wie mir widerfahren ist.« Sie richtete sich auf und legte die Hände flach vor sich auf den Tisch. Während sie erzählte, schaute sie aus dem Fenster. Nach einigen Minuten schien sie vergessen zu haben, dass Nele und Mia ihr gegenübersaßen. Was sie von sich gab, klang wie abgelesen. Ein Bericht, der niedergeschrieben in ihrem Kopf existierte. Vielleicht hatte sie die Geschehnisse tatsächlich irgendwo schriftlich fixiert und rief den Text jetzt aus dem Gedächtnis ab.

Sie begann damit, wie sie Claus Michalski während ihres Jurastudiums kennengelernt hatte. Er war ein paar Semester über ihr und auch damals schon eine auffallende Erscheinung gewesen. Einer, der Britt Maas lebhaft daran erinnert hatte, dass es jenseits der Seminare und Hausarbeiten Dinge gab, die definitiv mehr Spaß machten. Der neugierig darauf machte, wie diese Dinge sich mit ihm anfühlen würden. Er wirkte unerreichbar, dabei aber keinesfalls abweisend oder arrogant. Auf den Fachbereichspartys legte er häufig auf. Er hatte ein gutes Gespür für Musik und verstand es, die Leute zum Tanzen zu bringen. Manche sagten, dass er davon mehr verstand als von der Juristerei.

Bei einer Party bekam sie Kontakt zu Michalskis Freundeskreis. Das Grüppchen zog an die Alster um. Der Morgen graute bereits, als Claus Michalski hinzukam. Er hatte die Reste aus der Bar mitgehen lassen. Ausschließlich Hochprozentiges. Als er sich zu ihr setzte, spürte Britt Maas die eifersüchtigen Blicke der beiden Frauen, die Claus Michalski schon etwas länger kannten als sie.

Die Sonne bot den Feiernden an jenem Morgen ein prächtiges Spektakel. Der Himmel schien zu glühen. Sein Licht tauchte das spiegelglatte Wasser der Außenalster in ein zartes Rosa. Britt Maas hatte danach nie wieder einen solchen Sonnenaufgang in Hamburg erlebt. Als Claus Michalski sie fragte, ob er sie nach Hause bringen solle, war sie versucht, abzulehnen, um die Verwandlung der roten Glut in ein blaues Meer bis zum Ende beobachten zu können. Aber dann dachte sie, dass sie es möglicherweise ihr Leben lang bereuen würde, nicht herausbekommen zu haben, was für ein Mensch sich hinter Claus Michalskis geheimnisvollem Lächeln verbarg. Nun, sie hatte es entdeckt. Sie hatte sich von ihm nach Hause bringen lassen und ihn sogar selbst nach oben gebeten.

Als er ihre Wohnung betrat, fand sie, dass er sich ein wenig zu heimisch bei ihr fühlte. Er inspizierte ganz selbstverständlich ein Zimmer nach dem anderen und bediente sich so ungezwungen an ihrem Kühlschrank, dass es ihre Abenteuerlust erheblich dämpfte. Dass sie sich trotzdem auf die Knutscherei einließ, resultierte vielleicht aus dem vagen Gefühl, nicht enttäuschen zu wollen. Weder ihn noch sich selbst. Ein wenig rechnete sie vielleicht auch damit, sich wieder in Stimmung bringen zu können. Das hatte bei früherer Gelegenheit schon funktioniert. Doch Claus Michalski erwies sich als ein schlechter Küsser. Seine Lippen fühlten sich spröde und seine Zunge unangenehm hart an.

Britt Maas hatte genug über Michalski erfahren. Mehr wollte sie nicht über ihn wissen. Doch Michalski war entschlossen, sie mit der Wahrheit und nichts als der Wahrheit zu konfrontieren. Als er ging, blieb sie auf dem Fußboden liegen. Allein der Gedanke daran, sich zu bewegen, tat weh. Sie verharrte auf dem grauen Linoleum und hoffte, sich aufzulösen, nicht mehr zu existieren. Aber sie existierte weiter. Die Spuren ihrer Existenz zeigten sich als Blutlache auf dem Boden, als Rotz und Wasser in ihrem Gesicht und Schmerzen in ihrem Körper. Sie schleppte sich in die Dusche. Wischte den Boden. Legte sich ins Bett. Stand wieder auf. Kochte Kaffee. Saß am Tisch. Legte sich wieder ins Bett. Duschte wieder.

Warum hatte sie die Anzeige zurückgezogen? Vielleicht wollte sie selber nicht glauben, was ihr passiert war. Es zur Anzeige zu bringen, hieß, es für immer als wahr anzuerkennen. Vor allem hielt die Scham sie zurück. Einmal fertig mit dem Studium, würde sie denjenigen, die ihren Fall bearbeitet hatten, als Kollegen wiederbegegnen. Und sie wollte ihre Laufbahn nicht als Opfer beginnen.

35.

Mia brachte Nele zurück. Während der Fahrt herrschte bedrücktes Schweigen. Britt Maas wollte auch jetzt keine Anzeige erstatten. Nele hatte ihr Mut zugesprochen. Es gab die Krankenakte, in der die Verletzungen dokumentiert waren, und jemand aus der Gruppe würde sich vermutlich an den Abend erinnern. Zudem konnte Fleischmann aussagen. Aber Britt Maas blieb bei ihrer Entscheidung.

Mia brachte den Wagen zum Stehen und ließ Nele aussteigen. Sie riet ihr, das Handy auszuschalten, sich mit jemandem zu treffen und sich zu entspannen. Nele versprach, den Ratschlag zu beherzigen, wartete, bis Mia weg war, und wählte Tobis Nummer. Als seine Mailbox ansprang, hinterließ sie jedoch keine Nachricht und legte enttäuscht wieder auf. Auch wenn sie wusste, dass es dafür keinen Grund gab, hatte sie erwartet, dass er rangehen würde. Als ob sie ein Recht auf seine Anwesenheit hätte. Sie sagte sich, dass das vollkommen überzogen war. Tobi hatte sein eigenes Leben und sie ihres. Und das war auch gut so.

Als sie ihre Tür aufschloss, dachte sie im ersten Moment, dass Matthias wieder zurück sei. Sie war auf das damit verbundene Gefühl nicht vorbereitet. So als ob sie nicht zurück in ihre Wohnung, sondern nach Hause käme. Die Spannung, die ihr den ganzen Tag über in den Knochen gesteckt hatte, fiel auf einen Schlag von ihr ab und machte einer überwältigenden Traurigkeit Platz. Eine Traurigkeit, die den Unterschied zwischen Alleinsein und Einsamkeit markierte.

Sie schloss die Tür, zog sich die Schuhe aus und erwartete unsinnigerweise, jeden Moment das vertraute Rascheln zu hören: Matthias, der mit seinem Kaffee und der Zeitung am Küchentisch saß, den Blick heben und sie begrüßen würde, wenn sie in die Küche käme. Wie oft hatte sie sich über dieses Rascheln beschwert, wenn er neben ihr im Bett gelesen hatte und sie deshalb nicht schlafen konnte. Oder wenn sie beim

Frühstück auf die Schlagzeilen des Tages statt auf sein Gesicht geschaut hatte. Jetzt sehnte sie sich nach diesem Rascheln.

Matthias ist nicht da, sagte sie sich. Niemand ist da. Keine aufgeschlagene Zeitung, kein Kaffee. Sie ging in die Küche, und dann sah sie es: Da stand ein Becher auf dem Tisch. Hatte Tobias ihn am Morgen dort stehen lassen? Nein. Er hatte beide Tassen gespült.

Ihre Hände zitterten, als sie die Finger auf das Porzellan legte. Der Becher war sogar noch warm. Sie hatte sich den Kaffeeduft, der ihr schon im Flur entgegengeweht war, nicht eingebildet.

Plötzlich sah sie Gabi Steffens vor sich. Ihren nackten Körper in der Dusche und ihr zerschmettertes Gesicht. Nele fühlte die Panik aufsteigen. Aber sie durfte jetzt nicht panisch werden. Sie musste zum Telefon, Mia anrufen. Doch es kam ihr vor, als hätte Leichenstarre in ihrem Körper eingesetzt. Enzyme, die sich in ihren Muskeln gebildet und sie fest und hart gemacht hatten. In ihrer Vorstellung brachen ihre Knochen beim Versuch, die Starre zu überwinden. Tatsächlich knackten ihre Gelenke, als sie leise zur Tür ging.

Vorsichtig schaute sie in den Flur. Niemand zu sehen. Sie ärgerte sich, weil die Station für das Telefon leer war. Wahrscheinlich hatte sie es im Wohnzimmer auf dem Couchtisch liegen gelassen. Aber in ihrer Jacke war noch das Handy. Vorsichtig nahm sie die Jacke vom Garderobenhaken, ging leise in die Küche zurück, schloss die Tür, ohne ein Geräusch zu machen, und stellte einen Küchenstuhl unter die Klinke. Mit zitternden Fingern wählte sie Mias Nummer. Als die Mailbox ansprang, legte sie auf und probierte es bei Niehus.

»Ja«, meldete er sich. Unmöglich, noch mehr Überdruss in ein so kurzes Wort zu legen.

»Ich glaube, hier ist jemand«, sagte sie leise.

»Nele? Wo bist du?« Jetzt war von Überdruss keine Spur mehr. Niehus war in Alarmbereitschaft.

»Zu Hause.«

»Bist du allein?«

»Ich weiß es nicht. Auf dem Tisch steht Kaffee. Er ist noch warm.«

»Wo genau bist du?«

»In der Küche. Ich habe einen Stuhl unter die Klinke gestellt.«

»Gut. Bleib, wo du bist. Ich schicke einen Streifenwagen.«

»Ich habe Angst.«

»Die brauchen nur ein paar Minuten. Bleib in der Leitung. Ich bin gleich wieder da.«

Als Niehus das Gespräch wegdrückte, kam die Panik zurück. Schweißnasse Hände, trockener Mund, Herzklopfen wie nach einem Hundertmetersprint. Ihr Blick blieb an dem Becher auf dem Tisch hängen. Es war unmöglich, wegzuschauen. Und dann der Kaffeegeruch. Sie musste diesen Geruch loswerden. Wenn der Geruch weg war, würde auch die Panik verschwinden.

Sie riss sich aus der Erstarrung und schaffte es bis zum Fenster. Doch sie kam nicht dazu, es zu öffnen. Denn vor dem Haus stand jemand. Der Mann trug eine Kappe, deren Schirm sein Gesicht verdeckte. Die Hände hatte er in seiner dunklen Jacke vergraben. Als er sein Gesicht hob, trat sie erschrocken vom Fenster zurück. Und dann war es, als ob ein Schalter in ihr umgelegt wurde. Sie riss den Stuhl unter der Klinke weg, rannte aus der Wohnung, spürte kaum die kalten Fliesen im Treppenhaus an ihren Füßen. Als sie eine Stufe verfehlte, kam sie ins Straucheln. Die Wand stürzte auf sie zu. Sie streckte die Arme aus und fand Halt am rauen Putz. Sie rannte weiter, nahm drei Stufen auf einmal. Draußen sogen ihre Strümpfe die Nässe des Bürgersteigs auf. Sie blickte hastig nach links und rechts. Ein Radfahrer kam auf sie zu, eine Katze huschte über die Straße. Zwei Kinder standen am Kanal und warfen Steine ins Wasser.

Der Mann war weg. Sie spurtete los. Ein stechender Schmerz, der von ihren Füßen her kam, blendete ihr Bewusstsein. Doch sie kam dem Radfahrer näher. »He!«, rief sie ihn an.

Der Mann, Mitte dreißig, blickte sich um und wurde langsamer.

»Ist Ihnen jemand entgegengekommen? Ein Mann mit einer schwarzen Cap und einem Emblem der New York Yankees?«

Der Mann blieb stehen. »Nein. Warum?« Er sah, dass sie keine Schuhe trug, und blickte sie neugierig an.

»Sind Sie sicher?«, drängte sie.

»Ja, ganz sicher.«

Als sie den Streifenwagen mit Blaulicht kommen sah, trat sie auf die Straße. Der Fahrer schaltete das Martinshorn an, doch sie wich nicht zur Seite, bis das Fahrzeug mit quietschenden Reifen vor ihr zum Stehen kam.

Die Beifahrertür wurde aufgestoßen, ein uniformierter Polizist sprang aus dem Auto und lief auf sie zu. »Sind Sie noch ganz dicht?«

»Ist euch ein Mann mit einem New-York-Yankees-Cap entgegengekommen? Dunkle Jacke, mittelgroß?«

»Was soll das?«, rief der Fahrer aus dem sich öffnenden Seitenfenster.

»Der Mann mit der New-York-Yankees-Cap – ist der euch entgegengekommen? Es ist wichtig!«

»Nein, da war kein Mann«, sagte der Polizist, der vor ihr stand.

Plötzlich fühlte sie sich unendlich erschöpft. Von weiter Ferne drang Handyklingeln zu ihr hindurch. Ihre Fingerspitzen fühlten sich taub und kalt an, als sie den Anruf annahm. »Jan?«

Statt der erwarteten Antwort erklang Musik. Das Stück war neu, doch die Machart unverkennbar. Ein extrem schneller Beat. Klänge, die übereinander herzufallen schienen. Stimmengewirr und verzerrtes Lachen. Dumpfe, langsamere Musik mit einem eigenen Rhythmus, die wie ein vorüberziehender Schatten auftauchte und wieder verschwand, den schnellen Grundbeat jedoch nicht aufhalten konnte. Eine Männerstimme, die sie zu erkennen glaubte und ein Bild in ihrem Kopf entstehen ließ: der Tresen in der Bar, dahinter der Barmann. Dann ein weiteres Bild, verschwommen, kaum erkennbar. Leute, die sie anstarrten. Eine Zigarette, die aufglomm. War das vor der Bar gewesen? Sie blickte starr auf das Display. Der Anrufer war anonym.

»Hallo?« Kaum hatte sie gesprochen, erstarb die Musik.

36.

Binnen zwanzig Minuten hatten die Männer und Frauen in den weißen Overalls Wohnzimmer, Schlafzimmer, Küche und Bad in einen Tatort verwandelt. Sie musste hier raus. Nele konnte der Spusi nicht bei der Arbeit zuschauen. Nicht in ihrer eigenen Wohnung. Sobald sie ihren Bericht darüber abgeliefert hatte, was passiert war, packte sie eine Tasche mit dem Nötigsten zusammen und machte sich auf den Weg.

Niehus hatte ihr aufgetragen, sich ein Hotelzimmer für die Nacht zu suchen. Doch die Vorstellung, auf einem fremden Bett zu sitzen und fernzusehen, behagte ihr ganz und gar nicht. Das würde sie nur zum Grübeln verleiten. Und sie wollte nicht über die Konsequenzen des Geschehenen nachdenken. Stattdessen versuchte sie, sich zu erinnern, wo sie die Kappe des Mannes schon einmal gesehen hatte. Denn dass sie die kannte, bezweifelte sie nicht. Es war nicht lange her, dass sie die gesehen hatte. Warum konnte sie sich nicht erinnern?

Sie bog nach links in die Krausestraße ein. Sie wollte ins Krankenhaus, um sich noch einmal die Filme der Überwachungskameras anzuschauen. Müller Zwei hatte den Sicherheitsdienst angerufen und ihr Kommen angekündigt. Seine Skepsis hinsichtlich ihrer Chancen, etwas zu entdecken, das ihm entgangen war, war unübersehbar gewesen. Darauf angesprochen, hatte er ihr ermutigend auf die Schulter geklopft. Ihr Blick sei zweifelsohne ein ganz anderer als seiner und deshalb werde sie vielleicht etwas bemerken, was für ihn unsichtbar sei.

Nach einer Stunde in dem fensterlosen Raum überwog auch bei ihr die Skepsis. Zunächst hatte sie nur die Bilder aus der Zeit von Mitternacht bis drei Uhr morgens gesichtet. Die Zeit, in der sie auf das erste Musikstück gestoßen waren.

Eigentlich wusste Nele nicht, wonach sie suchte. Denn von den Verdächtigen war niemand auf den Bändern. Das hatte Müller Zwei bereits überprüft. Er hatte eine Liste aller Personen erstellt, die in dem Zeitraum ein- und ausgegangen waren. Das war nur möglich gewesen, weil die Zahl der Menschen, die die Kamera passiert hatten, übersichtlich war. Es waren entweder Angestellte des Krankenhauses oder Patienten der Notaufnahme und ihre Begleiter. Müller Zwei hatte Ausdrucke machen lassen und sie ihr gegeben. Zu allen hatte er Namen, Telefonnummer, Adresse und Grund der Anwesenheit ermittelt. Darüber hinaus gab es eine Aufstellung aller in der Nacht anwesenden Angestellten des Krankenhauses.

Sie stand auf und verließ den engen Raum. Das Foyer durchquerend dachte sie, dass Krankenhäuser wie Hotels und nicht mehr wie Krankenhäuser aussahen, ein Polizeipräsidium aber immer noch wie ein Polizeipräsidium. Was wäre aus ihr geworden, wenn sie nicht zur Polizei gegangen wäre? Sie sah das verhärmte Gesicht ihrer Mutter vor sich. Ihre Mutter hatte sie sogar zum Klavierunterricht geschickt, damit endlich Schluss mit dem Fußballspielen war und sie zu einem normalen Mädchen wurde. Aber das hatte nicht funktioniert.

An dem Getränkeautomaten vor dem Ausgang zog sie sich einen Kaffee und ging damit vor die Tür. Es war bereits dunkel geworden. Eine Wolke schob sich vor den Mond und ließ ihn verschwinden. Nele nippte an dem heißen Plastikbecher und ließ die Besucher an sich vorüberziehen, die allein oder in Grüppchen aus dem Krankenhaus kamen. Die meisten schwiegen. Das Gebäude ließ sie verstummen. Selbst die Kinder, die vereinzelt dabei waren, wirkten wie ätherisiert von der Krankenhausluft. Ihr ging es nicht anders. Sie leerte den Becher und spürte den heißen Kaffee in ihrem Hals brennen.

Als sich die doppelflügelige Glastür aufschob, zuckte sie zusammen. Sie brauchte einen Moment, um zu reagieren. Nur so lange, wie es dauerte, dass der Mann ihr aus dem Foyer entgegen und an ihr vorüber ging. Er schien sie gar nicht zu bemerken, doch für sie geriet die Erde ins Wanken. »Herr Gerdes?«

Der Mann blieb stehen und blickte sich um. Er war zwei Köpfe größer als sie und von kräftiger Statur. Was sich unter seiner weißen Kleidung und der signalroten Jacke abzeichnete, waren eher keine Muskeln.

»Ja?« Fabio Gerdes hatte ein weiches Gesicht. Er trug eine randlose Brille und war etwa vierzig Jahre alt.

»Sie kennen mich wahrscheinlich nicht mehr.«

»Helfen Sie mir auf die Sprünge.«

»Haben Sie einen Moment Zeit?«

Fabio Gerdes griff in die Brusttasche seines weißen Arbeitshemdes und holte eine Schachtel Zigaretten daraus hervor. »Möchten Sie auch eine?«

»Nein, danke.«

Gerdes zündete sich seine Zigarette an und tat einen tiefen Zug. »Mein Kollege wartet am Wagen. Viel Zeit habe ich also nicht. Woher kennen Sie meinen Namen?«

Sie zeigte auf das Namensschild an seinem Hemd. »Haben Sie nicht doch eine Zigarette für mich?«

»Klar.« Er reichte ihr die Schachtel.

Sie bediente sich und ließ sich Feuer geben. »Danke.«

»Dafür nicht.«

Sie sog an der Zigarette und hoffte, dass ihr das helfen würde, den richtigen Anfang zu finden. Es war schwerer, als sie gedacht hatte. Die Zigarette zitterte in ihrer Hand. »Sie haben mich mal behandelt.«

»Tatsächlich?«

»Wahrscheinlich haben Sie mir das Leben gerettet.«

»In diesem Fall hätte ich Ihnen jetzt wohl besser nicht die Zigarette gegeben.« Gerdes lachte.

Sie fand, dass das Lachen ihn jungenhaft wirken ließ und sehr sympathisch.

»Möchten Sie mir erzählen, was passiert ist?«

»Wenn ich darf? Ich will Ihnen nicht die Pause verderben.«

»Zumindest der Anfang Ihrer Geschichte klingt so, als ob die Gefahr gering ist.« Gerdes lachte wieder.

Sie bemühte sich um ein Lächeln. »Ich bin Polizistin«, begann sie, »ich wurde bei einem Einsatz durch einen Messerstich verletzt.«

Gerdes hörte ihr mit ernster Miene zu.

»Es war eine Bauchverletzung. Ziemlich tief.«

Gerdes nickte. »Jetzt erinnere ich mich. Es ist mir unangenehm, dass ich Sie nicht sofort wiedererkannt habe. Wie geht es Ihnen?«

»Danke. Ich bin wieder fit.«

Gerdes lächelte.

»Ich habe lange Zeit nur sehr verschwommene Erinnerungen an die Nacht gehabt. Aber ich konnte mich plötzlich an Ihr Gesicht erinnern.«

»Sie hatten sehr viel Blut verloren. Ich bin froh, dass es Ihnen wieder gut geht.«

Sie blickte ihm direkt in die Augen. »Das habe ich Ihnen zu verdanken.«

Gerdes wich ihrem Blick aus. »Ich habe da nur eine Nebenrolle gespielt.«

»Sie haben meine Hand gehalten und mit mir gesprochen. Das war sehr wichtig für mich. Mehr wollte ich eigentlich nicht sagen. Danke.«

Gerdes schaute sie an und Nele hatte das Gefühl, dass er ihr etwas Wichtiges sagen wolle. Aber er brachte nur ein nichtssagendes Lächeln zustande, empfahl ihr, mit dem Rauchen aufzuhören, drückte seine Zigarette aus und ging hastig davon.

Sie sah ihm irritiert hinterher. Hatte sie etwas Falsches gesagt? Vielleicht hatte sie ihn nur verunsichert. Oder er hatte nur so getan, als ob er sich erinnerte. Sie wischte die Gedanken an den Sanitäter beseite und ging wieder an die Arbeit.

Zurück im Kabuff vor dem Bildschirm, beschloss Nele, den Überprüfungszeitraum auszuweiten. Es konnte gut sein, dass der Täter schon früher ins Krankenhaus gekommen war. Sie glaubte, dass das Drumherum für ihn genauso wichtig war wie die Tat selbst. Sie stellte sich vor, dass er sein ganzes Leben um diese Erlebnisse gruppierte. Hatte er einen Job? Familie? Hobbys? Sie lächelte bitter. Hobbys hatte er. Es gefiel ihm, Frauen nachzustellen und dabei selbst unsichtbar zu bleiben. Wie jämmerlich das war! Und er musste eine Art Tonstudio haben. So wie Sobotka. Da bastelte er stundenlang an den Musikstücken. Warum tat er das? Um sich in seinen Fantasien zu suhlen?

Sie selbst hatte keine Affinität zu Computern und allem, was damit zusammenhing. Ein paar von den Jungs auf der Wache hatten es damit. Helen hatte sich bei ihr darüber beschwert, dass Silvio das halbe Wochenende vor seiner Kiste verbrachte. Er aß vor dem Computer, putzte sich da die Zähne und würde dort auch schlafen, wenn Helen ihn lassen würde. Sex war das einzige, womit sie ihn vom Rechner wegbekam. Sie fragte sich, was aus den beiden werden würde, wenn der Lack ab war und sie es nicht mehr zweimal die Woche täten.

Sie merkte, wie ihre Konzentration nachließ, stand auf und reckte sich. Die Bilder zu sichten, war anstrengend. Die Filme aus den Nachtstunden hatte sie in Zeitraffer abgespielt und, wenn eine Person auf dem Monitor erschien, zurückgespult, um sich das Gesicht im Normallauf und wenn nötig als Standbild anzusehen. Für die Aufnahmen der frühen Abendstunden eignete sich dieses Vorgehen nicht, weil zu viele Menschen von der Kamera erfasst wurden. Selbst in der Normalgeschwindigkeit verschwanden die Leute so schnell aus dem Bild, dass Nele das Band immer wieder stoppen und zurückspulen musste, um niemanden zu übersehen.

Im Kopf rechnete sie sich hoch, wie lange es dauern würde. Es gab drei Kameras und sie hatte den Beobachtungszeitraum auf sechs Stunden erhöht. Das waren achtzehn Stunden Bildmaterial. Sie war schon seit drei Stunden im Krankenhaus und hatte noch nicht einmal ein Viertel des Materials gesichtet. Solange das Band lief, traute sie sich nicht, den Blick von dem Monitor abzuwenden, aus Angst, im entscheidenden Moment nicht hingesehen zu haben. Damit wäre die ganze Mühe umsonst gewesen.

Doch die Mühe war nicht umsonst. Weder musste sie das Band in Zeitlupe laufen lassen noch es anhalten, um das Gesicht zu erkennen. Sie hatte eine Vorstellung davon gehabt, wen sie dort sehen wollte und wen nicht. Das konnte man nicht gerade objektiv nennen. Aber sie glaubte auch nicht an Objektivität. Sie glaubte an die Pflicht, sich trotz ihrer Subjektivität einen offenen Blick zu bewahren. Und das war bei diesem Gesicht schwer.

Zunächst dachte sie noch an einen Zufall, der letztlich gar nicht so ungewöhnlich war. Es kam schließlich immer mal wieder vor, dass sie jemanden ins Krankenhaus begleiteten. Meist übernahmen das die Sanitäter allein. Doch bei manchen Kunden war eine Unterstützung nötig. Denn die Polizeiuniform strahlte immer noch etwas mehr Autorität als ein weißer Kittel aus. Insbesondere dann, wenn Alkohol im Spiel war.

Tobi und Grit hatten den Betrunkenen zwischen sich genommen. Die Sanitäter folgten ihnen lustlos. Ihre medizinische Kompetenz war nicht wirklich gefragt. Die hatte sich darin erschöpft, festzustellen, dass der Mann behandlungspflichtig war. Tobis und Grits Aufgabe war es, ihn der medizinischen Versorgung zuzuführen.

Das alles war noch nicht ungewöhnlich. Das ungute Gefühl setzte bei Nele erst ein, als das Band ihr zeigte, wie Grit eine halbe Stunde später das Krankenhaus alleine verließ. Wo war Tobi geblieben? Sie hatte den Zeitraum, bevor und nachdem Grit hinausgegangen war, mehrmals überprüft. Sie hatte auch die Bänder der anderen Kameras angeschaut. Schließlich hätte Tobi auch einen anderen Ausgang benutzen können, selbst wenn das unwahrscheinlich war. Weil sie Tobi auf keinem der Bänder entdecken konnte, rief sie Grit an. Doch die hatte ihr Handy ausgestellt.

Es konnte tausend Erklärungen dafür geben, warum Nele Tobi nicht auf den Bändern sah. Der Schlag war aus einer ganz anderen Richtung gekommen und hatte sie direkt in die Magengrube getroffen. Es war eine Erinnerung, die zurückgekehrt war. Die Erinnerung an die New-York-Yankees-Kappe. Plötzlich wusste sie wieder, wo sie die gesehen hatte. Sie hatte auf der Rückbank in Tobis Wagen gelegen.

37.

Er ist in dem Haus groß geworden. Es hat einen Vorgarten mit einem gerade einmal kniehohen Mäuerchen davor, das das Grundstück zum Gehweg hin abgrenzt. Um den kurz geschnittenen Rasen kümmert sich, wie auch um die Pflanzen hinterm Haus, ein Gärtner. Früher ist das Mähen des Rasens seine Aufgabe gewesen. Das ist auch nach seinem Auszug und bis lange nach dem Tod seines Vaters so geblieben. Der kümmerte sich ausschließlich um das Schneiden der Rosen, die sein ganzer Stolz waren. Nach seinem Tod sind sie dem Rosenrost zum Opfer gefallen, weshalb seine Mutter sich große Vorwürfe gemacht hat.

Die Mitarbeiterin des Pflegedienstes, von dem dreimal täglich eine bei ihr ist, begrüßt ihn freundlich, als sie ihm entgegenkommt. Er hat sie schon häufiger getroffen. Sie ist etwa fünfzig Jahre alt, klein und von lebhaftem Temperament. Er fragt sie, wie es seiner Mutter geht. Die Pflegerin berichtet ihm, dass seine Mutter sich trotz der frühen Stunde schon hat schlafen legen wollen. Insofern sei es gut, dass er jetzt gerade komme. So könne er sie vielleicht noch etwas wach halten. Denn es sei wichtig, dass sie ihren Tag-Nacht-Rhythmus beibehalte. Vielleicht könne er sie dazu bringen, etwas mit ihm in den Garten zu gehen. Er verspricht der Altenpflegerin, es zu versuchen, und schaut zu, wie sie in den kleinen, roten Wagen mit dem Schriftzug des Pflegedienstes einsteigt und davonfährt.

Weil er einen Schlüssel hat, braucht er nicht zu klingeln. Er betritt den sandfarben gefliesten Hausflur und kündigt sein Kommen mit einem »Hallo« an, auf das er keine Antwort bekommt. Wahrscheinlich schläft seine Mutter schon. Er denkt, dass er selbst auch ein sehr großes Bedürfnis nach Schlaf hat. Er hat seit zwei Tagen nicht mehr geschlafen. Ihm ist die Fähigkeit dazu abhandengekommen. Sobald er sich ins Bett legt, wird er so unruhig, dass es unmöglich ist, die Augen zu schließen.

Seltsam, dass der Schlaf ausgerechnet an ihrem Küchentisch zu ihm gekommen ist. Er ist durch die Wohnung gegangen und hat sich alles angesehen. Die DVDs neben ihrem Fernseher, die Bücher, die neben ihrem Bett auf dem Boden liegen, die Kleidung, die über dem Stuhl hängt und die Wäsche in ihrem Schlafzimmerschrank.

Dann hat er sich einen Kaffee gekocht. Auf der Ablage neben dem Herd hat ein Glas mit löslichem Kaffeepulver gestanden. Den Becher hat er sich aus dem Schrank über der Spüle genommen. Er wollte ihn hinterher wieder abwaschen. Aber während er darauf gewartet hat, dass der Kaffee sich abkühlt, sind seine Gedanken abgeschweift. Sie haben sich in den intensiven Bildern der letzten Tage verheddert, so dass Orte, Zeiten und Ereignisse miteinander verschmolzen. Ein Zusammenzucken hat ihn wieder in die Gegenwart zurückgebracht. Der Kaffee war immer noch zu heiß zum Trinken gewesen, doch er hat ihn stehen lassen. Dass er kurz eingeschlafen war und nicht wusste, was in dieser Zeit geschehen war, hatte ihn unruhig gemacht. Sonst wäre er vielleicht länger geblieben. Bei der nächsten Gelegenheit will er wieder in ihre Wohnung zurückkehren, denn er hat die große Vertrautheit, die er dort verspürt hat, sehr genossen.

Er folgt dem Flur ins Wohnzimmer, wo immer noch der Flügel steht. Ein großes, schwarzes Möbel mit einer unheilvollen Ausstrahlung. Wie ein schwerer Sarg, in dem Töne begraben liegen. Er öffnet den Deckel und zieht das blumenbestickte Stoffband zurück, das die Tasten vor Staub schützt. Er streicht mit der Hand über die aufgereihten schwarzen und weißen Tasten und drückt eine von ihnen hinunter, jedoch so leicht, dass der Filzhammer im Inneren des Instruments so sachte die Stahlsaiten berührt, dass er sie nicht zum Schwingen bringt. Und trotzdem ist da ein Ton. Einer, der jenseits des Hörbaren liegt. Einmal angeschlagen, bleibt er in der Stille des Raumes hängen. Der stumme Ton füllt den Raum. Er nimmt ihm die Luft zum Atmen und übt einen unerträglichen Druck auf sein Trommelfell aus, so dass es in seinen Ohren schmerzhaft zu pfeifen beginnt.

Sobald er die Terrassentür geöffnet hat und zum Garten hinaustritt, wird es besser. Sein Herzschlag beruhigt sich und er kann wieder atmen.

Er schaut auf den großen Pflanzkübel, der auf dem Rasen steht und in dem sich das erste Grün ans Tageslicht kämpft. In den großen Birnbaum, der schon lange keine Früchte mehr trägt, ist vor vielen Jahren der Blitz eingeschlagen. Der Knall hat das Haus und auch ihn zum Zittern gebracht.

Hinter den Rhododendren an der rechten Grundstücksgrenze gibt es ein Versteck. Dort hat er als Kind einen Schuhkarton vergraben. In dem Schuhkarton liegt Juno, der Wellensittich, den seine Eltern ihm zum Geburtstag geschenkt hatten. Sie haben nie von dem Grab erfahren, denn er hat seiner Mutter erzählt, dass Juno ihm davongeflogen ist. Aber Juno konnte nicht mehr fliegen, nachdem er den Vogel in die Hand genommen hatte.

Ihm fällt auf, dass der Gärtner den Umstand ausnutzt, dass seine Mutter nur noch selten draußen ist und ihre Sehkraft nachgelassen hat. Der Rasen ist von Moos und Unkraut durchsetzt und die Kanten sind nicht geschnitten. Vom letzten Sturm aus dem Baum gebrochene morsche Äste hängen in den Sträuchern, und die Beete sind unter schwarzbraun verfärbtem Herbstlaub begraben.

Neben der Terrassentür liegt ein Aufnehmer bereit, auf dem er seine schmutzigen Schuhe abstellt, um dann auf Strümpfen wieder in den Flur zu gehen. Am Treppenfuß greift er in seine Jackentasche und vergewissert sich, dass er es dabei hat. Als er die Stufen hinaufsteigt, fällt sein Blick auf die Urlaubsansichten vom Gardasee und dem Timmendorfer Strand, die in kleinformatigen Glaswechselrahmen an der Wand hängen. Postkartenmotive mit blauem Himmel, die eine Familie zeigen, die es nie gegeben hat.

Die Tür zum Schlafzimmer steht offen. Ohne Hilfe kann seine Mutter die Treppe nicht mehr überwinden, so dass sie dort wie Rapunzel in ihrem Turm gefangen ist. Nur dass es niemanden gibt, der will, dass sie ihr Haar herunterlässt. Der

Pflegedienst hat versucht, sie ins Erdgeschoss umzusiedeln. Das Experiment ist jedoch aufgrund ihrer massiven Proteste noch am gleichen Tag abgebrochen worden.

In ihrem Zimmer steigt ihm ein strenger Geruch nach Ammoniak in die Nase. Seine Mutter liegt in dem rechten der beiden Doppelbetten, von denen das am Fenster stehende seit acht Jahren verwaist ist, jedoch immer noch alle vierzehn Tage frisch bezogen wird. Der Versuch, ein Pflegebett aufzustellen, dem die Ehebetten hätten weichen müssen, hatte ebenfalls abgebrochen werden müssen. Weil seine Mutter von Jahr zu Jahr dünner und leichter wird, können die Mitarbeiterinnen sich mit der ungünstigen Arbeitshöhe arrangieren.

Als er an ihr Bett tritt, hat sie die trüben Augen offen. Ihre Wangen sind eingefallen und die fleckigen Hände ruhen auf dem dicken Federbett. Sie ist eine Spätgebärende gewesen. Manche seiner Klassenkameraden haben sie für seine Oma gehalten. Vielleicht ist das ja das Problem gewesen. Als er dazugekommen ist, ist sie bereits zwanzig Jahre mit seinem Vater zusammen gewesen. Wahrscheinlich ist das einfach eine zu lange Zeit gewesen, um noch den Platz als ihr Kind zwischen ihnen einnehmen zu können. Und so ist er irgendetwas anderes für die Eheleute gewesen. Für seinen Vater sowieso und für seine Mutter wohl auch.

Sie begrüßt ihn mit der Frage, ob er die Rosen schon geschnitten hat und wann er ins Bett kommt. Dass sie ihn nicht mehr erkennt, kränkt ihn nicht. So kann er selbst auch leichter vergessen, wer er ist, wenn er sie besucht. Heute ist das anders. Er sagt ihr, dass er ihr etwas mitgebracht hat, und holt das kleine Gerät aus seiner Tasche. Als sie sich beschwert, dass sie müde ist und schlafen will, besteht er darauf, dass sie sich vorher noch etwas anhören muss. Dann drückt er die kleinen Kopfhörerknöpfe in ihre Ohrmuscheln und startet die Musik.

Aber sie will die Musik nicht hören. So wie sie nie etwas hören oder sehen wollte. Als sie versucht, sich die Kopfhörer wieder aus den Ohren zu ziehen, schreit er sie an, obwohl er bisher noch nie laut gegen seine Mutter gewesen ist. Es macht ihn wütend, als sie greint, dass das keine Musik ist und sie es deshalb nicht hören will. Während er mit der einen Hand ihre fuchtelnden Arme greift, macht er mit der anderen lauter, damit sie hören kann, was sie hören muss. Sie fängt an zu schreien und versucht, sich seinem Griff zu entwinden. Er legt sich auf sie, greift nach dem Kopfkissen seines Vaters und drückt es ihr ins Gesicht, so dass das Schreien endlich leiser wird. Er merkt, wie er zu schwitzen beginnt, weil es sehr anstrengend ist, sie so ruhig zu halten. Trotz ihres dünnen Körpers hat sie noch erstaunlich viel Kraft. Er kann auch kaum noch etwas sehen, weil seine Augen voll Tränen stehen. Aber er lässt nicht nach. Denn er will, dass sie zuhört.

38.

Auf den nassen Straßen spiegelte sich das Scheinwerferlicht der Autos. Nele hatte das Radio angestellt. In den Nachrichten wurde seit Stunden über den Mord an Gabi Steffens berichtet. Sprecher von Polizei und Staatsanwaltschaft wurden zitiert, Anwohner interviewt, Vermutungen über einen Zusammenhang mit dem Tod einer alleinerziehenden Mutter auf der Intensivstation des AK Barmbek wurden geäußert. Nele bezweifelte, dass diese Information von Niehus stammte. Denn prompt machte das Wort vom Serienmörder die Runde.

Als Nele die Stimme von Sandra Driebold erkannte, horchte sie auf. Die Blumenhändlerin erzählte von ihrer besten Freundin Julia und deren Sohn Tom. Und so wurde die brandheiße Serienmörder-Story noch durch die tragische Geschichte über den Jungen angereichert, der seinen Vater nie kennengelernt und nun auch noch seine Mutter verloren hatte.

Aber Tom hatte seine Mutter nicht verloren. Sie war schließlich kein Schlüssel oder Portemonnaie. Sie war ihm genommen worden. Jemand hatte ihr den Schädel eingeschlagen. Eine Zukunft war ausgelöscht und eine zweite radikal verändert worden. Aus Tom würde nicht der werden, der er hätte werden sollen. Er würde kein normaler Junge mit normalen Problemen sein. Die Tat machte ihn ebenfalls zum Opfer. Jemand hatte ihm nicht nur seine Mutter, sondern auch seine Kindheit genommen.

Nele lenkte den Wagen erschöpft durch den Feierabendverkehr. Sie wollte einfach nicht glauben, dass der Unbekannte, nach dem sie suchten, nun ein Gesicht bekommen hatte. Das konnte einfach nicht sein. Was sie für Hinweise hielt, mussten Zufälle und Fehlschlüsse sein.

Sie war auf dem Weg zu Grit. Dabei wollte sie eigentlich einfach nur schlafen. Der Tag war zu lang gewesen, zu viel war passiert. Sie sehnte sich nach einem Bett. Ihre Wohnung würde sicher demnächst wieder begehbar sein, aber es zog sie trotzdem nichts dorthin. Denn sie glaubte nicht, dass sie dort Ruhe finden könnte, auch wenn Niehus einen Schlüsseldienst beauftragt hatte, damit sie ein neues Schloss bekam.

Die Frage, wie der Eindringling in ihre Wohnung gekommen war, beschäftigte sie immer noch. Dabei wusste sie, dass es nicht viel Aufwandes bedurfte, einen Schlüssel nachzumachen. Im einfachsten Fall genügte dazu ein Handyfoto. Man bearbeitete das Bild am Computer, um eine Schablone zu erhalten. Die diente dann als Vorlage, um einen Schlüsselrohling zurechtzufeilen. Dazu gehörte nur etwas Übung und Fingerspitzengefühl. Man brauchte nicht mehr als ein paar Sekunden, um das Foto zu machen und die Länge des Schlüssels auf einem Papierstück zu markieren. Als Werkzeug genügten ein Schraubstock und eine Feile. Sie verfluchte ihre Gewohnheit, ihren Schlüssel, egal wohin sie kam, auf den Tisch zu legen.

Grit lebte mit ihrem Freund hinter dem Tierpark Hagenbeck. Bei offenem Fenster konnte man, wenn der Wind richtig stand, manchmal die Elefanten, Affen und Papageien hören. An diesem Abend jedoch hatte Nele keine Ruhe, um Urwaldgeräuschen zu lauschen. Sie drückte die Klingel und hoffte, dass Grit öffnen würde.

Sie hatte Glück, wie sich herausstellte. Der gemeinsame Restaurantbesuch mit Paul war geplatzt. Grit stand unglücklich im Jogginganzug vor ihr und bat sie herein. Es hatte wieder einmal Ärger wegen ihres Dienstplanes gegeben. Zu viele Nachtschichten, die Spätschichten an den falschen Wochentagen, nichts passte.

Grit schenkte ihr einen Rotwein ein und ließ sich auf das zerknautschte Ledersofa fallen. Im Fernsehen lief eine Castingshow, die weißen Gardinen waren zugezogen, auf dem Glastisch stand eine Schale mit Kartoffelchips.

Nele setzte sich, Grit stellte den Fernseher leiser. Selbst im Jogginganzug sah man noch, dass sie eine gute Figur hatte – an den richtig Stellen rund. Nicht so wie Nele, die in der Schule immer ein wenig neidisch auf die Kurven der anderen

Mädchen gewesen war, auch wenn sie das vor den zu langen Blicken ihres Sportlehrers bewahrt hatte.

»Es ist jeden Monat dasselbe«, beschwerte sich Grit, »immer gibt es irgendwelche Partys oder Wochenenden bei seiner Familie, zu denen ich mit muss, aber an denen ich Dienst hab. Ich bin ehrlich gesagt heilfroh darüber, aber für ihn ist das immer gleich ein Weltuntergang.«

Sie schaute Nele an. »Er will, dass ich aufhöre. Und ich frage mich ja selbst auch schon, wie das werden soll, wenn wir mal Kinder haben.«

»Kann ich dich mal was fragen?« Nele fühlte sich nicht wohl auf ihrem Sessel. Ihr Verdacht kam ihr ungeheuerlich vor. Und bestimmt war er es auch.

»Klar.«

»Die Schicht, Anfang der Woche mit Tobi. Erinnerst du dich?«

»Nee, tut mir leid. Was ist mit Tobi?«

»Nichts. Ich muss nur etwas wissen.«

»Hat's endlich gefunkt zwischen euch?«, fragte Grit neugierig.

»Ihr habt einen Betrunkenen ins AK Barmbek eskortiert.«

»Ja, kann sein. Aber erzähl doch mal, was ist mit dir und Tobi.«

»Gar nichts«, behauptete Nele. Sie wurde ungeduldig. Grit war diejenige auf dem PK, die Unterschriften auf Glückwunschkarten sammelte und immer eine Idee für ein Geschenk hatte, egal wer Geburtstag hatte. Aber sie war einfach keine gute Zuhörerin. Dafür war sie zu sehr mit sich selbst beschäftigt.

»Komm, da muss doch was sein«, beharrte Grit unbeirrt von Neles verschlossenem Blick. »Weißt du, wie lange er gebraucht hat, bis er dich endlich mal gefragt hat, ob du mit ihm ins Kino gehst?«

»Nein.«

»Ich schon. Weil er mir damit wochenlang in den Ohren gelegen hat, bis ich ihm gesagt habe, dass er sich endlich einen Tritt in den Hintern geben soll. Dabei sieht er so gut aus. Der muss nun wirklich keine Angst haben. Wie war es eigentlich mit ihm?«

»Grit, kannst du dieses Thema mal für einen Moment vergessen?«

»Nur die Kurzfassung. Dann beantworte ich dir gerne alle Fragen.«

»Also gut. Wir waren im Kino, er hat mich nach Hause gebracht, es war nett.«

»Nett ist die kleine Schwester von scheiße. Wenn du nicht auf ihn stehst, musst du ihm das sagen. Das musst du mir versprechen. Denn bei ihm ist es richtig ernst. Und er ist ein echt lieber Typ. Solche gibt es nicht wie Sand an der Elbe. Allein schon, dass er so schüchtern ist. Fast schon unnormal.«

Unnormal, dachte Nele. Auf einmal sah sie alles in einem ganz anderen, grell schmerzenden Licht. Wenn Tobi wirklich dermaßen verknallt in sie war, warum hatte er dann nicht einmal versucht, ihr näherzukommen? »Bitte, Grit! Du musst mir ein paar Fragen beantworten!« Sie war unbeabsichtigt laut geworden.

Grit starrte in ihr Weinglas. »Tut mir leid, Nele. Ich weiß, ich bin schrecklich. Wahrscheinlich ist es wegen Paul. Ich will meinen Job nicht wegen ihm an den Nagel hängen müssen, und ich will auch nicht, dass er mich verlässt.«

Neles Blick fiel auf die leere Weinflasche, die neben dem Metallfuß des Couchtisches stand. Sie dachte, dass Grits Augen nicht vom Weinen, sondern vom Wein gerötet waren. Vielleicht auch von beidem. Sie stand auf und holte Grit ein Glas Wasser. »Trink. Wird Zeit, dass du den Alk verdünnst.«

»Danke«, sagte Grit schuldbewusst und trank es in einem Zug aus.

»Soll ich dir einen Kaffee kochen?«

Grit nickte. Nele ging in die Küche, fand den Wasserkocher neben dem Herd, aber keinen löslichen Kaffee. Sie befüllte die Macchinetta, die auf der krümmelfreien Anrichte bereitstand, und stellte den modernen Ceranfeldherd an. Grit folgte ihr in die Küche. Sie sah abgekämpft aus.

»Es geht wirklich nur um diesen Einsatz im AK Barmbek«, startete Nele einen neuen Versuch. »Erinnerst du dich, wie du mit Tobi den Betrunkenen dort abgeliefert hast? Es ist wichtig für mich!«

»Warum? Weshalb ist das so wichtig für dich? Was ist los mit dir?«

»Ich kann dir das alles schlecht erklären. Ich muss es einfach nur wissen. Du bist ohne ihn aus dem Krankenhaus gekommen. Warum?«

»Bist du etwa eifersüchtig? Glaubst du, ich hätte irgendwas mit ihm?«

»Nein«, sagte Nele ungehalten, »ich muss es nur wissen!«

Grit schaute sie unsicher an.

»Ich brauche einfach nur die Fakten. Mehr nicht. Denk bitte nach! Was ist passiert, nachdem ihr den Betrunkenen abgeliefert habt?«

»Was für Fakten?«, fragte Grit ratlos. »Die letzten Tage waren nichts als Routine. Eine Schicht wie die andere.« Sie drehte den Wasserhahn auf und hielt ihr Glas darunter. »Egal, ob Früh, Spät oder Nacht. Immer komme ich wie ausgesaugt nach Hause. Vielleicht habe ich ja wirklich den falschen Job.«

»Denk bitte nach! Der Betrunkene, den du mit Tobi im AK Barmbek abgeliefert hast.«

»Warte.« Grit leerte ihr Glas Schluck für Schluck und füllte es erneut. »Also gut. Ich glaube, das war der Abend, an dem ich mit Paul ins Kino wollte. Wir hatten Streit, weil ich nicht daran gedacht hatte, dass ich Spätschicht habe. Als Tobi mitbekommen hat, was los ist, hat er gesagt, dass ich Feierabend machen soll. Es war unser letzter Einsatz. Er würde ohne mich zurück ins PK fahren und sich um den Bericht kümmern, damit ich es noch rechtzeitig ins Kino schaffe.«

»Ist er abends noch ins PK gefahren?«

»Keine Ahnung. Den Bericht hat er allerdings nicht mehr geschrieben. Das habe ich am nächsten Morgen übernommen. Er macht das nicht gerne mit dem Schreiben. Ich hatte mich schon gewundert, dass er es überhaupt angeboten hatte.

Aber er ist eben ein netter Typ. Und nett ist in diesem Fall die kleine Schwester von großartig. Wusstest du, dass er Klavier spielen kann? Das ist auch so etwas. Ich kenne niemanden, der Klavier spielt. Du?«

»Nein«, sagte Nele abwesend. Die Gedanken überschlugen sich in ihrem Kopf. Sie hörte kaum, wie die Espressomaschine zu blubbern begann. »Ist dir irgendwann mal etwas an Tobias aufgefallen?«

»Wie jetzt?«

»Dass er seltsam ist.«

Grit sah sie an. »Du machst mir langsam Angst. Was ist los?«

»Kannst du mich begleiten?«

39.

Grit war automatisch davon ausgegangen, dass Nele sie mit nach Hause nehmen wollte, um nicht allein in der Wohnung sein zu müssen. Sie hatte, ohne weitere Fragen zu stellen, ein paar Sachen für die Nacht eingepackt. Wenn sie auch keine gute Zuhörerin war – in solchen Dingen konnte man sich zu hundert Prozent auf Grit verlassen.

Nele hatte tatsächlich vor, nach Hause zu fahren. Dass sie vorher noch mit Tobi sprechen wollte, hatte sie Grit, die friedlich auf dem Beifahrersitz schlief, jedoch verschwiegen.

Sie verließ die Autobahn. An der S-Bahn-Station wartete eine Gruppe Jugendlicher vergeblich darauf, dass etwas Bedeutendes passieren würde. Eine Frau führte ihren Hund spazieren und drehte sich um, als sie Neles Wagen von hinten heranfahren hörte.

Neuallermöhe war kein Stadtteil, in dem nach Einbruch der Dunkelheit noch das Leben auf der Straße tobte. In dem jungen Viertel hatten die Planer alles richtig machen wollen, was sie in den Hochhaussiedlungen der 60er und 70er Jahre falsch gemacht hatten. Maximal viergeschossige Reihenhäuser, getrennt durch freundlich gestaltete Grünstreifen, Fußgängerbrücken, die über die Fleete führten, von denen das auf die grüne Wiese gepflanzte Wohnviertel durchzogen war. Wenige Fahrradminuten entfernt schaute man auf die ertragreichen Vier- und Marschlande, wo Gemüse- und Obstbauern ihre Erzeugnisse in einer am Straßenrand stehenden Schubkarre feilboten. Auf den wenig befahrenen schmalen Straßen surrten nach Feierabend und am Wochenende ultraleichte Rennmaschinen über den Asphalt. Die trikottragenden Fahrer kamen mehrheitlich wohl eher aus den nördlich der Elbe liegenden Vierteln.

Nele dachte an das, was sie in den Wohnungen von Julia Siems und Gabi Steffens gesehen hatte. Es gab einen großen Unterschied zwischen den beiden Tatorten. So groß, dass kaum vorstellbar war, dass es sich beide Male um den gleichen Täter handeln sollte. Doch so musste es sein. Denn es gab ein Verbindungsglied: die Musik. Also musste etwas auf dem Weg von einer Tat zur anderen mit ihm geschehen sein. Etwas hatte in ihm geschlummert und war nun unkontrolliert aus ihm herausgebrochen. Was Nele am zweiten Tatort gesehen hatte, war ein Overkill. Die Gewalt hatte nicht mit dem Tod des Opfers geendet. War dem Täter in dem Moment klar gewesen, dass sein Opfer schon nicht mehr lebte? Oder hatte er es in seinem Rausch gar nicht gemerkt? Was hatte ihn schließlich dazu gebracht, aufzuhören? Waren seine Arme müde geworden? Oder hatte sich sein Verstand wieder eingeschaltet?

Wenn die Gewalt vorher in ihm geschlummert hatte, hieß das, dass er möglicherweise ein vollkommen unauffälliger Typ war. Jemand, der sich ständig kontrollierte. Sein ganzes Leben lang musste er mit dieser Kontrolle gelebt haben.

Aber dann war da noch etwas. Der Täter hatte sich große Mühe gegeben, für seine Opfer unsichtbar zu bleiben. Er schlich sich von hinten an und schlug die Frauen nieder, ohne dass sie eine Chance hatten, sich zu wehren. Offenbar fühlte er sich nicht sehr stark. Aber gegenüber der Polizei war sein Verhalten ein ganz anderes. Warum ging er immer wieder Risiken ein, legte Spuren, schuf Hinweise? Das schien nicht zu einem ängstlichen Menschen zu passen. Es sprach eher für Eitelkeit: ›Seht her, was ich getan habe.‹ Aber würde jemand, der sich sein Leben lang kontrolliert hat, so zügellos Hinweise streuen? Vielleicht, dachte sie, fühlte er sich unangreifbar. Hinter seiner Tarnung hatte niemand sein wahres Ich erkennen können. Sein ganzes Leben lang. Oder streute er die Krumen, damit sie ihn endlich fassten, ihn stoppten?

All das konnte sie einfach nicht mit Tobi in Einklang bringen. Es war unmöglich, sich hinter seinem freundlichen Gesicht einen solchen Menschen vorzustellen. Aber konnte sie es wirklich ausschließen? Wie gut kannte sie ihn eigentlich? Was wusste sie schon über ihn? Und dann gab es da die Hinweise:

die Videoaufnahme von dem Abend, als Julia Siems auf der Intensivstation gestorben war. Die Kappe, die sie in seinem Auto und vor ihrem Haus gesehen hat.

Als Nele vor dem Reihenhaus hielt, wachte Grit auf. »Wo sind wir? Ich denke wir fahren zu dir?«

»Machen wir. Aber vorher müssen wir noch mit Tobi reden.«

»Mit Tobi? Worüber?«

»Kommst du mit?«

»Was soll das? Ich bin doch nicht deine Anstandstante.«

»Bitte!«

Grit seufzte, zog den Reißverschluss ihrer Thermojacke zu und öffnete die Autotür.

»Danke. Wartest du erst mal hier?« Nele stieg aus und ging auf dem schmalen Plattenweg bis zur Haustür. Grit blieb am Auto stehen.

In der Küche brannte Licht. Durchs Fenster konnte Nele sehen, dass Tobi am Herd stand und kochte. Sie drückte den Klingelknopf. Es dauerte nicht lange, bis geöffnet wurde. »Hallo, Tobi.«

»Nele? Komm rein!«

»Nein. Wir fahren gleich weiter.« Nele zeigte auf Grit, die eine Hand zum Gruß hob.

Tobi blickte sie irritiert an. »Was ist los? Warum kommt ihr nicht rein?«

»Ich möchte nicht reinkommen. Ich möchte dir nur eine Frage stellen.«

Er blieb unentschlossen an der Tür stehen.

»Was hast du heute Nachmittag vor meiner Wohnung gemacht?«

»Vor deiner Wohnung?«

»Ich habe dich gesehen.«

»Das kann nicht sein. Ich war da nicht.« Tobi wich ihrem Blick aus.

»Lüg mich nicht an.«

»Nun komm schon rein, Nele. Dann klären wir das.« Er ging einen Schritt auf sie zu.

Sie wich zurück. »Du hast diese New-York-Yankees-Cap getragen, die neulich in deinem Wagen gelegen hat.«

»Ich habe so eine Kappe, aber ich war nicht bei dir. Das muss jemand anders gewesen sein.« Die Freundlichkeit verschwand aus seinem Gesicht.

Regen setzte ein.

»Als du mit Grit Schicht hattest und den Betrunkenen mit ihr ins AK Barmbek gebracht hast – wieso bist du nicht mit ihr zusammen wieder rausgekommen? Was hast du da noch gemacht?«

»Wie bitte?«

»Was hattest du da noch zu tun?« Sie beobachtete den Wechsel, der mit Tobi vor sich ging. Er wurde wütend. Das hatte sie noch nie bei ihm gesehen. Tobi war keiner, der wütend wurde.

»Was soll die Frage?«

»Ich habe die Bänder der Überwachungskameras angeschaut.«

»Wovon redest du eigentlich?«

»Erklär es mir einfach«, forderte sie, »denn ich kann es mir nicht erklären.«

»Was ist das? Ein Verhör? Was glaubst du, habe ich im Krankenhaus getan? Sag's mir, ich weiß es nämlich nicht mehr!« Er sah sie empört an. Beißender Spott mischte sich in seine Stimme »Du glaubst, dass ich dieser Verrückte bin, hinter dem ihr her seid? Das kann nicht sein! Weißt du was? Du brauchst dringend Hilfe. Du bist total durchgeknallt!«

»Warum bist du nicht zusammen mit Grit wieder aus dem Krankenhaus gekommen? Mehr will ich nicht wissen.«

»Ich gehe jetzt wieder rein.«

Sie hielt ihn am Arm zurück. »Ich weiß genau, dass du vor meiner Wohnung gestanden hast!«

Tobi schlug ihre Hand von seiner Jacke. Der Zorn verwandelte ihn in einen anderen Menschen.

»Und warum hast du nie versucht, mich anzufassen?« Einen Moment lang dachte sie erschrocken, dass er sie schlagen würde. Aber es geschah nicht. Er schaute sie an. Selbst im schwachen Licht der Außenbeleuchtung konnte sie sehen, dass er bleich wurde, als er sich wortlos umdrehte, in die Wohnung ging und die Tür hinter sich zuwarf. Sie schluckte die Tränen herunter, ging an Grit vorbei, die sie fassungslos anstarrte, und stieg in den Wagen.

40.

Vor ihrer Haustür stand ein Streifenwagen. Sie stieg aus ihrem Auto und klopfte an die Scheibe. Die Scheibe wurde heruntergefahren. Dahinter erkannte sie das Gesicht von Cem Arslan und seinem Kollegen, die zu ihrem Schutz abgestellt waren.

»Sind die wieder weg?«, fragte sie, denn was sie jetzt am wenigsten gebrauchen konnte, war, der Spurensicherung in ihrer Wohnung bei der Arbeit zuzuschauen.

»Ja. Die Kripoleute haben dein Schloss auswechseln lassen.« Er griff ins Handschuhfach und gab ihr einen Schlüssel.

Sie ging zum Haus und stellte überrascht fest, dass jemand die Außenbeleuchtung repariert hatte. Die neue Birne war deutlich heller als die alte. Sie fühlte sich wie auf der Bühne, als sie in den weißen Lichtkegel trat. Auftritt der Verräterin. Dem Publikum ist es freigestellt, mitgebrachte Tomaten zu werfen.

Eine Dreiviertelstunde hatte die Fahrt zurück zu Grits Wohnung gedauert und genau so lange hatte Grit sich Zeit genommen, sie in Grund und Boden zu stampfen: Kollegialität, Loyalität, Vertrauen? Fehlanzeige! Einen solchen Verdacht gegenüber einem Kollegen überhaupt zu erwägen und sie dann auch noch zur Zeugin dieser unglaublichen Beschuldigung zu machen! Sie habe gedacht, dass Nele ihre Freundin sei. Aber wer eine solche Freundin habe, brauche keine Feinde mehr. Nele hatte geschwiegen. Sie konnte sich nicht erinnern, sich jemals so sehr geschämt zu haben.

Als sie in ihrer Wohnung stand, war dort nichts mehr wie vorher. Dabei waren die Sachen erstaunlicherweise alle an ihrem alten Platz. Vielleicht hatte die Spurensicherung Fotos gemacht, damit hinterher alles wieder so aussah. Doch ihr genügte das Wissen, dass sie da gewesen und nach *seinen* Spuren gesucht hatten.

Sie drehte den Wasserhahn an, füllte den Kocher und holte eine Tasse aus dem Schrank. Ihr fiel auf, dass der Becher mit dem Polizeiwappen fehlte. Der, der auf dem Tisch gestanden hatte, als sie zurückgekommen war. Er hatte jetzt vermutlich seinen Platz in der Asservatenkammer und wartete auf seinen Einsatz als Beweisstück beim Prozess. Falls es einen Prozess geben würde. Denn das setzte voraus, dass jemand vor Gericht gestellt wurde. Sie versuchte, sich zu erinnern, was nach dem Abschluss einer Verhandlung mit den Asservaten geschah. Wurden sie für die Revisionsverfahren aufgehoben? Würde irgendwann ein Abholschein im Briefkasten liegen? Sie legte keinen Wert darauf, den Becher zurückzubekommen.

Dass sie mit Tobi den Falschen verdächtigt hatte, wollte sie zu gerne glauben. Doch wer war es dann? Jemand war in ihrer Wohnung gewesen und hatte ihr das Musikstück aufs Handy geschickt. Jemand, der sie kannte, ihre Nummer hatte, wusste, wo sie wohnte. Das waren keine Hirngespinste, wie Grit ihr hatte einreden wollen.

Als sie den Kaffee aufgoss, wusste sie, dass sie nicht in ihrer Wohnung bleiben würde. Sie brauchte jemanden, mit dem sie reden konnte. Jemanden, der sich in dem Fall auskannte. Mia wäre die Richtige, doch die hatte ihr Handy immer noch ausgeschaltet, und auf der Festnetznummer sprang nur der Anrufbeantworter an.

Nele konnte das verstehen. Sie würde selbst gerne Feierabend machen. Den Fall einen Fall sein lassen und die Arbeit daran am nächsten Tag fortsetzen. Aber genau das konnte sie eben nicht. Diese verdammte Grübelei darüber, was da vor sich ging, ließe sich wohl nur mit einer Überdosis Schlafmittel beenden.

Sie dachte an das Gespräch mit Britt Maas über die Vergewaltigung. Die Brutalität und Selbstherrlichkeit, mit der Claus Michalski damals vorgegangen war. Seine Auftritte als DJ bei den Fachbereichsfeten. Michalski war seinen Weg gegangen. Aus dem Jurastudenten war ein respektabler Notar in einem protzigen Büro geworden, der mit dem Oberstaatsanwalt in die Oper ging. Michalski hatte sich schon nach der Vergewaltigung von Britt Maas für unangreifbar gehalten. Und so verhielt er sich auch jetzt.

Dabei gab es genug Gründe, ihm auf den Zahn zu fühlen: Er hatte eine Affäre mit Julia Siems gehabt, und von dem Zeitpunkt der Trennung an hatte der SMS-Terror bei Julia Siems begonnen. Und wie kam es, dass Michalski bereits vor der Befragung in seiner Praxis darüber informiert gewesen war, dass Nele an den Ermittlungen beteiligt war? Er hatte sogar gewusst, dass sie vom PK 11 kam. Da passte zu viel zusammen, als dass es Zufall sein könnte. Sie traute es ihm ohne Weiteres zu, dass er es auch gewesen war, der ihr in dem Club die K.-o.-Tropfen ins Glas gekippt hatte.

Sie griff nach dem Telefon und rief Niehus an.

»Hallo, Nele. Wie geht es dir? Alles in Ordnung?«

»Was habt ihr in Bezug auf Michalski unternommen?«

»Bist du zu Hause?«

»Habt ihr überhaupt etwas unternommen?«

»Du solltest dich hinlegen und schlafen. Wir reden morgen.«

»Heißt das, ihr tut nichts oder du sagst mir nichts darüber?«

»Ich kann verstehen, dass der Fall dir nahe geht. Es wäre wohl das Beste, wenn du ein paar Tage woanders unterkommst. Allein schon, um auf andere Gedanken zu kommen?«

»Andere Gedanken? Soll das ein Witz sein?«

»Nein. Das ist nur ein Ratschlag. Tut mir leid, aber ich muss jetzt auflegen.«

Sie kochte. Niehus' lapidare Antwort konnte nur bedeuten, dass überhaupt nichts getan wurde. Sie probierte es bei Mia, dieses Mal auf der Festnetznummer. Auf dem Anrufbeantworter bat sie sie um Rückruf und riss den Hörer vom Apparat, als einige Minuten später das Klingeln die Stille in der Wohnung unterbrach.

»Wie geht's dir?«, fragte Mia besorgt.

»Warum unternehmt ihr nichts gegen Michalski?!«

Schweigen am anderen Ende.

»Bist du noch da?«

»Was stellst du dir vor? Dass wir mit dem MEK anrücken, seine Wohnung stürmen und ihn hinter Gitter bringen?«

»Nein. Ich hatte nur erwartet, dass etwas mehr als nichts passiert. Wir haben doch beide gehört, was Britt Maas über ihn gesagt hat. Und du kennst die Droh-SMS an Julia Siems, die wahrscheinlich von ihm sind.«

»Ich habe vorgeschlagen, zu observieren. Jan hat abgelehnt. Gabi Steffens war noch nicht einmal auf dieser Partnersucheseite, durch die wir überhaupt erst auf Michalski gekommen sind. Für eine umfassende Observation fehlt die rechtliche Grundlage.«

»Und die Aussage von Britt Maas?!«

»Britt Maas hat keine Anzeige erstattet. Die Sache ist außerdem Jahre her, und es ist lediglich eine Vermutung, dass sie etwas mit unserem Fall zu tun hat.«

»Dann werde ich Anzeige wegen der K.-o.-Tropfen erstatten!«

»Ja, mach das. Das ist gut. Aber es wird eine Anzeige gegen Unbekannt werden. Du hast keine Erinnerungen an die letzte Nacht.«

»Warum postiert ihr nicht jedenfalls jemanden vor seiner Tür?«

»Das bringt doch nichts, Nele! Wir müssten nach vierundzwanzig Stunden abbrechen und in der Zeit wird er sich ruhig verhalten.«

»Und wenn nicht?«

»Ich bin auch nicht glücklich mit Jans Entscheidung. Das kannst du mir glauben.«

»Na, toll.« Sie knallte den Hörer auf. Es war alles wieder genau wie am Anfang. Sie speisten sie ab, ließen sie auflaufen. Sie zog sich einen dicken Wollpullover über, holte ihre Daunenjacke aus dem Schrank, ließ ihren Kaffee stehen und ging nach unten.

»Ihr könnt Feierabend machen«, teilte Nele Cem Arslan mit, der ihr aus dem Streifenwagen entgegenkam, »ich werde heute Nacht nicht zu Hause schlafen.«

»Kann ich verstehen. Ist wahrscheinlich ein ziemlich blödes Gefühl da oben.«

»Ja.«

»Wir werden trotzdem bleiben. Einsatzbefehl. Du kennst das ja.«

»Allerdings. Dann noch eine ruhige Nacht.«

»Dir auch.«

Sie wünschte sich keine ruhige Nacht. Eine einfache Halteranfrage hatte sie mit den nötigen Informationen versorgt. Ihre Fahrt führte sie nach Nienstedten, dem mit einem durchschnittlichen Jahreseinkommen von 150 000 Euro reichsten Stadtteil Hamburgs. Dass ausgerechnet hier die SPD stärkste politische Kraft geworden war, sagte wohl mehr über die Partei als über die Nienstedter aus.

Claus Michalski residierte in einer Villa an der Elbchaussee. Ein drei Meter hohes Metalltor ließ keinen Zweifel daran offen, dass die dahinter liegende Parkanlage keine öffentliche Grünfläche darstellte. Falls Michalski joggen ging, musste er dafür noch nicht einmal seinen Garten verlassen. Das mit Türmchen und Erkern versehene Gebäude, bei dem der Begriff Einfamilienhaus eine ganz neue Bedeutung gewann, lag vor Blicken geschützt hinter altem Baumbestand. Nele hätte sich nicht weiter gewundert, wenn ihr von jenseits des Zaunes her ein röhrender Hirsch zugeblinzelt hätte. Sie musste zugeben, dass das, was polizeisprachlich kleine Observation genannt wurde – eine Beobachtung ohne Einsatz weiterer Kräfte oder technischer Hilfsmittel für einen begrenzten Zeitraum von 24 Stunden – tatsächlich wenig Sinn machte. Denn von ihrem Posten draußen auf der Straße konnte sie weder etwas sehen noch hören. Und trotzdem war sie zufrieden mit ihrer Entscheidung.

Sie hatte sich auf eine lange Nacht vorbereitet. Vielleicht wollte sie ja ein wenig zu sehr, dass Michalski derjenige war, den sie suchten. Denn das hieße, dass sie Tobi unrecht getan hatte. Sie wünschte sich, dass es so war. Denn Tobi war jemand, mit dem sie gerne mehr Zeit verbringen würde, den sie besser kennenlernen wollte, zu dem die Nähe gerne größer werden durfte.

Das jedenfalls hatte sie noch am Morgen gedacht. Jetzt brauchte sie erst einmal Gewissheit. Und es wäre gut, wenn Michalski ihr diese bringen würde. Denn Michalski war ein Arsch, und im Moment konnte sie sich nichts Besseres vorstellen, als ihn in denselbigen zu treten. Objektivität hin oder her.

Michalski tat ihr einen großen Gefallen, als sich das Tor bedächtig öffnete und er in seinem schwarzen Jaguar über die Kiesanfahrt hinausrollte. Sie dankte dem Schicksal, ließ ihn so weit vorausfahren, dass er hinter der nächsten Kurve verschwand, und setzte sich dann hinter ihn.

Er fuhr Richtung Stadtmitte. Während sie ihm in gebührendem Abstand folgte, überkamen sie jedoch Zweifel, denn sie hatte den Fahrer hinter den getönten Scheiben nicht erkennen können. Es hätte ebenso gut ein anderer Mann oder auch eine kurzhaarige Frau hinter dem Lenkrad sitzen können. Immerhin konnte sie sicher sein, dass es sein Wagen war, denn das Kennzeichen hatte gestimmt. Allerdings gab es da auch noch den Porsche und den Range Rover. Sie wusste nicht, ob Michalski alleine lebte oder es Menschen gab, die sich aus seinem Wagenpark bedienen durften. Vielleicht hatte er ja volljährige Kinder. Sie wusste noch nicht einmal, ob er verheiratet war. Vielleicht wohnte er ja auch mit seinen Eltern unter einem Dach. Bei den geschätzt dreißig Zimmern wäre jedenfalls genug Platz, um sich aus dem Weg gehen zu können, wenn die Eier mal zu weich gekocht waren und der Haussegen deshalb schief hing.

Nele ging erschrocken vom Gas. Sie hatte viel zu nah zu dem Jaguar aufgeschlossen. Sie ließ sich hinter einen versetzt neben ihr fahrenden Wagen fallen, um aus Michalskis Rückspiegel zu verschwinden. An der nächsten Ampel verfluchte sie sich dafür. Er schaffte es noch bei Gelb rüber, während sie hinter ihrem Vordermann hängenblieb. Sobald die Ampel auf Grün schaltete, jagte sie den Motor hoch und trieb die Tachonadel in einen für Stadtverhältnisse eindeutig unangemessenen Bereich.

Links tauchte der in den Norden führende Hohenzollernring auf. Nele entschied sich dafür, der Elbchaussee weiter

Richtung Innenstadt zu folgen, und hatte Glück. Am Altonaer Rathaus sah sie, wie der Jaguar an der Ampel anfuhr, auf die linke Spur wechselte und in die Max-Brauer-Allee einbog.

41.

Nele folgte dem Jaguar bis in eine Seitenstraße der Reeperbahn, wo er schließlich hielt. Während sie sich noch hektisch nach einer Parkmöglichkeit umschaute, näherte Michalski sich zielstrebig einem Club. Sie kannte den Laden nicht. Besitzer und Namen wechselten auf dem Kiez so schnell, dass man ziemlich bald nicht mehr auf dem Laufenden war.

Sie beobachtete, wie Michalski ohne zu zögern an den Leuten vorbeiging, die vor dem Eingang Schlange standen. Der durchtrainierte Typ im dunklen Anzug, der die Tür bewachte, schüttelte ihm die Hand und öffnete ihm.

Leute zu beschatten, gehörte nicht unbedingt zu den Aufgaben der uniformierten Schutzpolizei. Sie wusste darüber nicht viel mehr als jeder andere auf der Straße. Das größte Problem war, dass Michalski sie kannte. Es wäre einfacher gewesen, wenn sie nicht bei der Befragung in seinem Büro dabei gewesen wäre. Ihm würde ein Blick genügen, um sie zu erkennen.

Nele parkte den Wagen und schaute in den Spiegel. Es schien ihr nicht sehr wahrscheinlich, dass der Türsteher sie mit diesem Gesicht reinlassen würde. In ihrem Zwiebellook hatte sie außerdem eine Figur wie ein Michelinmännchen. Sie warf die Daunenjacke auf den Rücksitz und zog ihren dicken Pullover aus, unter dem sie ein Top trug, das eng genug war, um zusammen mit einem beherzten Einsatz von Lippenstift und Kajal die Entscheidung des Türstehers positiv zu beeinflussen.

Die Jacke ließ sie im Wagen liegen. Sie hatte nicht vor, lange in der Kälte herumzustehen. Den Kopf erhoben, die Schultern locker, den Blick fest auf den Türsteher geheftet – so überquerte sie mit weit ausholenden Schritten die Straße. Noch ehe sie die andere Seite erreicht hatte, hatte er sie entdeckt, und sie bemerkte mit Genugtuung, dass er sich ihr zuwandte. Der Junge, der mit seinem Benz-Schlüssel vor ihm herumgewedelt hatte, existierte nicht mehr für ihn.

»Hallo.« Sie blickte ihm immer noch in die braunen Augen. Ein überraschend rundes Gesicht mit beinahe weichen Zügen. Doch unter dem Jackett zeichnete sich das Ergebnis unermüdlicher Hantelarbeit ab.

»Heute ist es leider ziemlich voll. Und du siehst ...« Er deutete auf die Warteschlange. Während er sprach, musterte er sie von oben bis unten.

Sie tat so, als ob sie die Leute gerade erst bemerkte. »Ich glaube nicht, dass ich so lange warten möchte.«

»Tja, dann vielleicht mal an einem anderen Abend.«

»Nein. Heute ist genau der richtige Abend.« Sie schenkte ihm ein leuchtendes Schneewittchenlächeln.

Er zuckte mit den Schultern. »Ich kann da leider nichts machen. Es ist wirklich sehr voll da drinnen.«

Von hinten begannen sich die Leute zu beschweren. Der Blick des Türstehers genügte, um die Beschwerden zu beenden.

»Wie heißt du?«, fragte sie ihn.

»Wladimir.«

»In Ordnung, Wladimir. Du machst hier einen klasse Job. Es ist nur so, dass ich hier verabredet war.«

»Verabredet.«

»Mit dem Typ, der kurz vor mir gekommen ist, und den ich gerade um eine Sekunde verpasst habe. Claus wäre wahrscheinlich enttäuscht, wenn ich ihn versetzen würde.«

Die Härte in seinem Blick löste sich auf. Er nickte langsam. »Tja, dann ...«, sagte er gedehnt, zog die Tür auf und breitete einen Arm aus, um sie willkommen zu heißen.

»Danke, Wladimir.«

»Keine Ursache.«

Seine Antwort vermischte sich mit der Musik, die von drinnen auf die Straße drang wie Luft, die aus einem Überdruckbehälter entwich.

Sie zahlte ihren Eintritt bei einem Mädchen, dessen Oberteil freie Sicht auf ihr Bauchnabelpiercing gewährte und sie an die blasse Haut von Gabi Steffens in der Duschkabine denken ließ. Sie ging an der Garderobe vorbei, an der sie nichts abzugeben hatte. Bevor sie den großen Raum mit der Tanzfläche und dem Tresen betrat, wartete sie, bis ihre Augen sich an die Dunkelheit gewöhnten. Die wummernden Bässe und die über die Tänzer gleitenden farbigen Lichtreflexe weckten unangenehme Erinnerungen an die vergangene Nacht.

Der DJ spielte harte Beats, über denen unheilvolle Melodiefetzen dahintrieben. Hier und da glänzten hautenge Lackkleider und dornenbesetzte Lederhalsbänder. Schwarz war die vorherrschende Farbe. Aber offenbar gab es keinen Dresscode, denn das Publikum war immer noch so gemischt, dass man den Großteil der Tänzer in die U-Bahn hätte setzen können, ohne dass daraus ein Fetischumzug geworden wäre. Trotzdem hätte sie sich jetzt mit einer R'n'B-Beschallung wesentlich wohler gefühlt.

Nele entdeckte Michalski in einer Gruppe von Frauen, die zehn bis fünfzehn Jahre jünger als sie waren. Ihr Lachen war wie das von verspielten Waldgeistern, denen Gold aus dem Haar rieselte, wenn sie es schüttelten. Michalski genoss die Gesellschaft sichtlich. Es schien nicht so, als ob er sich besondere Mühe geben musste, damit sie sich um ihn scharten. Eine vierte Frau stieß zu der Gruppe, ein Tablett mit bunten Getränken balancierend. Michalski verteilte die Gläser und alle prosteten sich fröhlich zu.

Als er seinen Blick in ihre Richtung schweifen ließ, wandte Nele sich schnell ab. Sie verschwand hinter einem Pärchen, das sich seinen Weg zum Tresen durch die Tanzenden bahnte, und tauchte in dem Gewühl der wogenden Körper unter. Dann suchte sie sich einen Platz, von dem aus sie einen guten Blick auf ihren Verdächtigen hatte, er sich aber zu ihr umdrehen musste, um sie zu sehen.

Sie erstand ein Mineralwasser am Tresen, das sie nicht vorhatte zu trinken, und postierte sich damit im hinteren Teil des Raumes. Gerade drückte Michalski der Langhaarigen neben ihm einen Geldschein in die Hand, worauf die ihren schlanken Körper in Bewegung setzte und Richtung Tresen schwebte. Er selbst schien für solche Laufwege offenbar nicht in Frage zu kommen. Kaum war die Frau weg, führte er eine andere, die ihm gegenübergesessen hatte und es sich aufgrund ihres entwaffnend guten Aussehens leisten konnte, ein gelangweiltes Gesicht aufzusetzen, auf die Tanzfläche. Nele dachte, dass andere Frauen, um solche Haare zu haben, ihr Leben lang erfolglos Shampoos und Spülungen testeten. Eine ganze Industrie gründete sich auf die Hoffnung, wie sie auszusehen.

Die beiden Übriggebliebenen versuchten, sich die Kränkung nicht allzu deutlich ansehen zu lassen. Jedoch verlor das Gespräch nach Michalskis Abgang deutlich an Lebhaftigkeit. Doch Michalski kehrte rechtzeitig zurück, bevor die beiden Anstalten machten, sich abzusetzen. Er sagte ihnen etwas, das ihre Gesichter strahlen ließ, der Getränkenachschub traf ein und das Spiel ging weiter.

Auf ihrem Posten kam Nele sich vor wie Dian Fossey bei der Beobachtung einer neu entdeckten Berggorilla-Spezies. Michalski gab ganz genau darauf acht, seine Begleiterinnen tunlichst gleich zu behandeln, damit nur ja keine absprang. Jede von ihnen sollte weiter das Gefühl haben, die Erste unter ihnen werden zu können. Denn das Rennen war nur so lange spannend, wie es offen blieb.

Langsam beschlich sie der Verdacht, dass sie nur ihren eigenen Fantasien hinterherjagte und Michalski ein Alpha-Tier wie andere war, besessen davon, eine möglichst große Zahl ansehnlicher Weibchen um sich zu scharen und sich am Ende mit einem von ihnen zu paaren. Sie dachte daran, was sie zu Mia gesagt hatte: ›Statt mit einer Keule fuchtelt er mit einer goldenen Golfclubkarte herum.‹

Vielleicht sollte sie einfach nach Hause gehen und versuchen zu schlafen. Immerhin war ja extra ein Streifenwagen abgestellt worden, damit sie sich sicher fühlte.

Michalski stand auf und überquerte die Tanzfläche. Er kam direkt auf sie zu. Hatte er sie entdeckt? Nele mischte sich unter die Tanzenden. Ein Kiltträger mit blassem Gesicht und dunklen Augenrändern verstand das als Einladung, sich so nahe an sie heranzutanzen, dass ihr etwas von seinem Schweiß ins

Gesicht tropfte. Sie wischte sich die Spritzer von der Wange, ohne sich aus dem Rhythmus bringen zu lassen. Für einen Moment verlor sie Michalski aus dem Blick und wechselte ihre Position, um ihn wiederzufinden. Doch er blieb verschwunden. Aus lauter Angst, dass er sie sehen könnte, hatte sie ihn entwischen lassen. Sie hätte sich ohrfeigen können.

Nele ging ein Stück nach rechts und erklomm die vier Stufen, die zu einem mit Tischen und Stühlen besetzten Podest führten. Michalski war weder am Tresen noch bei seinen Frauen, die unverändert auf ihren Plätzen saßen. Keine von den vieren fehlte. Die Wahrscheinlichkeit war also groß, dass er noch da war. Sie sah zu den Toiletten herüber. Bestimmt war er dort und nahm gerade eine Nase.

Vielleicht musste er sich hier auch gar nicht die Mühe machen, zum Koksen auf die Toilette zu gehen. In jedem Fall wäre es super, ihn dabei zu erwischen. Aber vielleicht schluckte er auch nur eine blaue Pille, um sich für Weiteres fit zu machen. Nele wünschte sich nicht zum ersten Mal an diesem Abend Mia herbei. Dann hätten sie sich jetzt aufteilen können. Eine hätte die Toiletten im Blick behalten können, während die andere sich auf die Suche nach Michalski machte und checkte, ob sein Wagen überhaupt noch vor der Disco stand.

Gerade als sie dachte, dass die ganze Aktion ein Reinfall war, und dass Mia recht gehabt hatte, als sie gesagt hatte, dass es nichts bringen würde, sich an Michalski zu hängen, geschah etwas, mit dem Nele überhaupt nicht gerechnet hatte. Etwas, das sie kalt erwischte und ihr förmlich den Boden unter den Füßen wegzog. Dabei war es nur Musik. Eine, von der Nele allerdings wusste, dass sie nur eine Handvoll Menschen kannte. Musik, die nicht in eine Diskothek gehörte und zu der nicht getanzt werden sollte. Sie schaute zum DJ herüber. Ein schlaksiger Kerl in einem schlabberigen schwarzen T-Shirt, der als Gast beim Türsteher schlechte Karten gehabt hätte. Er trug eine schwarz getönte Pilotenbrille, die viel zu groß für sein schmales Gesicht war. Sie fragte sich, wie er damit auf den Anzeigen seines Controllers etwas erkennen und die Regler auf seinem Mischpult unterscheiden konnte. Jetzt setzte er mit einer langsamen Bewegung die Brille ab, unter der zwei wässrige Augen zum Vorschein kamen, die ungläubig auf die Tanzfläche starrten.

Das Stück, das Nele zum ersten Mal im Krankenhaus, dann im Besprechungsraum der Mordkommission, in Sobotkas Tonstudio und unzählige Male in ihrer Wohnung und ihrem Auto gehört hatte, setzte etwas frei, das vorher nicht da gewesen war. Manche hatten aufgehört zu tanzen und standen mit verstörtem Blick da. Andere drängten sich, vom Beat gepusht, auf die enge Tanzfläche, nahmen die Stimmung der Musik auf und steckten die anderen mit ihrer herausbrechenden Aggressivität an.

Die Bewegungen wurden schneller, hektischer. Die Tanzenden schienen alles um sich herum zu vergessen. Es kam zu Rempeleien, einige stürzten. Die anderen nahmen davon keine Notiz. Sie tanzten wie benommen weiter, die Augen geschlossen, die Münder offen, ohne Rücksicht auf die am Boden Liegenden. Die Musik verlieh dem Geschehen eine unwirkliche Atmosphäre. Ein Gefühl wie in einem Albtraum.

Immer mehr Menschen stürmten die Tanzfläche. Der DJ schob die Lautstärkeregler bis zum Anschlag hoch. Unter den von der Decke hängenden Boxen entstand ein Gedränge und Geschiebe, das sich durch die ganze Menschenmenge fortsetzte und sie zum Wogen brachte. Die ersten gerieten in Panik und schlugen um sich. Die Menschenmasse begann, sich über ihre Ränder hinweg auszudehnen. Am Rand der Tanzflache stehende Tische und Stühle wurden von der Menge überspült. Jemand warf einen Barhocker über die Theke in ein Getränkeregal, um rettenden Platz zu schaffen. Das Klirren der Flaschen vermischte sich mit dem Geräusch des zerspringenden Spaghettiglases, das ohrenbetäubend laut aus den Boxen drang. Das Kreischen in Panik geratener Gäste verstärkte den Schrei von Julia Siems um ein Vielfaches.

Neles Atem ging so schnell, dass ihr schwindelig wurde. Sie zwang sich, ruhig auszuatmen. Ihr Blick traf sich mit dem des DJs, der wie gelähmt hinter seinem Pult stand und nicht begreifen konnte, was unter ihm geschah. Der Blickkontakt währte nur für einen Moment, denn jetzt griffen zwei Hände nach ihm, jemand versuchte, sich an seinem dünnen Körper aus dem Gedränge hoch auf seine Bühne zu ziehen. Doch der schlaksige Junge geriet aus dem Gleichgewicht und stürzte über die Brüstung in die Menge, wo er aus Neles Blickfeld verschwand.

Sie schaute zu den Mädchen hinüber, die, sich gegenseitig festhaltend, auf dem Sofa standen und sich die tobenden Leute vom Leibe hielten. Ein Schlag gegen den Kopf brachte sie ins Straucheln. Sie verlor das Gleichgewicht und stürzte die vier Stufen vom Podest auf die Tanzfläche hinunter. Ein Wunder, dass sie bei dem Gedränge nicht einfach auf halber Strecke zwischen den Menschenleibern stecken geblieben war.

Dicht vor ihren Augen bleistiftdünne hohe Absätze, strahlend weiße Sneaker, glänzendes Leder, glitzernde Pailletten, abgewetzter Canvas. Sie brauchte einen Moment, um zu begreifen, was passiert war. Ein schwerer Stiefel, dem sie nicht ausweichen konnte, traf sie ins Gesicht, ein Turnschuhfuß begrub ihre Finger unter seiner weichen Sohle.

Irgendwie hochkommen, dem Dickicht aus Beinen entfliehen. Neben ihr ging noch jemand zu Boden. Die Hände rutschten ihr auf der Suche nach Halt in einer Getränkepfütze weg. Endlich schaffte sie es, auf die Knie zu kommen und sich genug Platz zum Aufstehen zu verschaffen. Sie riss den Jungen am Arm hoch. Ihr Blick blieb an den Mädchen auf dem Sofa hängen. Eines von ihnen fehlte. Es war das mit den unglaublichen Haaren. Noch einmal suchte sie die außer Kontrolle geratene Menge ab. Auch Michalski konnte sie nirgendwo sehen. Aber das registrierte ihr Verstand kaum noch. Denn jetzt hatte sie nur noch einen einzigen Gedanken: dem Chaos zu entkommen.

42.

Nele hatte es geschafft, sich von dem Strom herausdrängender Menschen nach draußen spülen zu lassen. Sie fühlte sich benommen, hinter ihrer Stirn pochte der Schmerz. Von fern näherte sich das Geräusch von Polizei- und Krankenwagensirenen. Immer mehr Menschen sammelten sich vor der Tür. Sie ließen sich auf den Boden sinken, hielten den Kopf zwischen den Händen oder standen mit starrem Blick da. Der Türsteher trug eine ohnmächtige Frau heraus. Nele fragte sich, wie er es dort hinein geschafft hatte.

Mittlerweile war die Straße voll von Menschen und der Strom der aus der Diskothek Fliehenden verebbte. Sanitäter sprangen aus einem eintreffenden Notarztwagen.

Der Türsteher kam auf sie zu. »Alles in Ordnung mit dir?«

»Es geht schon.«

Er zeigte auf ihr Gesicht. »Du blutest.«

Sie wischte sich mit dem Handrücken über den Mund. Das Blut hinterließ eine dunkle Spur auf ihren Fingern. Mit der Zunge tastete sie ihre Zähne ab. Alles war an seinem Platz, aber aus ihrer Nase tropfte es. »Das ist nichts. Nur Nasenbluten.«

»So, so. Und an der Stirn hast du dir einen Pickel ausgedrückt?«

Sie strich vorsichtig mit dem Mittelfinger von der Nasenwurzel bis zur Schläfe. Über ihrer Augenbraue war die Haut aufgeplatzt. »Ja, es war ein ziemlich großer Pickel.«

Er lachte. Dann sah er sie ernst an. »Wäre vielleicht besser gewesen, wenn ich dich nicht reingelassen hätte. Was ist da drinnen passiert?«

Sie blickte die Straße entlang. Michalskis Wagen war weg. »Hast du Claus Michalski gesehen, den Typ, den du vor mir reingelassen hast?«

Wladimir nickte.

»Ist er alleine rausgekommen?«

»Nein. Er hatte eine Frau dabei.« Er blickte sie an. »Enttäuscht?«

»Ein Mädchen, Anfang zwanzig, schlank, lange blonde Locken, kurzes Schwarzes?«

»Ja.«

Zwei weitere Rettungswagen hielten vor dem Club. Drei Streifenwagen waren bereits eingetroffen. Zwei Streifenpolizisten kamen ihr entgegen und wollten sie aufhalten, als sie zu ihrem Wagen rannte.

»Warten Sie!«, riefen sie ihr hinterher. »Wir brauchen Ihre Aussage!«

Nele ignorierte die Aufforderung und hetzte zu ihrem Wagen. Jeder Schritt dröhnte in ihrem Kopf. Sie riss die Tür auf, ließ sich auf den Sitz fallen, stieß aus der Parklücke heraus und fuhr mit heulendem Motor rückwärts bis zur nächsten Kreuzung zurück, wo sie wendete und aufs Geratewohl auf die Reeperbahn einbog. Vorbei an blinkenden Neonleuchten, die für Tabledance-Schuppen und Spielhallen warben, folgte sie der von Feierwütigen bevölkerten Partymeile nach Westen.

Der DJ schien überrascht von der Wirkung des Stückes gewesen zu sein. Hatte er es von Michalski? Aber warum hätte Michalski ihm die Musik geben sollen? Wollte er sich daran berauschen? Was hatte er mit dem Mädchen vor?

Aus dem Türfach holte sie ein Taschentuch, tupfte damit vorsichtig ihre Stirn ab und hielt es sich dann unter die Nase. Zumindest blutete sie nicht mehr, das Dröhnen hielt sich jedoch hartnäckig.

Sie musste Michalski finden. Aber wie sollte sie das alleine schaffen? Sie warf das Taschentuch in den Fußraum, rief Mia an, erzählte ihr, was passiert war und dass sie Michalskis Jaguar verloren hatte.

Als sie auflegte, tauchte vor ihr das weiße Rathaus auf. Sie bog links ab, um an der nächsten Kreuzung nach rechts auf die Elbchaussee zurückzukehren. Doch dann, auf dem kurzen Straßenabschnitt, der geradeaus direkt auf den Altonaer Balkon hin führte, sah sie den Wagen. Sie stieg in die Eisen, drehte, hielt direkt hinter dem Jaguar und sprang aus dem Auto. Dann lief sie zu der dunklen Limousine herüber.

Als sie mit dem Gesicht ganz nahe an die stark geneigte Heckscheibe ging, klopfte ihr das Herz bis zum Hals. Sie fand die Sicht in das Wageninnere durch die Kopfstützen auf der Rückbank versperrt. Also umrundete sie vorsichtig das Luxusgefährt und probierte es am hinteren Seitenfenster. Der Wagen schien leer. Sicherheitshalber warf sie einen weiteren Blick durch das Beifahrerfenster, mit dem gleichen Ergebnis.

Sie schaute auf. Der Altonaer Balkon, Teil eines Grünzuges am knapp dreißig Meter abfallenden Nordufer der Elbe, war menschenleer. Der Park lag im Dunkeln. Am anderen Ufer der Elbe leuchteten, durch den Nebel gerade noch zu erahnen, die Ladekräne im verwaschenen Licht der Arbeitsscheinwerfer. Container schwebten an unsichtbaren Stahlseilen durch die Luft. Der Rumpf eines chinesischen Frachters verlor sich im grauen Wasser der Elbe.

Ziellos rannte sie über den Rasen. Rechts von ihr regte sich etwas. Sie konnte nicht erkennen, ob es ein oder zwei Personen waren, die gerade in diesem Moment hinter einem dicken Baumstamm verschwanden. Der Nebel ließ alles unscharf erscheinen, so als ob jemand den Fokus einer Kamera falsch eingestellt hätte.

Einen Bogen beschreibend, lief sie auf die mächtige Kastanie zu. Jetzt konnte sie mehr sehen. Ein Mann pinkelte gegen den Baum. Er war dick – dicker, als dass es sich um Michalski hätte handeln können.

Nele stoppte ihren Lauf, sah sich hektisch um und entschied sich dafür, die Nähe der Straße zu verlassen, um sich der Aussichtsplattform am äußeren Rand des Grünstreifens zu nähern, von dem der Altonaer Balkon seinen Namen hatte.

Sie gelangte zu den drei Fischern, die mit aufgestellten, in den Himmel ragenden Rudern trotzig auf den Fluss starrten. Wächter, die das Ufer vor Unheil schützten, das im Wasser lauerte. Sie umrundete die Bronzefigur. Die mit Blick auf den Hafen aufgestellten Parkbänke waren leer. Die feuchtkalte

Luft machte alles klamm, wenig einladend für einen romantischen Abend.

Nele suchte die Uferregion ab, die zum Rand hin in der Dunkelheit verschwand. Plötzlich meinte sie, eine Bewegung wahrgenommen zu haben, und rannte los.

Allmählich wurde das Bild deutlicher. Zwei Personen, die an der Metallbrüstung vor dem steil abfallenden Ufer standen. Sie kam nahe genug heran, um zu erkennen, dass es sich um einen Mann und eine Frau handelte. Die Frau stand da, den Oberkörper über die Brüstung gebeugt, der Mann drängte sich von hinten gegen sie, die Hände um ihren Hals gelegt. Es war unzweifelhaft Michalski.

»Weg!«, schrie sie. »Weg da von der Frau!«

Michalski reagierte nicht.

»Weg von der Frau!« Sie rannte weiter.

Details tauchten aus dem Nebel auf: Die Frau stützte sich mit den Armen an der Brüstung ab, das kurze Kleid bis zum Po hochgerutscht. Michalski stand hinter ihr und wippte grotesk vor und zurück.

Nele trat ihn in die Kniekehle. Als er einknickte und sie ihn von dem Mädchen wegriss, sah sie für einen Moment sein erigiertes Geschlechtsteil aus der offenen Hose ragen. Für den Bruchteil einer Sekunde abgelenkt, traf Michalskis Schlag sie in den Bauch.

Sie sank stöhnend zusammen. Ihr wurde schwarz vor Augen. Die Zeit schien stillzustehen. Michalski stand dicht vor ihr, Triumph im Blick. Sie versuchte zu atmen, doch es war unmöglich, Sauerstoff in ihre Lungen zu bekommen. Während sie japsend nach Luft schnappte, grinste Michalski sie höhnisch an. Ihre Wut explodierte. Sie kämpfte sich hoch, packte mit hartem Griff sein Handgelenk, machte einen Ausfallschritt nach vorn und drückte, jetzt hinter ihm stehend, seinen Arm hoch, so dass er in die Knie ging.

Von hinten näherten sich aufgeregte Stimmen. »Polizei! Lassen Sie den Mann los!«

Das Mädchen blickte Nele aus leeren Augen an.

»Sind Sie in Ordnung?«, fragte Nele keuchend.

Das Mädchen drehte sich um, beugte sich vor und übergab sich.

»Sie lassen jetzt den Mann los!« Eine sich überschlagende Stimme dicht hinter ihr.

Nele schaute sich um. Der Polizist zielte mit seiner Waffe auf sie. Ein schmaler Junge mit unsicherem Blick. Neben ihm eine Frau mittleren Alters, die ebenfalls ihre Dienstwaffe in Anschlag gebracht hatte.

Sie lockerte den Griff. Das Herz schlug ihr bis zum Hals. Michalski befreite sich. Er rieb sich den Arm und drehte sich um. Der halbsteife Schwanz hing ihm aus der Hose. »Darf ich den wieder einpacken? Ich krieg sonst noch eine Erkältung.« Seine Stimme troff vor Sarkasmus.

43.

Nele stützte sich erschöpft an der Brüstung ab und starrte auf die Elbe. Ein zwischen Ebbe und Flut zum Stillstand gekommener Strom schwarzen Wassers. Die Bauchschmerzen waren weg, dafür hatte sich das Schädelbrummen zurückgemeldet.

Mia kam zu ihr. »Alles in Ordnung mit dir?« Sie war in Begleitung des jungen Polizisten.

»Ja. Mich stört nur das Gehämmere in meinem Kopf.«

Der junge Polizist, der sich ihr als Enno Westermann vorgestellt hatte, nachdem Nele ihm ihren Dienstausweis gezeigt hatte, reichte ihr ein Taschentuch. Das Nasenbluten hatte wieder eingesetzt.

»Für mich sieht es aus, als hättest du in der Diskothek ziemlich was abbekommen.« Mia beugte sich vor, um Neles Stirn zu begutachten.

»Das ist nur eine Schramme.«

»Soll ich einen RTW rufen?«, fragte Enno Westermann verunsichert.

Nele schüttelte den Kopf. Die Bewegung verursachte einen leichten Schwindel.

»Schon mal was von Schädel-Hirn-Trauma gehört? Du lässt dich untersuchen. Keine Diskussion«, bestimmte Mia.

»Aber ich muss mit dem Mädchen sprechen«, protestierte Nele.

»Das werde ich übernehmen«, widersprach Mia. »Wo ist sie?«, fragte sie den jungen Polizisten.

»Mit meiner Kollegin am Wagen.«

»Sagen Sie ihr bitte, dass sie die beiden hierher bringen soll. Das Mädchen und den Mann. Und rufen Sie einen RTW.«

Enno Westermann griff nach seinem Funkgerät. Während er mit seiner Kollegin sprach, wandte er sich ab und entfernte sich ein paar Schritte, so dass Nele die Unterhaltung nicht mitverfolgen konnte.

»Die beiden sind weg«, verkündete er, als er wiederkam.

»Wie bitte?!«, rief Mia.

»Der Mann hat das Mädchen nach Hause gebracht.«

»Das ist nicht Ihr Ernst!«, fuhr Nele den Polizisten an.

»Er ist absolut harmlos«, verteidigte sich Enno Westermann. »Er ist Anwalt, und das Mädchen ist seine Freundin.«

»Haben Sie die Adresse von dem Mädchen?«, fragte Mia.

»Die hat meine Kollegin.«

Mia wandte sich zu Nele um. »Du bleibst hier und wartest auf den RTW, ich kümmere mich um Michalski und das Mädchen.«

Nele nickte. Hinter ihrer Stirn klopfte der Schmerz seinen gleichmäßigen Rhythmus. Sie legte sich stöhnend auf die Bank neben ihr und dachte daran, dass das Mädchen Michalski wieder ausgeliefert war. Aber darum kümmerte Mia sich jetzt.

Blaulicht strich durch den Nebel. Sie hob den Kopf und sah, wie der RTW im Schritttempo durchs Gras fuhr, das im Licht der Scheinwerfer grau und hart wie ein Meer aus Draht schimmerte. Von der müde wirkenden Ärztin ließ sie sich mit einer grellen Lampe in die Augen leuchten und beantwortete geduldig die in mechanischem Ton gestellten Fragen nach Kopfschmerz, Übelkeit, Erbrechen und Gedächtnislücken, von denen sie die erste bejahte und die anderen verneinte.

Die Ärztin gab sie in der Notaufnahme ab, wo Nele einige Verletzte aus der Diskothek wiederzuerkennen glaubte. Ein Mann mit tätowierten Oberarmen und einem weißen, über der Bodybuilderbrust spannenden Polohemd, auf dessen Rücken *Krankentransport* stand, verteilte die Wartenden nach einem geheimnisvollen Plan auf die Behandlungszimmer. Unter den Patienten war auch der DJ. Der Tätowierte schob ihn in den Röntgenraum. Nach einer halben Stunde kam er mit dem leeren Bett zurück, das er anschließend hingebungsvoll mit Desinfektionsmittel einsprühte und dann sorgfältig mit einem Tuch abwischte. Seinen Patienten hatte das Gebäude verschluckt und verdaute ihn nun.

Nele wartete eine endlos lange Zeit, ohne dass ein Arzt oder ein Pfleger auch nur in ihre Nähe gekommen wäre. Dass sich niemand für ihren Zustand interessierte, hieß wohl, dass sie nichts Ernstes hatte.

Wieder ein Neuzugang. Eine dürre, wimmernde Gestalt im Nachthemd, die nicht wusste, wo sie war und was mit ihr geschah. Die alte Frau litt unter für sie unerklärlichen Schmerzen und griff sich immer wieder ans Bein, das wie ein zerbrochener Besenstiel an ihrer Hüfte hing. Der Rettungssanitäter, der sie hereingebracht hatte, erklärte ihr geduldig, dass sie aus dem Bett gefallen sei und nicht versuchen solle, ihr Bein wieder gerade zu biegen. Als er sich von der alten Dame verabschiedete und Nele entdeckte, kam er besorgt auf sie zu. »Hallo.«

»Na so etwas – mein Lebensretter.«

Fabio Gerdes' Lächeln wurde unsicher. Die Begrüßung schien ihn verlegen zu machen. »Was ist mit Ihnen passiert?«

»Nichts Schlimmes. Ein Schlag gegen den Kopf. Meine Kollegin wollte unbedingt, dass sich das ein Arzt ansieht. Aber ich frage mich langsam, ob es hier überhaupt Ärzte gibt.«

»Gibt es, aber sie sind sehr scheu und kommen nur zur Fütterung aus ihrem Bau.«

»Das scheint mir auch so.« Sie sah den freundlichen Mann mit dem weichen Gesicht an und stutzte. Etwas mit ihren Erinnerungen stimmte nicht. Plötzlich wusste sie es. »Sie waren gar nicht der, der meine Hand gehalten hat, oder?«

Fabio Gerdes sah sie an wie ein Kind, das beim heimlichen Naschen erwischt worden war. »Das war Hanno«, sagte er zerknirscht. »Der Notarzt, mit dem wir unterwegs waren, war vollkommen überfordert. Seine erste Woche. Der hatte so eine Stichwunde noch nie gesehen. Deswegen hat Hanno übernommen. Hanno Kramer. Bei dem müssen Sie sich bedanken. Er hat Ihr Leben gerettet. Ich war da nur Staffage.« Er wandte sich hastig ab und ging.

Sie sah dem Mann irritiert hinterher und versuchte, die Puzzle-Stücke ihrer Erinnerung zusammenzusetzen. Doch so deutlich sie auch die Stimme hören konnte, die damals mit ihr gesprochen hatte – das Gesicht dazu blieb im Dunkel.

Nele sagte sich, dass das jetzt nicht wichtig war und sie Mia anrufen müsse, um zu erfahren, wie es mit dem Mädchen aussah. Doch ehe sie die Nummer wählen konnte, kam eine resolute Schwester und forderte sie auf, sie in den Röntgenraum zu begleiten. Danach dauerte es weitere zwei Stunden, bis ein junger Arzt mit dem Bild auf sie zu kam und ihr vorwurfsvoll mitteilte, dass sie unverletzt sei und nach Hause gehen könne. Nele war versucht, ihm zu sagen, dass es nicht ihre Idee gewesen war, den RTW zu rufen.

Fünf Stunden waren seit ihrer Einlieferung vergangen. Während des Wartens war sie immer wieder erschöpft eingeschlafen und dann hochgeschreckt. Wie lange sie insgesamt geschlafen hatte, wusste sie nicht.

Im Park hatte sie das Schicksal des Mädchens und die Suche nach Michalski Mia überlassen müssen. Jetzt konnte sie Mia weder bei dem Einen noch beim Anderen helfen. Doch sie konnte etwas anderes tun.

Die chirurgische Station befand sich im dritten Stock. Sie vermutete, dass der DJ dort gelandet war, denn er hatte dem Tätowierten vor dem Röntgen erzählt, dass er unerträgliche Schmerzen im Handgelenk hätte und es bestimmt gebrochen sei, was den Mann vom Krankentransport nicht weiter interessiert hatte.

Im Schwesternzimmer traf sie auf eine entspannt wirkende Frau in den Zwanzigern. Nele gab sich als eine Freundin des Verletzten aus und erfuhr, dass die OP gut verlaufen war und Julian Basler gerade aus dem Aufwachraum zurückgekehrt sei.

In seinem OP-Hemdchen sah Basler noch etwas blasser als in der Diskothek aus. Doch dank der Nachwirkungen der Narkose-Mittel war er ausnehmend guter Laune und in seinem Redefluss kaum zu stoppen. Immer wieder erzählte er, wie überwältigt er von den Reaktionen auf diese Musik war. Das Stück habe alle Grenzen bei den Leuten gesprengt, sie alles vergessen lassen, ihr Innerstes nach außen gekehrt. Genau solche Musik brauche er. Er müsse den Mann wiederfinden. Der habe ihm so viel Geld dafür gegeben, dass er das Stück spielte, wie er am ganzen Abend verdiene. Hätte er gewusst, was da kommt, hätte er sich kein Geld, sondern eine Visitenkarte geben lassen. Als sie ihm Michalski beschrieb, bestätigte er aufgeregt, dass das genau der Mann gewesen sei. Sie müsse ihm seinen Namen sagen. Doch das hatte sie nicht vor.

44.

Im Krankenhaus hatte sie etwas gegen die Kopfschmerzen bekommen, und nachdem sie sich das angetrocknete Blut und den Schmutz von der Haut gewaschen hatte, fühlte sie sich deutlich besser. Sie nahm sich ein Taxi und gab dem dunkelhäutigen Fahrer, der Musik hatte laufen lassen, die einen jedes Elend vergessen ließ, ein Trinkgeld.

Ihr Wagen stand immer noch am Altonaer Balkon. Natürlich hatte sie eine Knolle kassiert. Sie nahm den Strafzettel, der hinter dem Scheibenwischer klemmte, und stopfte ihn in die Tasche.

Der Nebel hatte sich immer noch nicht verzogen, und so hatte der anbrechende Morgen es noch etwas schwerer, die Nacht zu vertreiben. Sie ließ die Schlüssel, mit denen sie vor ihrem Wagen gestanden hatte, wieder in die Tasche gleiten und betrat das menschenleere Grünstück an der Elbe.

Im zarten Dunst sahen die Bäume wie verzaubert aus. Sie ging an den drei Bronzefischern vorbei, die immer noch aufs Wasser schauten, und blickte auf den Hafen. Sobald das alles hier vorbei war, würde sie Hanno Kramer besuchen und ihm danken. Viel Gutes hatte das letzte Jahr ihr nicht gebracht. Aber dass sie hier stand und atmete, war genug. Sie hatte ein Leben, aus dem sie etwas machen konnte. Möglichkeiten, die sie ergreifen oder verstreichen lassen konnte. Augenblicke, in denen sie spürte, dass sie da war. Das war Grund genug, Kramer zu danken.

Nele dachte an das Mädchen mit den schönen Haaren. Ihre leeren Augen. Die hatte doch alles zum Glücklichsein. Und trotzdem ließ sie sich von Michalski an die Elbe schleppen und lehnte sich für ihn an die Brüstung. Warum war es für sie wichtig gewesen, diejenige zu sein, für die er sich entschied? Um das Gefühl zu haben, etwas Besonderes zu sein? Wie sollte ausgerechnet Michalski ihr das vermitteln?

Plötzlich kam Nele der Gedanke, dass da etwas gewesen war

mit Michalski. Ein Detail, das sie nur am Rande wahrgenommen hatte. Etwas, das nur für einen Moment aufgeblitzt war. Sie hatte ihn in die Kniekehle getreten, er war zusammengesackt und hatte sich umgedreht. Jetzt war sie sich sicher. Die beiden hatten Musik gehört. Sie waren per In-Ear-Kopfhörer miteinander verbunden gewesen. Dann hatte er Nele diesen Schlag versetzt, und ihr war schwarz vor Augen geworden. Als sie ihn wieder im Blick gehabt hatte, waren die Kopfhörer verschwunden gewesen.

Das Morgenlicht war stärker geworden. Nele strich mit den Fingern durch das nasse Gras. Wenn sie den MP3-Player finden würde, wäre das ein Beweis.

Sie fand Kronkorken, aufgeweichte HVV-Karten, Kaugummipapier, Zigarettenstummel und war nahe daran, aufzugeben. Aber dann kletterte sie über die Brüstung. Hinter einem schmalen Rasenstreifen fiel das dicht bewachsene Gelände steil ab. Dornen und Zweige zerschrammten ihre Hände. Sie kam ins Rutschen und musste sich an einer Brombeerranke festhalten. Doch ihre Mühen wurden belohnt. Zwischen Brennnesseln blitzte etwas metallisch auf. Daneben entdeckte sie ein weißes Kabel.

Nele nahm sich ein Taschentuch, griff damit nach dem Gerät und wickelte es zusammen mit dem Kopfhörer vorsichtig darin ein. Dann erklomm sie mit klopfendem Herzen die Böschung und eilte zu ihrem Wagen zurück. Wenn nur dem Mädchen nichts geschehen war.

Sie hatte es eilig. Jede rote Ampel, jedes Zögern, Schleichen, Abbremsen ihres Vordermannes brachte sie zum Toben. Ganz Hamburg schien voll von Fahranfängern zu sein. Dreimal war sie drauf und dran gewesen, ihren Wagen zu verlassen, um picklige Achtzehnjährige, übervorsichtige Limousinenfahrer und fehlsichtige Senioren aus dem Verkehr zu ziehen. Als sich wenige Zentimeter vor ihr die Fahrstuhltür schloss, trommelte sie auf das unschuldig leuchtende Bedienfeld ein, entschied sich für die Treppe und rannte die Stufen hinauf. Dabei wusste sie, dass sie durch ihre Hektik niemanden retten konnte.

Nele stieß die Tür zum Flur der Mordkommission auf und hielt für einen Moment inne, um durchzuatmen. Dann steuerte sie das Büro von Mia und den beiden Müllers an. Es war ebenso leer wie das von Sascha und Jan Niehus.

Sie traf die gesammelte Mannschaft im Besprechungsraum an. Als sie die Tür öffnete, wusste sie, dass etwas geschehen war. Die Stille, die augenblicklich eintrat, kündigte ebenso wie die teils betretenen, teils ausweichenden Blicke unangenehme Neuigkeiten an. »Was ist mit dem Mädchen?« Sie hatte das Gefühl, zu ertrinken.

Niehus schaute in die Runde. Wie auf Kommando standen alle von ihren Stühlen auf. Der rotgesichtige Müller Eins hob die Augenbraue, als er an ihr vorüberging. Sascha starrte auf seine Füße, als ob er stolpern würde, sobald er die aus den Augen ließ. Der dürre Müller Zwei klopfte ihr im Vorübergehen auf die Schulter.

Auch Mia kam auf sie zu. Sie wollte gerade etwas zu Nele sagen, da rief Niehus sie zurück in den Raum. Er wartete, bis Mia sich wieder gesetzt hatte. Dann sprach er Nele an. »Komm rein. Mach die Tür hinter dir zu.«

Nele ging in den Besprechungsraum, den die Deckenlampen in kaltes Licht tauchten. Sie wusste nicht, ob sie sich auch setzen sollte. Etwas in Niehus' Blick sagte ihr, dass sie es besser nicht tat. Plötzlich schien ihr der Fund, den sie am Altonaer Balkon gemacht hatte, nicht mehr so wichtig zu sein.

»Was ist mit dem Mädchen?«, fragte sie noch einmal.

Niehus sah zu Mia herüber. »Berichte du ihr bitte.«

Mia richtete sich auf. »Um das vorwegzunehmen: Laura Breitenbach geht es so weit gut.«

Nele spürte zunächst nur Erleichterung. Doch die Anspannung war nur für einen kurzen Moment weg. »Und was noch?«, fragte sie verhalten.

»Ich habe Michalski vor ihrer Wohnung eingeholt. Von der Straße aus konnte ich sie am Fenster stehen sehen. Michalski saß noch in seinem Wagen. Als er losfuhr, bin ich ihm bis zu seiner Villa gefolgt. Vor dem Tor habe ich ihn zur Rede gestellt. Seine Aussage lässt sich wie folgt zusammenfassen: Er hat Laura Breitenbach in der Diskothek kennengelernt. Als dort die Panik ausgebrochen ist, ist sie dank seiner Hilfe dem Gedränge entkommen. Anschließend wollte er sie nach Hause bringen. Weil ihr auf der Fahrt übel geworden ist, ist er mit ihr am Altonaer Balkon ausgestiegen, wo er mit ihr frische Luft geschnappt hat und sie sich nach der Aufregung wieder beruhigen konnte.«

»Frische Luft geschnappt?«, sagte sie aufgebracht. »Er hat sie vergewaltigt.«

Mia sah sie an. Nele versuchte, zu erkennen, was in diesem Blick lag. War es Wut, Müdigkeit, Überdruss?

»Von Geschlechtsverkehr war in seiner Aussage keine Rede. Nach dem Gespräch mit ihm war ich noch bei dem Mädchen. Sie lebt bei ihren Eltern. Den beiden gegenüber hat sie behauptet, ich wäre eine Kommilitonin aus ihrem Seminar Allgemeines Strafrecht. Laura Breitenbach hat Michalskis Ausführungen im Großen und Ganzen bestätigt.«

Nele holte den MP3-Player aus ihrer Jackentasche und knallte ihn auf den Tisch. »In der Disco lief dasselbe Stück, das Julia Siems auf der Intensivstation das Leben gekostet hat. Michalski hat die Aufnahme dem DJ gegeben.«

Mia sah zu Niehus herüber, der jedoch schwieg.

»Ich bin mir sicher, dass wir die Musik auch auf diesem MP3-Player finden werden.«

»Wo hast du den her?«, wollte Mia wissen.

»Michalski hat ihn am Altonaer Balkon weggeworfen. Er wusste genau, dass es vorbei ist, wenn wir den bei ihm finden. Damit haben wir ihn.«

»Hast du gesehen, wie er ihn weggeworfen hat?«, fragte Niehus kühl.

»Nein. Aber ich weiß einfach, dass es so war. Da müssen Fingerabdrücke drauf sein. Und außerdem habe ich die Aussage von dem DJ. Er hat mir gesagt, dass er die Musikdatei von Michalski bekommen hat. Michalski hat ihm sogar Geld dafür geboten, dass er sie spielt.«

»Wusste der DJ, dass er mit einer Polizistin spricht?«, hakte Niehus nach.

»Nein.«

»Dann wird er beim nächsten Mal vermutlich alles leugnen. Du bist raus aus diesem Fall, Nele«, sagte Niehus, »da gibt es kein Zurück. Wir werden alles überprüfen, was du vorgebracht hast. Aber das hier ist nicht mehr deine Sache. Ich habe vorhin einen Anruf von Oberstaatsanwalt Fritsche bekommen. Du erinnerst dich? Michalski geht mit ihm in die Staatsoper. Für den sieht das so aus, dass du außerhalb des Dienstes harmlosen Passanten die Schulter ausrenkst. Die Kollegen bei der Internen Ermittlung nehmen so eine Sache bei jemandem wie Michalski nicht auf die leichte Schulter.«

Sie war sprachlos vor Wut.

»Du fährst zurück an den Steindamm und ziehst deine Uniform an«, fuhr Niehus ungerührt fort. »Ich hoffe für dich, dass du sie noch etwas tragen kannst. Denn im Moment hängt für dich alles von Michalski ab. Solange er still hält, passiert dir nichts.«

Sie wollte gehen.

»Moment noch.«

»Was denn?«

Niehus griff nach der Zeitung, die auf dem Tisch lag, und drehte sie um, so dass die Schlagzeile zu sehen war: *Hamburger Notar ein Serienmörder?* »Wie erklärst du dir das hier?«

»Du glaubst, dass ich das war?«

»Ich frage dich nach einer Erklärung.«

»Ihr könnt mich mal!«

45.

Er steht am Zaun und beobachtet das Treiben auf dem Schulhof. Das Bild des Jungen hat er in der Wohnung gesehen und ihn gleich wiedererkannt. Dass der Junge seinen Vater nicht kennt, ist gut. Er wird ihm erzählen, dass er ihm sein neues Zuhause zeigen möchte, und der Junge es sich nur ansehen soll, um entscheiden zu können, ob er dort wohnen will.

Es ist ein seltsam bewegendes Gefühl, sich vorzustellen, dass es wirklich so kommt. Aber das wird es nicht. Es ist nur ein Gedankenspiel, das ihm dabei hilft, überzeugend zu sein. Er muss überzeugend sein. Denn er braucht den Jungen. Sie mag ihn. Das hat er ihr angesehen.

Die Pausenaufsicht sieht zu ihm herüber. Er nimmt sein Telefon, öffnet den Posteingang und tut so, als würde er sie nicht bemerken. Aus dem Augenwinkel sieht er, dass sie zu zwei Jungen eilt, die sich prügelnd auf dem Boden wälzen.

Dem Pflegedienst hat er gesagt, dass sie in den nächsten Tagen nicht zu kommen bräuchten, weil er mit seiner Mutter verreise. Das verschafft ihm die Zeit, die er braucht. Und in gewisser Hinsicht stimmt es sogar. Denn was momentan geschieht, lässt sich ohne weiteres als eine Reise verstehen. Eine Reise in ein unbekanntes Land. Seine alte Heimat hat er mittlerweile so weit hinter sich gelassen, dass es unmöglich ist, dorthin zurückzukehren. Wie bei einer Floßfahrt durch einen reißenden Fluss geht es immer nur vorwärts. Anhalten ist ebenso wenig möglich wie Umkehr. Es gilt, das Ruder in der Hand zu halten und das Floß durch die Stromschnellen in ruhigere Gewässer zu steuern. Natürlich fragt er sich, ob es das für ihn überhaupt noch geben kann: ruhige Gewässer. Doch damit kann er sich jetzt nicht beschäftigen. Denn gerade kommt der Junge auf ihn zu.

»Hallo, Tom«, sagt er freundlich.

Der Junge sieht überrascht auf und blickt ihn durch die Zaunstäbe hindurch an.

46.

Nele öffnete ihre Spindtür. Sie zog das schwarze T-Shirt über, stieg in die Cargohose und entschied sich statt für das langärmelige Hemd für den warmen Strickpullover. Sie war wieder Streifenpolizistin. Und wenn ihr nicht die Interne Ermittlung dazwischenkam, konnte sie es auch bleiben. Im Moment wusste sie jedoch nicht, wozu das gut sein sollte. Sie war einfach nur müde und kaputt.

Im Aufenthaltsraum roch es angenehm nach Kaffee. Sie hatte sich ein Croissant vom Bäcker mitgenommen und setzte sich damit an den wackeligen Resopaltisch. Jemand hatte den Bierdeckel unter dem zu kurzen Bein weggenommen. Sie faltete ein Stück Papier so oft, dass es dick genug war, und schob es unter den Tisch.

Grit kam zu ihr und schloss die Tür hinter sich. »Was hast du da?«, fragte sie und deutete auf Neles Stirn.

»Das ist nichts.«

Es entstand eine unangenehme Pause.

»Statt wie ein Geist durchs Revier zu schweben, solltest du lieber mit Tobi reden.«

»Ich weiß.«

»Das muss von dir ausgehen. Du wartest nicht, bis er auf dich zukommt!«

»Ja.« Sie sah Grit an. »Ich habe Scheiße gebaut. Das tut mir leid. Und ich hätte dich da nicht mit reinziehen dürfen.«

»Stimmt genau. Und ich werde noch mindestens einen Monat sauer auf dich sein.« Die Strenge wich aus Grits Gesicht und machte einem Lächeln Platz.

Auf einmal wurde Nele klar, dass sie sich in dem Aufenthaltsraum mit seinem wackeligen Tisch und dem abgestoßenen Geschirr heimischer fühlte als in ihrer eigenen Küche und sie dankbar war, dass es diesen Ort gab.

»Hi.« Tobi stand in der Tür.

»Ich bin dann mal weg«, sagte Grit, warf Nele einen strengen Blick zu und ging.

Kaum war Grit weg, setzte bei Nele der Fluchttrieb ein. Ihr Stuhl verwandelte sich in ein Nagelkissen, aber sie blieb sitzen. »Du musst mich für das Letzte halten, aber lass mich bitte versuchen, es dir zu erklären.« Ihre Zunge fühlte sich beim Reden wie ein zappeliger Fisch an.

»Nein«, unterbrach Tobi sie.

Sie nickte. Das tat weh. Jetzt fiel ihr außer Rückzug wirklich nichts mehr ein. Sie stand auf und ging zur Tür.

Tobi folgte ihr. »Du hattest schon recht, Nele. Das war ich, den du da vor deiner Wohnung gesehen hast.«

Sie schaute ihn fassungslos an. »Was sagst du da?«

Tobi wich ihrem Blick aus. »Ich habe da unten rumgestanden. Die New-Yorker-Cap, das war meine.«

»Was hast du da gemacht?!«

»Weiß ich nicht. Ich wollte dich sehen.«

»Wie jetzt?«

Tobi sah sie an. »Nun stell dich doch nicht so blöd. Ich wollte dich sehen. Und ich habe mich nicht getraut, bei dir zu klingeln.«

»Warum nicht?«

»Weil ich nicht wusste, ob du mich sehen willst.«

Sie setzte sich an den Tisch, der auf einmal überhaupt nicht mehr fleckig und schäbig aussah. »Das war der Grund?«

»Ja«, sagte er und setzte sich zu ihr.

»Warum hast du das nicht gleich gesagt?«

»Kannst du das nicht verstehen?!«

Sie sagte nichts.

»Ich habe da vor deiner Tür herumgelungert wie ein Teenie mit Milchbart.«

Sie musste lächeln. Jetzt saß er wirklich da wie ein kleiner Schuljunge. Fast schon unwiderstehlich.

»Warum du mich nicht auf diesem Überwachungsfilm hast rausgehen sehen, weiß ich nicht. Ich habe mir die ganze

Nacht den Kopf darüber zerbrochen. Aber ich bin nicht drauf gekommen.«

»Mein Auftritt gestern – das war so verstrahlt, dass ich dafür auf eine Sondermülldeponie gehöre. Gleich neben dem Stapel mit den verrosteten Brennstäben.« Sie blickte ihm in die Augen und spürte seine Nähe. »Ich wollte nicht so über dich denken.«

Plötzlich wurde es still. Die Geräusche, die aus dem Wachraum herüberdrangen, klangen unnatürlich laut. Sie wagte kaum zu atmen. Auch Tobi bewegte sich nicht. Er saß wie festgeschraubt auf seinem Stuhl.

Die Türklinke wurde heruntergedrückt. Nele riss sich aus der Erstarrung.

»Ist da noch ein Kaffee für mich?«, wollte Heike wissen.

»Bestimmt«, stammelte Nele, stand auf und ging an ihr vorüber. Sie hatte einen leeren, aber seltsam leichten Kopf.

Als sie vor ihrem Computer saß, musste sie auf einmal an ihren Retter denken. Hanno Kramer. Es war gut, dass er die Sache in die Hand genommen hatte und sie jetzt hier sitzen konnte. Sie öffnete den Browser und tippte seinen Namen ein. Sie wollte wissen, wie er aussah. Mit etwas Glück würde die Suchmaschine ihr ein Bild von ihm liefern.

Und sie hatte Glück. Eines der Anzeigenblätter, das sie, wenn es in ihrem Briefkasten landete, meist ungelesen ins Altpapier warf, hatte etwas über ihn gebracht. Er saß auf einem Krankenbett in seiner Rettungsassistenten-Uniform, die Hand in einem dicken Verband. Eine Patientin himmelte ihn von ihrem Kopfkissen aus an. Er hatte sie nach einem Verkehrsunfall aus ihrem brennenden Wagen geholt und sich dabei die Hand verletzt. Eine kleine Heldengeschichte. Der Artikel war schon vier Jahre alt. Aber jetzt hatte sie ein Gesicht zu der Stimme, die ihr gesagt hatte, dass sie nicht aufgeben solle.

Nele zoomte das Foto hoch und stutzte. Die ganze Szene war plötzlich wieder da. Gleichzeitig sperrte sich etwas in ihr. Sie versuchte, sich einzureden, dass sie sich irrte. Dass ihr Gedächtnis ihr einen Streich spielte. Sie schaute zu Tobis Platz, der leer war. Dann sprang sie auf und lief zurück in den Aufenthaltsraum, wo Heike mit ihrem Kaffee am Tisch saß.

»Wo ist Tobi?«, fragte Nele aufgeregt.

»Raus. Mit Grit.«

Sie rannte los, um ihn abzupassen. Aber draußen auf dem Steindamm war er nicht. Sie lief zur Ecke Lindenstraße, wo die Streifenwagen parkten. Grit saß schon drin, Tobi stieg auf der Fahrerseite ein und warf die Tür zu.

»Wartet!«, rief sie.

Tobi startete den Motor. Sie klopfte aufs Dach.

Tobi fuhr die Fensterscheibe herunter und lächelte sie an. »Lass den Wagen heil.«

»Ich habe da ein Bild, das du dir anschauen musst!«

»Was für ein Bild?«

»Jetzt sofort!«

»Ist ja schon gut. Ich komme.«

Sie lief mit großen Schritten voran. Tobi und Grit stiegen aus dem Wagen und folgten ihr.

»Was ist denn los?«, rief Grit.

»Gleich. Erst muss ich etwas wissen!«

Die drei standen vor ihrem Monitor.

»Hast du den Mann schon mal gesehen, Tobi? Ist er aus meinem Haus gekommen?« Sie kaute auf den Fingernägeln, was sie schon sehr lange nicht mehr getan hatte.

Tobi sagte nichts. Er beugte sich vor.

»Nun sag schon!«

Er schüttelte den Kopf. »Da ist keiner rausgekommen. Jedenfalls nicht, dass ich wüsste. Aber ich stand da ja auch nicht Stunden herum. Höchstens fünf Minuten. Und das kam mir schon – na ja – ziemlich lange vor.«

»Hast du sie etwa gestalkt?« Grit lachte.

»Wir müssen heute noch mal tauschen!«, forderte Nele.

»Ich überlasse ihn dir nur, wenn du ihn gut behandelst!«, sagte Grit lachend.

»Versprochen!« Nele schickte einen Link der Seite auf ihr

Smartphone, fuhr den Computer herunter und zerrte den verdatterten Tobi mit sich.

»Regelst du das mit Tammo?«, fragte sie im Weggehen, ohne Grits Antwort abzuwarten.

Sie nahm Tobi den Schlüssel aus der Hand, setzte sich ans Lenkrad, fuhr auf den Steindamm, bog Richtung Alster ab und setzte die Fahrt weiter nach Norden fort.

»Hast du gemerkt, dass wir gerade unser Einsatzgebiet verlassen haben?«, fragte Tobi.

»Ja.«

»Und darf ich auch erfahren, was unser Ziel ist?«

Sie blickte konzentriert auf die Straße. Als sich ein Bus vor sie setzte, schaltete sie Blaulicht und Martinshorn ein.

»Wir haben keine Sonderrechte«, bemerkte Tobi.

Sie schaute kurz zu ihm hinüber. »Es tut mir leid, dass ich dich mitschleppe. Könntest du mir verzeihen, wenn es schiefgeht?«

»Das kommt natürlich drauf an, wie schief, aber ich fürchte, ich kann dir so ziemlich alles verzeihen.«

Sie lächelte ihm zu. »Danke.«

Die Fahrt hatte kaum länger als eine Viertelstunde gedauert. Sie hoffte, dass sie jemanden antreffen würde, als sie den Wagen auf dem Parkplatz des italienischen Restaurants zum Stehen brachte.

Nele stieg aus und drückte die Klinke der mit einem Gitter versehenen Glastür herunter.

»Die haben noch zu. Es ist viel zu früh. Wenn du was essen willst, sollten wir zu dem Bäcker da drüben gehen«, unkte Tobi, dessen an sich großzügig bemessener Vorrat an stoischer Gelassenheit langsam zur Neige ging.

Sie blickte durch das große Fenster in den leeren Speiseraum. »Ich suche jemanden.«

»Das ist jetzt ja eine Überraschung.« Tobi verschwand aus ihrem Gesichtsfeld.

Sie hörte ihn »Hallo« rufen und folgte ihm auf die Rückseite des Gebäudes, wo ein dicker Koch ihnen öffnete.

»Was ist los?«, fragte er mit stark italienischem Akzent.

»Ist Leon da?«, fragte sie.

Der Koch sah die beiden Polizisten misstrauisch an. Mit seinem ausufernden Leib füllte er die Tür aus.

»Ich möchte ihm nur ein Foto zeigen. Er könnte mir damit sehr helfen!« Sie versuchte ein Lächeln, was ihr mit der gegenwärtigen Höhe ihres Adrenalinspiegels nicht leichtfiel.

Der Koch bedeutete ihnen, zu warten, und kehrte in seine Küche zurück.

Einen Moment später kam Leon heraus. Als er Nele sah, hellte sich seine Miene auf. »Signora! Schön, Sie zu sehen. Kommen Sie rein, wir bereiten Ihnen eine Kleinigkeit zu.«

»War dies der Mann, nach dem ich neulich schon gefragt habe?«, fragte sie, während sie das Foto auf ihrem Telefon hochlud.

»Moment.« Er zog eine Lesebrille aus der Tasche seiner schwarzen Kellnerweste und betrachtete das Bild, das sie ihm hinhielt. »Ich weiß nicht. Vielleicht, aber vielleicht auch nicht.«

Sie vergrößerte den Ausschnitt, der das Gesicht zeigte.

Der Kellner schüttelte den Kopf. »Tut mir leid, dass ich Ihnen wieder nicht weiterhelfen kann.«

»Schauen Sie bitte noch einmal genau hin.«

»Wissen Sie«, sagte er, »ich möchte nichts falsch machen. Ich könnte sagen: ›Ja, ich erkenne ihn.‹ Aber was würde das nützen, wenn es nicht wahr ist?«

»Ja. Das würde nichts nützen.« Enttäuscht steckte sie das Handy wieder ein und wandte sich zum Gehen.

»Warten Sie!«, sagte Leon. »Zeigen Sie noch einmal.«

Sie ging zu ihm und rief das Bild auf. Sie zoomte auf das Gesicht.

»Nicht das Gesicht! Zeigen Sie mir die Hand. Was hat er da?«

Sie vergrößerte den Teil des Fotos, der die verbundene Hand von Hanno Kramer zeigte.

»Was ist das für eine Verletzung? Wissen Sie das?«

»Er hat sich verbrannt.«

Der Kellner nickte aufgeregt. »Eine Brandverletzung – daran kann ich mich erinnern! Ich habe die vernarbte Haut auf seiner Hand gesehen und gedacht, dass das sehr wehgetan haben muss. Wissen Sie«, er krempelte seinen Ärmel hoch und zeigte ihr seinen verbrühten Unterarm, »das sind sehr unangenehme Schmerzen, die man nicht so leicht vergisst.«

47.

Schon wieder erwischte sie sich beim Nägelkauen. Sie brauchte dringend eine Zigarette. Tobi war Nichtraucher. So genau kannte sie ihn mittlerweile. Er war nicht gerade ein Abenteurer. Wahrscheinlich war er noch nie in seinem Leben nachts über einen Schwimmbadzaun geklettert. Jetzt saß er im Auto und hörte nervös den Funk nach etwaigen Einsatzbefehlen für sie ab. Denn offiziell kreuzten sie immer noch durch das kleine St. Georg, wo jeder seinen angestammten Platz hatte: die Stricher mit den jungen Gesichtern und den dunklen Ringen unter den Augen, die Alkis, die Prostis und ihre Zuhälter, die Fixer, Touristen, schwulen Pärchen, türkischen Großfamilien, ernährungsbewussten Spätgebärenden.

Endlich klingelte das Handy.

»Was gibt es? Ich habe nicht viel Zeit«, sagte Mia hektisch.

»Ich habe den Mann, der mich beim Italiener beobachtet hat!«

Schweigen am anderen Ende.

»Hast du gehört, was ich gesagt habe?"

»Das hat sich erledigt, Nele. Wir haben jetzt Michalski. Es sind seine Fingerabdrücke auf dem MP3-Player und das Stück ist auch drauf. Sehr gute Arbeit, da kriegst du noch einen Orden für.«

»Er heißt Hanno Kramer und ist Rettungsassistent.«

»Nele, du musst niemandem mehr etwas beweisen. Jan wird Abbitte bei dir tun. Und ich kann dir sagen, dass das nicht allzu häufig passiert. Er macht Oberstaatsanwalt Fritsche Druck. Und dem geht langsam die Luft aus. Du kannst dir nicht vorstellen, was für eine Freude es ist, das zu sehen. Die Sache mit der Presse hat sich auch aufgeklärt. Das ist auf dem Mist der beiden gewachsen, die Michalski haben laufen lassen. Für den Rest der Story hat dann jemand seine guten Verbindungen spielen lassen. Die haben sogar Sobotka aufgespürt, der ihnen brühwarm erzählt hat, was er wusste. Es ist nicht deine Schuld, und das wissen auch alle. Am Ende war das vielleicht sogar alles nicht so schlecht, weil Michalski dadurch unter Druck gerät. Du kannst dich also entspannen. Ich werde dich auf dem Laufenden halten. Versprochen!«

»Mia, ihr müsst euch diesen Hanno Kramer vornehmen!« Ihr Puls war schneller geworden, die Stimme unwillkürlich laut.

»Sicher, das machen wir. Aber im Moment ist erst mal Michalski dran.«

»Der muss warten! Verstehst du das denn nicht?«

»Ich sage das nur ungern, weil ich dich mag und schätze. Aber du solltest das jetzt wirklich den Profis überlassen.«

»Wenn du nicht zuhören willst, dann gib mir jemand anderen. Sascha, einen von den Müllers oder am besten direkt den Chef.«

»Okay, Nele. Ich wollte dich nicht unnötig beunruhigen. Aber wahrscheinlich ist es besser, wenn du Bescheid weißt. Michalski ist verschwunden. Er hat sich vom Acker gemacht. Wir haben keine Ahnung, wo er ist. Es tut mir leid, aber wir können uns jetzt wirklich nicht um deine Ahnungen und Vermutungen kümmern.«

»Das ist keine Ahnung.«

»Vergiss deinen Hanno Kramer. Selbst wenn du dich nicht getäuscht hast und er wirklich der Mann aus dem Restaurant ist, heißt das noch nichts. Vielleicht hat er dich angeschaut. Und ich sage bewusst angeschaut, nicht beobachtet. Denn auch das bedeutet rein gar nichts. Du bist schließlich eine attraktive Frau. Also tu mir einen Gefallen und fahr nach Hause. Da steht ein Wagen mit zwei Kollegen, die ein Auge auf dich haben, damit dir nichts zustößt. Oder bleib im PK und mach etwas Schreibarbeit. Da bist du sogar noch besser aufgehoben, bis das hier geregelt ist. Ich muss jetzt Schluss machen.«

Nele schaute fassungslos auf die Anzeige ihres Handys: *Anruf beendet.*

»Was haben die gesagt?«, fragte Tobi, als sie sich zu ihm in den Wagen setzte.

»Dass ich nach Hause fahren und die Arbeit den Profis überlassen soll.«

»Klingt eigentlich ganz vernünftig.«

Sie schaute Tobi wütend an.

»Ist ja schon gut. War nicht so gemeint. Was nun?«

»Weiß ich nicht.«

»Den Namen von dem Typen hast du ihnen aber gegeben?«

»Ja, aber sie machen damit nichts, weil sie hinter Michalski her sind, der verschwunden ist.«

»Dann starten wir eine POLAS-Abfrage. Das ist doch das, was man in einem solchen Fall tut.« Tobi griff nach dem Funkgerät, aber sie nahm es ihm aus der Hand und legte es wieder zurück.

»Lass uns das lieber nicht über die Zentrale machen. Ich rufe Grit an.«

»Wie du meinst.«

Sie telefonierte mit Grit. Dann warteten sie. Als das Handy klingelte, war Nele sofort dran. »Hast du was gefunden?«

»Ja. Das Amtsgericht Bergedorf hat vor vier Jahren ein Kontaktverbot gegen Kramer ausgesprochen.«

Sie sah Tobi an. »Das war im gleichen Jahr, aus dem der Zeitungsbericht stammt.«

»Ja.«

»Wer wurde damit geschützt?«, fragte sie Grit.

»Carina Holst.«

»Die Frau aus dem Artikel.« Sie ließ sich die Adresse geben und legte auf. »Ich will mit der Frau reden«, sagte sie zu Tobi. »Bist du dabei?«

»Irgendeiner muss ja auf dich aufpassen.«

»Wie du meinst.«

Carina Holst lebte in einer Zweizimmerwohnung in Jenfeld. Ein achtstöckiger Wohnblock in einer Dreißigerzone. Auf dem Spielplatz hinterm Haus saßen drei Mütter in Daunenjacken beim Kaffee zusammen und warteten darauf, dass ihre spielenden Kinder endlich wieder ins Warme wollten.

Das Eintreffen des Streifenwagens erregte sofort die Aufmerksamkeit sowohl der Kinder als auch der Frauen. Sie waren im Nu von den Vierjährigen umringt. Alle drei hatten weiß gepuderte Pickel im Gesicht und wollten wissen, was los war.

»Geht ihr gar nicht in den Kindergarten?«, fragte Tobi.

»Wir haben Windpocken«, erklärte das gesprächigste der drei.

»Dann geht mal wieder schön zu euren Müttern und steckt die an«, sagte Tobi.

»Wir stecken niemanden an«, maulte der Junge und zog mit den beiden anderen ab.

Nele drückte die Klingel. Eine Stimme wollte wissen, wer da sei. Nele stellte sich vor, ein Summton erklang.

Carina Holst hatte ihre langen Haare abgeschnitten und blond gefärbt. Seit das Zeitungsfoto gemacht worden war, hatte sie deutlich an Gewicht zugelegt. Ihrem Gesicht traute man ein offenes, herzliches Lachen zu. Doch jetzt sah sie den beiden uniformierten Polizisten mit ängstlicher Miene entgegen. Als Nele sie fragte, ob sie einen Moment Zeit hätte, trat sie beiseite, um sie hereinzulassen.

Im Flur standen Umzugskartons. Carina Holst entschuldigte sich für die Unordnung. Sie habe die Wohnung zwar schon vor zwei Monaten bezogen, sei aber noch nicht dazu gekommen, alles auszupacken. Sie führte die beiden ins Wohnzimmer, klappte hastig den vollbeladenen Wäscheständer zusammen und trug ihn hinaus. Sie bot ihrem Besuch Kaffee an, den Nele jedoch ablehnte.

»Wir würden mit Ihnen gerne über Hanno Kramer sprechen.«

Carina Holst setzte sich auf das senfgelbe Sofa. Sie wirkte unruhig. »Was ist mit ihm?«

»Keine Sorge, wir haben nur einige Fragen.«

Schweigen.

»Wie haben Sie Herrn Kramer kennengelernt?«

Carina Holst bedachte Nele mit einem prüfenden Blick. Offenbar vertraute sie ihr, denn nun antwortete sie. »Ein Lkw hat mich beim Überholen übersehen. Die Feuerwehr musste mich aus dem Wagen herausschneiden, weil die Türen sich nicht mehr öffnen ließen. Als das Auto angefangen hat zu brennen, hat Hanno Kramer mich rausgezogen. Das war sehr mutig von ihm.«

»Was ist danach geschehen?«

»Er hat mich oft im Krankenhaus besucht. Ich hatte mehrere komplizierte Brüche. Zuerst war ich dankbar und habe mich gefreut, nicht den ganzen Tag alleine zu sein. Aber dann hat er so komische Ideen entwickelt.« Sie schien erleichtert, die Geschichte loszuwerden.

»Was für Ideen?«

»Dass wir zusammengehören. Mir ging das überhaupt nicht so. Denn wir kannten uns doch gar nicht richtig. Aber das konnte er überhaupt nicht verstehen. Er ist weiter jeden Tag gekommen, und mir wurde das ganz unangenehm und auch etwas unheimlich. Ich wollte nicht, dass er weiter kommt. Das Personal hat mich dazu gebracht, etwas zu unternehmen. Denen ist das auch zu stressig geworden. Dann gab es eine Verhandlung und das Gericht hat ein Kontaktverbot ausgesprochen.«

»Hat Herr Kramer sich daran gehalten?«

»Ja, schon.«

»Aber?«

»Ich hatte trotzdem noch so ein Gefühl. So als ob er immer da wäre, obwohl ich ihn nie gesehen habe.« Sie schaute aus dem Fenster. »Eigentlich tat mir das alles leid, weil ich ihm doch dankbar sein musste. Er hat mich schließlich gerettet und dabei sein eigenes Leben riskiert.«

»Hat er Sie jemals bedroht?«

»Nein.«

»Wie ist es weitergegangen?«

»Nach sechs Wochen Krankenhaus bin ich in die Reha gegangen und danach war ich immer noch krankgeschrieben. Das war sowieso schon eine schreckliche Zeit, und durch diese Sache wurde sie noch furchtbarer. Manchmal, wenn ich vom Einkaufen wiederkam, dachte ich sogar, dass er in meiner Wohnung war. Aber das konnte eigentlich nicht sein, weil er ja gar keinen Schlüssel hatte. Als meine Firma eine Niederlassung in Halle gegründet hat, habe ich mich sofort versetzen lassen. Aber ich habe mich da nie eingelebt. Deshalb bin ich wieder zurückgekommen. Ich bin Bilanzbuchhalterin. Da findet man immer einen Job.«

»Haben Sie noch Kontakt zu Herrn Kramer?«

»Nein.«

»Und dieses Gefühl, dass er in der Nähe ist?«

»Ist immer noch da. Keine Ahnung, wie ich das loswerden soll.«

48.

Es hatte zu regnen begonnen. Der Wind trieb den dichten Niederschlag in Schwaden vor sich her. Die beiden saßen wieder im Wagen, die Scheiben waren von innen beschlagen. Tobi hatte kaum ein Wort gesagt, seit sie die Wohnung von Carina Holst verlassen hatten.

Nele drehte den Schlüssel im Zündschloss herum. Der Motor lief an, die Scheibenwischer schoben das Wasser zur Seite, ohne gegen die Flut anzukommen.

»Warum hast du dir Hanno Kramers Adresse von Grit geben lassen?«, fragte Tobi.

»Muss ich das wirklich erklären?«

Das Motorgeräusch ging in dem Lärm unter, den der auf das Dach prasselnde Regen machte. Man spürte nur die leichte Vibration der im Leerlauf gehenden Maschine.

»Kannst du bitte den Motor noch einmal ausschalten?«

Sie drehte den Schlüssel widerwillig zurück in die Ausgangsposition.

»Wir fahren nicht zu Hanno Kramer«, stellte Tobi entschieden klar.

»Warum nicht?«

»Weil das Kriposache ist.«

»Aber die kümmern sich nicht.«

»Sie werden sich kümmern, wenn du recht mit deinem Verdacht hast.«

Sie schwieg für einen Moment. »Aber ich weiß nicht, ob ich recht habe. Es könnte sich alles auch als Zufall oder fixe Idee herausstellen.«

»Wenn ich restlos davon überzeugt wäre, dass das mit Kramer Quatsch ist, hätte ich nichts dagegen, hinzufahren, damit du Ruhe gibst. Mich stört die Möglichkeit, dass du mit deinem Verdacht richtig liegst.«

»Kramer ist ein Stalker und wir suchen einen Stalker. Aber er hat Carina Holst weder bedroht noch ihr etwas getan«, sagte sie nachdenklich. »Ich habe die SMS gelesen, die Julia Siems bekommen hat. Die steckten voll von Drohungen. Und ich habe die Leiche von Gabi Steffens gesehen. Ihr Mörder hat sie furchtbar zugerichtet. Das kannst du dir nicht vorstellen.«

»Ja«, sagte Tobi, »und das will ich mir auch lieber nicht vorstellen.« Er sah sie ernst an. »Wenn du auch nur die geringste Möglichkeit siehst, dass Hanno Kramer der Mann ist, der das getan hat, können wir da nicht hinfahren.«

Nele nickte. Sie wusste, dass er recht hatte. »Aber ich kann doch nicht warten, bis die bei der Kripo sich bewegen.«

Tobi seufzte. »Dann überzeug sie davon, dass sie sich bewegen müssen.«

»Was glaubst du, was ich vorhin versucht habe?!«

Tobi sah sie ruhig an. »Dann überzeug mich. Was an Hanno Kramer hat dich zuerst auf den Gedanken gebracht, dass er es ist?«

Sie versuchte, ihre Gedanken zu sortieren. »Wir haben immer versucht, eine Verbindung zwischen meinem Leben und dem der Opfer zu finden. So sind wir auch auf diesen Michalski gekommen.«

»Ja, schon. Aber worin soll jetzt die Verbindung zu diesem Kramer bestehen?«

»Er ist ein Stalker und er war sowohl bei meinem Notarzteinsatz als auch bei dem von Carina Holst dabei. Er hat uns beiden das Leben gerettet.«

»Das ist eine starke Verbindung zu dir. Die Sache hat nur einen Schönheitsfehler: Carina Holst gehört nicht zu den Opfern.«

»Ich weiß«, sagte sie resigniert, startete den Motor wieder und legte den Gang ein.

Der Regen ließ Wandsbeks Fünziger-Jahre-Gesicht noch etwas trister dreinschauen. Nele fiel es schwer, sich auf den dichten Verkehr auf der Wandsbeker Chaussee zu konzentrieren. Denn sie wusste, dass da noch etwas war. Ein Detail, das sich ihrem Blick entzog. Doch je mehr sie versuchte, es zu erkennen, desto undeutlicher wurde ihre Vorstellung davon.

Sie meldete sich mit Tobi im PK 11 zurück, schwieg sich bei Tammo Griesing über ihren Abstecher aus und startete mit Tobi zu einer Runde durch den Stadtteil, in der sie einen Streit zwischen Betrunkenen auf dem Hansaplatz schlichteten, einer Japanerin den Weg zum Hauptbahnhof wiesen und einen Pitbull-Besitzer freundlich darauf aufmerksam machten, dass der Kinderspielplatz nicht zum Freilaufbereich für Hunde gehöre. Schließlich spürten sie noch die Halterin eines parkenden Fahrzeuges mit einer Beule im Dach auf. Ein Schüler hatte die Brotdose seines Banknachbarn aus dem Fenster des im dritten Stock gelegenen Klassenzimmers geworfen. Den Lehrer, der sie gerufen hatte, erfüllte ihr Auftritt und die dadurch beim Täter hervorgerufene Pein mit solchem Triumph, dass der Junge Nele schon wieder fast leid tat. Es war einer der wenigen Momente, in denen sie seit dem Gespräch mit Carina Holst wirklich bei der Sache war.

Dabei ließ Tobi keine Gelegenheit aus, gute Laune zu verbreiten. Aber dadurch erreichte er nur, dass sie noch einsilbiger wurde. Am Ende der Schicht fragte er sie, was los sei. Weil es ihr zu mühsam war, das Offenkundige zu erklären, antwortete sie mit einem lapidaren »Nichts«. Später verabschiedete sie sich so schnell von ihm, dass Tobi erst gar nicht fragte, ob sie noch etwas mit ihm unternehmen wolle.

Als Nele zurück in den Eilbeker Weg fuhr und dort immer noch den gleichen Streifenwagen mit zwei neuen, jedoch nicht sonderlich frisch wirkenden Gesichtern vor ihrer Wohnung sah, wäre sie am liebsten umgekehrt. Stattdessen parkte sie und erkundigte sich bei den Kollegen nach Neuigkeiten, die sich jedoch nicht ereignet hatten. Sie stieg die Treppen hoch und dachte, dass sie Carina Holst gut verstehen konnte. Das Gefühl, dass ein Fremder in ihr Zuhause eingedrungen war, ließ sich nur schwer wieder loswerden.

Plötzlich hatte sie eine Idee und verfluchte sich dafür, nicht schon eher darauf gekommen zu sein. Was, wenn die anderen Mordopfer auch eine solche Begegnung mit Kramer gehabt hatten wie Carina Holst und sie selbst? Wenn er auch ihnen das Leben gerettet hatte? Ohne weiter nachzudenken, wählte sie Mias Nummer. Doch bevor die Verbindung stand, drückte sie das Gespräch weg und versuchte es stattdessen bei Sascha. Als sie ihn am Telefon hatte, bat sie ihn aufgeregt, herauszubekommen, ob die Obduktionsbefunde von Julia Siems und Gabi Steffens Hinweise auf frühere Notarzteinsätze enthielten. Außerdem müsse sie wissen, bei welcher Krankenversicherung die beiden gewesen seien.

Sascha vermittelte nicht gerade einen besonders enthusiastischen Eindruck und bezweifelte, dass bei einer Autopsie solche Hinweise zu finden seien. Sie selbst war zudem unsicher, ob man anhand von Krankenkassendaten nachvollziehen konnte, ob Kramer bei einem eventuellen Notarzteinsatz beteiligt gewesen war. Trotzdem war sie sich sicher, auf dem richtigen Weg zu sein. Allerdings wurde sie das Gefühl nicht los, dass da noch ein wichtiges Detail war, das sie jedoch nicht greifen konnte.

Während sie ihre Wohnungstür aufschloss, klingelte ihr Handy. Sie hoffte, dass sich Sascha mit Ergebnissen meldete. Aber es war Ulf Renken. Tom sei nicht aus der Schule zurückgekommen, und er mache sich Sorgen. Die Schule läge doch in ihrem Revier, und vielleicht könne sie sich dort nach dem Jungen erkundigen. Er habe schon angerufen, aber niemanden erreicht.

Nele verschwieg, dass sie schon Feierabend hatte, und sagte ihm, dass sie sich kümmern werde. Sie stieg, plötzlich in unerträglicher Sorge, die Treppen hinunter, startete den Wagen und fuhr zurück nach St. Georg.

Der Pausenhof lag verlassen da. Auf einer vandalismussicheren Betontischtennisplatte ruhte ein Ball, dem die Luft ausgegangen war. Nele ging auf das Schulgebäude zu. Vor dem Eingang lag ein regenverschmiertes Blatt Papier, das aus einem Rechenheft herausgerissen worden war. Über die Aufgaben hinweg stand mit einem dicken Stift geschrieben, dass Enzo doof sei. Dem ›doof‹ fehlte ein o.

Die Schule wirkte ohne Kinder wie ausgestorben. Nele

steuerte eilig das Lehrerzimmer an und hoffte, dort noch jemanden anzutreffen. Sie hatte Glück. An den zu einem großen Konferenztisch zusammengerückten Tischen saßen ein Mann und eine Frau im Gespräch miteinander. Sie kannte die Frau. Nele hatte sie bei einem Schulprojekt über die Arbeit der Polizei im Stadtteil kennengelernt. Eine erfahrene Lehrerin, die, obwohl kurz vor der Pensionierung, immer noch mit Herzblut bei ihrer Arbeit war.

Als Nele erzählte, dass sie hergefahren war, weil Tom nicht zu Hause aufgetaucht sei, legte die Lehrerin ihre Stirn in Falten. »Er ist nach der Pause zu mir gekommen und hat gesagt, dass er sich nicht gut fühlt und nach Hause will. Ich habe ihn gefragt, was los ist, weil ich das schon von ihm kenne, dass er Krankheit vorschützt, wenn er Probleme mit anderen Kindern hat. Aber er ist eben sehr verschlossen.«

»War er denn nicht krank?«

»Nein, so wirkte er gar nicht. Im Gegenteil. Er war ganz aufgedreht. Normalerweise hätte ich darauf bestanden, dass er zur Beobachtung ins Krankenzimmer geht. Aber ich finde, in seiner gegenwärtigen Situation sollte er sich mehr Freiheiten nehmen dürfen, als ich sie anderen Schülern zugestehen würde.«

Als Nele sie fragte, ob sie wisse, wo Tom jetzt sein könnte, gab die Lehrerin ihr Namen und Anschrift eines Jungen, mit dem er in letzter Zeit viel zusammen war.

Alexis wohnte in der Lindenstraße, jenseits des Steindammes, der den Stadtteil in den mehr und den weniger schicken Teil des Viertels teilte. Sie klingelte in einem der gleichförmigen dreigeschossigen Klinkerbauten, in denen Komfort und Miete bescheiden geblieben waren, und hoffte, dort zwei Jungen vorzufinden, die vor ihrer Spielkonsole saßen und die Zeit vergessen hatten.

Ihre Hoffnung wurde nicht erfüllt. Tom war nicht dort, und Alexis erzählte, dass Tom von der Schule abgeholt worden sei.

Bei Nele schrillten die Alarmglocken. Sie gab sich Mühe, ihre Besorgnis zu verbergen, und fragte den verschüchterten

Jungen, wer denn Tom abgeholt habe. Alexis druckste herum, bis er damit herausrückte, dass es Tom Vater gewesen sei. Dies sei aber ein Geheimnis, das er eigentlich niemandem hätte verraten dürfen.

Sie bat ihn, kurz zu warten, weil sie telefonieren müsse. Zuerst rief sie Ulf Renken an, der aus allen Wolken fiel, was ihre Unruhe noch steigerte. Sie überlegte, von wem sie mehr erfahren konnte, und wählte die Nummer von Sandra Driebold, der Frau aus dem Blumenladen. Wenn wirklich Toms Vater aufgetaucht war, würde die es wohl am ehesten wissen. Aber auch Sandra Driebold zeigte sich vollkommen erstaunt. Sie bestand darauf, dass ein Irrtum vorliegen müsse, denn Patrick hätte sich bestimmt bei ihr gemeldet, und außerdem wisse er doch noch immer nicht von Toms Existenz.

Nele ließ sich Patrick Thiess von Sandra Driebold beschreiben. Dann bat sie Alexis, ihr zu sagen, wie der Mann ausgesehen habe, der Tom abgeholt habe. Das Bild, das die beiden von dem fraglichen Mann zeichneten, hätte kaum unterschiedlicher ausfallen können. Einmal war von dunklen Locken und auffälliger Körpergröße die Rede, das andere Mal von hellen, glatten Haaren, die ins Rötliche gingen, und eher durchschnittlicher Größe. Alexis erwies sich als genauer Beobachter, und je länger er redete, desto dringender wurde Neles Verdacht, der sie schließlich dazu bewegte, ihm das Foto von Hanno Kramer zu zeigen. Stolz, der Polizei helfen zu können, rief der Junge aus, das sei Toms Vater.

49.

Die Erkenntnis traf Nele mitten ins Herz. Das konnte kein Zufall mehr sein. Aber was war da geschehen? Tom war in der Wohnung gewesen, als Julia Siems niedergeschlagen worden war. Vielleicht fürchtete der Mörder, von ihm erkannt worden zu sein. Doch warum hatte er dann so lange gewartet, bis er reagiert hatte? War der Entschluss das Ergebnis nächtelangen Grübelns gewesen? Warum wusste er überhaupt von Tom? Bestimmt hatte er das Kinderzimmer gesehen. Aber das konnte nicht reichen.

Schlagartig fielen ihr die Zeitungsberichte vom Morgen ein. Toms Name war darin gefallen und auch, dass er an jenem Tag nicht in der Schule gewesen und dass er ohne Vater aufgewachsen war. Bei so vielen Details musste einer von Niehus' Leuten geredet haben. Von wegen: ›Hast du eine Erklärung dafür?‹, dachte sie wütend.

Aber warum war Tom mitgegangen? Er hatte solche Angst vor dem Mann gehabt. Nele hatte ihm versprechen müssen, dass sie ihn einsperren würden. Bestimmt hatte er ihn nicht erkannt. Denn das hätte Tom ihr gesagt.

Sie wählte hektisch Mias Nummer, bekam jedoch nur die Mailbox dran. Ebenso erging es ihr mit Jan. Nele hinterließ beiden eine Nachricht, in der sie von Toms Verschwinden berichtete. Über die Zentrale ließ sie sich mit der Mordkommission verbinden. Weil sie dort mit jemandem sprach, den sie nicht kannte, und der auch nicht in Niehus' Team war, setzte sie schließlich zur Sicherheit noch eine Meldung bei Tammo Griesing ab.

Sie konnte auf keinen Fall warten.

Die Adresse, die Grit ihr gegeben hatte, lag in der Neustadt. Nicht dort, wo sich um Jungfernstieg und Gänsemarkt herum exklusive Boutiquen und Juweliere aneinanderreihten, sondern in dem Wohnquartier hinter dem Großneumarkt.

Ein Müllwagen blockierte die schmale Straße. Nele hupte,

doch die Müllmänner zuckten nur mit den Schultern. Vor ihnen hatte jemand in zweiter Reihe geparkt, so dass kein Vorbeikommen für den breiten Lkw war. Sie setzte zurück, bis sie eine Einfahrt erreichte, stellte dort ihren Wagen ab und rannte die Straße entlang.

Kramer lebte in einem fünfstöckigen Neubau mit Genossenschaftswohnungen. Auf der zweiten Klingel von unten stand sein Name. Sie überlegte, was zu tun sei, und kam zu dem Schluss, dass sie ihn vorerst nicht warnen sollte. Als jemand das Mietshaus verließ, nutzte sie die Gelegenheit und schlüpfte durch die Tür hinein.

Im Treppenhaus roch es nach Zigaretten. An der Wand sah sie einen schwarzen Fleck, darunter lag eine Kippe. Nele stieg die Stufen zum ersten Geschoss hinauf. Neben der rechten Tür lehnte ein Müllbeutel an einer Wand, die einen neuen Anstrich gut hätte brauchen können, gegenüber standen zwei Paar Turnschuhe und ein Paar Boots. Sie schaute auf die Namensschilder und ging in den zweiten Stock.

Die linke Wohnung war es. Vor der Tür lag eine dicke braune Fußmatte, sonst nichts. Sie horchte an der Tür. Es waren keine Geräusche zu hören. Sie öffnete den Verschluss ihres Holsters und legte die Hand auf den geriffelten Griff der Waffe.

Als sie gerade klingeln wollte, hörte sie, wie unten die Haustür geöffnet wurde. Nele trat von der Tür zurück und beugte sich über das Treppengeländer. Das Blut pochte in ihrer Halsschlagader. Zwei Stockwerke unter ihr legte jemand seine Finger auf den runden Edelstahlhandlauf. Als sie sich noch etwas weiter nach vorn beugte, erkannte sie Beine und eine Regenjacke.

Sie entspannte sich. Der Kleidung nach handelte es sich wohl um eine Frau. Nele wartete und horchte auf die schleppenden Schritte, die immer näher kamen.

Die Frau, die schließlich die Etage erreichte, in der Nele verharrte, war etwa sechzig Jahre alt und hatte ein rundes Gesicht mit dunklen, freundlichen Augen. In der rechten Hand trug sie eine schwere Einkaufstüte. »Möchten Sie zu Herrn Kramer?«

»Ja. Aber er ist nicht da. Ich werde später noch einmal kommen«, sagte Nele und hoffte, dass die Frau ihren Einkauf in ihre Wohnung bringen würde. Doch es kam anders. Sie kam zu ihr herüber und ehe Nele reagieren konnte, hatte sie schon den Finger auf dem Klingelknopf.

Nele erstarrte. Das Schrillen hörte gar nicht wieder auf.

»Er hört oft sehr laut Musik«, erklärte die Frau mit entwaffnender Freundlichkeit, »mit Kopfhörern, wissen Sie? Dann hört er die Klingel nicht.«

Endlich gab die Frau auf. Sie warteten, doch es tat sich nichts.

»Er kann natürlich bei seiner Mutter sein. Sie ist pflegebedürftig. Er kümmert sich ganz rührend um sie.«

»Kennen Sie Herrn Kramer gut?« Nele hörte beim Sprechen ihr eigenes Herz pochen.

»Ich gieße seine Blumen, wenn er im Urlaub ist, und lasse die Handwerker für ihn in die Wohnung. Bei uns werden gerade die Heizkörper ausgewechselt. Ausgerechnet jetzt, wo es noch einmal so kalt geworden ist.«

»Wie ist Herr Kramer so?« Es kostete sie Mühe, ihre Anspannung zu verbergen.

»Immer freundlich, ein angenehmer Nachbar.«

»Ist Ihnen in letzter Zeit etwas an ihm aufgefallen? War er anders als sonst?«

»Nein. Das heißt – er war sehr viel unterwegs. Die Wohnungen hier sind sehr hellhörig, da kriegt man mit, ob jemand da ist oder nicht.«

Nele fällte eine Entscheidung. »Haben Sie einen Schlüssel für die Wohnung von Herrn Kramer?«

»Ja. Warum?«

»Herr Kramer hat einen Jungen bei sich. Ich muss dringend mit dem Kind reden.« Sie konnte nicht verhindern, dass ein Zittern sich in ihre Stimme mischte.

»Was denn für ein Kind? Herr Kramer hat doch gar keine Kinder.«

»Könnten Sie den Schlüssel holen?«

»Ich weiß nicht. Dürfen Sie das denn?«, fragte die Frau skeptisch.

»Frau …«, Nele schaute auf das Klingelschild der Nachbarwohnung und sammelte sich, »… Bittner … ich kann die Tür auch durch einen Schlüsseldienst öffnen lassen. Das Ergebnis wäre dasselbe, nur dass es zwei Stunden dauert, die Familie des Jungen sich in der Zeit unnötig Sorgen macht und das Schloss hinterher kaputt ist.«

»Warten Sie einen Moment.« Erika Bittner verschwand in ihrer Wohnung.

Nele kam es vor, als vergingen Stunden, ehe die Frau zurückkkehrte und ihr zögernd den Schlüssel für Kramers Wohnung aushändigte. »Bitte gehen Sie in Ihre Wohnung zurück und schließen Sie die Tür.«

Als Erika Bittner nicht reagierte, nahm Nele sie sanft am Arm und führte sie in ihre Wohnung. Dann ging sie zurück zu Kramers Tür.

Nele versenkte den Schlüssel langsam im Schloss und drehte ihn vorsichtig. Sie spürte den Widerstand des Riegels, der sich nur schwer bewegen ließ, und merkte, wie der Schnapper die Tür freigab. Während sie die Tür ganz langsam öffnete, horchte sie in die Stille hinein. Es kam ihr vor, als wären weder Hanno Kramer noch Tom dort. So leise konnte es mit einem Kind in der Wohnung nicht sein, und auch Hanno Kramer hätte doch längst reagiert. Trotzdem stellte sie ihr Handy auf lautlos.

Es roch muffig in der Wohnung. So als ob länger nicht gelüftet worden wäre. Es war immer noch still. Außer ihrem Atem hörte sie nichts. Nele zog ihre Waffe und entsicherte sie.

Während sie den Flur entlangging, wurde ihr auf einmal klar, was sie ganze Zeit über beschäftigt hatte, aber nicht greifbar gewesen war: Hatte nicht Tom erzählt, dass seine Mutter einen Autounfall gehabt hatte? Einen, der schlimmer als ihre Kopfverletzung gewesen war? Also gab es das Verbindungsglied!

Ihr Herzschlag wurde schneller. Nele blickte vorsichtig in

die Küche. Auf dem Abtropfgitter stand ein gespülter Topf, auf dem Tisch neben der Post eine Vase mit gelben Tulpen, die ihre Blütenblätter verloren hatten. Nele schob die Briefe auseinander und schaute sie durch. Dann ging sie, jedes Geräusch vermeidend, weiter.

Das Schlafzimmer war klein und dunkel. Auf dem Einzelbett lag eine glattgestrichene weiße Tagesdecke. Keine Bilder an den Wänden, auf dem Nachttisch nur ein Wecker. Keine Bücher, dafür ein Fernseher in der Ecke auf einem Tischchen. Sie zog sich die schwarzen Lederhandschuhe an, die Teil ihrer Uniform waren, und öffnete den Kleiderschrank. Auch hier nichts Ungewöhnliches: Bettzeug, Unterwäsche, Handtücher, Hemden, Pullover, Hosen, Socken. Sie sah ein ordentlich zusammengefaltetes Sweatshirt, von dem sie glaubte, es schon einmal gesehen zu haben.

Sie ging, die Waffe mit gestreckten Armen vor sich haltend, zurück in den Flur und von dort in das Wohnzimmer. Es war der größte Raum in der Wohnung. Die Jalousien waren heruntergelassen und ließen nur wenig Licht in das Zimmer. Ihr Blick wurde sofort von dem Tisch angezogen, der den Raum beherrschte. Darauf zwei große Monitore, eine Computertastatur, Mauspad und Maus, sowie ein Elektroklavier. Daneben Boxen auf Ständern. Auf der linken davon ein Paar dick gepolsterte Studiokopfhörer. Unter dem Tisch ein Computergehäuse und ein Turm mit weiteren Geräten, wie Nele sie bereits in Sobotkas Tonstudio gesehen hatte.

Mehr brauchte sie nicht zu wissen. Die Waffe in ihren Händen zitterte. Nele atmete tief durch, drehte sich um und verließ den Raum. Zurück in der Küche, zog sie einen Brief aus dem Stapel. Der Umschlag war geöffnet. Er war an Hedwig Kramer gerichtet. Vielleicht war das seine Mutter und er erledigte die Post für sie. Nele prägte sich die Adresse ein und ging hastig zur Tür, die sie leise hinter sich zuzog. Als sie sich umdrehte und Erika Bittner direkt vor ihr stand, hätte sie fast aufgeschrien.

»Er ist nicht da gewesen, oder?«

Nele gab ihr den Schlüssel zurück und eine Visitenkarte. »Wenn er zurückkommt, rufen Sie mich sofort an. Und erzählen Sie Herrn Kramer nichts von meinem Besuch. Sie wollen doch schließlich keinen Ärger wegen des Schlüssels bekommen.«

50.

Als sie wieder nach draußen auf die Straße trat, sog sie hektisch Luft ein. Es kam ihr vor, als ob in dem Haus nicht genug Sauerstoff gewesen wäre. In ihrem Bauch rumorte es. An mehr als an den nächsten Schritt konnte sie nicht denken.

Nele stellte ihr Handy wieder auf laut, sah, dass Sascha sich gemeldet hatte, und hörte seine Nachricht ab. Er hatte mit dem Pathologen gesprochen. Bei Gabi Steffens war vor nicht langer Zeit ein Luftröhrenschnitt durchgeführt worden. Ein seltener Eingriff, der sie vor dem Ersticken gerettet hatte. Nele erinnerte sich plötzlich. Sie hatte die kleine, etwa drei Zentimeter lange senkrechte Narbe gesehen, ohne den Hintergrund erahnen zu können. Während sie zurück zum Auto lief, ging sie im Kopf die schnellste Route zu der Adresse auf dem Brief durch.

»Nele!«

Sie schaute sich um.

Es war Tobi. An ihrem Wagen holte er sie ein. »Tammo hat mir Bescheid gegeben. Warst du etwa bei Kramer?!«

»Er war nicht da. Ich fahre jetzt zu seiner Mutter. Das ist der einzige Hinweis, den wir im Moment haben.«

»Du bist verrückt!«

»Er hat Tom, den Jungen von Julia Siems.«

»Was? Woher weißt du das?«

»Er hat sich für seinen Vater ausgegeben und ihn von der Schule abgeholt.«

»Das ist was für die Jungs vom MEK.«

»Bis die da sind, kann es schon zu spät sein. Genau wie hier. Oder siehst du etwa jemanden von denen?«

»Du kannst so etwas nicht alleine machen. Das weißt du ganz genau!«

»Dann komm mit!« Sie sah Tobi an. »Denn ich werde hier nicht rumstehen und warten.« Sie stieg in den Wagen.

»Verdammt!« Tobi lief um das Auto herum.

Sie öffnete ihm und startete den Motor, zögerte jedoch, den Gang einzulegen. »Du musst das nicht. Es ist deine Entscheidung, ebenso wie es meine ist, zu fahren.«

»Gut. Dann steige ich wieder aus.«

Sie sah ihn unsicher an. Er grinste.

»Witzbold.«

Nele überholte einen Lkw. Sie war froh, nicht alleine zu sein. Während sie sich durch den dichten Verkehr kämpfte, versuchte sie immer wieder, Mia zu erreichen. Als sie es endlich schaffte, waren sie schon fast da. Während sie den Wagen ein paar Häuser von der Adresse auf dem Brief entfernt parkte, schilderte sie Mia ihre Erkenntnisse. Die Kollegin hörte aufmerksam zu und kündigte an, dass sie eine Fahndung nach Kramer einleiten und ein Team für den Zugriff organisieren werde. Nele legte auf.

»Gut«, sagte Tobi, »dann warten wir jetzt.«

Sie saß unentschlossen da. »Ich verstehe nicht, was er mit dem Jungen vorhat. Das passt doch gar nicht.«

»Vielleicht gibt es da gar nichts zu verstehen. Oder verstehst du etwa, warum er die beiden Frauen umgebracht hat?«

»Nein. Aber trotzdem muss er einen Grund haben.«

»Erst rettet er ihnen das Leben und dann tötet er sie? Das macht doch überhaupt keinen Sinn!«

»Ich weiß nicht«, sagte sie, »es gibt auch Brandstifter, die bei der Feuerwehr sind. Die legen erst den Brand und sind dann beim Löschen dabei.«

»Das ist doch alles total verrückt!«

Sie löste ihren Gurt.

»Was machst du da?!«

»Stell dir nur für eine Sekunde vor, dass er nicht auf das Einsatzkommando wartet. Könntest du damit fertig werden?«

»Wir bleiben hier und warten!« Tobi hielt sie am Arm fest.

Sie riss sich los. »Wenn du Gabi Steffens' Gesicht gesehen hättest, würdest du nicht warten!« Sie drückte die Tür auf und stürzte aus dem Wagen.

»Nele!« Tobi sprang aus dem Auto und folgte ihr. Er erwischte sie am Ärmel. »Du machst das nicht!«

Sie wirbelte herum und versetzte ihm einen Stoß. Er stolperte nach hinten und stürzte. Sie hatte Tränen in den Augen. »Ich muss. Verstehst du das denn nicht?!«

Ohne sich umzusehen, lief sie über die menschenleere Straße auf das Haus zu, einem 70er-Bau mit flach geneigtem Dach und weiß gestrichenem Klinker.

Eine Ausfahrt führte auf einen Garagenanbau zu. Vor der Garage parkte ein Wagen, das schmiedeeiserne Tor stand offen. Für ein Eigenheim war das Haus groß, es fiel jedoch in der Nachbarschaft nicht als protzig auf. Auch die anderen Grundstücke hatten mehr oder weniger breite Auffahrten, eine oder zwei Garagen, gepflegte Vorgärten.

Nele warf einen Blick auf die Fenster der zur Straße hin gelegenen Zimmer. Sie waren alle von Gardinen verhangen, so dass es nicht möglich war, in die Räume zu blicken. Sie lief in geduckter Haltung weiter und hoffte, dass Kramer sie nicht schon gesehen hatte. Über der Garage entdeckte sie ein offen stehendes Fenster.

Ein feiner Sprühregen benetzte ihre Haut. Sie wischte sich die Nässe aus dem Gesicht und legte die Hände an das Fallrohr der Regenrinne. Um deren Festigkeit zu testen, zog sie einmal kräftig daran. Das Zinkblech fühlte sich kalt und vom Wasser rutschig an. Sie stellte den Fuß auf eine Rohrschelle und zog sich an dem Rohr hoch. Nun konnte sie mit beiden Händen die Regenrinne erreichen. Sie schwang den Fuß zu dem Halbrohr hoch und hievte sich über die Kante. Endlich rollte sie sich schwer atmend in den Kies, mit dem das Dach bedeckt war. Dann stand sie auf. Unter ihren Schritten rieben die Steine knirschend aneinander.

Der Wind trieb den Nieselregen durch das weit offen stehende Fenster ins Zimmer. Es musste leer sein. Niemand würde ein Fenster bei diesem Wetter offen stehen lassen. Sie ging aus der Deckung und warf einen hastigen Blick in den Raum. Es war ein Schlafzimmer und zu ihrem Erstaunen lag jemand in einem der Betten. Eine alte Frau. Nele winkte, um auf sich aufmerksam zu machen, doch die Frau in dem Bett reagierte nicht.

Nele stieg durch das Fenster ins Zimmer und ging zu dem Bett. Das Gesicht der Frau war stark eingefallen. Ihre Augen standen weit offen, der aufgerissene Mund wirkte wie ein großes, schwarzes Loch. Nele beugte sich dicht zu ihr herunter. Sie spürte keinen Atem an ihrer Wange. Dann legte sie ihren Handrücken auf die Stirn der Frau, die ganz kalt war. Sie blickte auf die Unterarme, die blau unterlaufene Griffspuren hatten.

Hinter ihr knirschte der Kies auf dem Garagendach. Nele drehte sich um.

Es war Tobi. Er stieg ebenfalls durchs Fenster. »Ist das seine Mutter?«

»Geh zurück zum Wagen, ich will nicht, dass dir etwas passiert!«

Die beiden flüsterten. Als plötzlich leise Klaviermusik ertönte, verstummten sie, und sie schauten sich an. Die Musik kam aus dem Haus. Es ließ sich nicht sagen, von wo genau. Tobias wies zur Tür.

»Bist du sicher, dass du das willst?«, fragte sie ihn.

»Ich lass dich nicht alleine!«

Sie sah ihn an. »Danke.«

Die beiden gingen den Flur entlang. Ein dicker Teppich dämpfte ihre Schrittgeräusche. Sie konnten jetzt hören, dass das Klavierspiel vom Erdgeschoss her kam. Eine melancholische Melodie, zart gespielt. Vielleicht eine Schallplattenaufnahme.

Als die Musik ins Stocken kam, war ihr klar, dass da keine Platte lief, sondern jemand am Klavier saß. Vielleicht war schon alles zu spät, dachte Nele. Oder würde Tom einfach so dasitzen, kein Geräusch machen und der Musik lauschen? Das konnte nicht sein. Es sei denn, er war auch tot. So wie die alte Frau. Sie glaubte, dass Hanno Kramer seine Mutter getötet hatte, und hoffte, dass Tom wie durch ein Wunder nicht im Haus war.

51.

Die Steintreppe hatte neunzehn Stufen. Jede Stufe brachte sie der Musik näher. Am Rande ihres Bewusstseins registrierte sie die Familienfotos, die an der Wand des Treppenhauses hingen. Der kleine Junge zwischen dem braungebrannten Vater mit dem strahlenden Kameralächeln und der verschüchtert wirkenden Frau wirkte wie ein Geist. Er lächelte nicht und sein Blick verlor sich im Nichts.

Sie machten vor der Tür Halt, hinter der das Klavier gespielt wurde, und zogen ihre Waffe aus dem Holster. Tobi sah blass aus. Ihr war nie aufgefallen, dass er eine winzige Narbe unter dem linken Auge hatte. Sie würde ihn später fragen, wie er dazu gekommen war.

Als Nele die Klinke herunterdrückte, stoppte die Musik augenblicklich. Tobi nickte ihr auffordernd zu. Sie schob die Tür auf. Die beiden stürmten ins Zimmer, einen großen Wohnraum, der von der sandfarbenen Ledergarnitur und dem schwarzen Flügel dominiert wurde.

Tom war da. Er lebte. Er saß mit Hanno Kramer auf der Klavierbank, ein Klebeband über seinem Mund. Als er sie sah, wollte er aufspringen, doch Kramer drückte ihn mit einer Hand zurück auf den Sitz. In der anderen Hand hielt er eine Pistole, die er Tom gegen die Schläfe drückte. Er fixierte mit wachsamem Blick die beiden Polizisten, die mit ihren Waffen auf ihn zielten.

»Seltsam, nicht wahr«, sagte er, »man verliert das Klavierspielen nicht mehr aus Fingern. Es bleibt einem das Leben lang drin stecken. Man müsste sich schon die Hände abhacken, um es loszuwerden.«

Die Stimme machte sie schwindelig. Ihr Klang weckte den Schmerz wieder, den damals das Messer in ihrem Bauch verursacht hatte. Sie hatte Angst, dass ihre Beine ihr den Dienst versagen würden.

»Nehmen Sie die Waffe runter!«, schrie Tobias.

»Glaubst du eigentlich an Schicksal?«, fragte Hanno Kramer ruhig und schaute Nele an.

»Lassen Sie Tom gehen«, sagte sie mühsam.

Kramer schüttelte den Kopf. »Das geht nicht. Ich brauche ihn hier.« Er drückte die Waffe noch etwas fester gegen Toms Kopf. Der Junge versuchte, den Kopf wegzuziehen, doch Kramer hielt mit der anderen Hand dagegen.

»Ist ja gut«, sagte sie hastig zu Kramer und schaute Tom fest in die Augen. »Dir wird nichts geschehen.«

»Glaubst du an Schicksal?«, schrie Kramer sie an.

»Nein«, schrie sie zurück, »ich glaube nicht an Schicksal!«

»Gut.« Kramer lächelte. »Woran glaubst du dann?«

»Woran ich glaube?«, frage sie verwirrt.

»Genau.«

»Ich weiß nicht. An Entscheidungen. Richtige und falsche Entscheidungen.«

»Das dachte ich mir. Wahrscheinlich hättest du dich ohne Tom nicht entschieden, hierher zu kommen. Stimmt's?«

Sie sagte nichts.

»Hast du dich auch dazu entschieden, von dem Junkie niedergestochen zu werden?« Er wandte sich an Tobi, der immer noch die Waffe auf Kramer gerichtet hielt. »Sie hat so schnell Blut verloren, dass wir kaum mit dem Nachfüllen nachgekommen sind. Hat Sie Ihnen davon erzählt?«

Tobi sagte nichts. Auf seiner Stirn glänzten Schweißperlen.

Sie ging einen Schritt auf Kramer zu. »Wir können über all das in Ruhe reden, wenn Sie Tom gehen lassen.«

Kramer drückte den Abzug ein kleines Stück durch. Sie blieb stehen. Ihr stockte der Atem.

»Warten Sie!«, sagte Tobias ruhig und legte seine Waffe auf den Boden. »Sehen Sie? Ich bin nicht mehr bewaffnet. Reden Sie mit uns. Wir hören Ihnen zu.«

Kramer nickte. Sein Finger löste sich von dem Abzug. »Die Waffe hat meinem Vater gehört«, sagte er, an Tobias gerichtet, »ich glaube nicht, dass er sie jemals angemeldet hat. Früher brauchte man das ja nicht.« Er sah Nele an. »Erinnerst du dich an unsere Nacht? Ich war mir nie ganz sicher, was davon du mitbekommen hast, weil du schon sehr eingetrübt warst durch den Blutverlust.«

»Ich erinnere mich«, sagte sie beherrscht, »Sie haben meine Hand gehalten und gesagt, dass ich es schaffen würde.«

»Ja, das stimmt«, sagte er lächelnd, »ich habe deine Hand gehalten. Du hast ausgesehen wie ein sterbender Engel. In einem solchen Moment entsteht eine besondere Verbindung zwischen zwei Menschen.«

Sie konnte sich nicht gegen die Bilder wehren, die auf sie einstürmten. Der sanfte Klang der Stimme lähmte sie, ließ ihre Arme und Beine schwer werden, so dass es sie Mühe kostete, aufrecht stehen zu bleiben. Wie schon beim Anblick der in ihrem Blut liegenden Julia Siems spürte sie den Impuls, an ihrem Bauch hinunterzuschauen, um zu sehen, ob sich dort ihre Uniform rot einfärbte. Sie kämpfte gegen den Impuls an. Sie musste Kramer im Blick behalten und dafür sorgen, dass Tom nichts geschah. Doch vor ihrem geistigen Auge sammelte sich das Blut unter ihren Füßen. Eine dunkle Lache, die ihren Blick eintrübte.

»Ich glaube, du hast gewusst, dass dein Kind nicht überleben würde.« Kramers Stimme bekam einen zärtlichen Ton. »Du wolltest es begleiten auf seinem Weg. Deshalb hast du ausgesehen wie ein Engel.«

»Hör auf jetzt!«, schrie sie. »Du hast keine Ahnung von mir!«

Kramers Miene verhärtete sich. Er nahm die Waffe von Toms Kopf und richtete sie auf Nele. »Das ist nicht wahr! Ich weiß alles über dich. Ich habe dich beobachtet, war immer in deiner Nähe. Sogar als dieser Typ dich vor der Disco vergewaltigen wollte.«

»Das warst doch auch du!«

»Du weißt überhaupt nichts!« Die Waffe in Kramers Hand zitterte. Dicke Adern traten an seinem kräftigen Hals hervor.

»Herr Kramer«, sagte Tobias mit ruhiger Stimme, »sagen Sie mir, wer das in der Disco war.«

»Das war dieser Mann aus der Zeitung. Der Notar.« Kramer zielte weiter auf Nele. »Ich habe dich beschützt!«

Sie hatte das Gefühl, in einem See von Blut zu stehen. »Du hast drei Menschen ermordet«, sagte sie mit schwacher Stimme.

Kramer atmete schwer.

»Ganz ruhig, Herr Kramer!«, sagte Tobias. »Ich gehe jetzt langsam zu Ihnen und dann geben Sie mir Ihre Waffe.« Er ging Schritt für Schritt auf Kramer zu.

»Tobi!« Eine plötzliche Angst ergriff sie. »Bleib einfach stehen. Wir warten und hören Herrn Kramer weiter zu. Nicht wahr, Herr Kramer?«

Kramer zielte weiterhin auf sie.

Sie ließ die Waffe sinken. »Wir finden eine Lösung«, sagte sie bestimmt.

»Du hast es doch gerade gesagt, Nele: Du glaubst an Entscheidungen. Ich sehe das auch so.« Tobi blickte Kramer an. »Sie können jetzt eine Entscheidung treffen, Herr Kramer. Eine gute Entscheidung. Ich komme zu Ihnen, und Sie geben mir Ihre Waffe. Ihnen wird nichts passieren. Haben Sie mich verstanden?«

Kramer nickte. In seinen Gesichtszügen löste sich etwas. Gleichzeitig verengten sich seine Augen. Sie fragte sich später immer wieder, ob sie es hätte erkennen können. Sie sah, wie Kramer sie anschaute. Während seine Lippen Worte formten, die sie nicht hörte, riss er plötzlich die Waffe herum und feuerte einen Schuss ab.

Tobi wurde von der Wucht des Projektils herumgerissen und brach stöhnend zusammen.

Sie stieß einen Schrei aus. In diesem Moment schien die Zeit stillzustehen. Sie sah Tobis ungläubiges Gesicht, seine fassungslose Erkenntnis und den bodenlosen Schrecken in Toms Augen.

Dann geriet das Bild wieder in Bewegung. Tom riss sich von Kramer los. Kramer schnappte nach ihm, doch seine Hand griff ins Leere. Er sprang auf, die Klavierbank wurde nach hinten geschleudert. Sie brachte ihre Walther P99 in Anschlag, doch Kramer packte im gleichen Moment den Jungen, zog ihn dicht an seinen Körper und drückte ihm seine Pistole gegen den Hinterkopf.

»Du lässt die Waffe fallen, sonst ist er tot!« schrie er sie an.

Kramer schlang seinen kräftigen Arm um den schmalen Kinderkörper. Seine große Hand tastete nach Toms Gesicht, die Finger pressten von beiden Seiten die Nase zu.

Tom versuchte, sich dem schlangenhaften Griff zu entwinden. Er starrte sie an, Todesangst in den Augen.

Die Walther P99 fiel polternd zu Boden.

»Hinlegen, auf den Bauch!«

Toms Gesicht lief erst rot und dann bläulich an. Das Klebeband auf seinem Mund hob und senkte sich im Rhythmus seiner vergeblichen Atemanstrengung. Tränen liefen ihm über die Wangen.

Sie legte sich auf den Bauch.

Kramer drückte ihr seinen Fuß ins Genick. »Hände auf den Rücken!«

Tobi lag nur eine Armeslänge entfernt neben ihr, die offenen Augen matt und leblos. Blut sammelte sich auf dem Parkett und floss langsam, dem kaum spürbaren Gefälle des Raumes gehorchend, in einem breiten Strom auf sie zu.

»Tobi«, flüsterte sie.

Sie wünschte sich so sehr, dass er antwortete. Ihre Verzweiflung gaukelte ihr vor, seine Stimme tatsächlich hören zu können. Leise wie schmelzender Schnee, zart wie Nebel.

Nele spürte, wie Kramer die Handschellen von ihrem Gürtel löste. Sie fühlte das harte Metall an ihren Handgelenken und hörte die Ratschen einrasten.

»Steh auf!« Kramer riss sie an den hinter dem Rücken gefesselten Händen hoch. Sie sah, wie er Tom einen Schlag gegen den Kopf versetzte, der ihn zu Fall brachte.

»Raus jetzt!« Er gab ihr einen Stoß, der sie nach vorn stolpern ließ. Mit weiteren Stößen trieb er sie vor sich her zur Terrassentür und in den Garten.

Als sie sich umschaute, um einen Blick auf Tobi und Tom zu erheischen, schlug Kramer ihr mit seiner Waffe ins Gesicht.

Sie verlor das Gleichgewicht und stürzte mit dem Hinterkopf hart auf den Waschbetonweg.

Kramer kniete sich auf ihre Brust. Der Druck nahm ihr den Atem. Sie registrierte benommen, wie er etwas aus seiner Tasche klaubte. In dem Moment, in dem er ihr den Klebestreifen auf den Mund drückte, rammte sie ihm das Knie in den Rücken, so dass Kramer vornüber fiel. Sie rollte sich auf die Seite, kam auf die Füße und lief taumelnd los. Das Denken setzte aus. Sie reagierte lediglich auf das, was sie wahrnahm: die freie Rasenfläche vor ihr, Kramers Keuchen hinter ihr. Bei jedem Schritt sank sie im durchweichten Gras ein. Der Klebestreifen auf ihrem Mund behinderte ihre Atmung. Ein Pflanzkübel versperrte ihr den Weg. Zum Ausweichen war es zu spät. Sie versuchte hinüberzuspringen, blieb mit einem Fuß an der Kante hängen, strauchelte, gewann ihr Gleichgewicht wieder.

Hinter dem Rasen standen hohe, dicht gewachsene Rhododendronbüsche. Sie kämpfte sich weiter, den Kopf gesenkt, die Augen zusammengekniffen. Zweige zerkratzten ihr das Gesicht. Vor ihr tauchte ein brusthoher Maschendraht auf. Verzweifelt sprang sie ab, die gefesselten Hände auf dem Rücken, wie bei einem Sprung ins Wasser. Der Uniformstoff riss, als sie am Zaun hängenblieb und auf der anderen Seite in die nasse, weiche Erde fiel. Ehe sie wieder aufstehen konnte, war Kramer bei ihr und zog sie brutal an den Handfesseln hoch. Er brachte ihre Arme so weit nach oben, dass sie nur in gebückter Haltung stehen konnte, und drückte ihr gleichzeitig die Waffe in die Seite.

»Jetzt hier weiter!«, zischte er.

Sie bekam kaum noch Luft. Aus ihrer Nase lief warmes Blut über ihr Gesicht und vermischte sich mit der nassen Erde und dem Regen.

Zwischen den Gärten verlief ein schmaler, unbefestigter Weg. Rechts und links verstellte die hohe Bepflanzung die Sicht. Sie folgten dem Weg etwa hundert Meter nach rechts, bis sich auf der linken Seite der Blick auf ein Stück Brachland öffnete, hinter dem sich ein Hochbunker grau und massiv erhob.

»Da rüber!«, befahl Kramer.

Sie blieb instinktiv stehen und schüttelte den Kopf. Kramer stieß sie nach vorn. Im Fallen drehte sie sich zur Seite und sah für den Bruchteil einer Sekunde die Spritze in seiner Hand. Dann spürte sie den Stich im Hals, sein Gewicht auf ihrem Körper und das rasche Eintrüben ihres Bewusstseins.

52.

Sie wachte von dem Geräusch ihres eigenen hektisch schnaufenden Atems auf. Das Klebeband verschloss ihr den Mund, das getrocknete Blut die Nase. Das erste, was sie sah, als sie die Augen mühevoll öffnete, war das unscharfe Bild einer Hand, die ihr ein kleines Mikrofon vor das Gesicht hielt und es ihr an den Pullover heftete. Dann fielen ihr die Augen wieder zu.

Nele wusste nicht, wie viel Zeit vergangen war, bis die Musik sie aus der Bewusstlosigkeit herausriss und in einen Alptraum katapultierte. Die umstürzende Klavierbank, Wortfetzen, Toms Schluchzen, untermalt vom Rhythmus ihres verzweifelten Ringens nach Luft. Darüber in einer Endlosschleife wiederholt der Moment des Abdrückens. Ein Klang wie Stacheldraht auf nackter Haut.

Sie versuchte, sich zu bewegen. Unter Schmerzen verrenkte sie den Kopf nach hinten. Kramer hatte sie an ein Wasserrohr gefesselt. Sie lag auf dem nackten Betonboden in einer Zelle ohne Fenster. Eine Neonröhre an der niedrigen Decke verbreitete kaltes Licht. Die Musik dröhnte in ihren Ohren und machte das Denken schwer.

Kramer saß mit dem Rücken zu ihr an einem Laptop. Daneben zwei große Boxen, aus denen die Musik quoll. Sie setzte sich auf. Was tat er da? Sie hörte sich selber durch das Klebeband hindurch unartikuliert schreien.

Kramer geriet in Bewegung. Er sprang von seinem Stuhl auf, sah sich aber immer noch nicht nach ihr um. Vor dem Rechner stehend, hieb er auf die Tastatur ein, dirigierte die Maus über das Pad. Die Musik änderte sich. Sie hörte das Echo ihres gedämpften Schreis schmerzhaft verstärkt aus den Boxen dröhnen.

Jetzt drehte er sich zu ihr um. Seine Augen schienen durch sie hindurchzusehen, als er aufstand und auf sie zustürzte. Er beugte sich zu ihr herunter. Seine Haut glänzte von Schweiß. Der saure Geruch seines Körpers vermischte sich mit den

Resten eines billigen Rasierwassers. Sie trat nach ihm, doch er wich ihr behände aus und schritt so weit von ihr zurück, dass ihre Tritte ins Leere gingen. Seine Augen suchten den Raum ab und blieben an einem Hohlblockstein aus Beton hängen, der neben der verschlossenen Stahltür als Türstopper lag.

Sie sah, wie er zur Tür lief, sich nach dem Stein bückte, die Finger in die Hohlräume versenkte und mit dem Stein in der Hand auf sie zukam. Panisch rüttelte sie mit den Händen an dem Rohr, um sich zu befreien, worauf Kramer den Stein fallen ließ und zurück an seinen Rechner stürzte. Wieder veränderte sich die Musik. Zu dem Teppich aus Keuchen, Stöhnen, Schluchzen kam das Schaben der Kettenglieder ihrer Handschellen auf dem Plastikrohr.

»Es lag alles vor ihr. Sie hätte nur die Augen öffnen müssen. Sie wollte gar nicht!« Kramer wirbelte zu ihr herum. »Du hättest mich stoppen können, aber du wolltest nicht.«

Er bückte sich nach dem Stein, den er auf halbem Wege zum Rechner hatte fallen lassen. »Es war deine Entscheidung, mich nicht zu stoppen!«

Er riss ihr mit einem Ruck das Klebeband vom Mund. »Schrei!«

Sie starrte ihn an.

»Schrei!«, wiederholte er.

Nele schüttelte den Kopf. Sie würde nicht schreien. Auch wenn ihr Körper schon Atem geschöpft hatte, um die Verzweiflung und den Schmerz herauszulassen.

Er holte aus und schwang den Arm so, dass der Stein einen Halbkreis beschrieb, in dessen Laufbahn sich ihr Kopf befand. Sie duckte sich weg und spürte, wie der raue Beton ihr Ohr streifte und die Haut aufriss.

»Sag gefälligst etwas!«

»Was willst du von mir?!«

»Das fragst du? Verstehst du denn gar nichts?«

Der Stein kam auf sie zugerast. Sie tauchte weg.

»Es war deine Aufgabe, ein Ende zu machen!«

Der Gedanke, dass sie ihre Aufgabe nicht erfüllt und ihr

Ende verdient hatte, nahm Besitz von ihr. Sie sah den Stein wieder auf sich zurasen. Im letzten Moment riss sie den Kopf nach hinten und hörte Beton auf Beton knallen. Andere würden ihn stoppen müssen. Sie hatte nichts aus der Zeit gemacht, die ihr geschenkt worden war.

Nele fühlte sich allein. Sie hatte es nicht wahrhaben wollen. Aber es würde ihr genau so ergehen wie den anderen Frauen. Hatte sie sich wirklich eingebildet, etwas Besonderes zu sein? Sie hörte ihn schnaufen. An seinen braunen Boots klebte Erde. Sie blickte an seiner blutverschmierten Jeans hoch und sah, wie er den Stein mit beiden Händen über seinen Kopf hob. Er schaute in ihr Gesicht, und da wusste sie, dass er es zerstören würde.

Damals, mit dem Messer im Bauch, war sie bereit gewesen, alles loszulassen. Aber nicht jetzt. Sie wollte nicht enden wie Gabi Steffens. Sie überwand die lähmende Angst, zog ihre Beine an und stieß mit aller Kraft nach Kramers linkem Knie. Sie erwischte ihn schräg von vorn. Kramer schrie auf, der Stein glitt ihm aus der Hand und prallte auf ihre Hüfte. Ein greller Schmerz durchzuckte sie.

Kramer bückte sich nach dem Stein. Er brauchte ihn, um sie zu zerstören. Er hatte davon geträumt, dass sie ihn sehen und verstehen würde. Er hatte alle seine Hoffnungen in sie gesetzt, und sie hatte ihn enttäuscht. Nun würde er der Hoffnung ein Ende bereiten.

Sie konnte jedes Detail wahrnehmen. Winzige Rasurverletzungen an seinem Hals, die hellblaue Iris mit den grauen Einsprengseln, die zusammengezogenen rotblonden Brauen, den Schmerz und die unermessliche Wut in seinen Augen.

Während Kramer nach dem Stein griff, der zwischen ihren Beinen gelandet war, trafen sich ihre Blicke. Sein Gesicht war dicht vor ihrem, und plötzlich sah sie, wie schwach er war. Kramer steckte in einem Gefängnis, dem er nicht entfliehen konnte. Er musste ihr Gesicht zertrümmern. Und dazu brauchte er den Stein. Anders ging es nicht.

Aber sie konnte sich wehren. Das unterschied sie von den

anderen Frauen. Die Möglichkeit, für ihr Leben zu kämpfen, war in seinem Gefängnis nicht vorgesehen.

Sie riss ihren Kopf nach hinten und schleuderte ihn mit aller Kraft, die sie aufbringen konnte, nach vorn. Sie spürte die Kollision auf der Stirn kaum. Doch sie konnte Kramers Nasenbein brechen hören.

Kramer taumelte. Blut schoss ihm aus dem Gesicht. Verwirrung lag in seinem Blick. Sie stieß noch einmal mit dem Kopf zu. Wieder brachen Knochen. Kramer griff ins Leere und fiel zur Seite. Er stöhnte. Sie brachte ihre Beine an seinen Hals und drückte zu. Er trommelte auf ihre Nieren ein, seine Hände suchten nach ihrem Gesicht, die kräftigen Finger gierten nach ihren Augen. Sie streckte sich so weit es ging nach hinten und drückte weiter. Sein Gesicht lief blau an. Waren da draußen Geräusche? Sie fing an zu schreien. Ihre Stimme übertönte die Musik. Sie drückte weiter und rief um Hilfe.

Die Abwehrbewegungen verloren an Kraft. Speichel lief aus Kramers Mund. Er regte sich nicht mehr. Jemand rüttelte an der Tür. Sie öffnete die Beinschere. Kramer rollte auf die Seite.

53.

Die Straße war vollgestellt mit Einsatzwagen des MEK, der Kripo und Feuerwehr. Nachdem sie die Tür aufgebrochen hatten, wollten Mia und Niehus einen Krankenwagen für sie holen. Doch Nele war, mit einer nur verschwommenen Wahrnehmung der Dinge um sie herum, zurück zum Haus gegangen. Sie musste wissen, was los war.

Nachbarn waren zusammengelaufen und versuchten herauszubekommen, was geschehen war. Erste Reporterteams trafen ein. Sie waren nicht viel langsamer gewesen als die Notärzte, die Tobi im Haus versorgten.

Sie drängte sich an dem Schutzpolizisten vorbei, der den Tatort absperrte. Drinnen machten sich die Sanitäter bereit, Tobi abzutransportieren. Sie lief ihnen entgegen.

Tobi sah sie an. Er wollte etwas sagen. Sie beugte sich zu ihm herunter.

»Jetzt hältst du mich nicht nur für einen schlechten Liebhaber, sondern auch für einen lausigen Polizisten.« Seine Stimme war schwach.

»Ich bin so froh, dass du lebst!«

»Habe ich dir erzählt, dass meine Eltern eine Mühle haben? Vielleicht hätte ich doch Müller werden sollen.«

Sie schüttelte den Kopf. »Nein. Es ist gut, dass du Polizist geworden bist.« Sie strich mit ihrer Hand über die kleine Narbe unter seinem Auge. »Woher hast du die?«

Er lächelte. »Von meiner großen Schwester. Vielleicht lasse ich mich deshalb manchmal noch von Frauen einschüchtern.«

Sie lächelte. »Gehen wir bald ins Kino?«

»Wie wäre es heute Abend?«

»Ja. Heute Abend.«

Die Rettungsassistenten bockten die Trage auf und schoben Tobi aus dem Haus.

Mia kam auf sie zu. »Wollen wir einen Moment rausgehen?«

»Ja.«

Sie sah, wie Tobias in den Rettungswagen gebracht wurde und der Wagen abfuhr.

Ein Sanitäter versorgte ihre Wunden. Er sagte ihr, dass sie ins Krankenhaus müsse. Sie fühlte keinen Schmerz.

»Wir haben Claus Michalski festgenommen. Laura Breitenbach hat Anzeige erstattet«, sagte Mia.

Nele fühlte sich wie betäubt. Die Worte drangen kaum zu ihr durch.

Mia erzählte ihr, dass Michalski den Oberstaatsanwalt dazu gebracht hatte, ihm die Musik zu besorgen. Fritsche würde ein Disziplinarverfahren dafür bekommen.

»Ich habe alles falsch gemacht. Ich hätte auf euch warten müssen!«

»Ja«, sagte Mia. »Aber das hätten Jan und ich auch nicht gemacht.« Sie nahm Nele in den Arm. »Es tut mir leid. Wir hätten früher hier sein sollen. Ich hätte auf dich hören sollen!«

Obwohl sie Mias warmen Atem an ihrem Ohr spürte und ihre leise Stimme hörte, fühlte Nele sich sehr weit weg von ihr.

Mia löste sich aus der Umarmung und ging ins Haus, wo die beiden Müllers in gedämpftem Ton miteinander redeten.

Nele war immer noch wie abgeschnitten von der Welt. In einem der Notarztwagen saß Tom mit einer jungen Frau, die seine Hand hielt. Wahrscheinlich eine Mitarbeiterin des Kriseninterventionsteams. Er wirkte mehr denn je wie ein aus dem Nest gefallener Vogel.

Sie ging zu dem Wagen. Die junge Frau neben ihm stand auf und machte ihr Platz. Nele setzte sich zu ihm.

Eine Wolldecke hing Tom über den Schultern und die Haut um seinen Mund herum war vom Entfernen des Klebebands gerötet. »Ich habe wirklich gedacht, dass er mein Vater ist. Weil ich doch nicht weiß, wie der aussieht. Und ich dachte, wenn Mama nicht mehr für mich da sein kann, könnte er es. War das dumm?«

»Nein, überhaupt nicht.«

Tom schaute in den Regen. »Ich hatte schreckliche Angst. Aber ich wusste, dass du kommen würdest.«

»Ich hatte auch große Angst um dich.«

Die beiden saßen nebeneinander und schwiegen eine Weile. Tom nahm ihre Hand. Sie fühlte, wie warm sie war. Eine kleine Hand mit heller, glatter Haut, unter der sie die zarten Gelenke fühlen konnte.

»Bist du wirklich ein Todesengel?« Tom blickte sie mit großen Augen an.

»Ein was?«

»Das hat der Mann geflüstert: mein Todesengel.«

»Nein«, sagte sie und schluckte, »ich bin nur eine Polizistin.«

»Das wusste ich«, sagte er lächelnd und schmiegte sich an sie.

Sie nahm ihn in den Arm und drückte ihn an sich.

Er blickte auf. »Da kommt Ulf.«

»Wollen wir zu ihm?«

»Ja.« Tom löste sich aus der Umarmung.

Die beiden stiegen aus.

Sie sah zu, wie Tom Ulf Renken entgegenrannte. Ulf ging in die Hocke und breitete die Arme aus. Sie umarmten sich. Dann lief Tom zum Wagen. Die beiden stiegen in den alten Volvo, dessen Motor beim Anlassen eine dicke Rauchwolke ausstieß.

Nele musste an ihr Kind denken, das jetzt laufen und Mama hätte sagen können, und weinte.

ENDE

Frank Posiadly, 1967 in Delmenhorst geboren, ist Drehbuchautor und Psychologe. Das Handwerk des Schreibens hat er zunächst an der Axel Springer Journalistenschule und dann in der Drehbuchklasse im Filmstudium Hamburg unter der Leitung von Hark Bohm gelernt. Seine Kurzfilme haben den *Deutschen Filmschulpreis* in Silber (2002), den *Shock Award* (2002) und den *Short-Tiger* (2001) gewonnen. Er hat ebenso für den *Tatort* wie für das *ZDF-Herzkino* geschrieben und Serienerfahrungen bei *Notruf Hafenkante* und *Unser Charly* gesammelt. Frank Posiadly lebt seit vielen Jahren mit seiner Frau und seinem Sohn in Hamburg.

Anette Hinrichs
Die fünfte Jahreszeit
Kriminalroman
Hamburg
978-3-86412-005-3

Anette Hinrichs
Das siebte Symbol
Kriminalroman
Hamburg
978-3-86412-005-3

Anette Hinrichs
Das Sandmann-Projekt
Kriminalroman
Hamburg
978-3-86412-

Christoph Ernst
Ansverusfluch
Kriminalroman
Ratzeburg
978-3-86412-093-0

Hanna Dunkel
Mordsache Ulsnis
Kriminalroman
Schleswig-Holstein
978-3-939689-30-0

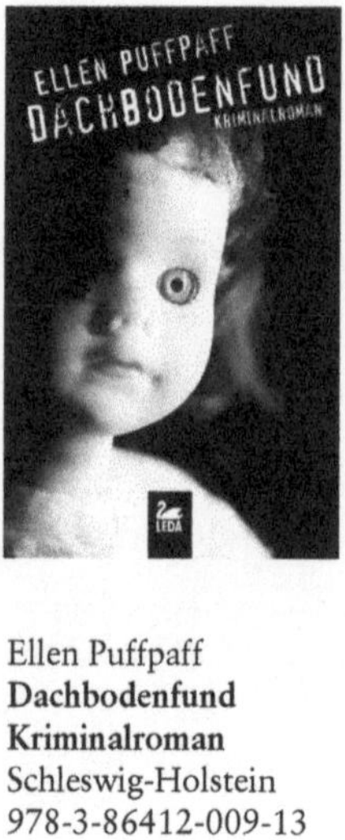

Ellen Puffpaff
Dachbodenfund
Kriminalroman
Schleswig-Holstein
978-3-86412-009-13

Thomas Breuer
Leander und der tiefe Frieden
Inselkrimi Föhr
978-3-86412-006-0

Thomas Breuer
Leander und die Stille der Koje
Inselkrimi
978-3-939689-82-9

Thomas Breuer
Leander und die alten Meister
Inselkrimi Föhr
978-3-86412-071-8

Thomas Breuer
Leander und der Lummensprung
Inselkrimi (Helgoland)
978-3-86412-084-8

Thomas Breuer
Leander und der lange Schatten
Inselkrimi Föhr
978-3-86412-099-2

Dietrich Petersen
Todesbelt
Inselkrimi
Fehmarn
978-3-86412-069-5

Dietrich Petersen
Strandraub
Inselkrimi
Fehmarn
978-3-934927-96-4

Andreas Schmidt
Tod mit Meerblick
Kriminalroman
Schleswig-Holstein
978-3-939689-67-6

Peter Gerdes
Ostfriesische Verhältnisse
Kriminalroman
978-3-86412-077-0

H. & P. Gerdes (Hrsg):
Mordkompott meerumschlungen
SchleswigHolstein
978-3-939689-68-3

H. & P. Gerdes (Hrsg):
Tee mit Blattschuss
Kriminelles zwischen
Kanne und Kluntje
978-3-86412-087-9

Gerdes/Lüpkes (Hrsg):
Flossen hoch 3.0
Kriminelles zwischen
Angel und Haken
978-3-86412-068-8

Peter Gerdes
Langeooger
Serientester
Inselkrimi
978-3-86412-092-3

Peter Gerdes
Langeooger
Lügen
Inselkrimi
978-3-86412-067-1

Peter Gerdes
Der Fluch der
goldenen Möwe
Inselkrimi
978-3-86412-013-8

Peter Gerdes
Solo für Sopran
Inselkrimi
Langeoog
978-3-939689-63-8

Peter Gerdes
Sand und Asche
Inselkrimi
Langeoog
978-3-939689-11-9

Peter Gerdes
Wut und
Wellen
Inselkrimi
978-3-939689-34-8

Peter Gerdes
Fürchte die Dunkelheit
Kriminalroman
Leer
978-3-934927-60-5

Peter Gerdes
Zorn und Zärtlichkeit
Kriminalroman
Leer
978-3-939689-64-5

Wolke de Witt
Sturm im Zollhaus
Kriminalroman
Leer
978-3-934927-77-3

Peter Gerdes
Der siebte Schlüssel
Kriminalroman
Leer
978-3-934927-99-5

Volker Feldkamp
Blut-Leer
Kriminalroman
Leer
978-3-86412-066-4

Barbara Wendelken
Berbertod
Kriminalroman
Leer
978-939689-25-6

Wolfgang Santjer
Emsgrab
Kriminalroman
Leer
978-3-86412-064-0

Wolfgang Santjer
Ostfriesenspieß

Kriminalroman
978-3-86412-075-6

Ingrid Schmitz
Spiekerooger
Utkieker
Inselkrimi
978-3-86412-097-8

Ulrike Barow
Baltrumer
Eiszeit
Inselkrimi
978-3-86412-096-1

Ulrike Barow
Baltrumer
Maskerade
Inselkrimi
978-3-86412-070-1

Monika Detering
Langeooger
Liebestöter
Inselkrimi
978-3-86412-002-2

Kai Engelke
Musik liegt
in der Gruft
978-3-86412-090-9

Alberts/Martins (Hrsg)
Tod im Ratskeller
Böse bechern in Bremen
978-3-86412-200-2

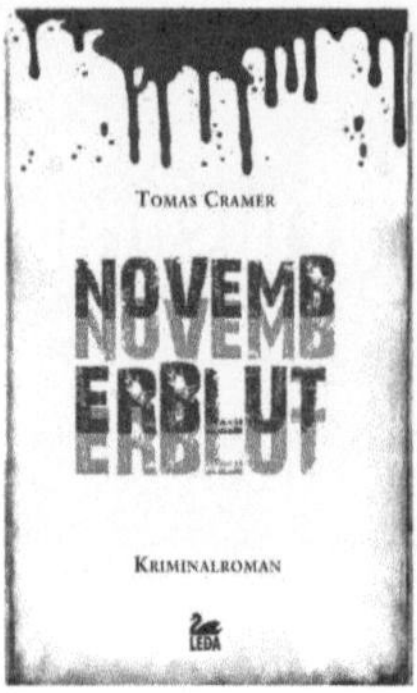

Tomas Cramner
Novemberblut
Kriminalroman
978-3-86412-201-9

Ulrike Barow
Baltrumer
Kaninchenkrieg
Inselkrimi
978-3-86412-083-1

Birgit Rutenberg
Vier Pfoten und ein
Todesfall
Kriminalroman
978-3-86412-089-3

Edmund Ballhaus
Die Ostfriesenbühne

978-3-86412-062-6